Liebesträume

Gisela Pauly

Liebesträume

Kriminalroman

Aschendorff
Verlag

Zweite, unveränderte Auflage 2011

Gesamtherstellung:

Aschendorff Druckzentrum GmbH & Co. KG, Münster, 2011

Gedruckt auf säurefreiem, alterungsbeständigem Papier ∞

ISBN 978-3-402-03443-9

Ich danke meinem Sohn,
Polizeikommissar Jan S.,
für seinen fachkundigen Rat!

„Verdammt, Leo! Mir reicht's!"

Ich war so wütend, dass ich beinahe mit dem Fuß aufgestampft, mir die Haare gerauft hätte oder mich zu Reaktionen hätte hinreißen lassen, die für ein paar Minuten zwar Erleichterung verschaffen, aber dann für lebenslange Reue sorgen. Schrecklich, wenn man für die Wut kein Ventil findet, weil eine Ohrfeige sinnlos ist und beleidigtes Schweigen nichts bringt.

„Du bist wie alle Männer, Leo! Launisch und unberechenbar! Warum nur halte ich es seit so vielen Jahren mit dir aus? Ich muss verrückt sein, dass ich mich noch nicht von dir getrennt habe! Wo es doch mit dir nur Ärger gibt! Immer, wenn es darauf ankommt, tust du nicht das, was man von dir erwartet. Das, wofür du schließlich da bist!"

Nun konnte ich doch nicht anders. Ich trat Leo mit voller Wucht in die Seite. Aber was brachte es mir ein? Eine verschrammte Schuhspitze und einen schmerzenden Zeh. Leo selbst blieb stehen, wie er stand, so, als ginge ihn das alles nichts an. Es war zum Auswachsen! Wie kam ich jetzt pünktlich nach Amelsbüren?

„Man sollte dich auf dem Schrottplatz abgeben", knurrte ich Leo an. „Vielleicht kämst du dann zur Besinnung. Anscheinend werdet ihr Männer ja erst vernünftig, wenn ihr merkt, dass es ernst wird. Statt vor vier Wochen noch dreihundert Euro für eine Reparatur zu bezahlen, hätte ich einen Kredit für deinen Nachfolger aufnehmen sollen."

Aber ich spürte, dass meine Wut allmählich schlapp und müde wurde. Ein letzter Fausthieb auf die Motorhaube, dann ließ ich von Leo ab. Es hatte ja doch alles keinen Sinn. Leo war nicht besser als jeder andere Mann: Je mehr man sich aufregte, desto weniger erreichte man.

Ich war die Weseler Straße stadtauswärts gefahren. Am Schloss und am Aasee vorbei, dann durch den Ludgerikreisverkehr in die Hammer Straße. Schon in der Nähe des Preußenstadions war es mit Leos Laune bergab gegangen. Er nahm das Gas nicht mehr richtig an, wurde langsamer, bockte einige Male, wog mich dann aber wieder für ein paar Kilometer in Sicherheit. Doch als ich in Hiltrup rechts abbog in Richtung Amelsbüren, wurde mir klar, dass an diesem Tag mit Leo nicht zu spaßen war.

Wenn Ingo sich ähnlich verhielt, konnte ich immer davon ausgehen, dass er mal wieder bis zum Halse in einem Flirt steckte und mir die Schuld dafür geben wollte, in Versuchung geraten zu sein. Aber Leo war leider nicht so leicht zu durchschauen wie ein Ehemann. Dass mein uraltes Cabrio sich in einen flotten BMW verliebt hatte, war ziemlich unwahrscheinlich. Dennoch verhielt Leo sich so wie ein gemeiner Kerl, der die Ängste und Schwächen seiner Ehefrau genau kennt: Er ließ mich ausgerechnet in dem Augenblick im Stich, als die Bebauung geendet hatte und alle Autofahrer aufs Gas traten, weil sie von nun an siebzig Stundenkilometer statt nur fünfzig fahren durften. Wer war dann schon bereit, den Fuß wieder auf die Bremse zu setzen und an den Straßenrand zu fahren, um einer hilflosen Frau zu helfen?

Ich entschloss mich, Leos Motorhaube zu öffnen, damit kein vorüberbrausender Autofahrer sein schlechtes Gewissen damit besänftigen konnte, dass ich wohl nur zum Zeitvertreib neben meinem Cabrio stand oder um die Autos zu zählen, die zwischen Hiltrup und Amelsbüren hin und her fuhren. Ohne dadurch klüger zu werden, betrachtete ich Leos Innenleben. Wie lange musste ich noch warten? Normalerweise konnte doch kein Mann widerstehen, wenn er die Chance hatte, eine Frau von seinen technischen Fähigkeiten zu überzeugen. Wenn es um Autos, Computer und defekte Glühbirnen ging, genoss jeder Mann seine Überlegenheit! Das wussten die Frauen schon, als es noch um Pferdewagen, Kaminholz und Weidezäune ging. Und sicherlich setzten sie schon damals ihre weiblichen Reize ein, um nicht selbst die Pferde anspannen, zur Axt greifen oder bei Nacht und Nebel den Zaun instandsetzen zu müssen, damit die Rinderherde dort blieb, wo sie hingehörte. Nein, so etwas war Männersache! Genauso wie das Flottmachen eines bockenden alten Autos.

Aber was war nun mit den weiblichen Reizen? Diese Sache sollte man vielleicht ernster nehmen, wenn man einen Wagen in Leos Alter fuhr. Ich hatte mich zwar ordentlich angezogen, denn ich wollte bei dem Rechtsanwalt, der mir mein Erbe aushändigen würde, einen guten Eindruck machen. Aber weibliche Reize? Meine Jeans konnten mit keinem Minirock konkurrieren, wo eine verführerische Lockenmähne einen Mann um den Verstand brachte, gab es bei mir nur einen raspelkurzen Haarschnitt und meine Oberweite war nicht der Rede wert. Ein tiefer Ausschnitt hätte also sowieso nichts gebracht.

Seufzend beugte ich mich über Leos stummen Motorblock, obwohl ich wusste, dass mir jeder Hinweis auf einen Defekt verborgen bleiben würde. Ob ich doch den Rat meines Sohnes beherzigen und mir ein Handy zulegen sollte? Dann könnte ich in Notlagen wie dieser Hilfe herbeitelefonieren und außerdem den Rechtsanwalt Maximilian Schneider anrufen, um ihm zu erklären, warum ich nicht pünktlich sein konnte. Aber andererseits wusste ich natürlich, dass sich das Handy, zu dem Christopher mir seit langem riet, häufiger in seiner Schultasche als in meinem Auto aufhalten würde. Und wenn ich an die horrenden Kosten dachte, glaubte ich trotz allem, dass ich bisher richtig entschieden hatte. Eine Frau, die von ihrem Mann verlassen worden war und mit einem geringen, noch dazu widerwillig gezahlten Unterhalt auskommen musste, sollte sich vor leichtsinnigen Anschaffungen hüten. Erst recht dann, wenn sie ein unzuverlässiges Auto besaß.

Erleichtert richtete ich mich auf. Endlich die Geräusche, auf die ich lange gewartet hatte! Quietschende Bremsen, ein ersterbender Motor, eine Autotür, die ins Schloss fiel. Mein Retter! Schnell schminkte ich mir einen Hauch Hilflosigkeit auf und überpuderte sie mit einem vagen Versprechen – dann blickte ich um die Motorhaube herum. Fest entschlossen, selbst den Glöckner von Notre Dame attraktiv zu finden, sofern er Kenntnisse im Kfz-Wesen und jede Menge Hilfsbereitschaft besaß.

Die Person, die sich auf Leo zubewegte und ihn mit Kennermiene betrachtete, war wirklich äußerst attraktiv. Sie hatte blonde Locken wie ein Engel, trug einen teuflisch kurzen Rock und ein T-Shirt, dessen Ausschnitt sowohl im Himmel als auch in der Hölle für Aufsehen gesorgt hätte. Kurzum – ein sensationeller Anblick!

Aber ich war trotzdem enttäuscht. „Wirklich nett, dass Sie anhalten", begrüßte ich die Superfrau. „Angenehme Gesellschaft beim Warten auf einen Kfz-Mechaniker ist nicht zu verachten. Und zwei Frauen locken vielleicht schneller einen an als eine einzige." Vor allem, wenn sie so atemberaubende Beine hat, setzte ich in Gedanken hinzu.

Der blonde Engel lächelte nur und nickte zu Leo hinüber: „Was macht der alte Herr?"

Ich gab ihr einen Pluspunkt, weil sie immerhin unverzüglich Leos Geschlecht erkannt hatte, und antwortete: „Nichts! So was kommt bei Leo öfter vor. Man kennt das ja. Männer sind unberechenbar."

Sie nickte, als wüsste sie genau, wovon ich sprach, und sagte: „Aber wir lassen uns doch von ihnen nichts mehr gefallen, oder?"

Dieser Satz gefiel mir. Obgleich er mich nicht davon überzeugte, dass diese Einstellung etwas an meiner Misere ändern konnte. Aber als die Frau mit einer Miene die Fahrertür öffnete, die ich sonst nur auf männlichen Gesichtern sah, schwante mir etwas. Hier hatte ich anscheinend ein weibliches Wesen vor mir, das mir mehr imponierte als Jennifer Lopez, Hillary Clinton und Katharina Witt zusammen. Eine Frau, die etwas von Technik verstand, und sich sogar vorstellen konnte, was in Leos kompliziertem Innenleben vor sich ging.

„Wie viele Jahre hat er denn schon auf dem Buckel?“, fragte sie aus der geöffneten Tür.

„Ich habe Leo vor fünfzehn Jahren von meiner Tante geschenkt bekommen. Und ich glaube, da war er auch schon kein junger Hüpfer mehr.“

Sie lächelte, als hätte sie nichts anderes erwartet. „Wahrscheinlich ist nur der Luftfilter verschmutzt. Oder die Benzinpumpe. Das löst sich oft von selber wieder auf, wenn man ein bisschen Geduld hat. Wie lange stehen Sie schon hier?“

„Mindestens fünf Minuten“, gab ich grimmig zurück und dachte an die vielen flotten Flitzer, die an mir vorbeigerauscht waren.

„Na, dann wollen wir's mal versuchen.“ Ihre schlanken Finger mit den kunstvoll manikürten Nägeln drehten den Zündschlüssel, Leo verschluckte sich vor lauter Überraschung, aber dann brummte er so freudig los wie schon lange nicht mehr. Und in mir kroch trotz meiner Erleichterung bereits wieder der Zorn hoch. Es war schon bemerkenswert, was Männer zustande brachten, wenn sie einer fremden Frau imponieren wollten!

„Na, also!“ Schon stand sie wieder auf der Straße, während Leo immer noch aufgeweckt brummte. Sie griff in die Tasche ihres Minirocks und zog eine Visitenkarte hervor. „Mein Name ist Nora Biene. Ich habe mich gerade selbstständig gemacht und kann Aufträge gut gebrauchen. Sollten Sie also mal wieder in Schwierigkeiten sein – Anruf genügt. Die ‚Fleißigen Bienen‘ kommen sofort. Egal, ob Sie Probleme mit dem Auto, dem Haus, dem Garten oder einem Babysitter haben.“

Sie warf die blonden Locken zurück, während sie wieder zu ihrem Auto ging. In der offenen Fahrertür drehte sie sich noch einmal um. „Die ‚Fleißigen Bienen‘ putzen Ihnen auch das Haus, mähen Ihnen den Rasen oder kaufen für Sie ein! Alles kein Problem!“

Damit schwang sie sich hinters Steuer und gab Gas, während ich Leo skeptisch anblickte, der nach wie vor beschwingt vibrierte. So, als sei er ein Neuwagen auf Probefahrt! „Die ‚Fleißige Biene‘ hat dir wohl gefallen, was?“, fragte ich, während ich einstieg, vorsichtig den Gang einlegte und startete. Ich mochte Leos Artigkeit noch nicht trauen. Erst, als ich den

Kanal überquerte und nach Amelsbüren hineinfuhr, dachte ich wieder freundlicher über ihn. „Vielleicht sollte ich wirklich mehr Rücksicht auf dich nehmen, Leo. Du bist ein alter Herr und man muss dir deine Zipperlein wohl nachsehen.“

Das Haus, in dem die Rechtsanwaltskanzlei untergebracht war, duckte sich in den Schatten des Kirchturms von St. Sebastian. Viele grundsolide Häuschen waren es, die sich um die Kirche versammelt hatten, einige neu errichtet in den 60er Jahren, mit adretten Vorgärten, üppigen Blumenfenstern und blitzsauberen Wolkenstores hinter den Scheiben. Andere waren wesentlich älter, hatten im Laufe der Zeit viele Funktionen aufgezwungen bekommen, bis sie am Ende zu kleinen Wohn-, Geschäfts- oder Bürohäusern geworden waren, ohne ihren landwirtschaftlichen Ursprung verhehlen zu können.

Für Leo fand sich ein Plätzchen an der Kirche, das eigentlich für Besucher des Restaurants ‚Davert Jagdhaus‘ vorgesehen war. Dann bog ich in die ‚Alte Furt‘ ein und steuerte auf die Haustür zu, neben der das Schild prangte: Maximilian Schneider jun., Rechtsanwalt. Warum mochte Tante Almut ausgerechnet einen Amelsbürener Rechtsanwalt, noch dazu einen Junior, mit der Übermittlung ihres Erbes beauftragt haben?

Die Haustür ließ sich aufdrücken, ich stand in einem gelb verputzten Treppenhaus, das aussah, als hätten die Anstreicher es gerade erst verlassen. Der Farbgeruch hing noch in der Luft und die Folie, die Lichtschalter und Wandlampen geschützt hatte, war noch nicht entfernt worden. Am Pfosten der Holztreppe, die in die erste Etage führte, hing ein Schild: Frisch gestrichen!

Der Haustür gegenüber gab es eine breite, wuchtige Tür aus dunklem Holz, darauf ein blitzender Türknauf. Die Klingel, die daneben angebracht war, hätte zu Reklamationen beim Anstreicher Anlass geben können. Denn der hatte hier die schützende Folie vergessen und damit der Klingel zu einer dauerhaften zartgelben Verzierung verholfen, die sicherlich nicht bestellt worden war.

Ich betätigte den Klingelknopf, das Surren des Türöffners ertönte augenblicklich. Schon, als ich über die Schwelle trat, bedrängte mich die Sorge, mich in Perfektion und Diensteifer zu verheddern. Und die Chefsekretärin, der ich im nächsten Augenblick gegenüberstand, bestätigte mich auf der Stelle. Zum zweiten Mal innerhalb von einer einzigen Stunde wurde ich von Minderwertigkeitsgefühlen gequält. Obwohl diese

Sekretärin ein anderes Kaliber war als Nora Biene. Weit von jedem Sexappeal entfernt, bestand ihre außergewöhnliche Ausstrahlung aus nichts als Vollkommenheit. Ihre Frisur war perfekt, ihre Kleidung sowieso, ihr professionelles Lächeln ebenfalls. Dass ihr Make-up es nicht war, lag allein daran, dass sie gänzlich darauf verzichtet hatte. Dafür konnte es in ihrem Fall nur eine Erklärung geben: Sie hielt Lippenstift, Mascara, Eye-Shadow und Rouge für Korrekturmittel, die den Zustand der Makellosigkeit herstellen mussten, wenn die Natur ihn verweigerte hatte. Das war hier jedoch mitnichten der Fall. Weder der einwandfreie Teint brauchte eine Korrektur noch die prallen Lippen, die ausdrucksvollen Augen, die hohen Brauen oder die dichten Wimpern.

Ich schämte mich der Aggression, die mein Minderwertigkeitsgefühl soeben übertrumpfte, wurde dieses Instinktes aber schnell Herr, als ich merkte, dass ich dieser Königin aller Vorzimmerdamen genauso wenig gefiel wie sie mir. Es gelang mir sogar, ihrer Jil-Sander-Bluse einen ebenso missfälligen Blick zu schenken wie sie meinem Ringelpulli von H & M.

„Mein Name ist Romy Schell", brachte ich ohne die Contenance hervor, die hier wohl angebracht gewesen wäre. „Ich komme in der Erbschaftsangelegenheit ..."

„Ich weiß", schnitt sie mir das Wort ab und heftete ihren vorwurfsvollen Blick auf die große Wanduhr, damit ich merkte, dass sie meine Verspätung durchaus registriert hatte. Vermutlich musste ich ihr dankbar sein, dass trotzdem kein Vorwurf über ihre Lippen kam.

Ich war versucht, ihr etwas von Leo und seinen Gebrechlichkeiten zu erzählen, aber sie ließ mich nicht zu Wort kommen. Ohne an ihrer aufrechten Haltung etwas zu verändern, drückte sie den Knopf der Sprechanlage und flötete: „Frau Schell ist jetzt da. Soll ich sie hereinschicken?"

Abgesehen von einem sanften Rauschen blieb es still in der Leitung. Ich betrachtete das blank polierte Namensschild, das auf dem Schreibtisch stand. Gerda Moorloch! Na, wenigstens ihr Name war nicht perfekt!

„Herr Schneider?" Besorgt beugte Gerda Moorloch sich über die Sprechanlage - und fuhr im nächsten Augenblick erschrocken zurück.

„Du Hurensohn!", drang es aus dem Lautsprecher. „Du gottverdammter Hurensohn!"

Ich konnte mich leider nicht an Gerda Moorlochs Erschütterung weiden, denn ich war genauso konsterniert wie sie. Wo war ich hier gelandet? Was ging im Büro von Rechtsanwalt Schneider vor?

„Küsschen! Küsschen!"

War das nun eigentlich eine weibliche oder eine männliche Stimme?

Ich starrte in Gerda Moorlochs weit aufgerissene Augen. War ihr diese Stimme fremd oder war sie nur deshalb so entsetzt, weil sie ihren Chef noch nie so hatte sprechen hören?

„Her mit dem Zaster! Aber zack-zack!"

Plötzlich sah ich Tante Almut vor mir. Meine Patentante, für die immer alles zu langsam ging und die ihre Mitmenschen anzufeuern pflegte mit: „Aber zack-zack!".

„Herr Schneider!" Gerda Moorlochs Stimme wurde schrill.

„Zicke-zacke Hühnerkacke!"

Nun war ich sicher. Was da durch die Sprechanlage an mein Ohr drang, war Tante Almut. Natürlich nicht leibhaftig – schließlich wusste ich ja, dass sie vor ein paar Wochen zu Grabe getragen worden war – aber doch etwas von ihr, das überlebt hatte. Etwas, das sie an mich – ausgerechnet an mich! – weiterreichen wollte.

„Herr Schneider!"

Die Tür des Chefbüros sprang auf, auf der Schwelle erschien ein Mann von etwa vierzig Jahren, mit kurzen dunklen Locken, hellgrauen Augen und dem Lachen von Hugh Grant. „Er scheint sich einzugewöhnen! Er spricht!"

„Wer?", fragte Gerda Moorloch verständnislos.

Aber sie erhielt keine Antwort, denn in diesem Augenblick heftete der Mann, der Rechtsanwalt Schneider sein musste, seinen Blick auf mich und fragte: „Frau Schell?"

Ich nickte und er wandte sich mit einer strengen Miene, die gut gespielt war, an seine Sekretärin: „Warum sagen Sie mir denn nicht, dass Frau Schell schon da ist?"

„Schon?", kam es mit spitzer Zunge zurück. „Außerdem habe ich Bescheid gesagt. Aber Sie haben nicht geantwortet. Nur eine sehr merkwürdige Stimme habe ich gehört..."

Maximilian Schneider nickte, öffnete die Tür weiter und deutete mit einer Handbewegung an, dass ich eintreten dürfe. Er folgte mir, riss aber die Tür, die er gerade schließen wollte, noch einmal auf. „Wie wär's mit einem Kaffee, Frau Moorloch?" Wiederum zog er die Tür nicht ganz ins Schloss, sondern steckte seinen Kopf ein letztes Mal in sein Vorzimmer. „Aber zack-zack!" Er lachte und fuhr sich mit einer Geste durchs Haar, die er genauso gut beherrschte wie Hugh Grant. Ich war sicher, dass in seinem Vorzimmer nicht einmal gelächelt wurde.

„Kaffee und Cognac! Aber zack-zack!", ertönte es in meinem Rücken.

„Das also ist Humphrey. Tante Almuts Liebling."

Ich spielte an den Stäben des großen Käfigs, der Papagei kam neugierig näher. „Hurensohn?", fragte er vorsichtig. „Verdammter Hurensohn!"

Ich wandte mich zu Maximilian Schneider um. „Woher hat er nur diese schrecklichen Ausdrücke?"

„Das frage ich mich auch", grinste er. „Vor etwa einer Stunde fing er damit an. Heute Morgen noch hat er bewegungslos auf seiner Stange gesessen, den Kopf unter einem Flügel, und keinen Mucks von sich gegeben. Er wirkte sehr verstört." Maximilian Schneider wies auf einen Sessel und betrachtete mich, während ich mich niederließ, mit einem Blick, der mich fröhlich stimmte. Dann fuhr er so verlegen fort, als wäre er beim Mogeln ertappt worden: „Ist ja auch kein Wunder. Der Papagei hat einiges hinter sich. Von Ihrer Tante wurde er gehätschelt und verwöhnt. Als Teil ihrer Erbmasse jedoch erhielt er nicht mehr viel Beachtung. Er wurde zunächst in einer Tierhandlung abgegeben, dann sorgte der Anwalt Ihrer Tante für den Transport von Lindau nach Münster. Als er zu mir gebracht wurde, dachte ich schon, Humphrey wollte Ihrer Tante in die ewigen Jagdgründe folgen." Nun wurde er rot und fuhr sich erneut durch die Haare. „Entschuldigung! Das war eine sehr unpassende Formulierung."

Das fand ich auch, aber lachen musste ich trotzdem.

„Ich bin so scharf auf dich", gurrte Humphrey.

Maximilian Schneider sah mich an, als hielte er mich für eine Nymphomanin. „Ich war das nicht", erklärte ich ihm vorsichtshalber.

„Natürlich nicht." Er schüttelte den Kopf und lachte wieder über sich selbst. „Warum heißt der Papagei eigentlich Humphrey?"

„Weil Tante Almut für Humphrey Bogart schwärmte."

„Und woher hat er seine obszönen Redensarten?"

Ich seufzte. „Keine Ahnung. Ich habe Tante Almut schon lange nicht mehr gesehen. Sie war die Schwester meiner Mutter und meine Patentante. Aber meine Mutter wollte irgendwann nichts mehr mit ihr zu tun haben. Angeblich führte sie ein Lotterleben, hatte mehrere Liebhaber, keinen anständigen Beruf und überhaupt eine sehr bedenkliche Auffassung von Sitte und Moral." Ich lachte im Gedanken an die Empörung meiner Mutter, wenn es um Tante Almut ging. „Und wie es scheint, hatte meine Mutter nicht einmal Unrecht. Wenn Humphrey alles, was er sagt, bei meiner Patentante gelernt hat, war ihr Lebenswandel wohl wirklich sehr merkwürdig."

„Warum haben Sie den Kontakt zu ihr aufgegeben?", fragte Maximilian Schneider. „Sie war doch Ihre Patentante."

Mir war die Frage peinlich. „Ich war noch jung damals. Höchstens siebzehn oder achtzehn. Meine Eltern wollten nicht, dass ich Tante Almut besuche, und ich habe mich daran gehalten."

Maximilian Schneider beugte sich lächelnd vor. „Waren Sie ein so folgsames Kind?"

Ich wehrte ärgerlich ab. „Ich war jung, Tante Almut war damals für mich alt. Welches junge Mädchen hat schon Interesse an alten Tanten?"

Maximilian Schneider verzog den Mund. „Tanten, die ein Lotterleben führen, sind doch erheblich interessanter als die, die sich den Tag mit Häkelarbeiten vertreiben."

„Ja, das stimmt." Nun kam ich nicht mehr umhin, einzugestehen, dass Tante Almut mich oft gebeten hatte, sie am Bodensee zu besuchen. „Aber ich hatte keine Lust. Trotzdem hat sie mir dann ihr altes Cabrio geschenkt, als ich den Führerschein gemacht hatte." Ich sah eine Weile schuldbewusst vor mich hin. „Ich hätte mich mehr um sie kümmern müssen. Eigentlich verstehe ich gar nicht, dass sie mich überhaupt in ihrem Testament bedacht hat. Ich habe es nicht verdient."

Nun saß wieder Hugh Grant vor mir und sah mich so aufmerksam an, dass auch Julia Roberts und Sandra Bullock hingerissen gewesen wären. „Anscheinend hatte Ihre Tante trotzdem Vertrauen zu Ihnen. Sonst hätte sie Ihnen nicht Humphrey überlassen."

„Wahrscheinlich wollte ihn sonst keiner."

„Schon möglich, dass seine Terminologie manchen abgeschreckt hat. Aber es gibt immer Menschen, die gerne eine kleine Rente annehmen, wenn sie als Gegenleistung nichts anderes tun müssen, als dafür zu sorgen, dass es einem Papagei gut geht."

„Ja, das Angebot kam wirklich zum richtigen Zeitpunkt", seufzte ich. „Wenn es auch nur dreihundert Euro monatlich sind. Ich kann sie wirklich gut gebrauchen."

Es klopfte, Gerda Moorloch erschien mit einem Tablett in der Hand. Sie warf Humphrey einen misstrauischen Blick zu. „Gut, dass der nicht länger hier bleibt. Der hätte uns auch die letzten Klienten vergrault, die Ihrem Vater noch treu geblieben waren."

Ich sah zu, wie Gerda Moorloch den Kaffee servierte, und wartete auf eine Erklärung. Als sie ausblieb, fragte ich Maximilian Schneider: „Sie führen die Kanzlei Ihres Vaters weiter?"

„Das, was davon übrig geblieben ist", lächelte er. „Viel ist es nicht. Mein Vater war wohl so ein Typ wie Ihre Tante Almut. Viele Liebschaften und viele kostspielige Gewohnheiten. Außerdem viel zu viel Alkohol. Nach und nach sind ihm die Klienten weggelaufen. Ich versuche nun, die letzten zu halten, einige von den alten zurückzugewinnen und neue zu finden." Wieder lächelte er wie Hugh Grant und ich bemerkte gleich, dass Gerda Moorloch damit nicht einverstanden war. „Sie sind meine erste neue Klientin. Wenn die Geschäfte schon gut gingen, würde ich Sie zu einer Flasche Champagner einladen."

„Und damit wären Sie bald bei den schlechten Gewohnheiten, die Ihrem Vater das Geschäft kaputt gemacht haben." Ich konnte nicht anders, ich fühlte mich in seiner Gegenwart wie Julia Roberts und musste deshalb auch so strahlend lächeln wie sie. Ob Gerda Moorloch das nun passte oder nicht! „So viel werden Sie an diesem Erbfall nicht verdienen, dass es für Champagner reichen würde."

Was die Bezahlung des Rechtsanwaltes anging, konnte ich zum Glück sorglos sein. Sein Honorar wurde aus der Hinterlassenschaft Tante Almuts bezahlt. Sonst hätte ich mir sicherlich dreimal überlegt, ob ich Humphrey überhaupt erben wollte. Dreihundert Euro im Monat waren für mich zwar eine Menge Geld, aber wenn ich davon nicht nur Humphreys Futter, sondern auch einen Rechtsanwalt bezahlen musste, blieb unter Umständen nicht viel übrig.

„Zum Glück ist es ja mit der Aushändigung des Erbes nicht getan", lächelte Maximilian Schneider. „Ich werde noch Folgeeinnahmen haben. Der letzte Wille Ihrer Tante ist nämlich, dass ich in Zukunft häufig nach dem Rechten sehen und mir regelmäßig Gewissheit darüber verschaffen muss, dass es Humphrey an nichts fehlt. Sollte ich den Eindruck haben, dass es der Papagei bei Ihnen nicht gut hat, werde ich ihn abholen lassen."

„Und die Rente wird gestrichen", ergänzte ich.

„So ist es. Sie wird nur so lange gezahlt, wie Humphrey lebt und es ihm gut geht."

Ich warf dem Papagei einen finsteren Blick zu. „Ich hoffe, du bist nicht allzu empfindlich, Humphrey. In unserer Wohnung gibt es Krach und Zugluft jede Menge. Sensible Zeitgenossen haben es schwer bei uns."

Der Papagei starrte mich an, als wollte er sich den Entschluss, aus dieser gemütlichen Kanzlei wieder auszuziehen, noch einmal überlegen. Während er mich misstrauisch musterte, sah ich plötzlich wieder Tante Almut vor mir. Auch in ihren Augen hatte oft eine Frage gestanden, auf die es keine Antwort zu geben schien. Als Kind hatte mich ihr Blick verunsichert, später hatte ich mich examiniert gefühlt, wenn Tante Almut mich skeptisch betrachtete. Nun plötzlich – Auge in Auge mit Humphrey – kam es mir so vor, als hätte es niemals Fragen, sondern immer nur die Aufforderung gegeben, etwas zu verändern. Das letzte Mal hatte Tante

Almut mich so angesehen, als ich heiratete. Damals war der Kontakt zu ihr eigentlich schon abgebrochen, aber meine Mutter hatte darauf bestanden, dass Tante Almut zur Hochzeit eingeladen wurde. „Sie ist nun mal deine Patentante. Und vergiss nicht, dass sie dir ihr Auto geschenkt hat."

Also war sie angereist und noch während ich auf den Traualtar zuschritt, hatte ich das Gefühl, dass Tante Almut mir die Hochzeit ausreden wollte. Selbst, als ich ihr verriet, dass ich schwanger war, sah sie mich noch genauso an wie Humphrey in diesem Augenblick. Sie hatte Ingo nicht gemocht. Möglich aber auch, dass sie einfach keine Ehemänner mochte. Sie selbst hatte jeden Mann sofort verlassen, wenn er sich in ihrem Leben einrichtete, als wollte er für immer dort bleiben.

Maximilian Schneider hielt mir eine Liste hin. „Hier steht alles drauf, was Humphrey besonders gern zu sich nimmt. Wenn Sie lange etwas von der Rente haben wollen, sollten Sie sich daran halten. Und Zugluft kann wirklich tödlich für ihn sein. Lärm dagegen macht ihm nicht viel aus."

Ich sah mir die Liste gründlich an. „Krabben, Taubeneier, Makrele und Aal? Wird mir von den dreihundert Euro noch was übrig bleiben, wenn ich so einen Gourmet durchfüttern muss?"

In Maximilian Schneiders Auge stand plötzlich der Ausdruck, den schon Millionen von Hugh-Grant-Fans zum Weinen gebracht hatten. „Leben Sie eigentlich allein?"

„Ja, seit kurzem. Mein Mann ist zu einer anderen gezogen."

Maximilian Schneider betrachtete mich verwundert. Erst jetzt bemerkte ich, dass er Grübchen hatte, wenn er lächelte. „Ihr Mann muss ein Idiot sein."

Ich fühlte mich in seiner Gegenwart immer wohler. „Deswegen meine finanziellen Probleme", erläuterte ich ihm. „Die Wohnung im Kreuzviertel ist teuer, aber ich möchte den Kindern einen Umzug nicht zumuten. Jedenfalls vorerst nicht. Zunächst will ich abwarten, wie sich alles entwikkelt. Und so lange muss ich irgendwie Geld verdienen. Mit Ingos Unterhalt komme ich nicht weit."

„Sie waren nie berufstätig?"

Ich sah auf meine Hände. „Ich wollte Polizistin werden. Was heißt: Ich wollte? Ich war Polizistin! Zum Glück habe ich meine Ausbildung ja noch abschließen können. Es war verdammt knapp, denn ich war während der Abschlussprüfungen schon hochschwanger. Aber dann..." Ich blickte auf und sah ihm ins Gesicht, weil ich sicher war, dass ich dort Verständnis finden würde und nicht die Herablassung, von der hauptberufliche Mütter ein Lied singen können. „Ich war seitdem nur Hausfrau", fügte ich tapfer hinzu.

Maximilian Schneider enttäuschte mich nicht. „Ich finde es toll, wenn eine Frau diese Entscheidung trifft. Allerdings... im Falle einer Scheidung ist sie benachteiligt."

Ich wehrte ab. „Noch ist es ja nicht so weit. Mein Mann ist erst vor ein paar Wochen ausgezogen. Und wer weiß – vielleicht überlegt er sich die Sache ja noch mal."

„Wollen Sie das denn überhaupt?"

Ich zuckte hilflos die Schultern. „Die Kinder..."

Er erhob sich und stellte sich so dicht vor meinen Stuhl, dass sich unsere Fußspitzen beinahe berührten. „Versuchen Sie erst mal, sich von Ihrem Mann unabhängig zu machen." Er sah eine Weile auf mich herab, dann ging er zu seinem Schreibtisch zurück und war nun zum ersten Mal der Advokat Maximilian Schneider jun. „Wenn Sie einen Anwalt für Ihre Scheidung brauchen – ich bin für Sie da."

„Na, sehen Sie", versuchte ich zu scherzen, „das Geschäft läuft an." Ich erhob mich und machte einen Schritt auf den Papageienkäfig zu. „Nun muss ich erst mal sehen, wie ich Humphrey nach Hause bringe. Mein Auto ist nicht besonders groß und der Käfig sehr hoch. Das Verdeck werde ich schließen müssen, wenn Tante Almuts Liebling keine Zugluft verträgt."

„Leck mich am Arsch!", krächzte Humphrey und schlug mit den Flügeln.

Als ich aus Amelsbüren hinausfuhr, war es still auf dem Rücksitz. Der arme Humphrey tat mir Leid. Nun hatte er sich gerade an Maximilian Schneiders Büro gewöhnt, da war schon der nächste Umzug fällig. Ob es ihm bei mir gefallen würde? Mit Sorge dachte ich an die Bereitschaft meiner Kinder, alles, was die Fäkaliensprache hergab, in den eigenen Wortschatz zu übernehmen. Alexandra und Christopher würden demnächst einiges dazulernen und Humphrey seinen Wortschatz vermutlich modernisieren. Anglismen wie „fuck you" und „bullshit" waren Tante Almut sicherlich nicht vertraut gewesen.

Ich legte einen kurzen Stopp auf der Hammer Straße ein, wo es einen Supermarkt gab, den ich für gut sortiert hielt. Aber für meinen anspruchsvollen Papagei war man dort nicht gerüstet. „Taubeneier? So was führen wir nicht. Makrele und Aal gibt's nur samstags. Aber Krabben können Sie haben. Natürlich keine frischen."

Ich hoffte inständig, dass Humphrey nichts gegen Konservierungsstoffe hatte, und erstand außerdem ein Päckchen Vogelfutter. Was Nymphensittichen gefiel, würde mir auch Humphrey und meine Rente erhalten.

Der Ludgerikreisel erwies sich mal wieder als Knotenpunkt, wobei der Knoten das Machwerk eines Kindergartenkindes zu sein schien, das zum ersten Mal seine Schuhe eigenhändig geschnürt hatte. Niemand wusste genau, wie er in den Knoten reingekommen war, und viele hatten keine Ahnung, wie sie sich wieder aus ihm lösen sollten. So jedenfalls kam es mir vor, als ich zügig auf die linke Fahrspur wechselte, anschließend jedoch kein Loch fand, um aus dem Kreisel heraus in die Moltkestraße abzubiegen. Aber zum Glück war das ja in einem Kreisverkehr kein Problem! Ich entschloss mich einfach zu einer weiteren Runde.

Bevor ich die Chance witterte, auf die rechte Fahrspur zurückzukehren, blickte ich zufällig in den Rückspiegel. Humphrey schnappte nach Luft, sein buntes Gefieder sträubte sich, seine Augen waren weit aufgerissen. War ihm schlecht geworden? Vertrug er das Autofahren nicht? Oder ging es ihm etwa so wie Ingo? Der hatte oft genug behauptet, Leo und ich seien ein Gespann, dem sich kein vernünftiger Mensch, dem am Leben etwas lag, anvertrauen würde. Angeblich wurde ihm jedes Mal schlecht, wenn ich schwungvoll eine Kurve nahm. Ingo behauptete, das läge an meinen überraschenden Fahrmanövern, ich dagegen war der Meinung, dass Leos weiche Federung der Grund dafür war. Für möglich hielt ich allerdings auch, dass Ingo einfach nur Schwierigkeiten damit hatte, seinen kostbaren Körper einer Frau anzuvertrauen.

Besorgt sah ich in den Rückspiegel, während ich gleichzeitig den Blinker setzte und einen flüchtigen Blick in den rechten Außenspiegel warf. „Ist dir schlecht, Humphrey? Halt jetzt bloß durch. Einen Teil meiner Rente habe ich schließlich gerade für Krabben ausgegeben."

Schon möglich, dass ich durch Humphreys bleichen Schnabel ein wenig abgelenkt war. Aber mich deswegen einen Verkehrsrowdy zu nennen – das war stark übertrieben.

Ich blitzte den Verkehrspolizisten, der mich angehalten hatte, wütend an. „Nun mal langsam! Okay, ich habe den Wagen auf der rechten Fahrspur nicht gesehen. Aber das kann doch jedem mal passieren, oder? Schließlich ist doch nichts und niemand zu Schaden gekommen."

Der junge Beamte sah mir streng ins Gesicht. „Ihre Papiere, bitte!"

Ich sah mich um. Kein Polizist fuhr allein Streife. Aber ältere Beamte hielten sich gern im Hintergrund und überließen einem Dienstanfänger das Geschäft, damit er sich beizeiten an uneinsichtigen Verkehrssündern die Zähne ausbiss. Wo also war der Kollege, der mir aus der Patsche helfen konnte?

Zum Glück stieg er gerade aus dem Polizeiwagen, der unauffällig hinter einem Parkstreifen abgestellt worden war. Erleichtert stellte ich fest, dass ich ihn kannte. Zwar fiel mir sein Name nicht ein, aber dass ich auf einem Polizeifest einen Foxtrott mit ihm getanzt hatte, wusste ich genau. Die Zehen hatten mir danach zwei Wochen wehgetan.

Ich begrüßte ihn wie einen alten Freund und zwang ihn damit, gründlich darüber nachzudenken, warum ich ihm bekannt vorkam. „Romy Schell!“, half ich ihm auf die Sprünge. „Die Frau von Hauptkommissar Schell.“

Der junge Polizeimeister wurde prompt unsicher. „Ein Kollege?“, fragte er.

Der andere nickte. „Von der Kripo“, entgegnete er. Dann machte er sich daran, mir zu erklären, dass auch die Frau eines Hauptkommissars verpflichtet sei, die Allgemeine Verkehrsordnung zu beachten.

„Das weiß ich doch“, entgegnete ich. „Schließlich war ich selbst mal bei der Polizei.“

Dieser Hinweis war stets mein letzter Trumpf und hatte bisher immer für Begnadigung gesorgt. Auch in diesem Falle schien es zu gelingen. Der Blick meines Foxtrott-Partners wurde jovial, mit einer kurzen Handbewegung gab er seinem unerfahrenen Kollegen zu verstehen, dass der Block mit den Strafzetteln nicht mehr benötigt wurde... da ertönte aus meinem Auto: „Hurensohn! Gottverdammter Hurensohn!“

Die beiden Beamten standen da wie erstarrt und blickten mich fragend an. Glaubten sie etwa, ich verstünde mich auf die Kunst des Bauchredens und wollte sie mit diesem Trick heimlich beschimpfen?

„Leck mich am Arsch!“ Humphrey schien sich tatsächlich erholt zu haben.

Der junge Beamte machte einen Schritt auf Leo zu. „Was ist denn das?“

„Ein Papagei“, erklärte ich ihm. „Ich habe ihn soeben von meiner Tante Almut geerbt. Für seinen Wortschatz kann ich nichts.“

„Küsschen! Küsschen!“ Humphrey schien es nun auf die freundliche Tour versuchen zu wollen.

„Also, das ist doch...!“ Dem jungen Beamten blieb die Empörung im Halse stecken.

Sein älterer Kollege sah sich genötigt, den Ruf der Obrigkeit zu verteidigen. „Nun reicht es aber, Frau Schell. Erst drängen Sie einen anderen Verkehrsteilnehmer von der Fahrbahn ab und dann ...“

„Ich kann wirklich nichts dafür, dass der Papagei so schlecht erzogen ist“, beschwor ich ihn. „Ich kenne ihn erst seit ungefähr einer Stunde. Und ich verspreche Ihnen, dass ich mein Möglichstes tun werde, seine Umgangsformen zu verbessern. Außerdem wird er, wenn er erst mal in meiner Wohnung angekommen ist, so schnell nicht wieder am Straßenverkehr teilnehmen.“

„Ich bin so scharf auf dich“, behauptete Humphrey zu meinem Entsetzen.

Und das war zu viel! Kurz darauf fiel mir der Name des Foxtrott-Tänzers wieder ein. Er prangte nämlich auf dem Strafzettel, den er mir in die Hand drückte. Obermeister Wrede verstand genauso wenig Spaß wie sein junger Kollege. Er brachte es tatsächlich fertig, der Ehefrau eines Kollegen ein Bußgeld aufzubrummen. Skandalös! So etwas gehörte sich einfach nicht. Bisher waren Leo und ich noch jedes Mal ungestraft davongekommen, wenn wir auf den Hauptkommissar Ingo Schell verwiesen hatten. Oder wusste Obermeister Wrede etwa, dass Ingo sich von mir getrennt hatte? Wurden die Vergünstigungen, die ich bisher genießen durfte, jetzt Ingos neuer Freundin zuteil?

Ich schäumte vor Wut, als ich mich wieder hinters Steuer klemmte. Den nächsten Foxtrott würde Obermeister Wrede mit seiner zwei Zentner schweren Gattin tanzen müssen, so viel war sicher! Am liebsten hätte ich in Humphreys Drohruf eingestimmt: „Zieh Leine, du Penner!“

Als ich am Buddenturm von der Bergstraße abbog, begann es zu regnen. Das verbesserte meine Laune nicht gerade. Schade, der Tag hatte doch so nett begonnen. Schließlich tat es jeder verlassenen Ehefrau gut, wenn ein Mann wie Maximilian Schneider ihr zeigte, dass sie mindestens genauso attraktiv war wie die Geliebte des treulosen Ehemannes. Aber Obermeister Wrede hatte alles wieder kaputt gemacht. Er und Humphreys teurer Geschmack hatten mir überdies mein letztes Geld genommen und mich an meine prekäre Situation erinnert. Wie konnte ich an Geld kommen, um die schöne, große Wohnung in der Hoyastraße und damit den Kindern die vertraute Umgebung zu erhalten? Tante Almuts Rente war nur ein Tropfen auf den heißen Stein. Und sollte Humphrey einmal das Zeitliche segnen, würde es damit sowieso vorbei sein.

„Ich wünsche dir ein langes Leben, Humphrey“, warf ich über die

Schulter zurück und hoffte, dass der Papagei nicht die Eigennützigkeit meines frommen Wunsches durchschaute.

Wie immer war es ein schwieriges Unterfangen, in der Nähe der Kreuzkirche einen Parkplatz zu finden. Normalerweise trug ich ja bereitwillig jede schwere Einkaufstasche um mehrere Häuserecken. Aber einen empfindlichen Papagei, der womöglich noch in der Karibik geboren worden war, durch kühlen westfälischen Regen tragen? Unmöglich! Das konnte ich weder Humphreys Gesundheit noch meinem Kontostand antun.

Also wagte ich es, Leo verkehrswidrig auf dem Bürgersteig zu parken. Dass die Fußgänger nun auf die Fahrbahn ausweichen mussten, ließ sich beim besten Willen nicht vermeiden. Die Passanten, die es betraf, waren anderer Meinung, aber ein Hinweis auf den empfindsamen Vogel auf meinem Rücksitzen ersparte mir zwar keine Beschimpfungen, doch immerhin ein weiteres Bußgeld.

Humphrey erhielt einen Platz in dem sonnigen Erkerfenster, das ich schon am Abend für ihn freigeräumt hatte. Die Flora, die ihn dort umgab, war zwar kümmerlich, aber ich hoffte trotzdem darauf, dass sie ihn ein bisschen an seine paradiesische Heimat erinnerte, wenn er die überhaupt jemals zu Gesicht bekommen hatte.

„Solltest du in einer Zoohandlung zur Welt gekommen sein, wird es dir hoffentlich reichen", sagte ich. „Tante Almut hatte auch nicht den grünen Daumen, das weiß ich genau."

Ich ließ mich neben dem Käfig nieder und betrachtete Humphrey, der nicht besonders glücklich aussah. Als ich in seine müden Augen blickte, fühlte ich mich plötzlich genauso elend wie er.

„Ach, Humphrey, es ist schon ein Kreuz, dass ich wirtschaftlich von Ingo abhängig bin. Wenn ich doch nur wüsste, wie ich es anstellen könnte, mein eigenes Geld zu verdienen!"

Humphrey sah mich an, als dächte er an Tante Almut, die mich jetzt bestimmt gefragt hätte, warum ich nicht einfach im Polizeidienst weitermachte. Das hatte ich schließlich gelernt! Aber erstens war Ingo dagegen und wenn mir das zweitens auch egal sein konnte, war der Alltag eines Polizeibeamten für eine allein erziehende Mutter weiß Gott nicht geeignet. Schichtdienst konnten verantwortungsvolle Eltern nur hinnehmen, wenn der andere ohne Beruf war oder ebenfalls im Schichtdienst arbeitete, vorausgesetzt natürlich, er landete in einer anderen Schicht als sein Partner. Darunter litt dann zwar das Eheleben, aber für die Kinder war meist gut gesorgt.

„Ich sollte mich jedoch vorsichtshalber mit dem Gedanken anfreunden", erklärte ich Humphrey, „den Rest meines Lebens ehelos zu verbringen. Aber soll ich etwa putzen gehen?"

Ich dachte über meine besonderen Fähigkeiten nach, die für einen Gelderwerb geeignet waren, kam aber schnell zu der Erkenntnis, dass Reinigungsarbeiten nicht dazu gehörten. Zur Sekretärin taugte ich auch nicht, denn das Tippen von Protokollen hatte ich während der Ausbildung stets nur mit zwei Fingern bewältigt. Außerdem ließ mein Sohn mich so selten an seinen Computer, dass mir ein Textverarbeitungsprogramm immer noch ein Buch mit sieben Siegeln war. Eine Weile hatte ich darauf gehofft, in der Boutique meiner Freundin aushelfen zu können, aber dort liefen die Geschäfte in letzter Zeit schlecht und die fest angestellte Verkäuferin, die für Nadja arbeitete, war bereits alarmierend unterbeschäftigt. Das Hüten der Ordnung, die Jagd nach Verbrechern und die Bestrafung von Verkehrssündern war nun mal das, was ich gelernt hatte. Aber wo sollte ich diese Kenntnisse Gewinn bringend einsetzen?

Wieder einmal bereute ich bitter, auf den Beruf verzichtet zu haben. Wie oft hatte ich Ingo beneidet, wenn er zu einem Einsatz gerufen wurde. Seit er bei der Kripo war, verrichtete er seinen Dienst ja ohne Uniform. Aber sie hing immer noch im Schrank und wenn mich die Sehnsucht überkam, zog ich mir manchmal die Uniformjacke an und setzte mir die Mütze auf, obwohl mir beides viel zu groß war.

Bremsen quietschten vor dem Haus, in der Fensterscheibe spiegelte sich der dunkle Lack eines Autos. Ingo mit seinem Dienstwagen?

Im selben Moment hörte ich die Stimmen der Kinder, Alexandras helles Lachen und Christophers laute Zustimmung, mit der er sich ein bisschen erwachsener vorkam.

Ich war schon an der Haustür, bevor es klingelte. Christopher stürmte ohne einen Gruß an mir vorbei. „Ist er schon da?"

Ich wies ins Wohnzimmer. „Sein Käfig steht im Erkerfenster."

Alexandra zog ihren Vater ins Haus. „Komm mit, Papa. Du musst dir diesen Humphrey unbedingt ansehen."

Ich hielt Ingo am Ärmel seiner Jacke fest und rief den Kindern hinterher: „Geht vorsichtig mit ihm um. Humphrey muss sich erst eingewöhnen." Dann wandte ich mich an Ingo: „Was willst du hier?"

Mein Mann trat von einem Bein aufs andere und blickte seinen Kindern sehnsüchtig nach. „Was für eine Frage! Ich wohne doch noch hier. Zumindest bin ich hier immer noch gemeldet."

„Ich weiß nur, dass du zu deiner neuen Flamme gezogen bist."

„Lass uns doch noch mal in Ruhe über alles reden“, sagte Ingo und ging an mir vorbei in die Küche. „Denk doch an die Kinder...“

„Ich soll an die Kinder denken?“ Aufgebracht folgte ich ihm. „Ich denke an nichts anderes, seit du ausgezogen bist. Aber hast du an die beiden gedacht, als du deine Koffer packtest?“

Ich betrachtete meinen Mann, der sich in unserer Küche umsah, als wäre er zum ersten Mal hier. Ich betrachtete seine dunklen Augen, in die ich mich Hals über Kopf verliebt hatte, als ich knapp zwanzig war, das scheue Lächeln, das mich stets gerührt hatte, wenn ich eigentlich wütend auf Ingo sein sollte, und seine dunklen Locken, die immer so aussahen, als hätte er vergessen, sich zu kämmen. Ingo war fünf Jahre älter als ich, aber manchmal fürchtete ich, dass er jünger aussah als ich mit meinen 37 Jahren. Er war und blieb eben ein großer Junge.

„Die Kinder haben sich so gefreut, als ich mit dem Dienstwagen vor der Schule stand.“

„Chris nicht!“ Beide hatten wir nicht gemerkt, dass Alexandra in der Küchentür erschienen war. „Chris war sauer deswegen. Nun darf er sich wieder von Rupert beschimpfen lassen, weil er einen Bullen zum Vater hat.“

Ich sah meine Tochter erschrocken an. „Chris hat darunter zu leiden, dass sein Vater Polizist ist?“

Alexandra nickte und warf Ingo einen Blick zu, als wäre der Beruf des Polizeibeamten tatsächlich ein schwerer Makel. „Aber nur Rupert ist so blöde“, sagte sie dann versöhnlich. „Die anderen finden es sogar ganz cool, dass Papa so einer ist wie Siska und Schimanski.“

„Rupert?“ Ich überlegte eine Weile, ohne zu bemerken, dass Ingo die Gelegenheit nutzte, um sich am Küchentisch häuslich niederzulassen. „Den Namen habe ich noch nie gehört.“

Alexandra zuckte mit den Schultern. „Das ist ein totaler Idiot. Er meint, weil er größer und stärker ist als die anderen, könnte er alle tyrannisieren.“

Ich sah, dass Ingo sich zurücklehnte und seine Jacke aufknöpfte. Anscheinend wollte er es sich hier gemütlich machen. Dann fiel mir plötzlich etwas ein. Christopher war in letzter Zeit mehrmals mit Schürfwunden, blauen Flecken und zerrissener Kleidung nach Hause gekommen. „Hat dein Bruder sich schon öfter mit diesem Rupert geprügelt?“

Alexandra nickte. „Dabei ist das total ungerecht. Rupert ist schon siebzehn und Chris erst vierzehn. Manchmal lauert er Chris unterwegs auf und reizt ihn dann mit ganz gemeinen Sprüchen. So lange, bis Chris auf ihn losgeht. Und dann hat Rupert einen guten Grund, ihn fertig zu machen. Später sagt er dann, Chris wäre selbst schuld gewesen."

Empört wandte ich mich an Ingo. „Was tut die Polizei eigentlich gegen Gewalt in der Schule?"

Ingo hob die Schultern. „Präventive Maßnahmen bieten wir jeder Schule an. Aber es gibt nur wenige Schulleiter, die sie annehmen. Die meisten wollen nicht mit der Polizei zusammenarbeiten, weil sie nicht zugeben möchten, dass sie Gewaltprobleme haben. Aber wir können natürlich erst einschreiten, wenn eine Anzeige vorliegt."

„Die könnt ihr haben!" Ich beugte mich über den Küchentisch und sah Ingo ins Gesicht. „Chris' neue Windjacke ist zerrissen, die Beule von der letzten Rauferei kannst du heute noch fühlen, die blauen Flecken auf seinem Rücken sind zwar abgeheilt, aber die Schrammen auf seinem rechten Unterarm könnten noch als Beweise dienen."

„Seid ihr verrückt geworden?" Mein Sohn stand mit erschrockenen Augen in der Tür. „Ich will nicht, dass ihr Rupert anzeigt."

„Warum denn nicht?", fragte ich. „Dann hätte die Sache doch ein für alle Mal ein Ende und du brauchtest dich nicht mehr vor diesem Bengel zu fürchten."

„Du hast keine Ahnung, Mama", sagte Christopher, aber in seinem Gesicht fehlte die kindliche Arroganz, um die er sich sonst bemühte, wenn er mir klarmachen wollte, dass ich von den Problemen eines Vierzehnjährigen nichts wusste. „Das fehlte noch, dass sich die Polizei einmischt! Dann würde ja alles noch schlimmer. Schließlich habe ich den ganzen Ärger nur, weil mein Vater ein Bulle ist."

„Wir tun Chris wirklich keinen Gefallen", warf Ingo ein, „wenn wir den Übeltäter anzeigen. Chris wird es später auszubaden haben."

„Das ist ja unglaublich!" Ich wollte seinen Einwand vom Tisch fegen, erwischte aber leider statt des Einwands ein Wasserglas. So etwas passierte mir oft und regte meine Familie und sogar mich selbst schon lange nicht mehr auf. Ich suchte also nach Handfeger und Kehrschaufel, ohne meine Rede zu unterbrechen oder unterbrechen zu lassen. „Der Bengel soll ungeschoren davonkommen, weil alle Angst vor ihm haben? Erstens kannst du nichts für den Beruf deines Vaters, Chris. Zweitens ist es ein sehr wichtiger Beruf und ein sehr schöner obendrein." Schon waren die Scherben auf der Kehrschaufel und ich beobachtete stirnrunzelnd, wie Ingo sich erhob, in Richtung Herd tastete und nach einem Holzlöffel griff. „Was ist denn Ruperts Vater von Beruf?", fragte ich, während ich die Scherben in den Mülleimer fegte.

„Er hat keinen Vater."

„Aha, deshalb also." So viel Psychologie hatte schließlich jeder verinnerlicht, dass man wusste, welche verheerenden Wirkungen das fehlende männliche Vorbild für einen Jungen haben konnte. „Trotzdem..."

„Der Möhreneintopf ist gleich warm", unterbrach Ingo mich. „Kinder, bringt eure Schultaschen in eure Zimmer und wascht euch die Hände. Gleich gibt's Essen."

„Moment mal!" Erst jetzt begriff ich, was hier gespielt wurde. „Glaubst du, dass du dich hier wieder einschleichen kannst? Über den Möhreneintopf zurück an den heimischen Herd? Oder ist deine Sandra schon nach diesen paar Wochen nicht mehr bereit, für dich zu kochen?" Am liebsten hätte ich Ingo den Holzlöffel aus der Hand genommen und den Möhreneintopf sich selbst überlassen. Da machte sich eine Ahnung an mich heran. „Sandra hat dich vor die Tür gesetzt?", fragte ich leise.

Ingo rührte ein bisschen schneller. „Nein, ich wohne noch bei ihr, aber ich habe gemerkt, dass Sandra ein Irrtum war. Ich möchte zu euch zurückkehren." Nun legte er endlich den Holzlöffel beiseite und sah mich mit diesem Blick an, mit dem er seit unserer Hochzeit alles erreicht hatte, was er wollte. „Ich weiß jetzt, dass ich in Wirklichkeit nur dich liebe."

Ich wandte mich ab, machte einen Schritt aufs Küchenfenster zu und starrte in den Garten. Ingo sollte nicht sehen, wie nah mir sein Geständnis ging, und vor allem sollte er meine Tränen nicht sehen. Er hätte sie ja doch missverstanden. Hätte an Tränen der Rührung gedacht und sich sicher gefühlt. Aber ich war nicht gerührt. Traurig war ich, ja, traurig. Nicht nur, weil mir klar war, dass Ingo log, auch weil ich wusste, dass ich ihm gestern noch gern geglaubt hätte. Heute aber war ich dazu nicht mehr fähig. Wenn ich an die zermürbenden Auseinandersetzungen dachte nach Ingos Geständnis, dass er sich in seine Kollegin Sandra verliebt hatte! Und dann der schreckliche Augenblick, in dem er seine Koffer packte! Als die Tür ins Schloss fiel! Wie sehr hatte ich mir in diesem Augenblick gewünscht, Ingo möge bald zurückkommen, weil er gemerkt hatte, dass er doch nicht ohne seine Familie leben konnte. Aber heute... nein, heute wollte ich diese Wohnung und mein Leben darin für mich allein.

Die Tränen versiegten, mein Blick wurde wieder klar, die Bäume, die sich gerade noch hinter einem Tränenschleier aufgelöst hatten, nahmen wieder scharfe Konturen an. Und in der Scheibe des Küchenfensters spiegelte sich nicht mein Gesicht, sondern das von Maximilian Schneider.

„Wollen Sie das denn überhaupt?"

Ja, wollte ich meine Ehe wirklich retten? Mich demnächst wieder betrügen lassen und immer wieder aufs Neue Angst davor haben, dass der Unterhalt am nächsten Ersten nicht auf meinem Konto war?

„Versuchen Sie erst mal, sich von Ihrem Mann unabhängig zu machen."

Ich drehte mich um und lehnte mich an die Fensterbank. Ingo hatte das Rühren vergessen, stand da mit dem Holzlöffel in der Hand und sah mich besorgt an. Der Möhreneintopf duftete nicht mehr, er roch so, wie ein Eintopf riecht, wenn er auf zu großer Flamme erwärmt wird.

„Ich glaube, ich möchte erst einmal unabhängig werden", sagte ich mit zitternder, aber klarer Stimme.

„Was meinst du damit?", fragte Ingo entgeistert.

Leider wusste ich das selber nicht so genau. „Ich will jedenfalls die Angst davor verlieren, dass du dich irgendwann erneut in eine andere verliebst."

„Nie wieder!", versicherte Ingo schnell. „Ich verspreche es."

Aber ich winkte ab. Diese Schwüre kannte ich zur Genüge. „So etwas kann immer passieren. In jeder Ehe! Aber wenn es geschieht, dann möchte ich wenigstens ein eigenes Leben haben. Eins, das nicht abhängig davon ist, dass mein Mann mir pünktlich den Unterhalt bezahlt."

„Aber ich habe dir doch überwiesen, was ich erübrigen konnte."

„Du hast überwiesen, was Sandra erübrigen konnte." Ich stieß mich von der Fensterbank ab und nahm Ingo den Holzlöffel aus der Hand. „Ich brauche Zeit. Ich bin nicht bereit, einfach wieder zur Tagesordnung überzugehen, nur weil du gemerkt hast, dass Sandra doch nicht die Richtige für dich ist. Oder vielleicht hat sie ja auch gemerkt, dass du nicht der Richtige für sie bist?" Ich zog den Topf vom Herd und fühlte mich plötzlich sicher. „Am besten, du ziehst erst mal zu deiner Mutter. Sie wird sich darüber freuen und vor allem wird sie kein Geld von dir verlangen. Du könntest also ohne Probleme die Miete für diese Wohnung und darüber hinaus einen angemessenen Unterhalt zahlen." Ich musste Ingo aus dem Weg schieben, als ich den Gewürzschrank öffnen wollte. Anscheinend war er nicht bereit, den Platz am häuslichen Herd kampflos aufzugeben. „Hast du eigentlich schon mal daran gedacht, dass mir das Gleiche passieren könnte wie dir?"

„Was meinst du?", fragte Ingo verständnislos.

„Auch ich könnte mich verlieben."

„Du?"

Diese fragenden zwei Buchstaben, dieses grinsende U, das mich an Hui Buh, das Schlossgespenst, erinnerte, brachten das Fass zum Überlaufen. „Glaubst du etwa, mich könnte kein Mann begehrenswert finden?" Der Holzlöffel fiel mir aus der Hand und sprenkelte den Küchenfußboden mit möhrenroten Tupfen.

Ich merkte, dass Ingo mich sehr genau betrachtete, während ich den hellen Bodenfliesen das überflüssige Dekor nahm. Zu seinem Glück kam er klar erkennbar zu der Ansicht, dass man diese Möglichkeit durchaus in Betracht ziehen könne. Andernfalls hätte ich Rechtsanwalt Maximilian Schneider jun. vermutlich noch am selben Tag mit der Scheidungsklage beauftragt.

Dann schlich sich ein Verdacht in Ingos Augen. „Hast du etwa jemanden kennen gelernt?"

Ich nickte und begann nun meinerseits den Eintopf zu rühren. Selten hatte es Möhren gegeben, denen so viel Aufmerksamkeit zuteil geworden war.

„Ist es etwas Ernstes?"

„Noch nicht."

Endlich war Ingo bereit, den Herd, und damit wohl auch den Anspruch auf seinen Platz in diesem Hause, fürs Erste aufzugeben. Mit unsicheren Schritten ging er zu dem zweiten Küchenfenster, das auf die Straße hinausführte. Anscheinend brauchte auch er für das, was er sagen wollte, ein Ziel außerhalb dieser vier Wände. Aber was immer er auch mit dem Blick auf die Kreuzkirche formulierte, er kam nicht mehr dazu, es auszusprechen.

Christopher erschien in der Küche. „Was ist eigentlich ein Hurensohn?" Zum Glück wandte er sich an seinen Vater, der für die Beantwortung heikler Fragen von jeher zuständig gewesen war.

Ingo suchte noch nach Worten, als Alexandra in Christophers Rücken sagte: „Der Sohn einer Nutte, ist doch klar."

Dass Christopher keine Fragen zu dem Begriff Nutte stellte, erschütterte mich, aber ein Gespräch darüber verschob ich auf einen günstigeren Zeitpunkt. Stattdessen sah ich Ingo provozierend an. „Musst du nicht los? Du magst Möhreneintopf doch sowieso nicht besonders gern."

Ingo sah aus, als wollte er behaupten, Möhreneintopf gehöre neuerdings zu seinen Leibgerichten, aber in diesem Moment klappte vor dem Haus eine Autotür. „Deine Freundin Nadja! Sie hat ihren Wagen auch auf dem Bürgersteig geparkt. Wie soll da jetzt ein Rollstuhlfahrer oder eine Mutter mit Kinderwagen durchkommen?"

„Leos Schlüssel liegt auf dem Dielenschrank", antwortete ich. „Bist du so nett, für ihn einen Parkplatz zu suchen, ehe du gehst?"

Ingo nickte bereitwillig. „Alles ist besser als Nadjas Geschwätz."

Vom ersten Tag an war es so gewesen. Nadja, die schicke, mondäne, entweder in Mokkabraun oder edlem Schwarz gekleidete Botschafterin ihres Ladens, hegte eine mühsam verborgene Abneigung gegen Polizisten, schon wegen ihrer unkleidsamen Uniformen. Ingo dagegen pflegte ganz offen seinen Widerwillen gegen Boutique-Besitzerinnen, die etwas so Triviales wie Mode zum Lebensinhalt gemacht hatten. Nadja fand Ingo spießig und langweilig und – seit er mich wegen einer anderen verlassen hatte – auch noch heuchlerisch und verantwortungslos. Ingo hielt Nadja für ein oberflächliches Geschöpf, dem es nur auf eine schöne Larve und ein gutes Leben ankam. Dabei vergaß er ganz, dass Nadja ihr Geld keineswegs leicht verdiente, sondern in ihre Boutique eine Menge Zeit und Arbeit und neuerdings auch viele Sorgen investierte.

‚Nadjas Modestübchen' lag nicht in der City, weil dort die Mieten viel zu hoch waren, sondern am Ende der Warendorfer Straße, wo es um Laufkundschaft schlecht bestellt war und die Stammkunden zu denen gehörten, die sich immer weniger leisten konnten. Aber Ingo war von seiner vorgefassten Meinung nicht abzubringen – und das lag auch daran, dass Nadja mit einem Lehrer verheiratet war. Diesen Beruf verachtete Ingo noch mehr als die gesamte Modebranche. Lehrer waren überbezahlt, verdienten ihr Geld mit Besserwisserei, brauchten nur einen halben Tag zu arbeiten und hatten die meiste Zeit des Jahres Ferien. Während der übrigen stöhnten sie über die unartigen Schulkinder. Und eine Frau, die mit einem Lehrer verheiratet war, wurde von Ingo in den gleichen Topf geworfen, wo alle Pädagogen landeten.

Dass er sich dennoch um ein ungestörtes Verhältnis zu Hartwig Schramm bemühte, lag nur daran, dass er Christophers Sport- und Alexandras Deutschlehrer war. Die Noten seiner Kinder wollte er nicht leichtsinnig gefährden, deswegen verzichtete er zu meiner großen Erleichterung darauf, Hartwig ganz offen einen Klugscheißer und Faulenzer zu nennen. Wie sich unsere Bekanntschaft mit den Schramms nach der Schulausbildung unserer Kinder gestalten würde, blieb abzuwarten.

Ingo wollte sich mit einem flüchtigen Gruß an Nadja vorbeidrücken, kam aber um ein Bussi-Bussi vor der Haustür nicht herum.

Verlegen blickte er sich nach allen Seiten um, während Nadja exaltiert kicherte. „Reicht das, damit du mir kein Knöllchen verpasst?"

„Ich bin nicht von der Schutzpolizei", knurrte Ingo. „Du kannst es ja noch einmal versuchen, wenn du einen Mord auf dein Gewissen geladen hast."

Nadjas künstliches Lachen verstummte, kaum dass Ingo die Haustür hinter sich ins Schloss gezogen hatte. „Schrecklich, dass du mit einem Polizeibeamten verheiratet bist! Noch dazu mit einem, der dich betrügt. Wie konntest du nur auf eine Uniform reinfallen?"

„Hast du vergessen, dass ich auch mal eine Uniform getragen habe?"

„Deswegen bin ich da." Nadja betrachtete mich, als wären mein Ringelpulli von H & M und die Jeans, die ich bei ebay ersteigert hatte, auch nicht viel besser. Aber wie immer schwieg sie. Kritik an meinem Outfit brachte sie höchstens dadurch vor, indem sie mir die Mode aus ihrem Laden zum halben Preis anbot. „Über den Job, den du gelernt hast, will ich mit dir reden."

Ich konnte mir keinen Reim darauf machen, aber leider musste ich mich gedulden. Christopher und Alexandra bestanden darauf, dass Nadja sie zum Erkerfenster begleitete, um Humphrey zu bewundern. Sie tat es wohl nicht besonders überzeugend und stand deswegen schon wenige Minuten später neben mir in der Küche, wo ich dem Möhreneintopf gut zuredete. Der war in der letzten halben Stunde so oft gerührt worden, dass er jetzt aussah wie Karottenbrei aus ökologischem Anbau für Babys in den ersten drei Lebensmonaten.

„Willst du mit uns essen?", fragte ich Nadja.

Sie warf einen Blick zur Uhr. Damit leitete sie fast jede Antwort ein. „Bis drei habe ich Zeit, dann muss ich den Laden wieder öffnen. Warum also nicht? Frederik isst heute Mittag bei einem Freund, mit dem er anschließend für eine Arbeit lernen will." Nadja drückte die Küchentür ins Schloss. „Bevor die Kinder zum Essen kommen, sag mir schnell, warum Ingo hier war."

Ich lächelte leicht. „Das Gleiche habe ich ihn auch gefragt.

„Spinnt der?" Nadja stemmte die Fäuste in die Hüften. „Erst zieht er zu dieser Sandra und nun..."

„...nun will er zu mir zurückkehren."

„Ehrlich?" Nadja blieb der Mund offen stehen, dann verdüsterte sich ihre Miene. „Und du hast deinen Ernährer natürlich mit Freuden wieder aufgenommen!"

„Nein, habe ich nicht." Ich stellte die Teller auf den Tisch und holte eine Terrine aus dem Schrank. „Ich habe ihm erklärt, dass ich Zeit brauche und die Trennung als Chance nutzen will. Als Chance, mich unabhängig zu machen. Dann werden wir weitersehen."

Nadja ließ sich auf einen Stuhl fallen. „Was ist denn in dich gefahren? Bis gestern noch wolltest du alles tun, damit Ingo zu dir zurückkommt! Und nun plötzlich Emanzipation und Selbstverwirklichung?"

Ich füllte den Eintopf in die Terrine. „Ich weiß im Moment wirklich nicht genau, was ich will. Auf jeden Fall möchte ich mich von meinem Mann unabhängig machen. Wenn ich ihn wieder hier einziehen lasse, dann unter anderen Vorzeichen."

Bei einer Diskussion mit Nadja über die Rechte einer Ehefrau und die gottverdammten Ansprüche eines Ehemannes zog ich stets den Kürzeren. Deswegen war ich froh, dass die Kinder in die Küche kamen und eine Diskussion darüber anzettelten, ob Humphrey eine Kostprobe des Möhreneintopfs zuzumuten sei.

„Auf keinen Fall", entgegnete ich energisch. „Soll der Papagei gleich am ersten Tag an einer Gallenkolik verenden?"

„... und eure Mutter um ihre Rente bringen?", ergänzte Nadja grinsend.

Alexandra und Christopher sahen sie empört an. „Mama hat gesagt, es ginge ihr nicht um die Rente, sondern um die Erinnerung an Tante Almut."

„Das stimmt." Ich blickte Nadja warnend an, damit sie nicht auf die Idee kam, mich bei meinen Kindern in ein schlechtes Licht zu setzen. „Und wenn ich möchte, dass es Humphrey gut geht, dann denke ich nur daran, dass genau das Tante Almuts letzter Wunsch war."

Nadja nickte, als glaubte sie mir. „Trotzdem kommt diese Rente genau richtig", sagte sie diplomatisch. „Du stehst an einem Wendepunkt deines Lebens, Romy, da kommt es auf jede Kleinigkeit an. Obwohl in solchen Momenten eigentlich nur die großen Entscheidungen zählen." Sie sah eine Weile nachdenklich vor sich hin, während ich mich fragte, was eigentlich in ihrem Kopf vorging. Dann entschloss sich Nadja, rigoros in die Erziehung meiner Kinder einzugreifen, und damit wusste ich, dass es etwas wirklich Wichtiges, etwas Sensationelles war, das sie hergeführt hatte. „Ich finde, ihr könnt ruhig schon aufstehen und euch mit Humphrey beschäftigen", sagte sie zu Alexandra und Christopher.

Die beiden warteten meinen Kommentar gar nicht erst ab, sondern ließen den zerrührten Möhreneintopf auf ihren Tellern und verschwanden. Kurz darauf hörten wir Humphrey schreien: „Leck mich am Arsch!"

Ich räumte den Tisch ab und goss Wasser in die Kaffeemaschine. „Schieß los", forderte ich Nadja auf. „Worüber willst du mit mir reden?"

Darauf schien Nadja nur gewartet zu haben. „Ich weiß, wie du Geld verdienen kannst", platzte sie heraus.

In mir stieg erwartungsvolle Unruhe hoch, aber ich versuchte trotzdem, kühl zu reagieren. „Du meinst, ich kann doch in deiner Boutique aushelfen?", fragte ich, obwohl ich genau wusste, dass Nadja etwas anderes meinte.

Prompt schüttelte sie den Kopf. „Das kann ich Anna Rosenkranz nicht antun. Sie bangt sowieso schon um ihren Arbeitsplatz, seit sie die Hälfte des Tages däumchendrehend hinter dem Tresen verbringen muss."

„Was dann?" Die Kaffeemaschine begann zu gluckern, ich setzte mich wieder zu Nadja an den Tisch.

„Du hast gesagt, du willst dich von Ingo unabhängig machen."

Ich nickte. „Ja, ich will endlich eigenes Geld verdienen."

„Dann habe ich tatsächlich die richtige Idee", strahlte Nadja. „Du machst eine Privatdetektei auf."

Ich hatte wirklich etwas Besseres erwartet. Ein Angebot, das ich ernst nehmen konnte, einen Job, den mir Ingo nicht zutraute, eine Idee, für die mich vielleicht sogar Maximilian Schneider bewundern könnte. „Du musst übergeschnappt sein!"

„Denk doch erst mal nach!" Mit einem Eifer, den ich noch nie bei Nadja gesehen hatte, legte sie mir dar, dass ich alles hatte, was eine Privatdetektivin brauchte, und dass dieser Beruf alles hatte, was ich brauchte. „Du hast das Know-how, du weißt, wie man ermittelt, wie man Verhöre führt, wie man an Informationen kommt. Das hast du doch alles während deiner Ausbildung bei der Polizei gelernt. Andererseits hättest du flexible Arbeitszeiten und könntest zu Hause tätig sein. Du hast ja immer noch Spaß daran, deine Kinder wie Babys zu behandeln, obwohl sie längst Teenys sind. Und das Wichtigste: Du brauchtest kaum zu investieren. Wenn man mal von einem Telefonanschluss und einem Schreibtisch absieht. Einen Computer hast du ja."

„Er gehört Chris", gab ich zu bedenken.

„Dann gehört er eben in Zukunft euch beiden. Und wenn du die ersten Honorare kassiert hast, kaufst du dir einen eigenen."

„Honorare?" Das Wort war mir so fremd wie Investitionen, Geschäftserfolg und Geldanlage. „Wer soll mir denn diese Honorare zahlen?"

„Du wirst sehen, es gibt genug Frauen, die wissen wollen, ob ihre Männer treu sind, und genug Männer, die einen weißen Fleck auf der

Weste eins Konkurrenten suchen. Ein bisschen Werbung, die nicht viel Geld kostet, wird reichen. Dann werden sich deine Kunden die Türklinke in die Hand geben. Und besser ist es, wenn du nicht ganz mit Ingo brichst. Du wirst ihn vermutlich gelegentlich brauchen. Eine bessere Quelle, um in die Arbeit der Polizei Einblick zu nehmen, kannst du nicht haben. Und das könnte hin und wieder von Nutzen sein."

Der Kaffee war noch nicht durchgelaufen, trotzdem zog ich die Kanne unter dem Filter weg und goss uns ein. „Nadja, das ist völlig verrückt. Eine Privatdetektei! Als wenn das so einfach wäre! Ich kann mir nicht denken, dass man sich so mir nichts, dir nichts als Privatdetektiv niederlassen kann. Sicherlich gibt es da irgendwelche Zulassungsbestimmungen."

Nadjas Begeisterung kühlte sich tatsächlich ein wenig ab. Aber nur ein wenig! „Das lässt sich doch herausfinden! Du brauchst jemanden, der dich juristisch berät. So jemand wäre zukünftig ohnehin wichtig für dich. Dann liefe dein Geschäft optimal an. Juristen und Polizisten als Ratgeber und Verbündete! Die sind besser als ein teures Büro auf dem Prinzipalmarkt!"

Nun war endlich der Moment gekommen, auf den ich schon lange brannte. Das richtige Stichwort war gefallen. Ich konnte meiner Freundin endlich von Maximilian Schneider erzählen. Ganz sachlich, versteht sich. Nur, damit sie wusste, dass es jemanden gab, der mir mit großer Wahrscheinlichkeit gerne mit seinem fachmännischen Rat unter die Arme greifen würde. „Er muss ohnehin demnächst regelmäßig zu mir kommen, um sich über Humphreys Gesundheitszustand zu informieren."

„Das ist ja ideal!" Nadja hob die Begeisterung vom Stuhl, aber eine sichere Erkenntnis drückte sie gleich wieder zurück. „Was hast du gesagt? Er sieht aus wie Hugh Grant?"

Ich nickte, ohne sie anzusehen. Eigentlich hatte ich ja von vornherein geahnt, dass sie mich durchschauen würde.

„Nun ist mir klar, warum Ingo heute eine Abfuhr erhalten hat. Und warum du plötzlich von Unabhängigkeit redest." Nadja grinste so breit, als hätte ich ihr einen One-night-stand gebeichtet. Das brachte mich schlagartig von Amelsbüren in meine Küche zurück. „Nein, Nadja, die Sache mit der Detektei ist wirklich verrückt."

„Erzähl mir lieber, ob du in diesen Anwalt verliebt bist, ob er sich auch in dich verliebt hat, ob er ledig oder verheiratet ist und wann ihr das nächste Date habt."

Aber ich schüttelte beharrlich den Kopf. Nun ärgerte ich mich bereits darüber, dass ich Nadja von Maximilian Schneider erzählt hatte. Kaum hatte ich das zarte, scheue Gefühl mit jemandem geteilt, war der Setzling schon geschossen und drohte vor der Zeit zu blühen und in wenigen Minuten zu vertrocknen. Und außerdem ärgerte mich nun, dass ich mich bisher kein einziges Mal gefragt hatte, ob Maximilian Schneider verheiratet war. Am Ende ärgerte ich mich nur noch darüber, dass mich die Antwort viel mehr interessierte, als mir lieb war.

Ich kam auf Nadjas verrückte Idee nur deshalb zurück, um meine Freundin von Maximilian Schneider abzulenken. „Für eine Privatdetektei ist mehr nötig als ein Telefon und ein PC. Zum Beispiel eine gute Kamera. Und die habe ich nicht."

Mir erschien dieses Argument stichhaltig, aber ich hatte meine Rechnung ohne Nadja Schramm gemacht, die bisher noch immer gewonnen hatte, wenn sie mich zu etwas überreden wollte, zu dem mir der Mut fehlte. Mit einem herablassenden Lächeln beugte sie sich zu ihrer Tasche hinab, die neben ihrem Stuhl stand, öffnete sie aufreizend langsam und hielt wenig später eine Kamera in der Hand. „Das ist das Beste, was zurzeit auf dem Markt ist", behauptete sie. „Und ich leihe sie dir, bis du dir eine eigene Kamera leisten kannst."

Nun war ich nicht nur verblüfft, sondern auch alarmiert. Nadja war zwar eine verlässliche Freundin, die man um eine Gefälligkeit bitten konnte, ohne Angst vor Zurückweisung haben zu müssen. Aber sie war auch eine ausgebuffte Geschäftsfrau, der Geld sehr viel bedeutete. Und wenn sie mir eine teure Kamera nicht nur großzügig auslieh, sondern geradezu aufnötigte, dann musste es dafür einen guten Grund geben. Ich war so sicher, dass ich geradeheraus fragte: „Nun verrat mir mal, warum dir wirklich so viel daran liegt, dass ich demnächst Privatdetektivin bin."

Nadja lächelte anerkennend. Sie focht immer am liebsten mit jemandem, der ihr gewachsen war. „Du hast Recht, es gibt mehrere Gründe. Ich will deine erste Kundin sein."

„Du gottverdammter Hurensohn!", hörte ich Humphrey schreien, während die Gedanken durch meinen Kopf purzelten. Ich war verwirrt, aber auch auf angenehme Weise erregt. So, als hätte sich ein kleines Abenteuer als ungebetener Gast an den Tisch gesetzt, das nun seine Koffer auspackte, um das Gästezimmer zu beziehen oder sogar von Adoption zu reden.

Nadja wartete nicht auf eine Entgegnung. „Natürlich könnte ich auch jede andere Detektei beauftragen", erklärte sie. „Aber mir wäre es viel lieber, wenn du als meine Freundin dich darum kümmern könntest."

„Worum?“

„Ich will wissen, mit wem Hartwig mich betrügt.“ Sie zog ihre Brieftasche hervor und entnahm ihr einen großen Geldschein. Einen viel zu großen! „Nicht, dass du denkst, ich bäte dich deshalb darum, weil ich billig an die Informationen kommen will. Ich bezahle dir selbstverständlich genauso viel wie jedem anderen Privatdetektiv. Aber ich bezahle dich viel lieber als einen Fremden.“

„Zweihundert Euro? Du musst wirklich verrückt sein, Nadja.“

„Das ist natürlich nur eine Anzahlung. Wenn du mehr brauchst, schick mir einfach eine Rechnung. Bis es so weit ist, hast du vielleicht schon einiges über die Gebührenordnung für Detektive gelernt.“ Sie schob den Schein, den ich zurückgewiesen hatte, erneut über den Tisch. „Ich weiß, dass es üblich ist, einem Privatdetektiv einen Vorschluss zu bezahlen.“ Sie legte die Kamera auf den Zweihundert-Euro-Schein, als wollte sie verhindern, dass der Wind ihn aus meinem Küchenfenster trug. „Ich kann es mir leisten, mach dir darüber keine Sorgen.“

Ich war nun völlig verwirrt. „Ich denke, deine Geschäfte gehen schlecht. Du hast mir mehr als einmal erzählt, dass deine Boutique nicht mehr viel abwirft.“

Nadja macht eine wegwerfende Handbewegung, dann lachte sie. Aber es war ein Lachen, das mir nicht gefiel. Ein Lachen, das spöttisch, geringschätzig und sogar ein bisschen heimtückisch war. Aber da es mir nicht zu gelten schien, schüttelte ich das unangenehme Gefühl schnell wieder ab.

„Finanziell läuft alles bestens“, sagte Nadja vage. „Es wird Zeit, dass ich mich darum kümmere, wie mein Vermögen zu verwalten und später zu vererben ist. Am besten, du schreibst mir die Telefonnummer dieses Anwalts auf, der aussieht wie Hugh Grant. Mit ihm könnte ich dann mein Testament errichten. Ich will auf jeden Fall, dass Frederik später mein Vermögen allein erbt. Da ich davon ausgehe, dass Hartwig mich betrügt, soll er nicht mehr als seinen Pflichtteil bekommen.“

„Willst du denn die Ehe aufrechterhalten? Auch, wenn du den Beweis für seine Untreue hast?“

Nadja nickte. „Erst, wenn Frederik volljährig ist, werde ich mich scheiden lassen. Ich habe mir das genau überlegt und mir fest vorgenommen, Frederik die Familie zu erhalten, solange er noch zur Schule geht.“

„Und warum jetzt schon ein Testament? Du bist noch keine vierzig!“

Nadjas Gesicht wirkte plötzlich sehr angespannt. Es kam mir vor, als hätte sie große Mühe, hinter ihrer Miene all das zu verbergen, was sie zurzeit beschäftigte und bedrängte. „Es gibt Unglücksfälle", sagte sie so leise, dass ich sie kaum verstand. „Wenn der Ehemann eine Geliebte hat, muss man sowieso mit allem rechnen."

Nun fühlte ich mich brüskiert, als träfe mich selbst ein böser Verdacht. Nadja ging zu weit! Mir fiel es schon schwer zu glauben, dass der rechtschaffene Hartwig Schramm eine Liebschaft unterhielt. Ich kannte ihn nur als geradlinigen Menschen, der sich darum bemühte, dem Wort Moral die Inhalte zu bewahren, die es brauchte, damit es nicht irgendwann hohl und nichtig wurde. Ich hatte ihn oft über den bedrohlichen Werteverfall in der Gesellschaft sprechen hören und es hatte mir jedes Mal wehgetan, wenn Nadja dann spöttisch gelacht hatte. Ausgerechnet dieser Mann sollte seine Frau belügen und betrügen? Ziemlich unwahrscheinlich eigentlich! Ganz und gar absurd aber war es, dass Nadja sich von ihm bedroht fühlte.

„Wenn ein Mann wie Hartwig die Ehe bricht", sagte Nadja in diesem Augenblick, „dann muss ich damit rechnen, dass es für ihn die große Liebe ist. Hartwig ist kein Typ für unverbindliche Bettgeschichten. Und wenn er eine andere liebt, dann will ich wenigstens davon wissen. Wenn mein Mann die Absicht haben sollte, mich zu verlassen, möchte ich darauf vorbereitet sein und vorher mein Vermögen sichern."

Vermögen? Ich wunderte mich sehr über dieses Wort. Was tischte mir Nadja da eigentlich auf? Prahlerei? Nein, das passte nicht zu ihr. Eine Lügengeschichte, um sich interessant zu machen? Genauso unwahrscheinlich! Wenn Nadja von einem Vermögen sprach, dann musste es ein Vermögen geben. Aber woher kam es? Ich wusste genau, dass weder Nadja noch Hartwig aus reichen Elternhäusern stammten. Nadja war sogar arm wie eine Kirchenmaus gewesen, als sie in Westdeutschland ankam...

Sie war in Mecklenburg-Vorpommern geboren und aufgewachsen und im August 1989 über Ungarn in die Bundesrepublik geflüchtet. Ganz allein! Ein junges Mädchen, das sich entschloss, fortan ohne seine Familie zu leben! Denn als Nadja zu einem Fremden ins Auto stieg, der sie mitnehmen wollte nach Ungarn, da konnte sie nicht wissen, ob sie ihre Eltern je wieder sehen würde. Sie hatte es trotzdem gewagt.

„Ich wollte nur weg", hatte sie mir einmal erklärt. „So schnell wie möglich! Gott, war ich froh, aus dieser Enge herauszukommen! Es war nicht nur die politische Enge – es waren vor allem die Grenzen, die meine Eltern steckten. Die Erwartungen meines Vaters an mich und die Trauer meiner Mutter, die mich nicht losließ. Die Beklemmung wurde immer unerträglicher."

„Trauer? Worum trauerte deine Mutter?“

„Um meine Schwester. Jahre lag ihr Tod schon zurück, aber meine Mutter ging immer noch täglich zum Friedhof und machte mir Vorwürfe, wenn ich sie nicht begleiten wollte.“

Das war das Einzige, was ich jemals aus Nadjas Vergangenheit gehört hatte. Dann wollte sie nicht mehr weiterreden. Ihre Erinnerungen an Mecklenburg-Vorpommern hatten für sie entweder keine Bedeutung oder sie waren so belastend, dass sie deswegen nicht über die Vergangenheit sprechen wollte. Nadja stattete ihrer Heimat auch nach der Wende nie einen Besuch ab. Sie schien ihr Vorleben gehasst zu haben und froh zu sein, es für immer loszusein. Nadja war nach Westdeutschland gekommen, um alles zu ändern, was bisher ihr Leben ausgemacht hatte. Nichts sollte mehr so sein wie früher.

Wohl auch deswegen hatte sie Hartwig Schramm so überstürzt geheiratet. Und deshalb hatte sie unter großen Mühen und Opfern die Boutique an der Warendorfer Straße eröffnet, obwohl sie nur wenig von westlicher Mode und noch weniger von Marktwirtschaft verstand. Glücklich war Nadja aber weder in ihrer Ehe noch in ihrem Beruf geworden. Ich wusste schon lange, dass nur ihr zwölfjähriger Sohn Frederik sie in diesen Lebensumständen hielt, die sie anscheinend genauso unglücklich machten wie die in der ehemaligen DDR. Aber dass sie dafür auch bereit war, eine außereheliche Beziehung ihres Mannes zu tolerieren, hatte ich nicht erwartet.

„Ich glaube, ich weiß, wie die Frau heißt“, sagte Nadja. „Ich habe Hartwig zweimal mit ihr gesehen.“

„In verfänglicher Situation?“

„Nein, sonst wüsste ich ja längst Bescheid. Ich bin nicht einmal sicher. Vielleicht irre ich mich auch.“

„Wie ist denn dein Verdacht überhaupt entstanden?“

Nadja drehte ihre Kaffeetasse, als wollte sie das Blümchenmuster darauf genau studieren. „Du kennst doch Hartwig“, begann sie. „Er kann nicht gut lügen. Anscheinend glaubt er wirklich, ich nähme ihm die vielen Konferenzen, Theater-AG's und Elternsprechtage ab. Und dann die heimlichen Telefongespräche, die abrupt beendet werden, sobald ich das Zimmer betrete! Und seine Fragen, wenn ich das Haus verlasse! Wohin gehst du? Wann kommst du zurück? Schon mehr als einmal bin ich absichtlich eine Stunde früher heimgekommen, als ich angekündigt habe – und natürlich war Hartwig nicht zu Hause. Und dann sein Schreck, wenn er die Tür aufschloss und ich erwartete ihn bereits! Seine gestotterten Ausflüchte! Nein, Hartwig ist kein begabter Seitenspringer.“

Dass ich mich auf Nadjas Spiel eingelassen hatte, merkte ich zu spät. „Wie heißt die Frau?“, fragte ich und stand auf, um aus einer Schublade einen Schreibblock herauszukramen.

Als ich an den Tisch zurückkehrte, blickte ich in Nadjas lächelndes Gesicht. „Du machst es also?“

Verdattert starrte ich auf das weiße Blatt Papier, über dem mein Kuli schwebte wie ein Vogel über einer Beute, die sich unversehens als Attrappe entpuppte. Hatte ich mich wirklich schon entschieden? Wollte ich Privatdetektivin werden? Der Vogel kreiste noch immer über der Beute, als wollte er einfach nicht glauben, was er sah. Nie im Leben hatte ich etwas Verrücktes getan. Brave Tochter, angepasste Ehefrau, treu sorgende Mutter war ich bisher gewesen. Und nun Detektivin?

In meinem Kopf summte es plötzlich. Ingo würde sich wundern! Maximilian Schneider beeindruckt sein! Und die Kinder stolz auf ihre Mutter, mit der sie bisher nur angeben konnten, wenn es um selbst gebackene Weihnachtsplätzchen und das Engagement in der Schulpflegschaft ging. Wenn Weihnachten vorbei war und keine Pflegschaftssitzung in Sicht, wurden mir stets die Karrierefrauen vorgehalten, die montags nach München flogen, mittwochs nach Rom und freitags natürlich keine Zeit für Weihnachtsbäckerei und Schulpflegschaft hatten. Sogar Kassiererinnen bei Aldi und die Kellnerinnen in der Pizzeria hatten bei meinen Kindern einen höheren Stellenwert als eine hauptberufliche Mutter. Die konnten einem wenigstens die Sonderangebote beiseite legen, die nach Schulschluss ausverkauft sein würden, oder eine Pizza mitbringen, die von einem Gast zurückgewiesen worden war. Was konnte ich schon für Alexandra und Christopher tun? Nur das, was sie als Kleinkinder dringend nötig hatten, aber jetzt lästig geworden war. Als Kollegin von Matula hatte ich jedoch die Chance, die angesagteste Mutter weit und breit zu sein.

„Du machst es also“, sagte Nadja, die in meinem Gesicht alles gelesen hatte, was durch meinen Kopf gegeistert war. „Es wurde auch Zeit, dass du endlich in den Klub der Powerfrauen eintrittst. Ich bin gespannt, wie es dir darin gefällt.“

Das war ich auch. Obwohl mich zunächst mal die Frage bedrängte, wie man die Mitgliedschaft notfalls so schnell wie möglich wieder kündigen konnte.

Immer noch schien Nadja genau zu wissen, was in meinem Kopf vorging. „Wenn es nicht klappt mit dem Detektivbüro, dann gibst du es eben wieder auf. Einen Versuch ist es wert. Schließlich sind die Investitionen äußerst gering.“

„Also gut!“ Plötzlich fühlte ich mich so stark wie Matula, wenn er für das Gute kämpfte, im Recht war und trotzdem mit einem Mal in eine Pistolenmündung blickte. Mein Kuli fuhr aufs Papier hinab, die Beute war doch keine Attrappe gewesen. „Wie heißt die Frau?“

„Judith Kersten.“

„Kersten? Den Namen habe ich doch schon mal gehört.“ Ich überlegte kurz, aber meine Erinnerung ließ mich im Stich, obwohl ich sicher war, dass der Name in meinem Kurzzeitgedächtnis steckte. „Wie hast du den Namen herausgefunden?“

Nadja horchte eine Weile auf Humphreys wüstes Geschrei, lächelte, als er „Küsschen! Küsschen!“, krächzte, dann antwortete sie: „Zweimal habe ich Hartwig mit ihr gesehen. Die beiden wirkten zwar nicht wie ein Liebespaar, aber ich denke, das hat nichts zu sagen. Sie sind eben vorsichtig.“ Nadja sah mich so lange an, bis sie merkte, dass die Frage immer noch in meinen Augen stand. Sie wirkte verlegen, als sie weitersprach: „Was ich brauche, sind Beweise! Ich möchte mir nicht von Hartwig sagen lassen, dass ich grundlos eifersüchtig bin. Ich will nichts vermuten, ich will es wissen! Und ich will ihm nichts unterstellen, sondern sicher sein, dass ich ihm die Wahrheit auf den Kopf zusage.“

Noch immer hatte sie mir meine Frage nicht beantwortet. „Woher kennst du ihren Namen?“

„Ich habe die Frau noch ein drittes Mal gesehen“, bekannte Nadja. „Diesmal ohne Hartwig. Und ich bin ihr gefolgt. Sie bummelte die Salzstraße entlang und ging dann zu Karstadt. Im Erdgeschoss kaufte sie ein teures Parfüm. Anscheinend kennt sie mich nicht, denn als ich mich an der Kasse neben sie stellte, wurde sie nicht nervös. Und ich hatte Glück, sie zahlte mit ihrer EC-Karte.“

Mir ging ein Licht auf. „Du konntest ihren Namen auf der Karte erkennen?“

Nadja grinste. „Es hat mich nur knapp zehn Euro gekostet. Ein billiges Duftwasser fur Herren, nach dem ich wahllos gegriffen habe, um direkt nach ihr bezahlen zu können. Ich habe es gleich weggeworfen, es roch scheußlich. Es erinnerte mich plötzlich an einen Klassenkameraden, der es früher stündlich einmal aufsprühte. Der größte Rüpel der Klasse...“

Mit einem Schlage fiel mir ein, woher ich den Namen kannte. „Weißt du, ob Judith Kersten Kinder hat? Einen Sohn, der Rupert heißt?“

Nadja sah mich erstaunt an. „Keine Ahnung! Wie gesagt, ich weiß nur ihren Namen, sonst nichts.“

Ich erzählte ihr von Rupert Kersten. „Der größte Rüpel der Klasse, der anscheinend immer ungeschoren davonkommt. Chris will jedenfalls nicht, dass ich den Bengel anzeige. Er hat Angst vor ihm."

Nadja sah nachdenklich vor sich hin. „Ja, Hartwig redet auch oft von gewalttätigen Schülern. Er versucht, dagegen anzugehen, aber ihm fehlt die Rückendeckung. Dem Schulleiter ist der Ruf seiner Schule wichtiger als das, was hinter der freundlichen Fassade passiert. Er will auf keinen Fall, dass diese Gewalttätigkeiten bekannt werden."

In mir kochte die Empörung hoch. „Aber das geht doch nicht! So etwas muss doch verhindert werden!"

„Hartwigs Chef behauptet, Rüpeleien unter Heranwachsenden seien ganz normal. Er habe sich als Junge auch häufig mit anderen gerauft. Und niemand habe damals den Versuch gemacht, ihn zu kriminalisieren. So nennt er es nämlich, wenn ein Lehrer ein Exempel statuieren und so einen jugendlichen Gewalttäter anzeigen will. Hartwig wollte es tun – aber der Schulleiter hat ihn davon abgehalten."

Mein Gerechtigkeitssinn, der mich vor Jahren bewogen hatte, Polizistin zu werden, stand in hellen Flammen. „Das werde ich nicht auf sich beruhen lassen."

„Aber du musst an Chris denken", warnte Nadja. „Wenn er nicht will, dass du dich einmischst..."

„Ich möchte erst mal mit Hartwig darüber reden", erklärte der Teil von mir, der Mutter war. Dass er schon bereitwillig die Hälfte des Terrains für die Detektivin freigeräumt hatte, wurde mir erst klar, als ich sagte: „Ich könnte in Hartwigs Sprechstunde gehen und mit ihm über das Problem reden. Dann habe ich vielleicht Gelegenheit, auch auf Ruperts Mutter zu sprechen zu kommen. Und womöglich erfahre ich dann, ob sie wirklich die Judith Kersten ist, die wir suchen."

„Eine gute Idee!" Nadja warf einen Blick auf ihre Armbanduhr und erhob sich. „Aber warum willst du in Hartwigs Sprechstunde gehen? Du bist unsere Freundin, du kannst Hartwig zu Hause besuchen. Ich werde ihm sagen, dass du kommst." Sie griff nach ihrer Tasche und zögerte plötzlich. „Heute Nachmittag hat es keinen Sinn. Hartwig hat beim Frühstück erwähnt, dass er gegen vier einen Termin hat. Vielleicht trifft er sich ja mit Judith Kersten?" Nadja ließ sich noch einmal am Tisch nieder, die Tasche auf ihrem Schoß. „Ich werde ihm sagen, dass du morgen kommst, okay? Und heute Nachmittag könntest du die beiden beschatten. Deine Arbeit beginnt, Romy!" Sie lachte, als könnte sie allein damit aus mir eine gute Detektivin machen. „Wenn du heute schon irgendwelche Beobachtungen machst, dann kannst du sie morgen im Gespräch mit Hartwig vertiefen, verwerfen oder weiter verfolgen." Sie erhob sich erneut und schien nun wirklich gehen zu wollen. „Das waren aber die letzten Empfehlungen, die du von mir bekommen hast", grinste sie. „Von nun an musst du selber wissen, wie eine Privatdetektivin zu ihren Ermittlungsergebnissen kommt."

Als ich ebenfalls aufstand, um Nadja zur Tür zu begleiten, griff sie plötzlich in ihre Tasche und zog ein Schild hervor. Sie hielt es so, dass die Aufschrift nicht zu erkennen war. „Ich habe ein Geschenk mitgebracht, Romy. Sozusagen zur Geschäftseröffnung."

Ich sah sie verblüfft an. „Du wusstest doch gar nicht..."

„Aber ich habe es geahnt. Und natürlich gehofft." Nun drehte sie das Schild herum und hielt es mir hin. „Sobald du die Zulassung hast, hängen wir es neben der Haustür auf."

Humphrey schrie: „Kaffee und Cognac, aber zack-zack!"

Und ich las: „Romy Schell – diskret und schnell, Privatdetektei!"

Alexandra und Christopher waren immer noch unermüdlich damit beschäftigt, mit Humphreys Hilfe ihren Wortschatz zu erweitern. Die Gelegenheit war also günstig, mit einer ersten detektivischen Meisterleistung in meinen neuen Beruf einzusteigen. Christopher durfte auf keinen Fall etwas davon mitbekommen.

Die Schulsekretärin meldete sich mit müder Stimme. Und was ich vorzubringen hatte, weckte sie nicht aus ihrer Gleichgültigkeit. Meine Bitte schien zu denen zu gehören, die ihr so oder in ähnlicher Form häufig vorgetragen wurden. „Ich habe meinem Sohn versprochen, das Englischbuch bei Rupert Kersten vorbeizubringen. Der arme Junge kann sonst nicht für die Arbeit lernen. Dummerweise hat mein Sohn vergessen, mir Ruperts Adresse zu nennen. Aber da er bis heute Abend Sportunterricht hat, kann ich ihn nicht fragen. Wären Sie so liebenswürdig, mir die Adresse rauszusuchen?"

„Wir dürfen keine Adressen und Telefonnummern rausgeben. Datenschutz!"

„Aber wenn der Junge seine Englischarbeit verhaut, nicht versetzt wird und dadurch noch in zwanzig Jahren ein beruflicher Versager ist? Wollen Sie das verantworten?"

Die Schulsekretärin schien ebenso müde zu sein wie ihre Stimme. „Also gut", sagte sie. Ich hörte, wie sie in ihrer Kartei blätterte. „Rupert Kersten ... er wohnt in der Piusallee."

Ich notierte mir die Hausnummer und legte außerordentlich zufrieden auf. Wenn sich herausstellte, dass Ruperts Mutter Judith hieß, konnte ich mir bereits einiges auf meine Spürnase einbilden. Nun musste ich nur noch mit Hilfe von Nadjas Kamera beweisen, dass Hartwig tatsächlich ein Verhältnis mit Ruperts Mutter hatte. Dann allerdings würde ich Nadja mindestens die Hälfte des Vorschusses zurückzahlen müssen, so einfach, wie dieser Auftrag zu erledigen gewesen war. Andererseits bestand natürlich noch immer die Möglichkeit, dass Ruperts Mutter Marieluise oder Mechthild hieß oder dass Nadja sich ganz einfach getäuscht hatte und ihr Mann treu wie Gold war.

Ich schnappte mir das Telefonbuch und suchte unter den fünfzehn Kerstens, die in Münster lebten, den Telefonanschluss heraus, vor dem die richtige Adresse stand. Während ich wählte, hoffte ich, dass nicht Rupert an den Apparat gehen möge.

Aber die Stimme war weiblich. „Kersten!"

„Tina Kersten?"

„Nein, Judith Kersten."

„Entschuldigung, anscheinend habe ich mich verwählt."

So einfach war das! Ich fragte mich, warum ich überhaupt nur eine Minute daran gezweifelt hatte, dass der Beruf der Privatdetektivin richtig für mich war.

Ich blickte auf die Uhr. Halb drei! Also hatte ich noch Zeit. Wenn Judith Kersten um vier Uhr mit Hartwig verabredet war, reichte es, wenn ich mich um halb vier vor ihrem Haus postierte, um sie dann zu verfolgen. Hoffentlich machte mir Leo keinen Strich durch die Rechnung!

Ich atmete tief ein und aus, um meine Stimme zurechtzurücken, ehe ich die Amelsbürener Nummer wählte. Wie erwartet, reagierte Gerda Moorloch ungehalten, als sie meinen Namen hörte. „Herr Schneider spricht auf der anderen Leitung", sagte sie und schien zu glauben, dass sie mich damit abgewimmelt hatte.

Aber nicht mit einer soeben ernannten Privatdetektivin! Nicht mit Romy Schell – diskret und schnell! „Ich warte", sagte ich knapp.

Das schien Gerda Moorloch zu verstimmen. Ohne ein weiteres Wort schickte sie mich in die Warteschleife und beschallte mich mit der schönen blauen Donau. Ob sie hoffte, dass ich darin versank und niemals wieder auftauchte?

Aber ich hatte Glück. Schon bald darauf zog mich Maximilian Schneiders Stimme aus den Fluten. Und sie klang so erfreut, dass Gerda Moorloch meinetwegen in ihrem eigenen Namen versinken konnte. „Frau

Schell! Ich hatte nicht darauf gehofft, schon so bald wieder von Ihnen zu hören."

Ich gab mir redlich Mühe, mir meine Freude über seine Worte nicht anmerken zu lassen. Schließlich war ich als Privatdetektivin cool und ausgebufft und ließ mich nicht von kreiselnden Flugzeugen in meinem Bauch manövrieren.

Kurz und knapp erzählte ich Maximilian Schneider von meinen beruflichen Plänen und stellte zufrieden fest, dass er genauso verblüfft war, wie ich gehofft hatte. Genau genommen verschlug es ihm sogar für eine Weile die Sprache.

„Können Sie mir sagen, was ich tun muss, um eine Detektei zu eröffnen?", fragte ich zum Schluss und musste eine ganze Weile auf eine Antwort warten.

„Tja", brachte er schließ hervor. „So viel ich weiß, ist die Berufsbezeichnung Detektiv nicht geschützt." Wieder entstand eine Pause. „Am besten, ich mache mich erst mal sachkundig. Und dann ist es sicherlich besser, wenn wir alles persönlich klären. Darf ich Sie besuchen? Vielleicht gleich morgen? Dann kann ich mich bei dieser Gelegenheit auch vergewissern, dass Humphrey gut untergebracht ist."

Nun konnte ich meine Freude doch nicht verhehlen. „Wunderbar! Allerdings habe ich morgen einen Termin. Ich weiß nicht, wie lange ich unterwegs sein werde." Ich ließ ein paar Sekunden bedeutungsvoller Stille in die Telefonleitung tropfen. Sollte Maximilian Schneider ruhig glauben, dass ich nicht eine Verabredung mit dem Lehrer meiner Kinder hatte, sondern bereits einem Auftrag hinterher jagte. „Am besten, ich rufe Sie an, wenn ich wieder zurück bin. Einverstanden?"

„Ich freue mich." Hatte seine Stimme eigentlich ebenfalls Ähnlichkeit mit der von Hugh Grant? Nein, sie war etwas ganz Eigenes. Tief und warm, nicht klar, sondern auf erregende Weise rau und zerklüftet. Eine Stimme, die umarmen und einlullen konnte!

Ich räusperte mich. „Übrigens habe ich meiner Freundin Nadja Schramm Ihre Telefonnummer gegeben. Sie möchte bei Ihnen ihr Testament errichten.

„Prima, mein Geschäft beginnt zu florieren. Das Gleiche wünsche ich Ihnen auch. Hat Ihre Detektei eigentlich schon einen zugkräftigen Namen?"

„Oh ja! Romy Schell – diskret und schnell! Münsters neue Privatdetektei!"

Als ich aufgelegt hatte, sah ich Alexandra und Christopher in der Tür stehen. Sie starrten mich an, als machten sie sich große Sorgen um ihre Mutter.

„Was hast du da gesagt, Mama?", fragte Alexandra. „Romy Schell – diskret und schnell?"

„Münsters neue Privatdetektei?", fügte Christopher sichtlich erschüttert an.

Ich versuchte, mir keine Unsicherheit anmerken zu lassen. „Ihr werdet demnächst öfter mal allein klarkommen müssen, Kinder! Zum Glück seid ihr ja schon alt genug. Ich bin jetzt nämlich berufstätig. So wie die Mütter eurer Freunde. Ich bin ab jetzt Privatdetektivin!"

„Du bist verrückt mein Kind", flötete Humphrey.

Alexandra und Christopher sahen mir bewundernd hinterher, als ich zu meiner ersten Beschattung aufbrach. Sie akzeptierten sogar, wenn auch schweren Herzens, dass ich nichts über meinen ersten Auftrag verraten wollte.

An der Haustür versuchte es Christopher ein letztes Mal: „Was ist, wenn wir nie wieder was von dir hören, Mama? Wir könnten dann der Polizei nicht einmal einen Hinweis geben."

Aber ich blieb hart. Dass ich ihren Lehrer des Ehebruchs überführen wollte, durften die Kinder auf keinen Fall erfahren. Und da auch Matula meistens in geheimer Mission unterwegs ist, entließen die beiden mich schließlich wohlwollend in mein Abenteuer. Sogar Leo schien zu begreifen, dass er als Gehilfe einer Detektivin zuverlässig zu arbeiten hatte.

Das Haus an der Piusallee war ein dreigeschossiges Gebäude, in dem sechs Familien wohnten. Ich parkte Leo, ohne lange nach einem freien Plätzchen für ihn suchen zu müssen, dann stellte ich erfreut fest, dass es eine Telefonzelle in der Nähe gab. Ohne das Haus, in dem Judith Kersten wohnte, aus den Augen zu lassen, ging ich darauf zu. Und ich ließ den Blick nicht von der Haustür, während ich ihre Nummer wählte. Ich wartete nur so lange, bis eine weibliche Stimme sich meldete, und legte dann wieder auf. Aha, sie war also noch zu Hause!

Ich blickte auf die Uhr. Viertel vor vier. Vielleicht traf sie sich mit Hartwig in der Nähe? Ungeduldig setzte ich mich wieder ins Auto. Irgendwo hatte ich mal gehört, dass ein Privatdetektiv sein Geld zu einem großen Teil mit Warten verdiente. War dieser Beruf wirklich der richtige für mich? Und was, wenn Nadjas Beschreibung nicht ausreichte, um Judith Kersten zu erkennen?

Nadja hielt ihre Rivalin für unverwechselbar mit ihrem kastanienbraun getönten Pagenkopf, dem auffälligen Rouge auf den Wangenknochen und ihrem schmallippigen Mund. „Spätestens an ihrem Gang wirst du sie erkennen", hatte sie gesagt. „Sie geht nicht, sie trippelt. Und sie trägt zwar teure, aber ziemlich konservative Kleidung. Überhaupt wirkt sie sehr bieder und umständlich. Ich weiß wirklich nicht, was Hartwig an ihr findet."

Aber natürlich wusste sie auch nicht, ob es eine Nachbarin gab, die so ähnlich aussah wie Judith Kersten. Ich musste mich auf meinen Instinkt verlassen und konnte nur hoffen, dass ich der richtigen Frau folgte, sofern eine aus dem Hause trat.

Es war schon nach vier, als sich endlich die Haustür öffnete. Und tatsächlich war ich sofort sicher, dass es Judith Kersten war, die den Vorgarten durchquerte und sich auf dem Bürgersteig nach rechts und links umsah. So, als wollte sie sich zunächst vergewissern, dass sie nicht beobachtet wurde.

Ich rutschte tiefer in Leos Polster. „Das ist sie", flüsterte ich ihm zu. „So verhält sich eine Frau, die etwas Verbotenes tut."

Als Judith Kersten die Straße überquerte, gab es keinen Zweifel mehr, dass ich die richtige Frau vor mir hatte. Sie trippelte auf einen blauen Golf zu, öffnete umständlich die Fahrertür, verstaute ihre Einkaufstasche ungeschickt hinter dem Fahrersitz und ließ sich schließlich vorsichtig, als könnte sie den Sitz kaputt machen, hinter dem Steuer nieder.

Ich hatte gehofft, Judith Kersten zu Fuß beschatten zu können. Nun kam es darauf an, ihr einerseits unauffällig mit großem Abstand zu folgen, ohne sie aber andererseits aus den Augen zu verlieren. „Reiß dich zusammen, Leo! Wenn du nicht anspringst, hat wirklich dein letztes Stündlein geschlagen."

Tatsächlich schien Leo den Ernst der Lage zu begreifen. Eifrig brummte er los, kaum dass ich den Zündschlüssel gedreht hatte, und musste schließlich sogar in seiner Euphorie gebremst werden. Judith Kersten schien nämlich in allem, was sie tat, sehr vorsichtig zu sein. Mehrmals blickte sie in den Außenspiegel, ehe sie sich entschließen konnte, ihre Parklücke zu verlassen. Ihre Hände umklammerten das Lenkrad, nur ganz allmählich steigerte sie das Fahrtempo.

Immer wieder musste ich Leo zurückhalten. „Langsam, alter Junge! Dieser Golf hat nicht so viel Temperament wie du."

Judith Kersten tastete sich durchs Bahnhofsviertel und wagte sich erst auf dem Albersloher Weg an die Höchstgeschwindigkeit heran. Sie war derart aufs Autofahren konzentriert, dass die Verfolgung viel einfacher war, als ich befürchtet hatte. Sie hielt den Blick starr auf die Fahrbahn gerichtet und schien unfähig zu sein, während der anstrengenden und gefährlichen Fahrerei nach rechts oder links oder gar nach hinten zu sehen. So war es kein Risiko, ihr unmittelbar zu folgen. Die einzige Gefahr ging von Judith Kersten selbst aus. Ich musste immer damit rechnen, dass sie vor einer grünen Ampel, die auf Gelb zu wechseln drohte, anhielt, während ich darauf eingestellt war, ihr auch bei Rot zu folgen, um den Anschluss nicht zu verlieren. Ein Auffahrunfall mit dem Opfer der Beschattung war keine gute Empfehlung für eine Privatdetektivin.

Judith Kersten verfolgte den Albersloher Weg sehr lange und bog schließlich rechts ab in Richtung Hiltrup. Auf der Marktallee entschied sie sich nach langem Zögern für einen Parkplatz vor einem kleinen Kaufhaus, nachdem sie mehrere andere geeignete Parkmöglichkeiten verworfen hatte. Bis sie es geschafft hatte, ihre Einkaufstasche aus dem Auto zu nehmen und die Tür abzuschließen, war es mir gelungen, in einer Bäckerei an der Ecke schnell ein paar Brötchen fürs Abendessen zu holen. Dann folgte ich Judith Kersten, die in das Kaufhaus trippelte und sich bei den Sonderangeboten im Eingangsbereich umsah. Aber nur kurz, dann wandte sie sich der Damenoberbekleidung zu, griff wahllos nach einem Pullover, der an einem Rundständer hing und optimale Qualität zum fairen Preis versprach. Mit ihm verschwand sie in einer Umkleidekabine.

Ich blätterte ratlos ein paar Blusen durch, ohne sie richtig zu sehen. Konnte ich die Beschattung beenden? Dass Judith Kersten die Absicht hatte, sich mit Hartwig Schramm zu treffen, mochte ich nicht mehr glauben. Anscheinend plante sie nichts anderes als einen kleinen Einkaufsbummel. Nadja hatte sich wohl getäuscht. Hartwigs Termin am heutigen Nachmittag hatte nichts mit Judith Kersten zu tun.

Dass ich dennoch nicht aufgab, lag an dem Pullover in Größe 46, den sie mit in die Kabine genommen hatte. Judith Kersten trug höchstens Größe 38 und sie hatte nach dem Pullover gegriffen, ohne ihn vorher betrachtet zu haben. Keine Frau, die Freude am Shopping hatte, tat so etwas. Nicht einmal eine, die ohne jeden Spaß an der Mode ein zweckmäßiges Kleidungsstück erwarb. Nein, Judith Kerstens Verhalten war sehr merkwürdig. Geradezu verdächtig! Und deswegen würde ich es so halten wie Matula: Ich würde meinem Instinkt folgen und diese Frau beobachten. Auch, wenn sie sich an diesem Nachmittag nicht mit Hartwig Schramm traf.

Ich musste lange warten, bis der Vorhang der Umkleidekabine endlich zur Seite geschoben wurde. Automatisch duckte ich mich, beugte mich über ein Preisschild ... dann stellte ich fest, dass es nicht Judith Kersten war, die aus der Kabine heraustrat, in die ich doch Judith Kersten hatte gehen sehen. Für ein paar Augenblicke verlor ich die Beherrschung, für die Matula berühmt war. Möglich, dass ich sogar mit offenem Munde die Frau anstarrte, die den Pullover in Größe 46 genauso achtlos an den Ständer zurückhängte, wie er ihm entnommen worden war.

Sie war hellblond. Seidig schimmernde Locken fielen auf ihre Schultern, ihr Mund war grellrot geschminkt, ihre Kleidung herausfordernd knapp. Auf den Locken saß eine große Sonnenbrille, die sie über die Augen zog, als sie sich von dem Rundständer mit den Pullovern abwandte. Sie verließ das Kaufhaus, ohne dem Warenangebot noch einen Blick zu schenken. Ihr weit ausgeschnittener Pulli reichte nur knapp bis zur Taille und ließ einen Streifen gebräunter Haut sehen, der Minirock war so kurz, dass sie die linke Hand am Rocksaum hielt, um notfalls eingreifen zu können, falls der Rock nicht dort bleiben wollte, wo er unbedingt hingehörte. Er war so eng, dass ihre Schritte noch kleiner waren als vorher, nur die große Einkaufstasche war dieselbe geblieben.

Ich überhörte die Frage einer Verkäuferin, die wissen wollte, ob sie mir helfen könne, und folgte den trippelnden Schritten. In der Eingangstür des Kaufhauses vergewisserte ich mich, dass die blonde Frau tatsächlich auf den blauen Golf zuging, den Judith Kersten kurz zuvor abgestellt hatte. Während ich beobachtete, wie sie umständlich die Tür öffnete, die Einkaufstasche ungeschickt hinter dem Fahrsitz verstaute und sich schließlich ganz vorsichtig, so als könnte sie den Fahrersitz oder ihren Minirock kaputt machen, hinter dem Steuer niederließ, verflogen meine allerletzten Zweifel. Diese Frau war Judith Kersten! Unglaublich, wie einschneidend sie in der kurzen Zeit ihr Aussehen verändert hatte! Warum tat sie das? Warum ging sie in dieses Kaufhaus und verwandelte sich in eine andere Person, während sie vorgab, irgendein Kleidungsstück anzuprobieren? Wollte sie nicht erkannt werden, wenn sie sich mit Hartwig traf? Nein, das konnte ich nicht glauben. So viel Aufwand für einen Seitensprung?

Ich lief zu Leo und saß schon hinter dem Steuer, ehe Judith Kersten sich vergewissert hatte, dass sie ohne Lebensgefahr die Parkbucht würde verlassen können. „Vielleicht hat sie einen schrecklich eifersüchtigen Ehemann", flüsterte ich Leo zu. „Das wäre eine Erklärung."

Aber so recht gefiel sie mir nicht. Während ich mich nach dem Golf in den Verkehr auf der Marktallee einfädelte, kam ich zu der Überzeugung, dass Judith Kersten einen anderen Grund haben musste für ihre Verwandlung. Aber welchen?

Diese Frage stellte ich mir immer wieder, während der Golf den Weg zurückfuhr, den er eine knappe Stunde vorher genommen hatte. Und ich war der Antwort noch nicht näher gekommen, als Judith Kersten am Albersloher Weg erneut zu einem Parkmanöver ansetzte. Es war in der Nähe der verbliebenen englischen Kasernen, als sie sehr, sehr langsam einen Parkstreifen ansteuerte, der allen Unbefugten das Abstellen eines Fahrzeugs verbot. Nur Bewohner und Besucher des großen Apartmenthauses durften hier parken.

Ich hatte meine liebe Mühe, mich in der langen Zeit, die Judith Kersten zum Parken, Aussteigen und Abschließen ihres Wagens benötigte, unauffällig zu verhalten. Schließlich entschloss ich mich, ebenfalls in den schmalen Parkplatz hineinzufahren und an dessen Ende umständlich herumzukurven. Damit wollte ich vorgeben, mir ginge gerade in diesem Augenblick auf, dass ich nicht zu den befugten Parkern gehörte. Judith Kersten würde, wenn sie mich überhaupt bemerkte, Verständnis dafür haben, dass es mir nicht auf Anhieb gelang, am Ende eines Parkstreifens mein Auto zu wenden. Nur Leo reagierte mit knirschendem Getriebe auf das kurze Vor- und Zurücksetzen, mit dem ich die Zeit überbrücken musste, in der ich meine Beobachtungen fortsetzen wollte.

„Ruhig, Leo!", zischte ich. „Vergiss nicht, dass du jetzt einer Privatdetektivin gehörst. So was gehört zu unserem Job. Gleich geht's wieder zügig weiter, versprochen!"

Endlich war es Judith Kersten gelungen, alles so zu verrichten, dass sie auf die Tür des Apartmenthauses zutrippeln konnte. Was hatte sie dort zu suchen? Jedes Kind wusste doch, dass dieses Haus nicht so war, wie es zu sein schien. Schon viele heftige Proteste von besorgten Ehefrauen und empörten Nachbarn hatte es gegeben, als irgendwann bekannt wurde, dass hier die Damen des horizontalen Gewerbes kleine Apartments angemietet hatten. Moralische Gründe waren vor- und verkehrstechnische nachgeschoben worden, doch bis heute war das Apartmenthaus ein Haus der Nutten geblieben. Ein Haus, mit dem der Besitzer sich eine goldene Nase verdiente. Und da er ein einflussreicher Mann in Münster war, blieb alles so, dass es ihn reich machte und die Callgirls nicht am Geldverdienen hinderte.

Judith Kersten war an der Haustür angelangt. Das Öffnen der Einkaufstasche gelang für ihre Verhältnisse schnell, auch einen Schlüssel hielt sie bald in Händen. Mit ihm öffnete sie die Haustür und war kurz darauf verschwunden.

„Ist sie etwa eine Nutte?", fragte ich Leo. „Das kann doch nicht wahr sein! In der Piusallee gibt sie die brave Hausfrau und Mutter und in einer Umkleidekabine wird sie zum Callgirl?"

Ich startete meinen Wagen und fuhr zurück – voll von schweren Gedanken und quälenden Fragen. Anscheinend hatte ich mich sehr in Hartwig Schramm getäuscht. Wenn ich mir schon nicht hatte vorstellen können, dass der Mann meiner Freundin, der Lehrer meiner Kinder, seine Frau betrog, so hätte ich mir erst recht nicht vorstellen können, dass er Kunde eines Callgirls war. Aber war er das wirklich? Vielleicht interessierte ihn ja gar nicht das Callgirl, sondern die Frau und Mutter Judith Kersten. Womöglich wusste er gar nicht, dass sie in diesem Hause arbeitete. Ich war völlig konfus. Und bei allen Fragen, die sich in meinem Kopf drehten, bedrängte mich eine am meisten: Wie sollte ich Nadja das alles erklären?

Nachdem Humphrey mich am nächsten Morgen mit „Hurensohn!" begrüßt hatte, beschloss ich, unverzüglich mit seiner Erziehung zu beginnen. Ich stellte ihm ein Stück Aal in Aussicht, wenn er bereit war, sich mit dem Erlkönig zu befassen. Unermüdlich sagte ich ihm vor: „Wer reitet so spät durch Nacht und Wind? Es ist der Vater mit seinem Kind."

Aber Humphrey schien mit Goethes Werk nichts anfangen zu können. Also versuchte ich es mit einem anderen Stoff: „Romy Schell – diskret und schnell!"

Nun rückte Humphrey dichter an die Gitterstäbe seines Käfigs und legte den Kopf schief. Er schien interessiert zu sein. Immer wieder offerierte ich ihm meinen neuen Firmennamen. So lange, bis er etwas herausbrachte, was sich anhörte wie: „Was aufs Fell, aber schnell!"

Doch immerhin – ein Anfang war gemacht. Ich besann mich darauf, dass Mittwoch war und unter dem Dom der Wochenmarkt abgehalten wurde. Mit dem Fahrrad machte ich mich auf den Weg, um einen Aal für Humphrey zu erstehen, der Belohnung und Motivation zugleich sein sollte.

Der holländische Fischhändler schwatzte mir ein Exemplar von einem guten Meter auf, sodass die Kinder je vierzig Zentimeter plus Kartoffelsalat zum Mittagessen vorgesetzt bekamen. Der Rest gehörte Humphrey. Ohne Kartoffelsalat!

„Musst du heute wieder jemanden beschatten?", fragte Christopher, als ich mich am frühen Nachmittag umzog.

Ich erklärte ihm, dass meine Detektei noch nicht einmal richtig eröffnet und die Auftragslage eher bescheiden sei. „Nein, heute Nachmittag mache ich einen Besuch bei den Schramms."

Christopher verdrehte die Augen. „Wie kann man nur mit einem Pauker befreundet sein!"

Aber zum Glück kam er nicht auf die Idee, dass mein Besuch etwas mit ihm zu tun haben könnte. Christopher ging davon aus, dass mich, wie so oft, im Hause Schramm ein Kaffeestündchen mit Nadja erwartete. Und dabei wollte ich es belassen.

„Wann können wir endlich das Schild anschrauben?", fragte er. „Dann glauben die anderen aus meiner Klasse endlich, dass du Privatdetektivin bist."

Ich tauschte meinen uralten H & M-Pulli gegen meinen neuesten der gleichen Marke aus. „Wenn ich aus Handorf zurück bin, wird mich der Rechtsanwalt besuchen, der demnächst öfter nach Humphrey sehen muss. Er will mir erklären, was für die Eröffnung einer Detektei nötig ist."

Eine halbe Stunde später fuhr ich auf der Warendorfer Straße stadtauswärts. Die Schaufenster von ‚Nadjas Modestübchen' wurden gerade geputzt. Ein junger Mann im Blaumann stellte seine Leiter auf und hängte den Putzeimer daran. Auf dem Rücken seines Overalls stand ‚Die Fleißigen Bienen'. Aha, Nora Bienes Geschäft schien zu florieren. Anscheinend konnte sie sich sogar schon einen Angestellten leisten.

Als ich vor der nächsten roten Ampel halten musste, warf ich einen Blick zurück. Der Fensterputzer nahm gerade seine Kappe ab und schüttelte die blonden Locken. Nora persönlich! Unglaublich, wie flexibel diese junge Frau war! Anpassungsfähig wie ein Chamäleon!

Ob ich es wohl bald wagen konnte, von meinem ersten Honorar bei Nadja meine Garderobe zu erneuen? Sie räumte mir grundsätzlich zehn Prozent Freundschaftsrabatt ein. Allerdings war ihre Mode damit immer noch ziemlich teuer. Doch zweihundert Euro waren schließlich auch eine Stange Geld...

Aber ich schüttelte den Gedanken gleich wieder ab. Nein, erst einmal musste ich beweisen, dass ich die zweihundert Euro wert war, die Nadja mir gezahlt hatte. Noch ahnte sie nicht, was ich am Vortag beobachtet hatte. Als sie am Abend anrief, hatte ich ihr nur erklärt, dass ihr Mann sich nicht mit Judith Kersten getroffen hatte. Und das war schließlich die reine Wahrheit! Dass ich den Verdacht hatte, Hartwig könnte Kunde eines Callgirls sein, wollte ich ihr erst verraten, wenn ich unumstößliche Beweise hatte. Ich würde, wenn ich ihm gleich gegenübersaß, Augen und Ohren offen halten. Vielleicht erfuhr ich ja nicht nur, wie ich meinen Sohn vor den Angriffen eines Mitschülers schützen konnte, sondern auch, was Hartwig von diesem Rupert und seinem familiären Hintergrund wusste. Hoffentlich schaffte ich es, Hartwig durch geschickte Fragen zu Äußerungen zu verleiten, die mir mehr über sein Verhältnis zu Ruperts Mutter verrieten!

Ich bog von der Warendorfer Straße ab und fuhr in das ‚Dorf der großen Kaffeekannen' hinein, wie Handorf auch genannt wurde. Denn an der Werse gab es mehrere Kaffeewirtschaften, die früher ihren Kaffee aus großen bauchigen Kannen ausschenkten. Das Haus Vennemann, in deren Nähe die Schramms wohnten, hatte in den Zwanzigerjahren sogar eine Kaffeeterrasse mit über tausend Plätzen gehabt! In breiten, behäbigen Kähnen waren die Familien angerudert gekommen und hatten an Vennemanns Bootssteg angelegt. So entwickelte sich Handorf schon früh zu einem beliebten Ausflugsziel. Und zu einem Ort für gut situierte Münsteraner, die hier an der Werse ihre Bootshäuser errichteten und darin ihre Wochenenden verbrachten. In diese Bootshäuser zogen sich während des Krieges viele Menschen zurück, deren Wohnungen zerbombt worden waren. Und ein Teil von ihnen ging später nicht wieder in die Stadt zurück, sondern baute in der Nachkriegszeit die Bootshäuser zunächst zu Behelfsheimen, dann zu stabilen Eigenheimen aus. Schmucke kleine Villen entstanden so auf zum Teil riesigen Grundstücken direkt an der Werse. Als die Baubehörde darauf aufmerksam wurde, waren viele Jahre vergangen, der Zeitpunkt, diese Häuser wegen fehlender Baugenehmigung wieder abreißen zu lassen, war verpasst.

Auch Nadja und Hartwig Schramm wohnten in einem solchen Haus. Ein altes Ehepaar, das während des Krieges dort eingezogen war, hatte es schmuck hergerichtet und die Ausbauarbeiten erst gestoppt, als die Baubehörde einen Riegel davor schob. So war ein geräumiges Eigenheim entstanden, das von den Erben verkauft wurde, nachdem die ersten Besitzer gestorben waren. Nadja und Hartwig waren kurz nach ihrer Hochzeit dort eingezogen, weil die Kinder, die sie sich wünschten, viel Platz zum Spielen und zu freier Entfaltung haben sollten. Tatsächlich genoss ihr einziger Sohn die Möglichkeiten, die sein Zuhause bot, in vollen Zügen. Aus dem zwölfjährigen Frederik war ein erfolgreicher Sportangler geworden, der viele Stunden unterhalb des Hauses am Werseufer verbrachte. Vor allem dann, wenn seine Spürnase ihm mal wieder verraten hatte, dass es einen kapitalen Hecht oder Karpfen in der Werse gab.

Zurzeit schien es mal wieder so weit zu sein. Als Hartwig mich ins Wohnzimmer führte, zeigte er aus dem Fenster. „Siehst du Fredi dort unten sitzen? Er probiert einen neuen Köder aus. Heute Abend will er den Hecht fangen, der angeblich in der Nähe steht. Er hat sich schon die Erlaubnis geholt, notfalls bis in die Nacht hinein dort sitzen zu bleiben."

Ich trat an das große Fenster und sah über die weite Rasenfläche, die sich bis zum Werseufer erstreckte. Da sie sich auf den letzten Metern dem Wasser zuneigte, konnte ich Frederik kaum erkennen. Nur seine Angel, die unbeweglich über dem Wasser stand, sah ich genau.

Ich drehte mich zu Hartwig um. „Ich hoffe, ich komme nicht ungelegen?"

Hartwig schüttelte den Kopf. „Nadja hat dich ja angekündigt. Ich habe schon Kaffee gekocht."

Er ging in die Küche und kam gleich darauf mit einer Kaffeekanne zurück. Dann wies er zu der Sitzgruppe, wo bereits zwei Tassen auf uns warteten. Während ich mich setzte, sagte Hartwig: „Nadja hat mir erzählt, dass du dir Sorgen um Chris machst."

Ich nickte. „Er hat anscheinend einiges zu leiden. Doch er will nicht, dass ich etwas dagegen unternehme. Aber es kann doch nicht angehen, dass ein drei Jahre älterer Junge, der viel stärker und zwei Köpfe größer ist, meinen Sohn ständig bedroht. Und das anscheinend nur, weil er eine Aversion gegen Polizeibeamte hat. Da muss man doch etwas unternehmen!"

Hartwig nickte traurig. „Es wird von Jahr zu Jahr schlimmer, die Bereitschaft zur Gewalt immer größer. Du kannst mir glauben, Romy, ich würde gerne etwas dagegen tun. Wie oft habe ich schon vorgeschlagen, Unterrichtsreihen zu entwickeln, in denen die Schüler lernen, der Gewalt zu begegnen und mit ihr umzugehen! Aber Riedel will nichts davon hören."

„Euer Schulleiter?"

„Ja, er will auf keinen Fall gegen jugendliche Gewalttäter vorgehen. Ihm ist die Fassade der Schule wichtiger. Er hat Angst, dass die Schülerzahlen zurückgehen, wenn bekannt wird, dass es Gewalt an unserer Schule gibt. Was passiert, nennt er harmlose Raufereien. Und er hat mir vorgeworfen, ich wolle junge Rüpel, die an sich gutartig sind, kriminalisieren. Ich hätte nämlich gerne dafür gesorgt, dass einige dieser so genannten Raufereien zur Anzeige gebracht werden."

Hartwig sah jetzt richtig bekümmert aus. Er war ein großer, schlanker, fast hagerer Mann mit einem ernsten Gesicht, aber mit Augen, die ständig zu lächeln schienen. Alles, was Nadja zueigen war, fehlte ihm gänzlich: Temperament und Leichtfertigkeit, Spaß an oberflächlicher Unterhaltung, an Mode, an Accessoires, Interesse an einem Lebensstandard, der frei von Sorgen, aber voll von überflüssigen Events war. Hartwig war ruhig und besonnen, reagierte immer bedächtig, liebte seine Bücher, seine Musik und den Flügel, auf dem er täglich gewissenhaft übte, und verstand die Welt nicht mehr, wenn Nadja ihm vorhielt, dass er braune Socken zur schwarzen Hose trug. Wie die beiden sich ineinander verlieben und sogar heiraten konnten, war mir ein Rätsel. Wahrscheinlich waren es die berühmten Gegensätze gewesen, die sich angezogen hatten. Und damals war ja jeder der beiden für den anderen ein Exot gewesen, der neugierig auf mehr machte. Nadja, die junge Frau aus dem Osten, die sich an allem freuen konnte, was für Westdeutsche längst selbstverständlich geworden war, und Hartwig, der Nadja ein Leben bot, das damals für sie attraktiv war, und der ihr helfen konnte, dazuzugehören.

„Chris will nicht, dass ich den Jungen anzeige, der ihn bedroht“, erklärte ich Hartwig. „Er hat Angst vor Rache.“

Hartwig seufzte. „Chris ist nicht der Einzige. Aber wie sollen diese großen Kinder je lernen, dass sie für ihr Verhalten die Konsequenzen tragen müssen?“ Er erhob sich und sah eine Weile in den Garten hinaus. Erst als er sich wieder zu mir umdrehte, redete er weiter: „Ich wollte einen Schüler anzeigen, der seit langem durch besondere Aggressivität auffällt. Er hat mich vor ein paar Wochen tätlich angriffen, als ich nicht bereit war, eine schlechte Note zurückzunehmen.“

Ich beugte mich gespannt vor. „Und? Was ist daraus geworden?“

„Riedel hat mich zurückgehalten.“

„Und du hast dich zurückhalten lassen?“

Hartwig schüttelte den Kopf. „Nicht von Riedel.“

„Von wem dann?“

„Ich habe den Fehler gemacht, auch zu anderen davon zu sprechen, dass ich den Bengel anzeigen will. Das muss dem Jungen zu Ohren gekommen sein. Jedenfalls bedroht er mich seitdem ganz offen. Und nicht nur mich, sondern auch meine Familie. Er sagt, wir wären alle nicht mehr sicher, wenn ich ihn anzeigen würde. Seitdem bin ich unschlüssig. Eine Gefahr für meine eigene Person will ich ja riskieren, aber auch Nadja und Frederik gefährden? Nein, das kann ich nicht.“

„Hältst du den Kerl wirklich für so gefährlich, dass er Frederik etwas antun könnte?“

Hartwig nickte. „Kürzlich hat er Nadjas Autoreifen zerstochen. Ich bin sicher, dass er es war, nur leider kann ich es nicht nachweisen.“

„Das war einer deiner Schüler?“ Ich wusste von dem Vorfall, denn Nadja hatte mich damals angerufen und mich gebeten, sie mit Leo nach Hause zu fahren.

„Dem Jungen ist nicht zu trauen. Und ich will nicht, dass Fredi am Ende der Leidtragende ist. Schon ein paar Mal habe ich das Gefühl gehabt, dass der Kerl auf unserem Grundstück herumschleicht. Seitdem frage ich mich, ob ich mir Zivilcourage auf Kosten meiner Familie erlauben darf.“ Plötzlich lächelte er mich an. „Wäre das nicht ein Fall für dein neues Detektivbüro? Nadja hat mir von deinen Plänen erzählt. Du könntest dich mal mit Rupert Kersten beschäftigen und seine Gewohnheiten auskundschaften.“ Doch dann winkte er ab. „Wer sollte dein Honorar bezahlen? Die Schulleitung sicherlich nicht.“

„Rupert Kersten?“ Plötzlich saß ich kerzengerade. „Der Junge, der dich bedroht, ist derselbe, unter dem auch Chris zu leiden hat?“

Hartwig hob hilflos die Schultern. „Er ist wirklich das Sorgenkind unserer Schule. Völlig unberechenbar! Und er passt in kein Schema. Angeblich ist er zu Hause ein braver Sohn, nur in der Schule verhält er sich extrem auffällig.“

„Du kennst sein Elternhaus?“, fragte ich vorsichtig.

„Ich kenne seine Mutter“, entgegnete Hartwig. Dass er mich in diesem Augenblick nicht ansah, konnte Zufall sein. „Eine allein erziehende Frau. Aber sie muss nicht arbeiten, weil Ruperts Vater anscheinend einen hohen Unterhalt zahlt. Jedenfalls hat sie viel Zeit für ihren Sohn und kümmert sich rührend um ihn. Das hat sie mir versichert und ich glaube ihr. Rupert wurde also nie vernachlässigt. Er ist in Geborgenheit groß geworden und hat selber nie Gewalt erfahren. Eigentlich ein Familienleben, in dem keine Täter entstehen.“

„Kennst du seine Mutter gut?“

„Ich habe schon mehrmals mit ihr über Rupert gesprochen. Aber ohne Erfolg! Diese Frau kann sich einfach nicht vorstellen, dass ihr Sohn nicht der brave Junge ist, für den sie ihn hält.“

„Und welchen Eindruck hast du von Frau Kersten?“

„Eine grundsolide, fürsorgliche Frau, eine gute Mutter.“ Hartwig hob die Schultern und ließ wie wieder fallen. „Ich bin wirklich ratlos.“ Nun sah er mich bedauernd an. „Deswegen weiß ich auch nicht, wie ich Chris helfen kann. Ich habe bereits alles getan, was ich konnte."

Ich schüttelte fassungslos den Kopf. „Eine solide Frau, sagst du? Bist du da ganz sicher?"

Hartwig sah mich erstaunt an. „Warum fragst du?"

„Ach, nur so..." Erschrocken schwieg ich. Eine Privatdetektivin durfte ihre Verwirrung nicht so deutlich zeigen! Matula wäre so etwas niemals passiert!

Zum Glück klingelte in diesem Augenblick das Telefon. Hartwig erhob sich. „Entschuldige mich einen Moment."

Ich sah ihm nach, wie er in die Diele ging, wo ein Telefonapparat stand. War das, was ich gestern beobachtet hatte, ein kompletter Irrtum gewesen? Und auch das, was Nadja gesehen hatte? Anscheinend hatte Hartwig mit Judith Kersten nur über ihren Sohn gesprochen. Aber warum hatte er Nadja nichts davon erzählt? Und warum verwandelte sich diese angeblich so solide Frau in der Umkleidekabine eines Kaufhauses in ein Callgirl?

„...Im Moment ist es gerade ungünstig", hörte ich Hartwig sagen und seine Stimme war so leise, dass ich ihn nur mit Mühe verstehen konnte, aber gerade laut genug, dass er sich nicht durch Flüstern verdächtig machte. „...Das geht jetzt nicht... Nein, nicht jetzt... Also gut, wie immer... Derselbe Ort, die gleiche Zeit..."

Als er ins Wohnzimmer zurückkam, waren seine Bewegungen eckig und sein Blick ging an meinem vorbei. Und Hartwigs steifes Bemühen, so zu tun, als hätte er ein ganz alltägliches Telefongespräch geführt, bestätigte mich nur. Also war Nadjas Verdacht doch richtig! Hartwig Schramm hatte eine Geliebte! Nur... wer war diese Geliebte? Judith Kersten? Oder eine ganz andere Frau? Oder täuschte ich mich in allem, was ich gesehen, gehört und beobachtet hatte?

Ich war sehr verwirrt, als ich wieder ins Auto stieg. Nur gut, dass ich Nadja noch nichts von meinen Beobachtungen erzählt hatte. Ich würde Hartwig und Judith Kersten wohl noch eine Weile observieren müssen, ehe ich wusste, welche Geheimnisse sie hatten.

Ich stand in meiner Küche und sah mich hektisch um. Wie war ich nur auf die Idee gekommen, einen Mann zum Essen einzuladen, dem ich doch für mein Leben gern imponieren wollte! Mein Kühlschrank beherbergte keine einzige kulinarische Zutat, die die Grundlage für ein Menü sein konnte, mit dem ich Eindruck machen würde.

„Machen Sie sich nur keine Mühe", hatte er gesagt.

Aber meinte ein Mann das wirklich, wenn er es sagte?

Vor zwei Minuten war ich noch voller Euphorie gewesen. Da war mir nämlich Gerda Moorlochs Missbilligung erspart geblieben, auf die ich mich mindestens zehn Minuten lang mit autogenem Training oder dem, was ich dafür hielt, vorbereitet hatte.

Aber dann war schon nach dem ersten Läuten Maximilian Schneiders Stimme an mein Ohr gedrungen. „Ich habe gewusst, dass Sie es sind."

Das hatte so liebenswürdig, so beschwingt und auch erwartungsvoll geklungen, dass die Einladung zum Essen vor lauter Dankbarkeit ganz spontan aus mir herausgepurzelt war. Und nun stand ich da und wusste nicht, was ich kochen sollte. Maximilian Schneider hatte angekündigt, sofort ins Auto zu steigen und loszufahren. Von Amelsbüren ins Kreuzviertel brauchte er womöglich nur eine halbe Stunde...

„Chris! Alex!"

Meine Kinder nahmen mich und meine Ausbrüche, seit mein neues Firmenschild in der Küche herumlag, wesentlich ernster und erschienen prompt in der Küche. „Was ist los?"

„Ich brauche frische Nudeln, frischen Lachs, Sahne, Kräuter und einen Kopf Salat. Macht bitte unter euch aus, wer zum Feinkosthändler radelt und wer in den Supermarkt flitzt. Aber bitte beeilt euch, sonst sind die Läden am Ende schon geschlossen! Und ihr müsst blitzartig wieder zurück sein."

„Wie sieht es mit einer Entlohnung in Form von Kartoffelchips aus?", fragte Christopher, der sich schon als Dreijähriger durch besondere Geschäftstüchtigkeit ausgezeichnet hatte.

„Einverstanden!"

„Und Cidre?"

„Abgelehnt!"

„Dann Cola!"

„Okay!"

„Für wen wird eigentlich dieser ganze Aufwand betrieben?", erkundigte sich Alexandra, während sie sich ihre Jacke überwarf.

„Für den Rechtsanwalt, von dem ich euch erzählt habe."

Christopher stutzte. „Nun sag nur noch, der heißt Dr. Lessing."

„Nein, Maximilian Schneider."

„Trotzdem ist deine Ähnlichkeit mit Matula beinahe beängstigend", meinte Alexandra.

Erschrocken folgte ich meinen Kindern in die Diele und starrte in den Spiegel. „Das ist nicht euer Ernst."

Die beiden grinsten. „Keine Sorge, Mama! Hübscher als Matula bist du. Jetzt musst du nur noch genauso erfolgreich werden."

Seufzend ging ich in die Küche zurück. Ob ich es wirklich schaffen würde, mit einer Detektei Geld zu verdienen?

Maximilian Schneider stand schon vor der Tür, als ich mit dem Kochen noch gar nicht angefangen hatte. Aber immerhin waren soeben sämtliche Zutaten ins Haus gekommen.

„Kaffee und Cognac, aber zack-zack!", schrie Humphrey, während Maximilian mir einen zauberhaften Blumenstrauß überreichte.

„Herzlichen Glückwunsch zur Geschäftseröffnung", sagt er und sah mich an, wie Hugh Grant in ‚Nottinghill' Julia Roberts angesehen hatte, als sie in seinen Buchladen kam und er erkannte, dass er einen Star vor sich hatte. Demzufolge befand ich mich kurz vor dem Zustand akuter Auflösung und wusste vorübergehend nicht, ob man einen Blumenstrauß in einen Kochtopf oder in eine Vase stellen musste.

Zum Glück traf ich aber instinktiv die richtige Entscheidung und es gelang mir sogar, Maximilian Schneider mit meinem charmantesten Lächeln in die Küche zu bitten und meine Kinder mit einem warnenden Blick dazu zu bringen, sich von ihrer besten Seite zu zeigen.

„Geschäftseröffnung?", kicherte ich und wusste, dass Julia Roberts bei der Eroberung ihres verwirrten Buchhändlers kein einziges Mal so schrill gekichert hatte wie ich. Ich musste mich zusammenreißen! „Haben Sie denn schon herausgefunden, wie es um die Zulassungsbestimmungen von Privatdetektiven bestellt ist?", fügte ich einigermaßen vernünftig an.

Maximilian Schneider nickte und warf einen neugierigen Blick in den Nudeltopf. „Hm, lecker. Darf ich Ihnen beim Kochen zugucken?"

„Natürlich", sagte ich wie jemand, der daran gewöhnt war, unter den Augen eines Feinschmeckers flink und selbstsicher ein paar Köstlichkeiten anzurichten. Wie gut, dass die Kinder sich in Humphreys Gesellschaft begaben und daher nicht zu Zeugen wurden, als sich ihre Mutter so benahm, wie sie gar nicht war: perfekt, dennoch lässig und ein klein wenig versnobt. Und das alles mehr schlecht als recht!

Doch zum Glück beruhigte ich mich allmählich wieder, weil ich die Chance bekam, mich ganz auf die beherrschten Bewegungen meiner Hände zu konzentrieren. Denn Maximilian Schneider erklärte mir ausführlich, was ich als frisch gebackene Privatdetektivin zu beachten hatte. „Jeder, der zwanzig Euro hat, kann Detektiv werden, wenn er beim Gewerbeaufsichtsamt einen Gewerbeschein beantragt. Das reicht erst mal. Aber natürlich sollten Sie demnächst außerdem einem Berufsver-

band beitreten. Erst damit sind Sie als Detektivin wirklich anerkannt."
„Und was verlangt so ein Berufsverband von mir?"
„Vor allem eine schneeweiße Weste", gab Maximilian zurück und beobachtete aufmerksam, wie ich den Lachs in kleine Stücke zerteilte, so dass mir prompt erneut die Hände zitterten. „Aber sicherlich haben Sie keinen Eintrag im Strafregister, oder?" Er wartete meine Antwort gar nicht erst ab, sondern fuhr fort: „Es gibt keine reglementierte Ausbildung für Detektive, aber Berufserfahrungen als Polizist sind von Vorteil." Er zog den Nudeltopf von der Herdplatte, als der Küchenwecker verkündete, dass die Nudeln gar waren, und ich vergeblich nach den Topflappen suchte, die ich in der Hand hielt. „Sie haben also beste Voraussetzungen", fuhr er dann fort. „Und wenn Sie einem Verband beigetreten sind und demnächst regelmäßig Fortbildungsseminare besuchen, werden Sie sich bald mit Matula messen können."
Christopher erschien in der Küche und erkundigte sich, ob demnächst auch bei uns ‚Fälle für zwei' gelöst würden.
„Warum nicht?", lachte Maximilian. „Ich glaube, deine Mutter und ich würden sehr gut zusammenarbeiten."
Christopher glaubte das anscheinend auch, Alexandra jedoch, die soeben in der Küchentür erschien, bedachte mich mit einem Blick, der mich fatal an die unausgesprochenen Forderungen meiner Mutter erinnerte, wenn sie aus mir, wenigstens kurzfristig, das wohlerzogene Kind machen wollte, das man guten Gewissens Nachbarn und Verwandten präsentieren konnte. Schrecklich, dass ein sechzehnjähriges Mädchen schon genug vom Flirten verstand, um jede noch so kleine Botschaft eines verliebten Körpers zu verstehen.
Das ahnte zum Glück auch Maximilian Schneider, der nun darauf verzichtete, wie Hugh Grant zu lächeln, sondern ganz sachlich über seine Kanzlei zu reden begann. „Danke übrigens", schloss er, „dass Sie mich einer neuen Klientin empfohlen haben. Ihre Freundin Nadja Schramm hat heute Morgen bei mir angerufen und einen Termin mit mir vereinbart, um ihr Testament zu errichten."
Christopher gewöhnte sich schnell an den neuen Mann an unserem Küchentisch, schließlich aß auch Matula gelegentlich mit Dr. Lessing zu Abend. Alexandra dagegen beobachtete unseren Gast sehr kritisch und mich sogar mit unverhohlenem Misstrauen. Keine Frage, sie war von ein paar Funken geblendet worden, die zwischen Maximilian und mir sprühten. Und diese Funken wollte sie löschen, ehe ein Feuersturm daraus wurde.

„Können wir jetzt das Schild neben der Haustür anbringen?“, fragte Christopher.

Ich nickte. „Vielleicht hilft Herr Schneider uns dabei?“

Ehe Maximilian antworten konnte, sagte Alexandra: „Besser, wir bitten Papa darum. Bisher hat er immer alle handwerklichen Arbeiten bei uns erledigt.“ Sie sah Maximilian herausfordernd an. „Sie wüssten ja nicht einmal, wo das Werkzeug steht.“

Maximilian nickte und sagte, ohne den Blick von seinem Teller zu nehmen: „Ja, ich bin auch gar nicht sicher, ob ich mit einem Bohrer umgehen kann. Außerdem ist es ja schon dunkel.

„Übrigens besucht uns unser Vater regelmäßig“, setzte Alexandra noch einen drauf. „Und er wird vermutlich bald wieder hier einziehen.“

Die Stimmung war dahin und ich stellte in diesem Moment außerdem fest, dass der Lachs in der Sahnesauce trocken geworden war. Dass Christopher sich unbeeindruckt weiterhin auf den ersten ‚Fall für zwei‘ freute und uns in schillernden Farben ausmalte, wie er seine Mutter in ihrer Arbeit zu unterstützen gedachte, konnte nichts mehr ausrichten. Erst als Humphreys Stimme aus dem Wohnzimmer in die Küche drang, entspannte sich die Lage wieder.

„Zicke-zacke Hühnerkacke!“

Maximilian und ich lachten befreit auf, Christopher kicherte, nur Alexandra zog ein Gesicht wie eine alte Jungfer. „Total uncool, diese Sprüche“, sagte sie. „Ich möchte wirklich mal wissen, was deine Tante für eine Type war.“ Und dabei sah sie mich so vorwurfsvoll an, als sei ich höchst persönlich dafür verantwortlich, dass Tante Almut ihrem Papagei ein schlechtes Vorbild gewesen war. Noch dazu ein altmodisches! Kein Zweifel, meine Tochter war zurzeit sehr unzufrieden mit mir.

Aber zum Glück geschah in diesem Augenblick ein kleines Wunder, das sogar Alexandra aus ihrer geschraubten Entrüstung aufschreckte. Humphrey schrie: „Romy Schell – diskret und schnell!“

„Was hat er gesagt?“ Die Kinder ließen die Bestecke fallen und rannten ins Wohnzimmer.

Dieser jähe Erfolg schien Humphrey zu beflügeln. Immer und immer wieder schrie er: „Romy Schell – diskret und schnell!“

Maximilian Schneider hob sein Rotweinglas und sah mich an, ohne dass mir ein einziger Gedanke an Hugh Grant kam. „Können wir Du zueinander sagen? Wo wir doch in Zukunft viele ‚Fälle für zwei‘ lösen werden...“

Er wartete meine Antwort zum Glück nicht ab. Also musste ich nicht entscheiden, ob eine noch verheiratete Frau einen beinahe wildfremden Rechtsanwalt küssen durfte und was meine Tochter dazu sagen würde... Ich tat einfach so, als wäre ich vor Überraschung bewegungsunfähig und ließ geschehen, was geschah. Humphrey genoss währenddessen Alexandras und Christophers Aufmerksamkeit in vollen Zügen.

Aber dann geschah, was jeder clevere Drehbuchautor in einer solchen Szene geschehen lässt: Die Wohnungstür öffnete sich. Maximilian setzte sich erschrocken auf seinen Stuhl zurück. „Erwartest du jemanden?"

Ich schüttelte den Kopf. Natürlich hatte ich Ingo nicht erwartet. Ganz besonders nicht in diesem Augenblick! Aber was sollte ich machen? Er besaß noch den Wohnungsschlüssel und bisher hatte es keinen Grund gegeben, ihm den Schlüssel abzunehmen.

„Papa!", hörte ich einen zweistimmigen Schrei.

Dann erschien Ingo, am linken Arm Alexandra und am rechten Christopher, in der Küche. Sein Lächeln erlosch schlagartig, als er Maximilian sah. „Du hast Besuch?"

Ich machte meinen Noch-Ehemann mit meinem Nochnicht-Liebhaber bekannt und griff mit fahrigen Fingern nach der Rotweinflasche. „Möchtest du auch ein Glas, Ingo?"

Er hatte noch nicht zugestimmt, da wurde die Flasche schon ein Opfer meiner Nervosität. Sie fiel um, ihr Inhalt ergoss sich auf die Tischdecke, schwappte auf Maximilians Teller und spritzte auf seine Hose. Entsetzt schnappte ich mir ein Geschirrtuch, um den Rotwein von Maximilians Hose zu wischen, aber gerade noch rechtzeitig fiel mir ein, dass ich unmöglich in der Nähe seines Hosenschlitzes herumtupfen konnte, ohne Alexandra und Christopher an diesem Abend unwiderruflich den Vater zu nehmen. Also griff ich nach dem Salzstreuer, um die Rotweinflecken auf diese Weise zu entfernen, stieß dabei jedoch die kleine Karaffe mit dem Balsamico-Essig um, der den gleichen Weg nahm wie der Rotwein, wodurch zumindest farbliche Disharmonie vermieden wurde. Genaugenommen konnte man sagen, dass es darauf auch schon nicht mehr ankam.

Maximilian stand auf und griff nach meinem Arm. „Lass nur, Romy, die Hose muss sowieso in die Reinigung."

Es entstand eine peinliche Pause, die Humphrey freundlicherweise überbrückte: „Romy Schell – diskret und schnell!"

Ingo runzelte die Stirn. „Was sagt er da?"

„Das ist doch der Name von Mamas neuer Detektei!", rief Christopher. „Weißt du denn noch nichts davon, dass Mama jetzt Privatdetektivin ist?"

Jeder konnte sehen, dass Ingo nichts davon wusste, dass ihm aber eine anzügliche Entgegnung auf den Lippen lag. Die würgte er nur mit Mühe herunter, während Christopher sich in Einzelheiten über meine neue berufliche Karriere erging. Seine Ankündigung, dass ich demnächst mit Maximilian Schneider zusammenarbeiten würde, so wie Matula mit Dr. Lessing, trug nicht zur Entladung der hochexplosiven Atmosphäre bei. Ingo und Alexandra saßen mit säuerlichen Mienen nebeneinander und waren sich so ähnlich wie nie zuvor.

„Ich glaube, ich gehe jetzt besser", sagte Maximilian. „Dass mit Humphrey alles in Ordnung ist, habe ich ja gesehen."

Ich war ihm dankbar. Denn mit dieser Bemerkung stellte er klar, dass sein Besuch nicht den geringsten privaten Grund gehabt hatte. Ich setzte sogar noch einen drauf: „Danke, dass du mir Bescheid gegeben hast wegen der Zulassungsbestimmungen für Detektive." Ich streckte ihm die Hand entgegen. „Auf Wiedersehen!"

Schon während ich ihn zur Garderobe brachte, brandete hinter uns die Diskussion über meine beruflichen Pläne auf. „Wer hat eurer Mutter diese Flausen in den Kopf gesetzt?", hörte ich Ingo fragen.

Maximilian zog mich in der geöffneten Wohnungstür in seine Arme, so dass Rotwein und Balsamico-Essig nun wohl auch den Weg auf meine Hose fanden. „Lass dir nichts gefallen", flüsterte er mir zu und dann hauchte er mir einen Kuss auf die linke und auf die rechte Wange. „Du wirst eine großartige Privatdetektivin sein."

Wie ein weiblicher Herkules erschien ich wieder in der Küche. „Damit das gleich klar ist, meine Pläne lasse ich mir nicht ausreden", begann ich, noch bevor Ingo zu einer Rede ansetzen konnte, die mit „Wie kann man nur" begann und mit „Das schaffst du sowieso nicht", endete.

Aber Ingo schien mit friedlichen Absichten gekommen zu sein. Er bestand nicht einmal auf einer Antwort, als er mich fragte: „Wieso duzt du diesen Mann?" Und ich konnte genau beobachten, dass er sich große Mühe gab, mich nicht auszulachen, als ich ihm erzählte, dass ich bereits an meinem ersten Auftrag arbeitete.

Bald wusste ich warum. „Ich möchte wieder bei euch einziehen", erklärte er und sah seine Kinder eindringlich an, damit sie ihm zur Seite standen.

„So einfach ist das nicht", begann ich zögernd, sah aber mit einem Blick auf Alexandra und Christopher schnell ein, dass ich meine Ablehnung vorsichtig formulieren musste. „Ich brauche Zeit", erklärte ich. „Geh erst mal zurück zu deiner Mutter, später sehen wir weiter."

Alexandra und Christopher zogen es vor, sich zu Humphrey zu gesellen, wofür ich ihnen sehr dankbar war. Kaum hörten wir die Kinder mit dem Papagei plaudern, erlitten Ingos friedliche Absichten den ersten Rückfall. „Hast du was mit diesem Rechtsverdreher? Das sieht doch ein Blinder, dass er sich in dich verguckt hat. Glaubt ihr wirklich, dass ihr mir weismachen könnt, euch verbänden ausschließlich berufliche Interessen?"

Ich spürte noch Maximilians Hände in meiner Taille und seine Bezips unter meinen Fingerspitzen. „Das geht dich nichts an, Ingo", entgegnete ich ruhig. „Eifersucht steht dir nicht zu. Oder hast du vergessen, warum wir seit ein paar Monaten nicht mehr zusammenleben?"

„Aber ich habe dir doch erklärt, Romy, wie sehr ich alles bereue. Die Sache mit Sandra war ein Irrtum. Ich liebe nur dich."

Er griff nach meinen Händen, um mich auf seinen Schoß zu ziehen. Aber ich machte mich frei und setzte mich wieder auf meinen Stuhl. Alexandra schlich an der geöffneten Küchentür vorbei. Anscheinend hatte sie Angst, uns zu stören, wollte aber wohl die Erste sein, die die Versöhnung ihrer Eltern bejubeln konnte. Ich musste vorsichtig sein, durfte die zarten Seelen meiner Kinder nicht verletzen, musste aber andererseits darauf achten, Ingo deutliche Grenzen zu setzen. Er durfte sich meiner nicht zu sicher sein. Wenn ich mich noch einmal für ihn entschied, dann musste ich es aus vollem Herzen tun.

„Lass mir Zeit, Ingo", beschwor ich ihn sanft, aber bestimmt.

In diesem Augenblick ging sein Handy. Ein dienstlicher Anruf, das erkannte ich sofort. Ingo hatte sein Handy so eingestellt, dass seine Kollegen und sein Vorgesetzter mit dem Radetzkymarsch anklopften, seine Mutter mit ‚Auf in den Kampf' und ich mit der ‚Kleinen Nachtmusik'. So erkannte Ingo schon an der Rufmelodie, ob er das Gespräch unbedingt annehmen musste, es einfach wegdrücken konnte oder den grünen Knopf betätigen und gleich losschimpfen durfte: „Warum störst du mich dauernd?"

In diesem Fall meldete er sich mit dem Hinweis, dass sein Dienst seit einer Stunde beendet sei. Aber es schien ihm nicht viel zu nützen, sein Gesprächspartner hatte anscheinend überzeugende Argumente für eine Störung nach Feierabend. Ingo verstummte, lauschte angespannt in den Hörer, schließlich breitete sich Entsetzen auf seinem Gesicht aus und er stöhnte auf. „In Handorf? Sag die Adresse noch einmal!" Dann nickte er mit ernster Miene. „Ich komme sofort. Kümmert euch um Herrn Schramm, bis ich da bin."

Er beendete das Gespräch und steckte umständlich das Handy wieder in seine Jackentasche zurück. Dass er mich dabei nicht ansehen konnte, versetzte mich in Alarmbereitschaft. „Was ist passiert?", fragte ich voller Angst. „Irgendwas bei Hartwig und Nadja?"

Ingo nickte. „Auf ihrer Terrasse ist eine Tote gefunden worden. Anscheinend Nadja! Es sieht so aus, als wäre sie ermordet worden."

Ingo fuhr schnell, sehr schnell. Aber trotzdem nicht schnell genug. Das Blaulicht, das er aufs Dach gesetzt hatte, fegte die Straße frei, aber mir ging es immer noch zu langsam voran. Und als Ingo vor einer roten Ampel hielt, weil der Querverkehr noch nicht zum Stoppen gekommen war, schrie ich los: „Fahr doch einfach! Du darfst das doch! Auch im Zivilfahrzeug!"

Ingo strich beruhigend über meinen Handrücken, während er sich vorsichtig in den Kreuzungsbereich hineintastete. Er fuhr erst zügig an, als alles frei war. „Auch, wenn ich mit Sonderrechten fahre, darf ich die anderen Verkehrsteilnehmer nicht gefährden. Das weiß du doch, Romy."

Aber ich wollte keine vernünftigen Erklärungen hören, keine begütigenden Worte, nichts, was mich beruhigen und meine unsinnige Hoffnung nähren konnte. Aber auch nichts, was sie vernichtete. Eigentlich wollte ich nur in meiner Angst inne halten, wollte sie bestätigt und gleichzeitig besänftigt wissen, wollte alles... und wusste doch, dass alles falsch sein würde. Und ganz falsch war das Schweigen, in das ich meine Angst einsperrte. Falsch war alles, was in dieser Stunde geschah, weil nichts so falsch sein konnte wie Nadjas Tod. Meine Freundin war ermordet worden? Nein, völlig unmöglich! Nicht wirklich möglich. Vielleicht doch möglich...? Nadjas Vermögen, ihr Testament! Und dann der schreckliche Verdacht, den sie ausgesprochen hatte: „Wenn der Ehemann eine Geliebte hat, muss man mit allem rechnen..."

Ich konnte einfach nicht aufhören zu weinen. „Vielleicht ist es gar nicht Nadja. Vielleicht ist es eine Wildfremde."

Ingos Stimme blieb ganz ruhig. Er redete mit mir, wie ein Polizist mit den Angehörigen eines Opfers zu sprechen hatte. „Auf der Terrasse? Wie sollte eine fremde Frau dort hinkommen?"

„Ich glaube es nicht, ich glaube es einfach nicht!"

Ingo griff nach meiner Hand, ließ sie aber schnell wieder los. Das Vertraute, das noch zwischen uns war, wurde immer wieder unterbrochen durch das Fremde, das gewachsen war, seit Ingo bei Sandra wohnte. „Reiß dich jetzt zusammen, Romy!" Er bog von der Warendorfer Straße ab und fuhr nach Handorf hinein. „Ich kann nicht mit einer heulenden Frau am Tatort erscheinen. Überhaupt wäre es mir lieb, wenn niemand erfährt, wer du bist. Wie soll ich erklären, dass meine Frau mich zu einem Einsatz begleitet?"

„Ich bin Nadjas Freundin."

„Das reicht nicht."

„Aber sie ist auch... sie war auch meine erste Kundin."

Ingo nahm überrascht den Fuß vom Gas. „Willst du damit sagen, Nadja hat dich als Privatdetektivin engagiert? Warum?"

„Weil sie vermutete, dass Hartwig sie betrügt. Sie wollte wissen, mit wem."

„Das ist interessant", murmelte Ingo. „Wenn es sich um eine Beziehungstat handelt, könnte das von Bedeutung sein. Dahinter steckt immer entweder Habgier oder Leidenschaft."

Ich begriff mit einem Schlage, dass ich besser geschwiegen hätte. „Willst du damit sagen, Hartwig hätte ein Motiv?"

Ingo bog in die Straße ein, in der das Haus der Schramms stand, und antwortete nicht.

„Das ist doch Unsinn, Ingo! Wie kannst du Hartwig so etwas zutrauen?"

„Ich sage nicht, dass ich es ihm zutraue. Aber er hat ein Motiv." Ingo stoppte neben dem Streifenwagen, der vor dem Haus stand, und grüßte durch die Windschutzscheibe einen Kollegen von der Schutzpolizei, der den Tatort bewachte. „Und jetzt halt dich aus diesem Fall raus."

Ich sah mich um. Die Straße lag so ruhig da wie immer. In der City hätte es längst eine Menschenansammlung gegeben. Hier waren die Grundstücke groß, die Häuser in dichtes Buschwerk eingebettet, der Streifenwagen war anscheinend nur von wenigen Nachbarn wahrgenommen worden. In zwei oder drei Häusern bewegten sich die Gardinen an den Fenstern, aber niemand ließ sich auf der Straße blicken.

Ingo schob mich vor sich her und ließ die Frage, wer ihn begleitete, gar nicht erst zu. Natürlich hatte er sich zunächst geweigert, mich mitzunehmen. Erst, als ich drohte, ihm sonst mit Leo zu folgen, hatte er nachgegeben. Und vielleicht auch, weil er merkte, dass er hier etwas mit mir teilen konnte, was ihn am Ende in mein Herz und mein Bett zurückführte.

Die Haustür war weit geöffnet, die Wohnzimmertür ebenso. Ich konnte Hartwig auf dem Sofa sitzen sehen, das Gesicht in die Hände vergraben. Niemand kümmerte sich um ihn. Auf der Terrasse, jenseits der großen Fensterscheibe, herrschte reges Treiben. Die Spurensicherung war am Werk, der Gerichtsmediziner vermutlich auch längst eingetroffen.

Ich wollte zu Hartwig laufen, aber Ingo hielt mich zurück. „Noch nicht, Romy."

Er ging auf seinen Assistenten André Pfeiffer zu. Der junge Polizeikommissar war noch nicht lange in Ingos Abteilung, daher hatte ich ihn noch nie gesehen. Aber dennoch wusste ich sofort, wen ich vor mir hatte. André Pfeiffer, den Ingo nur „die Pfeife" nannte, stand neben dem Garderobenschrank mit so verängstigtem Gesicht, als vermutete er den Täter noch in der Nähe. Ingo hatte mir mehr als einmal erzählt, dass dieser junge Kollege zu nichts zu gebrauchen und für die Kripo völlig ungeeignet war. Angeblich arbeitete er ausschließlich auf Anweisung und das auch nur dann, wenn er absolut keine Möglichkeit sah, sich zu drücken. Eigene Gedanken und Ideen brachte er niemals ein, Eigenverantwortung war ihm völlig fremd und wenn seine Arbeit nicht kontrolliert worden war, konnte man nie sicher sein, dass er sie wirklich erledigt hatte.

André Pfeiffers Ohren färbten sich rot, als er seinen Chef erblickte. Die Angst wich von seinem Gesicht, aufgeregt hielt er einen Schreibblock in die Höhe, auf dem es anscheinend Notizen gab, die verwertbar waren. Darüber schien sich niemand mehr zu wundern als er selbst. „Ein interessanter Fall, Chef!", rief er. „Der Tod wurde telefonisch von einem Unbekannten gemeldet. Als wir ankamen, hatte der Ehemann der Toten angeblich noch nicht gemerkt, dass seine Frau erschlagen auf der Terrasse lag."

„Angeblich?", fuhr ich dazwischen. „Was soll das heißen? Glauben Sie ihm nicht?"

Aber Ingo brachte mich mit einer kurzen Handbewegung zum Schweigen. Auf Pfeiffers fragenden Blick reagierte er nicht. „Machen Sie weiter!"

„Herr Schramm hat ausgesagt", fuhr Pfeiffer verunsichert fort, „dass er gerade erst nach Hause gekommen war und noch keinen Blick aus dem Wohnzimmerfenster geworfen hatte. Er ist erst aufmerksam geworden, als die Polizei vor seinem Hause vorfuhr."

„So, so", murmelte Ingo. „Ein unbekannter Anrufer, sagen Sie? Ein anonymer Anruf also?"

Pfeiffer nickte eifrig. „Die Stimme soll jung geklungen haben. Das ist alles, was ich weiß."

Ingo tat ihm den Gefallen, so zu nicken, als hätten ihn diese Auskünfte bereits ein gutes Stück weiter gebracht. Dann ging er ins Wohnzimmer. „Hartwig? Mein herzliches Beileid."

Ich stand hinter Ingo und sah, wie Hartwig das Gesicht aus den Händen nahm und aufblickte. Dass er Ingo und mich vor sich stehen sah, schien er zunächst nicht glauben zu können. Dann begriff er und flüsterte: „Die Mordkommission?"

Ingo nickte, machte einen Schritt auf Hartwig zu, klopfte ihm die Schulter und wandte sich wieder ab. Er ging auf die Terrasse und ich ließ mich an Hartwigs Seite auf dem Sofa nieder. „Kannst du dir das erklären, Hartwig?"

Er schüttelte den Kopf, dann schluchzte er heiser auf und barg sein Gesicht erneut in den Händen.

Plötzlich fiel mir etwas ein. „Wo ist Fredi?"

Hartwigs Kopf fuhr in die Höhe. „Lieber Himmel, Fredi!"

„Wo ist er?"

„Sicherlich noch unten an der Werse beim Angeln. Mein Gott, hat er denn gar nicht mitbekommen, was hier los ist?" Plötzlich sprang er auf. „Er darf nicht hochkommen. Nicht, so lange seine Mutter dort auf der Terrasse liegt."

Ich drückte ihn ins Sofa zurück. „Ich kümmere mich um den Jungen."

Dass ich, um zur Werse zu gelangen, die Terrasse überqueren musste, fiel mir zu spät ein. Aber nun konnte ich nicht wieder zurück. Hartwig hatte ja Recht. Frederik durfte auf keinen Fall unvorbereitet vor seiner toten Mutter stehen.

Einer der Spurenfachleute in seinem weißen Kunststoff-Anzug versperrte mir den Weg. Ich sah vorsichtig um ihn herum, fest entschlossen, nicht auf den Boden zu blicken, sondern über das Schreckliche hinweg, in den Garten hinein, womöglich bis zur Werse hinab, um herauszufinden, ob Frederik gerade in diesem Augenblick vom Angeln zurückkehrte. Aber der Garten lag still und dunkel da, nichts bewegte sich auf der Rasenfläche, die ungefähr zur Hälfte von den Lampen der Spurensicherung beleuchtet wurde.

„Das ist ein sauberer Fußabdruck", hörte ich einen der Fahnder sagen. „Mindestens Schuhgröße 46! Und noch dazu ein ungewöhnliches Sohlenrelief."

„Ein Fußabdruck im Blut?", hörte ich Ingo fragen. „Also vom Täter?"

Der Spurenfahnder, der mir bis jetzt den Blick verwehrt hatte, machte zwei Schritte zur Seite – und Nadjas Anblick sprang mich an wie ein wildes Tier. Ihr schlaffer Körper, die gespreizten Beine, die grotesk verdrehten Arme ... und das Blut! So viel Blut! Ihr Gesicht unkenntlich, ihr ganzer Kopf besudelt, rot glänzend auf dem Scheitel, braun und trocken dort, wo ihr Blut in die Erde versickerte.

„Wer ist das?“, hörte ich jemanden fragen. „Sieht aus, als würde ihr schlecht.“

Nun entdeckte Ingo mich. „Was willst du hier?“ Er kam auf mich zu und sagte, ohne seine Kollegen anzusehen: „Keine Sorge, die kippt nicht um. Dies ist nicht die erste Leiche, die sie sieht.“

Er hatte natürlich Recht. Während meiner Ausbildung hatte ich gelernt, den Anblick einer Leiche auszuhalten. Aber nie war ein Mensch dabei gewesen, den ich gut gekannt hatte, mit dem ich sogar befreundet gewesen war.

„Was willst du hier?“, wiederholte Ingo leise.

„Nach Fredi sehen“, brachte ich mühsam heraus. „Er ist unten an der Werse beim Angeln. Jemand muss sich doch um ihn kümmern. Er darf nicht plötzlich hier auf der Terrasse erscheinen.“

Ingo sah sich erschrocken um und starrte in den Garten. „Er ist dort unten?“ Mit festem Griff, als sollte ich abgeführt werden, umfasste er meinen Arm und schob mich über den äußersten Rand der Terrasse, damit ich keiner ungesicherten Spur zu nahe kam. „Am besten, du hältst ihn noch eine Weile dort unten auf. In einer halben Stunde können wir seine Mutter wegbringen.“

„Kann dieser Stein die Tatwaffe sein?“, fragte jemand und wieder war ich so unvorsichtig, hinzusehen. Dabei stand ich längst auf dem Rasen, in Sicherheit, die Terrasse in meinem Rücken. Aber ich drehte mich um und sah, wie jemand auf einen Pflasterstein zeigte. „Er liegt in ihrem Blut.“

Aber der Arzt schüttelte den Kopf. „Es sieht ganz so aus, als wäre sie mit einer Flasche erschlagen worden. Die Kopfwunde ist voller Glassplitter.“

„Aber der Stein liegt in ihrem Blut“, beharrte der andere. „Also ließ ihn jemand erst nach ihrem Tod fallen. Der Täter?“

Nun floh ich in den Garten hinein, in die Dunkelheit, die sich erst ein wenig lichtete, als die Werse zu erkennen war. Das Mondlicht brach sich in den flinken kleinen Wellen und sprenkelte die Finsternis mit winzigen Lichtern. Je weiter ich darauf zuschritt und den dunklen Wall der Bäume verließ, die die Grundstücke einfriedeten, desto mehr konnte ich sehen und Wasser, Ufer und Büsche unterscheiden.

Aber den Jungen sah ich nicht. „Fredi!“ Leise rief ich seinen Namen. „Fredi?“

Niemand antwortete mir. Immer wieder rief ich, aber es blieb still. Als ich am Ufer angekommen war, wandte ich mich um. Von hier war tatsächlich nichts von dem, was sich auf der Terrasse abspielte, zu erkennen. Nur das Licht war zu sehen, einige Gestalten, die sich hin und her bewegten. Hatte Frederik sich gar nicht gefragt, was dort oben vor sich ging? War ihm der Hecht wichtiger gewesen, den er in dieser Nacht fangen wollte? Hatte er am Ende geglaubt, Besuch sei eingetroffen? „Fredi!"

Plötzlich stieß ich mit dem rechten Fuß an etwas Metallenes. Frederiks Angelkasten, auf dem er saß, wenn er die Rute ins Wasser hielt! Er hatte mehrere Schubladen, in dem Angelhaken, Schnüre und Köder untergebracht waren. Daneben lag ein großer Schirm, den er aufspannte, wenn Regen einsetzte. „Fredi!"

Plötzlich vernahm ich ein Rascheln in den Büschen, die das Grundstück begrenzten. Eine Gestalt löste sich daraus, kam mit unsicheren Schritten auf mich zu.

„Fredi?"

Er blieb stehen und sprach erst, als ich dicht vor ihm stand. „Was ist passiert, Romy? Was ist da oben auf der Terrasse los?"

Ich nahm ihn in die Arme und wiegte ihn ein wenig. Dass er das mit sich machen ließ, ohne zu protestieren, zeigte mir: Er ahnte bereits, wie bitter nötig er Trost hatte. Wie sollte ich ihm nur sagen, was sich zugetragen hatte?

„Fredi, es ist etwas Schreckliches geschehen", flüsterte ich. „Deine Mutter..."

„Ist sie tot?", unterbrach er mich mit kleiner Stimme. Aber so schnell, so zielsicher, dass diese Angst ihn schon eine Weile gequält und geängstigt haben musste.

Ich nickte, dann ließ ich mich einfach auf die Erde sinken und zog ihn mit mir. Zwischen meinen Beinen saß er, ließ sich hintenüber an meine Brust sinken, sich von mir umfangen und sich ins Ohr flüstern, was sich ereignet hatte. Niemals war mir schwerer ums Herz gewesen als in diesen Minuten. Frederiks Mutter war ermordet worden! Und er hatte währenddessen am Ufer gesessen und auf den Hecht gewartet, der in der Nähe stand. Die Nacht war still gewesen, trotzdem hatte Frederik nichts gehört. „Keinen Schlag? Kein Schrei?"

Frederik schüttelte den Kopf und ich spürte seine Tränen auf meine Hände tropfen, die ich über seiner Brust gekreuzt hatte.

Wir saßen noch lange so da, ohne ein Wort, und Frederiks Tränen tropften unaufhörlich auf meine Hände. Dann wischte er sie plötzlich mit einer heftigen Bewegung ab und löste sich aus meinen Armen. Er drehte sich um und hockte nun auf Knien vor mir. „Das kann nicht sein!“, schluchzte er und ich spürte die verzweifelte Hoffnung in seiner Stimme, die mich noch mehr schmerzte als seine Trauer. „Das kann nicht sein! Papa hätte es doch gemerkt.“

Ich wischte ihm mit dem Handrücken die Tränen von den Wangen. „Dein Vater war nicht zu Hause. Er war gerade erst zurückgekommen, als die Polizei erschien.“

„Das stimmt nicht! Papa war die ganze Zeit über da. Ich habe ihn doch Klavier spielen hören.“

Ich war verwirrt. „Bist du sicher?“

„Natürlich! Er hat wieder geübt. Schon seit Tagen übt er diese Liebesträume. Aber ich glaube, er lernt sie nie.“

„Du hast ihn wirklich gehört? Die ganze Zeit?“

Frederik nickte und starrte mich an, als wollte er etwas von mir hören, was bewies, dass der Tod seiner Mutter nichts als ein Missverständnis gewesen war. Ich wurde unsicher. Hatte ich etwas falsch verstanden? Nein, ich war sicher, dass André Pfeiffer gesagt hatte, Hartwig sei gerade erst nach Haus gekommen, als die Polizei bei ihm auftauchte. Wieder fielen mir Nadjas Worte ein: „Wenn der Ehemann eine Geliebte hat, muss man mit allem rechnen.“ Und Ingo hatte gesagt: „Hartwig hat ein Motiv!“

Ich wurde unruhig und erhob mich. Frederik griff nach meiner Hand und wir gingen gemeinsam über den Rasen zum Haus hoch. Sehr langsam, sehr bedächtig. Als wir etwa die Hälfte des Weges zurückgelegt hatten, sah ich, wie zwei Männer die Terrasse mit einem Zinksarg überquerten. Die Tatortarbeit war sehr schnell vonstatten gegangen.

Frederik wollte loslaufen, aber ich hielt ihn zurück. „Nicht jetzt, Fredi. Du kannst dich später von deiner Mutter verabschieden. Nicht jetzt!“

Der Junge schien zu verstehen, warum ich ihn nicht laufen ließ. Und seine Angst vor dem, was er zu sehen bekommen würde, war anscheinend größer als die Sehnsucht nach Gewissheit. Wir warteten, bis der Sarg wieder zurückgetragen wurde, erst dann gingen wir weiter. Frederiks Körper zitterte, aber er setzte tapfer Schritt vor Schritt.

Ingo kam uns entgegen und schloss Frederik wortlos in seine Arme. Aber nur kurz, dann gab er ihn wieder frei, beugte sich zu ihm hinab und sah ihm prüfend ins Gesicht. „Bist du okay, Fredi?“

Der Zwölfjährige nickte. „Ich will zu meinem Vater.“

In diesem Augenblick erschien Hartwig in der Küchentür, die ebenfalls in den Garten führte. Frederik lief auf ihn zu und warf sich schluchzend an seine Brust. Ich hörte, wie Hartwig sagte: „Wir müssen jetzt sehr tapfer sein, mein Großer."

Frederik hielt es nicht lange in der Umarmung aus. Er wollte seinem Vater ins Gesicht sehen. „Warum hast du nichts gemerkt, Papa? Warum hast du Mama nicht geholfen?"

Hartwig machte eine Bewegung, als wollte er seinem Sohn den Mund zuhalten. Dann sagte er leise, als seien diese Worte nur für den Jungen bestimmt: „Ich war nicht da, Fredi."

„Doch! Du warst da! Ich habe dich Klavier spielen hören! Die ganze Zeit! Immer wieder diese blöden Liebesträume!"

„Was meint Fredi damit?", fragte Ingo und sein Blick verriet nichts Gutes.

Hartwig warf Ingo einen verlegenen Blick zu, dann drehte er sich um und ging mit Frederik ins Haus zurück, ohne die Frage zu beantworten.

Ich wollte den beiden folgen, aber Ingo hielt mich zurück. „Hast du etwas aus Fredi herausbekommen?", fragte er mich flüsternd.

„Nur das, was er gerade gesagt hat", raunte ich zurück. „Er hat gehört, dass sein Vater den ganzen Abend die Liebesträume geübt hat."

Ingos Augen verengten sich, während er Vater und Sohn nachblickte. „Hartwig behauptet aber, er habe den Abend außer Haus verbracht." Er griff nach meinem Arm. „Am besten, du beschäftigst dich weiterhin mit dem Jungen. Er sollte nicht dabei sein, wenn ich seinen Vater auffordere, mir diesen Widerspruch zu erklären."

Unwillig machte ich mich von ihm frei. „Ich rufe die Nachbarin an. Bei ihr ist Fredi oft, wenn Nadja und Hartwig keine Zeit für ihn haben. Sie kennt den Jungen, sie soll sich um ihn kümmern."

Auf keinen Fall wollte ich jetzt ins Kinderzimmer abgeschoben werden! Dies war auch mein Fall! Nicht nur meine Freundin, sondern auch mein erster Auftrag, für den ich bereits bezahlt worden war! Es war auch meine Verpflichtung, mich dieser Angelegenheit anzunehmen. Selbst nach Nadjas Tod musste ich noch ihre Interessen vertreten. Nun erst recht!

Tatsächlich erschien die Nachbarin schon zwei Minuten später. Wahrscheinlich hatte sie nur darauf gewartet, einen Grund zu haben, sich diesem Haus zu nähern, um endlich zu erfahren, was sich hier abspielte. Sie ging mit Frederik in die erste Etage, wo das Kinderzimmer lag. Zum Glück ließ der Junge sich schnell überzeugen, dass er dort in der nächsten Stunde besser aufgehoben war. Die vielen Fremden, die sich immer noch im Wohnbereich drängten, machten ihm anscheinend Angst. Diese Menschen, die mit dem Tod seiner Mutter genauso umgingen wie im letzten

Herbst die Feuerwehrleute mit den Folgen der Überschwemmung, nachdem die Werse über ihre Ufer getreten war.

Noch immer trafen mich fragende Blicke von Ingos Kollegen. Aber ich kümmerte mich nicht darum und auch Ingo ließ sie unbeachtet. Gerade dadurch erweckte er wohl den Eindruck, dass ich mich mit voller Berechtigung am Tatort aufhielt und einen guten Grund, wenn nicht sogar einen Anspruch darauf hatte, die Ermittlungen zu verfolgen. Ich war Ingo dankbar dafür.

André Pfeiffer erhielt einen Wink von Ingo. „Sie kümmern sich um alles andere."

Pfeiffer sah nicht so aus, als wüsste er, was damit gemeint war, aber er nickte.

Ingo sah sich um, suchte vergeblich nach einem ruhigen Plätzchen, dann fragte er Hartwig: „Können wir in dein Arbeitszimmer gehen? Dort ist es jetzt noch ruhig. Aber du musst dich darauf einrichten, dass das ganze Haus in die Tatortarbeit einbezogen wird."

Zehn Minuten später hockten wir zwischen Klassenarbeiten, Unterrichtsentwürfen, Zeugnisformularen, Anmeldungen zu den Bundesjugendspielen, Trainingsanzügen, Sportschuhen und mehreren Stapeln der ‚Times'. Hartwig saß an seinem Schreibtisch, Ingo auf einem Drehstuhl vor dem Computer und ich hatte die Fensterbank freigeräumt und es mir dort notdürftig bequem gemacht.

Ingo war jetzt nur noch der Hauptkommissar Schell, der persönliche Beziehungen nicht mehr gelten ließ, wenn es um die Aufklärung eines Mordfalls ging. Aber ein Rest der bis dahin freundschaftlichen Beziehung stand immer noch zwischen uns. Wenn ich jedoch daran dachte, wie geringschätzig Ingo oft von Hartwig und seinem Beruf gesprochen hatte, wie ungern er die Einladungen der Schramms angenommen und wie häufig er mir vorgeworfen hatte, mir die falschen Freunde ausgesucht zu haben, dann war ich nicht sicher, ob Hartwig Vorteile aus dieser privaten Verbindung ziehen würde.

„Wo warst du nun wirklich, Hartwig?", fragte Ingo mit leidlich freundlicher Stimme. „Was entspricht der Wahrheit – deine Aussage oder die deines Sohnes?"

„Meine", gab Hartwig zurück, ohne aufzusehen.

Ingo holte tief Luft. „Und wie konnte Fredi dich den ganzen Abend Klavier üben hören, wenn du gar nicht zu Hause warst?" Er stand auf, trat ans Fenster, sah über mich hinweg in den Garten und hockte sich dann erneut auf den Drehstuhl. „Der Mord hat sich drei bis vier Meter vor deinem Flügel abgespielt. Nur die Fensterscheibe war dazwischen. Es konnte dir nicht entgehen, was sich auf der Terrasse abspielte. Selbst, wenn du noch so konzentriert auf die Liebesträume warst."

Nun blickte Hartwig endlich auf. „Ich war nicht zu Hause, glaub mir das bitte. Das Klavierspiel... das kam von einer Kassette. Ich habe in den letzten Tagen alles, was ich geübt habe, auf Kassette aufgenommen und heute Abend abspielen lassen, als ich wegging."

„Warum?", fragte Ingo verständnislos.

„Damit Fredi glaubte, dass ich zu Hause bin."

„Warum sollte er das glauben?"

„Damit er es seiner Mutter sagte, falls sie ihn danach fragen sollte."

Auf Ingos Gesicht breitete sich Verstehen aus. Er warf mir einen Blick zu. Anscheinend erinnerte er sich an das, was ich ihm auf der Fahrt nach Handorf erzählt hatte. „Du hast Nadja betrogen?"

Hartwig zuckte unmerklich zusammen, dann nickte er. „Ich liebe seit ein paar Monaten eine andere Frau. Mit ihr habe ich mich heute Abend getroffen. Nadja hatte eine geschäftliche Verabredung, sie wollte erst spät zurückkommen. Und Fredi saß ja an der Werse und wartete auf seinen Hecht. Ich wusste, dass er nicht zwischendurch ins Haus zurückkommen würde. Wenn er angelt, unterbricht er nicht einmal, wenn er Durst oder Hunger bekommt."

Ingo nahm einen Kuli von Hartwigs Schreibtisch und ein Blatt Papier. „Wie ist der Name der Frau?"

Ich starrte Hartwig an, der mit dem rechten Zeigefinger Linien auf seine Schreibtischunterlage malte und mit einer Antwort zögerte. Würde jetzt der Name Judith Kersten fallen?

Hartwig blickte auf und setzte sich gerade hin. „Ich kann den Namen nicht sagen."

„Warum nicht?"

„Die Frau ist verheiratet."

Also doch nicht Judith Kersten! Oder sagte Hartwig nicht die Wahrheit? Möglich war aber auch, dass Nadja sich getäuscht hatte. Nicht Judith Kersten war Hartwigs Freundin, sondern eine andere Frau ...

Ingo beugte sich vor und sah Hartwig eindringlich an. „Rücksicht kannst du dir in deiner Situation nicht erlauben, Hartwig. Es wäre besser, wir wüssten, wo du zur Tatzeit warst."

Hartwig rückte seinen Stuhl zurück, als wollte er den Abstand zu Ingo vergrößern. „Soll das heißen, ich brauche ein Alibi? Aber warum sollte ich Nadja umgebracht haben?"

Ingo winkte ab. „Das ist reine Routine, Hartwig. Ich kenne dich, aber alle anderen, die an diesem Mordfall arbeiten, kennen dich nicht. Womöglich wird eine Ermittlungskommission gegründet! Dann hast du es mit Leuten zu tun, denen du fremd bist."

Hartwig sah Ingo an, als fühlte er sich von ihm bedroht. „Ermittlungskommission?"

„Ja, bei schweren Straftaten wird oft eine Sonderkommission gegründet. Die SoKo ermittelt dann, bis der Fall geklärt worden ist. Und die würde schnell auf die Idee kommen, dass du ein Motiv hast." Ingo zögerte. Ich sah ihm an, wie unwohl er sich fühlte. Mit schleppender Stimme sprach er weiter: „Auf die Frage, warum du Nadja umgebracht haben könntest, würde die SoKo schnell eine Antwort finden: Du willst frei sein für eine andere Frau! Nadja war dir im Wege. Vielleicht wollte sie sich nicht scheiden lassen. Oder du wolltest nicht auf ihr Geld verzichten." Er fixierte Hartwig mit einem Blick, der dazu führte, dass der noch weiter zurückwich. „Sie hatte doch Geld, oder? Ihre Boutique warf einiges ab, stimmt's?"

„Das stimmt nicht!", gab Hartwig heftig zurück. „Die Geschäfte gingen immer schlechter. Nadja verdiente kaum mehr als ich."

„Das ist ja auch schon eine ganze Menge." Diese Bemerkung konnte Ingo sich anscheinend nicht verkneifen.

Ich hatte das Gefühl, mich einmischen zu müssen. „Aber nicht so viel, um dafür einen Mord zu begehen."

Ingo sah mich wütend an. Aber ich konnte erkennen, dass er nicht wütend auf mich, sondern auf seine unbedachte Äußerung war. Er wandte sich wieder an Hartwig. „Vielleicht hatte Nadja etwas geerbt? Oder im Lotto gewonnen? Oder in der Spielbank? Sie fuhr doch gelegentlich zur Hohensyburg. Besser, du erzählst uns gleich davon. Wenn es später herauskommt, wirft es ein schlechtes Licht auf dich."

Gespannt wartete ich auf Hartwigs Antwort. Wusste er etwas von dem Vermögen, von dem Nadja mir erzählt hatte? Und wusste er etwas von dem Testament, das sie machen wollte?

Aber Hartwig schüttelte den Kopf. „Du kannst dich ruhig erkundigen. Nadja hatte kein Geld auf der hohen Kante. Davon hätte ich doch gewusst."

„Wie auch immer ..." Ingo winkte ab. „Du machst dich jedenfalls verdächtig, wenn du den Namen der Frau nicht preisgibst, mit der du zur Tatzeit angeblich zusammen warst."

„Unmöglich!", entgegnete Hartwig heftig. „Ich bin nicht verdächtig.

Ich habe meine Frau nicht umgebracht! Und ein Motiv habe ich auch nicht. Die Tatsache, dass ich eine andere Frau liebe, kann mich doch nicht verdächtig machen!“

„Du glaubst gar nicht, Hartwig“, antwortete Ingo ruhig, „wie viele Menschen schon genau aus diesem Grunde zu Mördern wurden.“

Der Verdacht stand im Raum wie Ekel erregender Brandgeruch. Und jeder wusste, dass der beißende Rauch nur das geringste Übel der Katastrophe war.

Ingo erhob sich und bemühte sich erkennbar um Sachlichkeit. „Was war das für eine geschäftliche Verabredung, die Nadja heute Abend hatte?“

Hartwig zuckte die Schultern. „Das weiß ich nicht.“

„Sie ging abends weg, ohne dir zu sagen wohin?“ Ingo sah mich an, als müsste ich sein Erstaunen auf der Stelle bestätigen. Klar, ich hätte niemals abends allein das Haus verlassen, ohne Ingo mitzuteilen, wohin ich ging, mit wem ich zusammen sein würde und wann ich zurückzukommen gedachte. Aber ich war trotzdem nicht gewillt, Ingos Verwunderung zu teilen.

„Nadja war Geschäftsfrau“, sagte ich vage. Am liebsten hätte ich Ingo mit dem Zusatz erschreckt, dass ich mich nun auch zu diesen Frauen zählte und demnächst am Abend ebenso selbstverständlich und ohne Angabe von Gründen das Haus verlassen würde.

„Ich habe mich nie um ihr Geschäft gekümmert“, erklärte Hartwig weiter.

Ingo nickte. „Es bleibt dabei, Hartwig: Wir wissen nicht, wo du zur Tatzeit warst. Und das ist ungünstig für dich.“

Ich fand, dass Ingo viel zu unerbittlich mit Hartwig umging. Wie konnte er einen Mann, der zu unserem Freundeskreis gehörte, verdächtigen? Und dann noch einen Mann wie Hartwig, der eine Fliege, die ihn störte, mit den bloßen Händen fing und dann in den Garten trug, um sie dort in die Freiheit zu entlassen? Nun wurde ich genauso zornig, wie ich es immer geworden war, wenn Ingo sich darüber ereifert hatte, dass die Schramms ein viel zu großes Haus bewohnten, das auf einem viel zu großen Grundstück stand, und sich überhaupt viel zu viel leisten konnten, was Hartwig mit Ferien und Nadja mit überteuerter Mode verdiente.

Ingo, der anscheinend in meinen Augen lesen konnte, was mich gerade bewegte, stand plötzlich auf. „Bin gleich wieder da.“

Ich stieß mich von der Fensterbank ab, kaum dass Ingo die Tür hinter sich geschlossen hatte, und machte einen Schritt auf Hartwig zu. „Du wirst nicht drum herum kommen, den Namen der Frau zu nennen, mit der du dich getroffen hast."

Aber Hartwig schüttelte den Kopf. „Nein, das kann ich nicht. Ihr Mann ist schrecklich eifersüchtig. Ich will ihr keine Schwierigkeiten machen. Ihr Mann hat ja keine Ahnung..."

„Bist du dir da sicher?" Und als Hartwig nickte, fragte ich ihn, ob er genauso sicher gewesen sei, dass auch Nadja keine Ahnung hatte.

Er blickte mich überrascht an. „Natürlich!"

„Du irrst dich." Zufrieden ging ich zur Fensterbank zurück und ließ mich wieder darauf nieder. „Nadja hat gewusst, dass du sie betrügst. Sie wusste nur nicht, mit wem."

In diesem Augenblick kam Ingo wieder herein. In der Hand hielt er ein kleines Frotteetuch, elfenbeinfarben mit zarten blauen Ornamenten. Das war eins der Gästehandtücher, die Nadja farblich genau auf die Fliesen ihrer Gästetoilette abgestimmt hatte. „Kannst du mir das erklären, Hartwig?"

Das Handtuch war voll winziger rostroter Flecke. Dass es sich um Blut handelte, war unschwer zu erkennen.

Hartwig nickte und hielt die rechte Hand hoch. „Ich habe mich geschnitten."

„An einer Scherbe? An einer zerbrochenen Flasche?"

Hartwig sah Ingo an, als verstünde er ihn nicht. Dann erklärte er widerstrebend: „Ich bin auf dem Nachhauseweg mit dem Fahrrad gestürzt und mit der rechten Hand in eine Glasscherbe gefallen." Er hielt seine Hand noch immer hoch, damit wir das Pflaster sehen konnten, das in der Mitte des Handtellers saß. „Als ich nach Hause kam, bin ich gleich in die Gästetoilette gelaufen, um mir das Blut abzuwaschen. Anschließend habe ich mir ein Heftpflaster aus der Küche geholt."

„Noch bevor du ins Wohnzimmer gingst, um auf die Löschtaste zu drücken? Die Kassette im Recorder ist leer."

Nun sprang Hartwig plötzlich auf. Die maßvolle Höflichkeit, die er dem Freund trotz allem bis jetzt entgegen gebracht hatte, wich dem Zorn, den der Hauptkommissar in ihm erregte. „Was sollen diese Fragen?", schrie er.

Ingo sonnte sich in seiner eigenen Ruhe. „Nadja wurde mit einer Flasche erschlagen", erklärte er und lächelte leicht. Dann drehte er sich um und trug das Handtuch hinaus. Ich hörte, wie er zu André Pfeiffer sagte: „Geben Sie das Becker von der Spurensicherung. Wir müssen wissen, ob das Blut vom Opfer stammt."

„Wir haben übrigens die Tatwaffe, Chef", kam Pfeiffers eifrige Stimme zurück. „Eine Flasche, die wir in der Nähe gefunden haben. Nur ein paar Meter weiter! Der Flaschenhals ist noch unversehrt. Er wird gerade ins Labor gebracht, die Kollegen werden ihn sofort nach Fingerabdrücken untersuchen. Anscheinend stammt die Flasche aus dem Korb, den die Schramms in der Nähe der Küchentür im Garten stehen haben."

Hartwig nickte bestätigend. „Dort sammeln wir alle Flaschen, bevor Fredi sie in den Container am Ende der Straße trägt."

Es war nicht auszumachen, ob Ingo seinen Einwurf vor der Tür gehört hatte. „Wie kommen Sie darauf, dass die Tatwaffe aus diesem Korb stammt, Pfeiffer?"

„Weil es darin noch mehrere Flaschen dieser Art gibt. Becker sagt, alle Weinflaschen stammen vom selben Winzer."

Hartwig nickte wieder. „Von einem Weingut aus dem Rheingau. Ich kaufe meinen Wein immer im Weingut Kloster Eberbach in Eltville."

Mir fiel plötzlich etwas ein. „Hartwig, du hast mir doch erzählt, dass du dich von einem Schüler bedroht fühlst, der sogar manchmal in eurem Garten herumschleicht." Ingo trat wieder ein und ich erzählte ihm das, was ich am Nachmittag von Hartwig erfahren hatte. „Wäre es nicht möglich, dass dieser Bengel sich auf so grausame Weise an Hartwig gerächt hat? Er wollte unbedingt verhindern, dass er angezeigt wird. Und er hat nicht nur Hartwig gedroht, sondern auch seiner Familie. Dies sollte vielleicht ein Denkzettel sein."

„Ein Mord?" Ingo sah mich an, als zweifelte er meine Fähigkeiten als Detektivin an.

„Sicherlich wollte er sie nicht umbringen, sondern nur erschrecken. Aber dann hat sie sich vielleicht umgedreht, hat ihn erkannt... und dann hat er heftiger zugeschlagen, als er eigentlich wollte."

Ingo sah immer noch nicht so aus, als hätte ich ihn von dieser Möglichkeit überzeugt. Trotzdem rief er Pfeiffer ein weiteres Mal herein und ordnete an, den Garten nach verdächtigen Fußabdrücken zu durchsuchen. „Vor allem Abdrücke, die sich mit dem decken, den wir im Blut der Toten gefunden haben."

Pfeiffer nickte eifrig und verschwand, erschien aber schon wenige Minuten später erneut in der Tür. „Die Spurensicherung wird gleich den Garten ausleuchten und die wichtigsten Spuren sichern. Morgen bei Tageslicht werden sie den Garten noch einmal absuchen."

„Dann sehen wir uns morgen früh hier wieder!", schnauzte Ingo ihn an.

André Pfeiffer nickte. „Zum Glück sieht es ja nicht nach Regen aus", bekräftigte er und schien sich eine Menge auf diese Wettervorhersage einzubilden.

Als sich die Tür wieder hinter ihm geschlossen hatte, versuchte Ingo ein weiteres Mal, Hartwig den Namen der Frau zu entlocken, die ihm ein Alibi geben konnte. „Wenn du weiterhin schweigst, Hartwig, kann es sein, dass jemand auf die Idee kommt, dass diese Frau überhaupt nicht existiert."

Als auch ich Hartwig bedrängte und immer wieder darauf verwies, dass diese Frau sicherlich Verständnis für seine außergewöhnliche Lage haben werde, gab er schließlich nach. Die Kraft, die er bis jetzt mühsam aufrechterhalten hatte, verließ ihn nun einfach. „Also gut, es handelt sich um Sabine Riedel."

„Riedel?" Dieser Name kam mir bekannt vor. Ja, ich hatte ihn am Nachmittag von Hartwig gehört! „Heißt dein Schulleiter nicht Riedel?"

Hartwig nickte, ohne uns anzusehen. „Ja, Sabine ist die Frau meines Chefs."

Ich beobachtete angstvoll Ingos Gesicht, das genauso aussah, als wollte es sich in einem breiten Grinsen verziehen. So weit würde er doch seine Antipathie gegen Lehrer im Allgemeinen und gegen Hartwig im Besonderen nicht treiben?

Nein, tatsächlich riss Ingo sich zusammen, bemühte sich sogar um einen wohlwollenden Tonfall. „Junge, Junge, das ist aber nicht gerade förderlich für die Karriere!"

Ingo sah auf die Uhr, als er seinen Wagen startete. „Ich bringe dich erst mal nach Hause. Es ist schon spät. Alex und Chris warten sicherlich schon auf dich."

Aber darauf war ich vorbereitet. „Die beiden sind keine Babies mehr", entgegnete ich prompt. „Sie werden ins Bett gehen, wenn sie müde sind." Ich streckte ihm die Hand hin. „Du hast doch dein Handy dabei? Ich rufe kurz zu Hause an und sage den Kindern Bescheid, dass ich später komme."

„Später? Wieso später?" Ingo war derart verdutzt, dass er mir widerspruchslos sein Handy überließ.

„Natürlich komme ich mit dir zu den Riedels", sagte ich so beiläufig, als ginge es hier um die Frage, ob einer den anderen zum Getränkemarkt begleitet. „Die Kinder müssen sich sowieso daran gewöhnen, dass ich demnächst nicht mehr ständig für sie da bin. Schließlich habe ich jetzt einen Beruf."

Alexandra war nicht sonderlich daran interessiert, zu welchem Zeitpunkt ich nach Hause zu kommen gedachte. Sie wollte nur wissen, ob ihr Vater mitkam oder nicht. Ich sah Ingo an, der verbissen auf die rote Ampel starrte, die ihm die Einfahrt in die Warendorfer Straße versperrte, und antwortete höchst diplomatisch: „Dein Vater und ich, wir werden erst mal die berufliche Gemeinsamkeit nutzen, um uns wieder aneinander zu gewöhnen. Wenn das klappt, werden wir weitersehen."

„Also gut", brummte Ingo, als ich das Gespräch beendet hatte. „Dann werde ich dich bei den Riedels eben als meine Assistentin ausgeben."

Der Schulleiter bewohnte mit seiner Frau ein Eigenheim in der Nähe der Mondstraße, das sich schon auf den ersten Blick von den anderen Häusern in der Nachbarschaft unterschied, die an der schmalen, schnurgeraden Straße aufgereiht waren. Sie schienen alle einmal verputzte Siedlungshäuschen gewesen zu sein, auf großen Grundstücken, die die Möglichkeit zur landschaftlichen Nutzung und Kleinviehhaltung geboten hatten. Einige sahen immer noch so aus, ihre Besitzer bauten nach wie vor Kartoffeln und Gemüse im Garten an und zu dem einen oder anderen gehörte auch heute noch ein Kaninchenstall. Die meisten Häuser waren jedoch inzwischen sauber verklinkert worden, aus den ehemaligen Nutzgärten waren große Rasenflächen mit Wäschespinnen und Planschbecken für die Kinder geworden. Wieder andere hatten die Grundstücke teilen lassen und statt eines großen Gartens nun ein zweites Eigenheim hinter dem Haus.

Die Riedels wohnten in dem schönsten und größten Haus, das das ehemalige Siedlungshäuschen hinter großzügigen Anbauten verbarg und verschwenderisch und geschmackvoll ausgestattet war. Der Vorgarten bestand lediglich aus einem dichten Rasen, dem man die gute Pflege ansah, mit sorgfältig geschnittenen Buchsbäumen, und hatte im Gegensatz zu den Vorgärten der Nachbarhäuser auf eine Einfriedung verzichtet. Die Haustür war groß, die Fenster ebenso, die mit wenig Dekoration auskamen und so den Eindruck von Großzügigkeit vermittelten. Ein Haus, dem es nicht auf schmückendes Beiwerk ankam, nicht auf Prunk oder die Darstellung von Reichtum. Dennoch ahnte man schon vor der Tür, dass es dahinter wertvolle Designermöbel und kostbare Gemälde gab. Die Riedels legten augenscheinlich Wert auf Qualität, die durch sparsame Verwendung noch wertvoller wurde.

Auf der Straße war es um diese Zeit totenstill, aber hier herrschte sicherlich auch tagsüber wenig Verkehr. Ingo drückte vorsichtig die Autotür ins Schloss, der Eindruck, dass in dieser Gegend kein Lärm geduldet wurde, täuschte ihn sicherlich nicht.

Sein Blick ruhte auf dem dunklen Mercedes, der vor der Garage stand, dann betrachtete er das Haus eine Weile, ehe er auf den Eingang zuschritt. „Was verdient so ein Schulleiter eigentlich?", brummte er. „Sieh sich einer diese Villa an! Warum bin ich eigentlich nicht Lehrer geworden?"

„Weil du immer nur Polizist werden wolltest", gab ich zurück, „und als Lehrer todunglücklich geworden wärst."

Unser Klingeln blieb zunächst ohne Antwort.

„Ob die schon schlafen gegangen sind?", fragte ich leise.

„Dann werden sie eben wieder aufstehen müssen", gab Ingo zurück. „Es ist ja noch nicht einmal elf und im Wohnzimmer brennt noch Licht."

„Vielleicht hättest du sie doch besser vorladen sollen", gab ich zu bedenken.

Aber Ingo schüttelte den Kopf. „Ich will nicht bis morgen warten. Ich muss heute noch wissen, ob Hartwig ein Alibi hat oder nicht."

„Aber in Gegenwart ihres Mannes wird Sabine Riedel vielleicht nicht die Wahrheit sagen."

Ingo sah mich empört an. „Es geht um Mord! Soll ich da auf eine Frau Rücksicht nehmen, die ihren Mann betrügt? Er wird es sowieso erfahren. Wetten, dass längst über das Liebespärchen getuschelt wird? So ist es doch immer! Und nach Nadjas Tod werden sich alle, die davon wissen, das Maul zerreißen. Über kurz oder lang erfährt der Ehemann dann auch davon, ist doch klar."

In diesem Augenblick bewegte sich etwas hinter der Tür. Anscheinend wurden wir jetzt durch einen Spion in Augenschein genommen und kurz drauf wohl für vertrauenswürdig befunden. Jedenfalls wurde geöffnet und der Hausherr erschien vor uns.

Johannes Riedel sah genauso aus, wie ich ihn mir vorgestellt hatte. Ein Mann, dem nicht nur die Fassade seiner Schule wichtig war, sondern vermutlich die Fassade seines gesamten Lebens. Seine Schule, sein Haus, seine Kleidung... und natürlich auch seine Frau, die nun in der Wohnzimmertür erschien und sich dort schweigend in den Türrahmen lehnte. Eine sehr junge Frau, höchstens Mitte zwanzig, eindeutig zu jung für den Schulleiter, den ich auf Mitte fünfzig schätzte.

„Sie wünschen?", fragte Johannes Riedel ohne eine Spur von Freundlichkeit.

Ingo hielt ihm seinen Dienstausweis hin, den Riedel sorgfältig studierte. Sein schmales, intelligentes Gesicht wirkte konzentriert, als hätte er eine Klassenarbeit vor sich, die beim nächsten Fehler, den er entdeckte, die Grenze zum Mangelhaft überschreiten würde. Nun nahm er Ingo den Ausweis sogar aus der Hand. Anscheinend wollte er ganz sicher gehen, dass wir berechtigt waren, an seiner Tür zu klingeln und damit würdig für die Note ausreichend.

„Was führt Sie zu mir?", fragte er. „Habe ich eine Verkehrsübertretung begangen?"

„Wir sind von der Kriminalpolizei", erklärte Ingo. „Mordkommission! Dürfen wir eintreten?"

Endlich hatten wir ihn beeindruckt. Er trat mit einer einladenden Handbewegung zur Seite. Während ich an ihm vorbeiging, streifte mich der Duft eines teuren Herrenparfüms. Ich musste mir eingestehen, dass er mir imponierte, obwohl er mir nicht sympathisch war. Johannes Riedel war kein gut aussehender Mann, aber sein gepflegtes Äußeres, der zartgelbe Kaschmirpulli, die legere, aber dennoch elegante Hose, die Slipper, die bequem, aber auch teuer aussahen, und die sorgfältig frisierten Haare machten ihn attraktiv. So musste ein Mann wohl aussehen, wenn er eine Frau geheiratet hatte, die seine Tochter sein konnte.

Sabine Riedel lehnte immer noch in der Wohnzimmertür. Wollte sie mit dieser nachlässigen Haltung ihre Gleichgültigkeit demonstrieren? Wenn ja, dann gelang es ihr schlecht. Ich spürte gleich, dass sie sehr angespannt war. Ahnte sie, was auf sie zukam? Hatte sie Angst vor der Reaktion ihres Mannes, wenn er erfuhr, dass sie den Abend mit einem Geliebten verbracht hatte?

Ich beobachtete sie unauffällig, während wir an ihr vorbei ins Wohnzimmer gingen. Sie gab die Türöffnung erst im letzten Augenblick frei und schritt, immer noch ohne ein einziges Wort, vor uns her und ließ sich in einem der riesigen cremefarbenen Sessel nieder. Die Frage, ob die Riedels Kinder hatten, beantwortete sich damit von selbst. Kein vernünftiger Mensch, dem seine Kinder und die eigenen Nerven etwas bedeuteten, ließ seinen Nachwuchs in dieser empfindlichen Umgebung aufwachsen. Alles in diesem Wohnzimmer war makellos hell, die gläsernen Tische und Regale wiesen keinen einzigen Fingerabdruck auf, die zierlichen Kerzenleuchter sahen nicht so aus, als wären sie jemals auf den aprikotfarbenen Teppichboden gefallen. Und die Bücher, die eine ganze Wand füllten, waren mit Sicherheit noch nie nach den Vorstellungen eines Kindergartenkindes neu sortiert worden.

Ebenso wenig konnte ich mir Sabine Riedel als Mutter vorstellen. Sie war einfach zu jung, zu schön, zu perfekt und auch zu indifferent für die Vorstellung, dass ein Kleinkind am Saum ihres Versace-Rockes hing und nach ihren wohlgeformten Beinen griff, um sich daran fest zu halten. Sabine Riedel war keine Frau, die einen Halt bot. Was mochte es sein, was Hartwig, dem Äußerlichkeiten wenig bedeuteten, an ihr faszinierte?

Erst bei einem Blick in ihre Augen erahnte ich die Antwort: Sabine Riedel besaß das, was Hartwig an Nadja gefehlt hatte: Sie war weich und anschmiegsam, leicht verletzlich und ohne den Ehrgeiz, der Nadja oft hart und ungerecht gemacht hatte. Sabine Riedel erweckte in einem Mann den Beschützerinstinkt, den Nadja sich verbeten hätte. Und obwohl ich Hartwig für einen Mann hielt, der sich nicht an Klischees orientierte, glaubte ich doch, dass er in das Mädchenhafte verliebt war, das wahrscheinlich auch Johannes Riedel angezogen hatte und das einem Mann die Stärke verlieh, die er genoss, auch wenn er sich das nicht eingestehen wollte.

Johannes Riedel bot uns einen Platz an, blieb selbst aber stehen. „Worum geht es?", fragte er. „Um einen Schüler? Hat einer von ihnen was angestellt?"

Ingo schüttelte den Kopf und berichtete kurz und knapp von Nadjas Tod, ohne Sabine Riedel aus den Augen zu lassen. „Wir ermitteln in einem Mordfall..."

„Sie ist ermordet worden?", fiel Riedel ihm ins Wort. „Kein Unfall?"

„Nein, es war Mord!", gab Ingo zurück und wiederum sah er Sabine dabei an. „Frau Riedel, wir müssen Sie fragen..."

„Das ist ja entsetzlich!", unterbrach Riedel ein weiteres Mal. „Einfach grauenhaft! So eine nette Frau! Mein Gott, wie schnell aus einer Fiktion schreckliche Realität werden kann! Heute Abend haben wir, meine Frau und ich, einen Krimi im Fernsehen gesehen und ich habe noch zu Sabine gesagt: Bei der Häufigkeit, mit der Krimis gesendet werden, könnte man meinen, die Welt sei voller Mord und Todschlag. Dabei kenne ich niemanden, der schon einmal etwas mit einem Mord zu tun hatte."

„Moment!" Ingo blickte nun Johannes Riedel an. „Sie wollen sagen, dass Ihre Frau heute Abend mit Ihnen zusammen vor dem Fernseher saß? Von wann bis wann?" Er wartete Riedels Antwort gar nicht ab, sondern richtete die Frage noch einmal an Sabine Riedel: „Sie waren heute Abend hier? Wie lange?"

Sabine blickte ihren Mann mit großen Augen an und nickte bestätigend, als er statt ihrer antwortete: „Meine Frau war den ganzen Abend hier. Wir haben gegen sieben zu Abend gegessen, danach haben wir den Fernseher angestellt."

„Und Sie waren die ganze Zeit zusammen? Auch zwischen acht und neun?"

„Natürlich", nickte Johannes Riedel und seine Frau schloss sich seinem Nicken an. „Um viertel nach acht begann ja der Krimi."

„Warum fragen Sie das?" Es war das erste Mal, dass ich Sabine Riedels Stimme hörte, und war angenehm überrascht von dem warmen, vollen Ton. Erwartet hatte ich eigentlich eine kindliche, helle Stimme.

Ich beobachtete Johannes Riedel genau, während Ingo antwortete: „Hartwig Schramm hat ausgesagt, dass er zur Tatzeit, zwischen acht und halb neun, mit Ihnen zusammen war."

Riedel hieb mit der Faust auf die Rückenlehne des Sessels, hinter dem er stand. „Eine Frechheit! Was denkt sich der Kerl dabei? Er lügt!"

„Stimmt das, Frau Riedel?" Ingo sah die junge Frau eindringlich an. „Es ist wichtig, dass Sie die Wahrheit sagen. Herr Schramm hat kein Alibi, wenn Sie seine Aussage nicht bestätigen."

„Wird er denn verdächtigt?", fragte Sabine mit großen Augen.

Ingo zuckte die Schultern. „Wir würden ihn jedenfalls gern als Täter ausschließen", entgegnet er vage. „Bitte, überlegen Sie sich also Ihre Aussage noch einmal. Es hängt für Herrn Schramm sehr viel davon ab."

„Sie haben es doch gehört!", polterte Riedel los. „Zweifeln Sie etwa an dem, was ich gesagt habe? Hören Sie mal... wissen Sie eigentlich, wer ich bin?"

Ingo nickte. „Natürlich weiß ich das. Aber es geht mir nicht um Ihre Aussage, sondern um die Ihrer Frau."

„Meine Frau hat das Gleiche gesagt wie ich. Sie war nicht mit Herrn Schramm zusammen. Warum auch? Oder glauben Sie etwa...?" Er so aus, als würde ihm jetzt erst klar, was Hartwigs Behauptung für ihn bedeutete. „Unerhört!", stieß er aufgeregt hervor. „Will der Kerl den Ruf meiner Frau ruinieren? Und meinen gleich mit?" Er schlug sich vor die Stirn. „Ja, natürlich! Das will er! Er lässt ja keinen Versuch aus, mich anzugreifen."

„Was meinen Sie damit?", fragte Ingo.

Nun ließ Johannes Riedel sich doch in einem Sessel nieder. „Es gibt seit einiger Zeit Probleme zwischen Herrn Schramm und mir", begann er. „Wir haben sehr unterschiedliche Auffassungen von dem Begriff Gewalt. Herr Schramm neigt zu Überreaktionen, wenn es zwischen den Schülern zu Raufereien kommt. Er würde am liebsten jeden anzeigen, der einmal im jugendlichen Übermut zu weit gegangen ist. Ich halte nichts davon, aus unbedachten Jugendlichen Gewalttäter zu machen. Wenn man sie vor Gericht zerrt, werden sie nicht geläutert, sondern sie rutschen erst recht in die Kriminalität an. Wie oft schon habe ich Herrn Schramm gesagt: Wir sind Pädagogen, also müssen wir mit pädagogischen Mitteln kämpfen. Wer mit der Polizei und dem Gericht droht, beweist doch nur seine Hilflosigkeit. Und hilflose Lehrer sind schlechte Lehrer. Deswegen habe ich Herrn Schramm daran gehindert, einen Schüler anzuzeigen, der sich einmal zu einem tätlichen Angriff hinreißen ließ. Seitdem schwelt ein Konflikt zwischen uns. Dass er allerdings so weit gehen würde..." Riedel brach ab und schüttelte verwirrt den Kopf.

Ich wusste, dass es Ingo nicht recht sein würde, wenn ich mich in dieses Gespräch einmischte. Aber ich fragte trotzdem: „Wollen Sie damit sagen, dass Herr Schramm Ihnen bewusst schaden will, indem er behauptet, ein Verhältnis mit Ihrer Frau zu haben?"

Johannes Riedel nickte bekümmert. „Meine Frau ist erheblich jünger als ich. Es gibt viele Leute, die uns schon an unserem Hochzeitstag ein baldiges Scheitern unserer Ehe prophezeit haben. Also gibt es auch viele Leute, die bereitwillig glauben würden, was Schramm behauptet. Und wenn seine Frau tot ist, konnte er ja, ohne um seine eigene Ehe zu fürchten..."

Ich ließ ihn nicht ausreden. „Sie glauben, dass er nach der Ermordung seiner Frau sofort auf die Idee kam, diese Tragödie zu nutzen, um Ihnen zu schaden?"

Riedel hob die Schultern. „Anders kann ich mir jedenfalls diese Falschaussage nicht erklären."

„Was hat seine Lüge für einen Sinn, wenn er doch genau wissen musste, dass Sie seine Aussage nicht bestätigen würden?", fragte ich weiter, ohne Ingos warnenden Blick zu beachten.

„Aussage steht gegen Aussage", antwortete Riedel. „Und etwas bleibt ja immer hängen..."

Nun mischte Ingo sich wieder ein. „Würden Sie Herrn Schramm auch einen Mord zutrauen?", fragte er so direkt, dass ich regelrecht erschrak. Wollte Ingo den Schulleiter aus der Reserve locken? Oder warum fragte er so ungeschickt?

Prompt griff Johannes Riedel sich ans Herz. „Gott bewahre, nein!" Er sah erst Ingo und dann mich mit so ehrlichem Augeaufschlag an, dass ich mir vorstellen konnte, wie wenig Hartwig seinem Chef gewachsen war. „Ich würde keinem Menschen so etwas zutrauen."

Schon, als wir in die Mondstraße einbogen, zog ich meine Vorwürfe aus dem Ärmel, mit denen ich eigentlich sehr vorsichtig umgehen wollte. Ingo würde mich nicht mehr mitspielen lassen, wenn ich versuchte, gleich den ersten Stich zu machen. Aber ich konnte einfach nicht anders. „Es wäre wirklich besser gewesen, du hättest Sabine Riedel vorgeladen. Allein! Ihr Mann hat sie ja kaum zu Wort kommen lassen."

Ingos Gesicht wurde prompt ärgerlich. Er wusste genau, dass er eine falsche Karte ausgespielt hatte und selber schuld daran war, dass er ein Spiel verloren hatte. „Sie hat bestätigt, dass sie den ganzen Abend zu Hause war."

„Vielleicht hat sie nur nicht den Mut gehabt, die Wahrheit zu sagen!"

„Warum sollte sie den Mut haben, wenn sie vor meinem Schreibtisch sitzt? Außerdem hat ihr Mann ausgesagt, dass seine Frau den ganzen Abend zu Hause war. Warum sollte er das tun? Wenn sie gelogen hat, dann müsste auch er gelogen haben. Nein, dieser Riedel sieht nicht so aus, als ließe er sich bereitwillig Hörner aufsetzen."

„So bereitwillig wie ich, meinst du?"

Warum sagte ich so was? Warum mischte ich meine persönliche Enttäuschung in diese mörderische Suppe, die ohnehin schon bitter genug war?

Natürlich wurde Ingo jetzt noch ärgerlicher. „Vergiss nicht, dass Hartwig uns anscheinend eine faustdicke Lücke vorgesetzt hat! Aber ich hätte mir ja denken können, dass du auch jetzt Nachsicht für ihn hast! Hartwig Schramm, der begnadete Pädagoge! So feinsinnig, so schöngeistig! Nach jeder Party hast du davon geschwärmt, wie gut man sich mit diesem Mann unterhalten kann. Wie sensibel er ist, wie einfühlsam! Der ist natürlich nicht fähig, einen Mord zu begehen!"

„Ich traue ihm tatsächlich keinen Mord zu", gab ich heftig zurück. „Und du willst ihm hoffentlich nicht deshalb unbedingt einen Mord nachweisen, weil du dich ihm intellektuell unterlegen fühlst."

„Ich? Intellektuell unterlegen?" Ingo machte eine Vollbremsung hinter einem Fiat, obwohl der seine Bremsabsichten frühzeitig zu erkennen gegeben hatte. „Dieser Idiot! Warum fährt der nicht?"

Ich wartete, bis der erschrockene Fiatfahrer wieder Gas gegeben hatte. „Du konntest Hartwig doch nie leiden."

„Stimmt! Für mich war er immer ein arroganter Pinsel! Wusste alles besser! Konnte alles besser! Typisch Lehrer! Und er hat sich nicht einmal bemüht, seine Abneigung gegen Polizeibeamte zu verbergen." Wieder musste ein anderer Verkehrsteilnehmer darunter leiden, dass Ingo in den letzten Jahren gezwungen gewesen war, die Bekanntschaft mit einem nichtsnutzigen Lehrer zu pflegen. „Er hat sich oft genug über willkürliche Maßnahmen von Polizisten beschwert. Und gerade von diesem angeblich so intellektuellen Mann bin ich mehr als einmal gefragt worden, warum sich die Polizei um Parksünder kümmert, statt Gewalttaten zu verhindern! Pädagogen!" Dieses Wort spuckte er direkt vor meine Füße. „Eigentlich sollte ich nach Handorf zurückfahren und Hartwig verhaften. Schließlich hat er kein Alibi."

„Aber es besteht kein begründeter Tatverdacht. Und ein Motiv hat er auch nicht. Von Flucht- und Verdunkelungsgefahr kann ebenfalls keine Rede sein."

Ingo wusste natürlich, dass ich Recht hatte, und das machte ihn noch übellauniger. Ich war froh, dass wir in einem Zivilfahrzeug saßen und nicht in einem Streifenwagen. Dann hätten die vielen vertrauensvollen Bürger, die sich noch auf der Straße aufhielten, gefragt, warum ein Polizist sich ungestraft wie ein Verkehrsrowdy aufführen durfte. Aber ich schwieg, bis eine Ampel auf der Wolbecker Straße Ingos Grimm ausbremste, und sagte dann in versöhnlichem Ton: „Hartwig ist doch nicht so dumm, uns ein Alibi aufzutischen, von dem er genau weiß, dass es nicht bestätigt werden kann."

Aber Ingo schien schon darüber nachgedacht zu haben. Er antwortete prompt, zu meiner Erleichterung jedoch mit ebenso versöhnlicher Stimme wie ich: „Er hat es immerhin geschafft, Zweifel zu säen. Dumm ist er wirklich nicht. Wahrscheinlich hat er sich das falsche Alibi vorher genau überlegt. Er hat sich gesagt: Niemand wird es für ausgeschlossen halten, dass die junge, schöne Sabine Riedel ihren wesentlich älteren Mann betrügt. Und jeder wird auch Verständnis dafür haben, dass sie Angst davor hat, ihrem Mann den Seitensprung zu gestehen. Vorher hat Hartwig es sogar noch fertig gebracht, seine Frau misstrauisch zu machen." Er sah mich kurz von der Seite an. „Schließlich hat Nadja dir den Auftrag gegeben, herauszufinden, mit wem Hartwig sie betrügt. Aber gefunden hast du nichts, oder?"

Ich nickte. „Ja, sie hatte einen Verdacht, den ich nicht bestätigen konnte. Jedenfalls bis jetzt nicht." Konnte es wirklich wahr sein, dass Hartwig selbst den Verdacht in Nadjas Herz gepflanzt hatte? Und dass Nadja auf die erstbeste Frau, mit der sie Hartwig gesehen hatte, tippte, weil es eine Geliebte in Wirklichkeit gar nicht gab? Die Gedanken purzelten durch meinen Kopf, während Ingo allmählich wieder zu einem verantwortungsvollen Autofahrer wurde. „Aber was hat es für einen Sinn, dass Hartwig eine Kassette mit den Liebeträumen bespielt?"

„Was er nur behauptet", betonte Ingo, „was nicht erwiesen ist. Wer weiß, vielleicht hat er ja einen Killer angeheuert und seelenruhig Klavier gespielt, während auf der Terrasse..."

„Unmöglich, Ingo!"

„Oder er hat die Kassette abgespielt, während er Nadja die Flasche auf den Kopf schlug. Er wollte, dass Frederik und die Nachbarn später aussagen, er hätte zur Tatzeit Klavier gespielt. Damit schloss er sich als Täter aus."

„Das passt doch nicht, Ingo!", rief ich. „Der Mord geschah direkt vor dem Fenster! Wenn er sich als Täter ausschießen wollte, dann jedoch nicht als Zeuge. Und außerdem hat er gleich zugegeben, das er nicht zu Hause war und das Klavierspiel vom Band kam! Wenn er der Mörder wäre, dann hätte er besser von vornherein so getan, als wäre er zur Tatzeit nicht zu Hause gewesen. Warum die Inszenierung mit den Liebesträumen?"

„Er brauchte ein Alibi."

„Aber er hat trotzdem keins."

Ingo sah plötzlich so aus, als verwandelte sich seine Abneigung gegen Hartwig allmählich in Respekt. „Er hat es tatsächlich geschafft, dass wir zweifeln", sagte er staunend. „Du und ich, wir halten es nun beide für möglich, dass Sabine Riedel lügt. Und gerade damit hat er gerechnet. Außerdem kann er sich an seinem Chef rächen. Er kann sich ausrechnen, dass seine Kollegen an sein Verhältnis mit Sabine Riedel glauben. Wahrscheinlich hat er auch da schon vorgebaut und dafür gesorgt, dass bereits Gerüchte im Umlauf sind."

„Aber das Motiv!" Ich dachte schaudernd an das Vermögen, von dem mir Nadja erzählt, und von dem Verdacht, den sie ausgesprochen hatte. Dennoch konnte ich mich nicht entschließen, Ingo etwas davon zu verraten. Am Ende würde er wirklich zurückfahren und Hartwig festnehmen. Ich konnte jedoch trotz allem immer noch nicht glauben, dass Hartwig seine Frau umgebracht hatte. Obwohl so ein raffinierter Plan irgendwie zu ihm passte...

Aber ich wollte diesen Gedanken nicht zulassen. „Hartwig würde nicht morden, um frei zu sein für eine andere Frau. Er würde sich scheiden lassen."

„Es sei denn, er hat große Nachteile durch eine Scheidung", konterte Ingo. „Wir werden Nadjas Vermögensverhältnisse überprüfen. Vielleicht hat sie ja wirklich am Roulettetisch gewonnen. Und dann sieht es für Hartwig schlecht aus, denn dann hat er ein Motiv. Ich würde im selben

Augenblick zum Staatsanwalt gehen und mir einen Haftbefehl unterschreiben lassen. Erst recht, wenn sich auf dem Gästehandtuch nicht nur Hartwigs, sondern auch Nadjas Blut findet."

In meinem Kopf begann sich alles zu drehen. „Wenn Sabine Riedel wirklich am Abend nicht zu Hause war, warum behauptet ihr Mann dann das Gegenteil? Das gibt doch keinen Sinn!"

Ingo zögerte, dann meinte er: „Vielleicht, um den Ruf seiner Frau und damit seinen eigenen zu retten. Er wollte dafür sorgen, dass seine Frau nicht ins Gerede kommt. Wenn das so ist, wird es jetzt im Hause Riedel einen handfesten Ehekrach geben. Wer weiß, welche Ausrede Sabine Riedel benutzt hat, als sie das Haus verließ."

„Aber ihr Mann hat schon von dem Film gesprochen, den er mit seiner Frau zusammen gesehen hatte, bevor wir Sabine Riedel fragten, ob sie sich an diesem Abend mit Hartwig getroffen hat. Demnach sagen die Riedels wirklich die Wahrheit." Ich schüttelte mich in der Hoffnung, dass dadurch die wirren Gedanken in meinem Kopf ganz von selbst wieder in die Ordnung zurückfielen, in der sie die Wahrheit von der Lüge und das Einleuchtende vom Absurden unterscheiden konnten. Dann fiel mir wieder Rupert Kersten ein. „Vielleicht bringt die Untersuchung der Fußabdrücke ja neue Erkenntnisse."

Der Buddenturm kam in Sicht, Ingo setzte den Blinker. Wir würden bald zu Hause sein, es wurde Zeit, die Diskussion zu beenden. Auf keinen Fall wollte ich, dass Ingo sie in der Wohnung fortsetzte.

Da kam es auch schon! „Ich würde gerne mit den Kindern darüber reden", erklärte Ingo. „Vielleicht wissen sie etwas von diesem Rupert, was mir weiterhilft."

„Nicht um diese Zeit", entgegnete ich strikt. Glaubte Ingo wirklich, ich fiele darauf herein? Er wollte mir ins Haus folgen, das war alles! „Die Kinder schlafen längst. Es ist bald Mitternacht! Ich lasse nicht zu, dass du sie aus dem Schlaf holst. Beide haben morgen zur ersten Stunde." Den Gurt löste ich schon, als Ingo in die Hoyastraße einbog. „Ich werde eine Schlaftablette nehmen. Nadjas Tod hat mir doch verdammt zugesetzt."

Ingo nickte verständnisvoll, machte aber keine Anstalten, den Wagen einfach auf der Fahrbahn vor der Haustür anzuhalten, um mich aussteigen zu lassen. Nein, er suchte nach einer Parklücke, die sich erstaunlicherweise auf Anhieb fand. Dann löste auch er den Gurt und wandte sich zu mir. „Lass mich heute Nacht bei dir bleiben, Romy."

Aber ich schüttelte den Kopf. „Ich habe dir doch gesagt, dass ich Zeit brauchte, Ingo. Geh erst mal zurück zu Sandra."

Er sah mich nicht an, als er antwortete: „Ich habe meine Sachen zu meiner Mutter gebracht."

Es war also vorbei! Ingo hatte mit Sandra Schluss gemacht – oder sie mit ihm! Warum spürte ich keine Erleichterung? Warum war ich nicht glücklich darüber?

Ich öffnete die Autotür. „Dann wird es Zeit, dass du nach Kinderhaus fährst. Sicherlich sorgt sich Mama schon um dich. Und morgen früh macht sie ihrem bösen Jungen Vorwürfe, weil er so spät heimgekommen ist."

Ingo schluckte. Natürlich wusste er, dass ich seine Mutter nicht liebte. Aber es war ihm immer wichtig gewesen, dass ich nur freundlich über sie sprach. Er wollte nicht, dass die Kinder etwas von meiner Abneigung bemerkten, und auch Freunde und Verwandte sollten in dem Glauben bleiben, dass mich ein herzliches Verhältnis mit Ingos Mutter verband. Warum ihm das so wichtig war, hatte ich nie verstanden, mich aber stets daran gehalten, weil mir diese Selbstdisziplin keine übermenschlichen Kräfte abverlangte. Meine Schwiegermutter wünschte mich genauso selten zu sehen, wie ich mich nach ihrer Gesellschaft sehnte. Also gab es höchstens zu Weihnachten oder an den Geburtstagen der Kinder die Möglichkeit, sich zu streiten. Dann jedoch nahmen wir uns zusammen und hatten auf diese Weise zu einem Agreement gefunden, mit dem jeder von uns leben konnte.

Doch inzwischen fühlte ich mich an diese Abmachung nicht mehr gebunden. „Wahrscheinlich sitzt sie jetzt in ihrem scheußlichen lila Bademantel am Fenster und verdoppelt die Dosis ihrer Herztropfen, damit sie die Sorge um ihren Liebling aushält."

Dass Ingo mit vollen Segeln auf Versöhnungskurs fuhr, verriet er, indem er meine Spitzen wortlos hinnahm. Plötzlich beugte er sich vor und spähte durch die Windschutzscheibe. „Die Kinder sind noch wach."

Ich folgte seinem Blick. „Sie haben nur vergessen, das Licht zu löschen. Vielleicht aus Sorge, dass Humphrey sich im Dunkel fürchtet."

„Nein!" Ingo wies zu unserem Erkerfenster. „Ich habe Alex gesehen. Und da ist auch Chris!" Nun wartete er meine Einwände nicht mehr ab. „Ich will mit den beiden reden!"

Humphreys Stimme klang müde und verwaschen. Das mochte daran liegen, dass er seinen Kopf unter einen Flügel gesteckt hatte und ganz so aussah, als würde er sich gern zur Ruhe begeben. Aber tapfer brabbelte er: „Total abgefahren!“, als wir hereinkamen. Anscheinend hatte er, seit er mit Alexandra und Christopher allein war, keine ruhige Minute gehabt.

„Er kann schon wieder was Neues!“, rief Christopher. „Aber Englisch liegt ihm nicht. Das Th kriegt er nicht hin und das R auch nicht.“

„Warum seid ihr noch nicht im Bett?“, herrschte ich die beiden an.

Aber sie ließen sich nicht beeindrucken, sondern setzten sich zu ihrem Vater aufs Sofa, wo sie sich sicher wähnten vor mütterlicher Strenge. Völlig zu Recht natürlich. Ingo legte schützend einen Arm um jedes Kind und sah mich triumphierend an, als wäre soeben der Beweis erbracht worden, dass seine Kinder sich in seinem Arm sicherer fühlten als in meinem.

„Was ist mit Nadja passiert, Papa?“

Prompt schämte ich mich dafür, dass mir pünktliches Zubettgehen wichtiger gewesen war als das Gemüt meiner Kinder. Natürlich hatten sie sich Sorgen gemacht in der Zwischenzeit und selbstverständlich hatten sie einen Anspruch darauf, erst einmal zu erfahren, warum ihre Eltern Stunden vorher Hals über Kopf aus dem Haus gestürzt waren.

„Ist sie wirklich tot?“, fragte Alexandra. „Ermordet?“

„Wie kommst du darauf, dass sie ermordet wurde?“, fragte ich, denn ich war sicher, dass wir nur davon gesprochen hatten, dass Nadja etwas zugestoßen sei.

„Wenn Papa angerufen wird, dann bestimmt nicht, weil Nadja einen Herzinfarkt erlitten hat“, gab Alexandra patzig zurück. „Schließlich arbeitet Papa nicht als Notarzt, sondern bei der Mordkommission.“

„Kluges Kind“, sagte Ingo und strich seiner Tochter anerkennend übers Haar.

„Können wir dann morgen länger schlafen?“, erkundigte sich Christopher mit bestürzender Gefühlskälte. „Hartwig wird doch morgen nicht zum Unterricht kommen, oder? Ein Lehrer bekommt sicherlich frei, wenn seine Frau ermordet wurde.“

„Bist du jetzt total gaga?“, fuhr ihn seine Schwester an. „Du checkst ja mal wieder gar nichts! Hier geht's um ein echtes Drama und du denkst nur an deine Vorteile!“

Und da sie schon einmal so schön im Gange war und ihre Stimme gerade wunderbar schrill und vorwurfsvoll klang, machte sie mit mir gleich weiter: „Dieser Typ hat angerufen und den AB vollgequatscht.“

„Welcher Typ?“, fragte ich, obwohl ich genau wusste, wen sie meinte.

Und da auch Alexandra das wusste, bekam ich nur einen verächtlichen

Blick von ihr und keine Antwort. Wie ein verängstigtes kleines Mädchen drängte sie sich in Ingos Arme und bat: „Erzähl, was passiert ist, Papa. Wenn du es mir erklärst, ist es vielleicht nicht ganz so schlimm."

„Total abgefahren", grummelte Humphrey, bevor er seinen Kopf erneut unter einen Flügel steckte und Anstalten machte, vor Müdigkeit von der Stange zu fallen.

Ich holte das große Tuch, das ich für ihn zurechtgelegt hatte, und breitete es über seinem Käfig aus. Dann ging ich zur Tür. Ein Blick zurück zeigte mir, dass mich in diesem Wohnzimmer niemand vermissen würde. Auch Christopher hatte sich nun an Ingos Seite gekuschelt und lauschte mit seiner Schwester auf die Stimme seines Vaters, der ihnen vorsichtig eröffnete, dass die Freundin ihrer Mutter einem schrecklichen Verbrechen zum Opfer gefallen war. Ingo machte das sehr gut, sehr sanft und verriet nur die notwendigen Fakten, ohne die schrecklichen Verdachtsmomente zu erwähnen. Er würde auch den Fußabdruck zur Sprache bringen, ohne die Kinder zu erschrecken oder ihre Gedanken ins Labyrinth ihrer TV-beherrschten Einbildungskraft entwischen zu lassen.

Ich drückte die Wohnzimmertür ins Schloss und ging ins Arbeitszimmer, wo ein zweites Telefon stand, an das ein Anrufbeantworter angeschlossen war. Tatsächlich, das rote Lämpchen kündete von neu eingegangenen Nachrichten.

Maximilians Stimme klang, als wäre er soeben von einem Traum geweckt worden, der ihm den Sinn des Lebens verraten hatte. Er sprach leise, jedoch sehr sicher, schnell, aber nicht hastig. Mal klangen seine Worte dumpf, als hätte er seinen Kopf unter die Bettdecke gesteckt, dann hohl, von einem schwachen Echo begleitet, als hätte er das Telefon mit in die Badewanne genommen oder ins Treppenhaus getragen. Kein Zweifel, er wanderte damit durch seine Wohnung und ließ anscheinend weder die Abstellkammer noch das Badezimmer aus.

„Romy, ich wünschte, der Abend hätte anders geendet. Ich habe das Zusammensein mit dir genossen. So sehr! Nicht einmal die Ablehnung deiner Tochter konnte daran etwas ändern. Aber als dann dein Mann kam ..." Jetzt wurde seine Stimme heller, spitzer. Er sprach mit Nachdruck, als müsse er das Rauschen des Windes übertönen, das plötzlich durch den Hörer drang. Anscheinend hatte er das Fenster geöffnet oder war auf den Balkon getreten. „Nie habe ich mich so fremd gefühlt wie in diesem Augenblick. Ich war zwar dein Gast, kam mir aber vor wie ein kleiner Junge, der sich an den Tisch der Nachbarn geschmuggelt hat, weil dort das Essen besser schmeckt als zu Hause." Leise Klaviermusik bildete kurz darauf den Hintergrund seiner Worte. Schubert, wenn ich mich nicht irrte, eins der Impromptus.

Es gefiel mir, dass Maximilian klassische Musik mochte. Warum eigentlich? Vielleicht deshalb, weil ich für ihn die Rolling Stones oder Simon and Garfunkel aufgelegt hätte. Nun bewunderte ich ihn für die Stilsicherheit, mit der er Schubert ausgesucht hatte, um einem schönen Bild den richtigen Rahmen zu geben.

Jetzt hörte ich seine Schritte. Vier übers Parkett, dann zwei über einen Teppich, drei über Bodenfliesen und das Ganze wieder zurück. Als er weitersprach, hatte er wieder die Stimme, in der noch der verlorene Traum steckte. „Möglich, dass ich jetzt einen Fehler mache. Wenn deine Kinder diesen Anruf abhören, bevor du es tun kann, habe ich womöglich die Sympathie deiner Tochter endgültig verspielt. Aber ... aber ich tu's trotzdem, auch wenn es deine ganze Familie mitanhört. Wichtig ist nur, dass auch du es hörst: Ich bin schrecklich verliebt in dich, Romy Schell." Und mit einem Lachen, das nur auf den Spitzen der Vokale zu erkennen war, fügte er an: „Diskret und schnell! Ruf mich bald an, Romy. Bitte! Wenn du es nicht tust, werde ich täglich zweimal vorbeikommen, um nach Humphrey zu schauen."

Ich lauschte noch seinen Abschiedsworten, dann drückte ich, wenn auch schweren Herzens, die Löschtaste. Immerhin bestand die Hoffnung, dass Alexandra nicht alles mitangehört hatte. Eher konnte ich mir vorstellen, dass sie schon nach den ersten Sätzen entnervt das Arbeitszimmer verlassen und die Tür ins Schloss geworfen hatte. Daher wollte ich nicht riskieren, dass sie später noch zu hören bekommen würde, wie sehr ein anderer Mann in ihre Mutter verliebt war. Obwohl ich dieses Zeugnis junger Leidenschaft eigentlich gerne sichergestellt hätte.

„Hier ist Hartwig!"

Ich zuckte zusammen. Dass der Anrufbeantworter noch einen weiteren Anruf gespeichert hatte, war mir vorher nicht aufgefallen.

„Sicherlich seid ihr inzwischen zurück, Romy. Und wenn du Ingo begleitet hast, dann weißt du jetzt, wie Sabine reagiert hat. Hatte sie Verständnis dafür, dass ich sie verraten musste? Hat sie eingesehen, dass ich nicht anders handeln konnte? Und wie hat ihr Mann reagiert? Ich mache mir schreckliche Sorgen, Romy, dass sie jetzt eine Menge aushalten muss. Schließlich hat sie mir oft genug erzählt, wie eifersüchtig ihr Mann ist. Bitte Romy, ruf mich an, wenn du zurück bist. Egal, um welche Zeit. Es darf auch mitten in der Nacht sein, ich kann ja sowieso nicht schlafen. Aber bitte melde dich, damit ich weiß, wie es Sabine geht ..."

Diesmal drückte ich nicht die Löschtaste. Ich ließ mich zurücksinken und spürte den unterschiedlichen Empfindungen nach, die in mir kreisten. Wo war das ungute Gefühl entstanden, das alle anderen überdeckte? Ich wusste es bald. Es kam aus der Sorge in Hartwigs Stimme, die Sabine galt. Plötzlich konnte ich wieder glauben, dass er die Wahrheit gesagt und Sabine Riedel gelogen hatte. Aber schon im nächsten Augenblick legte sich Bitterkeit über diese Ahnung. Nadja war tot, brutal ermordet worden! Hartwigs Gedanken sollten ihr gelten, nur ihr! Meine Freundin hatte ihr Leben verloren und ihr Mann machte sich Sorgen um seine Geliebte? Prompt verschob sich, was für einen Augenblick logisch erschienen war, zugunsten meiner Loyalität. Es war ungerecht, dass Nadja schon jetzt, nur wenige Stunden nach ihrem Tod, hinter den Lebenden zurückblieb.

Ich lauschte eine Weile auf die Stimmen, die sich aus dem Wohnzimmer lösten und näher kamen. Getuschel auf der Diele, leises Lachen, dann Ingos ernste Stimme und schließlich eine der Kinderzimmertüren, die ins Schloss fiel und mich von meiner Familie abschnitt.

Die Telefonnummer kannte ich auswendig. Als Hartwig sich meldete, klang seine Stimme, als hätte ich ihn geweckt. Aber er versicherte mir, dass an Schlaf gar nicht zu denken sei. „Sag mir, wie Sabine reagiert hat, Romy! Und was hat ihr Mann gesagt, als er erfuhr, dass sie nicht mit einer Freundin im Kino war, sondern ..."

„Hat sie ihm das erzählt?"

„Ja. Mein Chef geht nicht gern ins Kino. Er akzeptiert daher gern, dass Sabine sich einen Film mit ihrer Freundin ansieht."

„Und in Wirklichkeit ..."

Hartwig ließ mich nicht zu Wort kommen. „Was hat sie gesagt? War sie verzweifelt? War sie wütend auf mich? Hat Riedel ihr Vorwürfe gemacht? So sag doch endlich was, Romy!"

Ich holte tief Luft, ehe ich antwortete: „Sie hat deine Angaben nicht bestätigt, Hartwig."

Sekundenlang stand Stille in der Leitung, dann fragte Hartwig verständnislos: „Wie meinst du das?"

„Sie hat ausgesagt, dass sie den ganzen Abend zu Hause war. Zusammen mit ihrem Mann! Die beiden haben sich einen Krimi im Fernsehen angeguckt."

„Das kann nicht sein! Völlig unmöglich!", stöhnte Hartwig.

Und wieder war die Stille so dicht, dass ich einen Augenblick lang glaubte, die Verbindung wäre unterbrochen. „Bist du noch da, Hartwig?"

Ein Ächzen drang an mein Ohr. „Das kann nicht sein", wiederholte

Hartwig. „Wenn Sabine aus Angst gelogen hat, okay. Wahrscheinlich war sie so verwirrt, dass sie nicht begriffen hat, wie wichtig ihre Aussage für mich ist. Aber Riedel! Er muss doch ausgesagt haben, dass seine Frau zur Tatzeit nicht zu Hause war."

„Nein, noch bevor Sabine antworten konnte, hat er uns erklärt, dass die beiden den ganzen Abend zusammen waren."

Endlich begann Hartwig zu weinen. Den ganze Abend hatte ich darauf gewartet, aber jetzt machten mich seine Tränen wütend und hilflos zugleich. Er weinte nicht um Nadja, seine tote Frau, meine tote Freundin. Nein, er weinte um Sabine. Oder um sich selbst?

„Er lügt!", schluchzte Hartwig. „Riedel lügt!"

„Warum sollte er das tun?", fragte ich mit einer Stimme, die vielleicht sanft klang, aber nur müde war. Es kam mir so vor, als könnte ich erst wieder einen vollständigen Satz reden, wenn ich ein paar Stunden geschlafen hatte.

Statt meine Frage zu beantworten, sagte Hartwig plötzlich: „Kannst du dich morgen früh um Fredi kümmern? Ich habe etwas zu erledigen und möchte ihn nicht allein lassen. Der Junge wird natürlich nicht zur Schule gehen. Und ich auch nicht."

Ich sicherte ihm zu, dass ich jederzeit für ihn und Frederik da sein würde. Aber bevor ich das Gespräch beendete, stellte ich ihm noch die Frage, die mir auf den Lippen brannte: „Wer könnte es gewesen sein? Hast du jemanden in Verdacht?"

„Vielleicht Rupert Kersten", flüsterte Hartwig, als schämte er sich dieses Verdachts. „Er hat oft damit gedroht, mich und meine Familie fertig zu machen."

In diesem Augenblick öffnete sich die Tür und Ingo erschien auf der Schwelle. Erstaunt zog er die Augenbrauen hoch, als er sah, dass ich telefonierte, machte aber keine Anstalten, das Zimmer wieder zu verlassen.

„Am besten, wir telefonieren morgen noch einmal", sagte ich hastig. „Ich rufe dich an."

Hartwig, dem anscheinend nicht entgangen war, dass jemand den Raum betreten hatte, beendete bereitwillig das Gespräch.

Kaum hatte ich den Hörer aufgelegt, fragte Ingo: „War das dieser Anwalt?"

„Nein", antwortete ich kurz und bündig – und freute mich daran, dass Ingo mir nicht glaubte.

„Die Kinder sind zu Bett gegangen", verkündete er mit besonderem Eifer und schien auf eine Belobigung zu warten.

Aber er hoffte vergeblich. Ich ärgerte mich nur darüber, dass er nicht angeklopft hatte. Anscheinend glaubte Ingo fest daran, dass er mich am Ende genauso besiegen würde wie die Kinder, wenn er nur unermüdlich die Tatsachen ignorierte, die er selber bestimmt hatte. Wie sicher musste er sich all die Jahre meiner Hilflosigkeit gewesen sein, dass er jetzt einfach nicht an meine Unabhängigkeit glauben konnte!

Unwirsch erhob ich mich und drängte mich an ihm vorbei. „Ich nehme jetzt eine Schlaftablette", verkündete ich, damit Ingo gar nicht erst auf die Idee kam, die Gedanken, die sich auf seinem Gesicht abzeichneten, in die Tat umzusetzen.

Ich ging in die Küche und öffnete die Schublade, in der ich Aspirin, Heftpflaster und Baldriandragees aufbewahrte. „Ob die helfen nach diesem schrecklichen Abend?" Ich überflog die Gebrauchsanweisung. „Zwei bis drei Tabletten ... als Tagesdosis höchstens sechs ..." Kurz entschlossen entschied ich mich für die Tagesdosis, füllte ein Glas mit Wasser und schluckte eine Tablette nach der anderen hinunter.

Ingo sah mir schweigend dabei zu. Erst als ich das Glas in die Spüle stellte, sagt er: „Ich habe den Kindern den Fußabdruck genau beschrieben. Natürlich, ohne zu erwähnen, dass wir ihn in Nadjas Blut gefunden haben", beeilte er sich zu versichern. „Das Sohlenrelief ist ja wirklich außergewöhnlich."

„Und?", fragte ich ohne großes Interesse. „Konnten die beiden dir weiterhelfen?"

„Chris war ziemlich sicher, dass diese Sohlen nur ein einziger Turnschuh aufweist. So eine Luxusmarke von Nike. Kostet über zweihundert Euro."

Er suchte in seiner Jackentasche nach dem Zettel, auf dem er den Namen des Turnschuhs vermerkt hatte, aber ich winkte ab. „Mach dir keine Mühe. Wie immer dieser Turnschuh heißt – ich kenne ihn sowieso nicht."

„Aber Chris kennt ihn gut", entgegnete Ingo. „Er hat mir gestanden, dass er sich nichts sehnlicher wünscht als den gleichen Turnschuh, den dieser Rupert hat."

„Rupert?" Die Baldriandragees hatten zum Glück ihre Wirkung noch nicht entfaltet. „Will Chris damit sagen, dass Rupert Kersten seinen Fußabdruck in Nadjas Blut hinterlassen hat?"

Ingo hob die Schultern. „Zumindest ist es möglich. Dieser Turnschuh wird nur von wenigen getragen, weil er sehr teuer ist. Und Chris behauptet, nur einer hätte ihn in Größe 46. Rupert Kersten!"

Ich griff mir an den Kopf. „Das ist der Junge, der Hartwig bedroht hat."

Aber dann plötzlich hatte ich das Gefühl, dass die Baldriandragees in Wirklichkeit geschickt getarnte Valiumtabletten waren. Mein Wunsch, mich so schnell wie möglich ins Bett zu legen, wurde größer als meine Überraschung, meine Neugier und meine Kombinationsfreude zusammen und wuchs unaufhörlich von Minute zu Minute.

„Dann sollten wir uns diesen Rupert mal vornehmen", sagte ich noch mit ziemlich klarer Stimme, wusste dann aber, dass ich keinen weiteren Gedanken mehr formulieren konnte.

Ich ging ins Schlafzimmer, ohne mich noch einmal umzudrehen. Voller Dankbarkeit nahm ich Ingos Schritte wahr, die sich zur Haustür bewegten und mir nicht folgten. Immerhin war er anständig genug, meine akute Müdigkeit nicht für seine Zwecke auszunutzen. Und während ich mich auf die Matratze fallen ließ, fiel mir noch ein, dass Ingo meinen letzten Vorschlag nicht korrigiert und mit keiner Silbe darauf bestanden hatte, Rupert Kersten ohne mich zu verhören. Ich drehte mich auf die Seite. Mein letzter Gedanke, der eigentlich Nadja gelten sollte, wurde bereits von Morpheus' Armen aufgefangen ...

Maximilian und Ingo standen voreinander und sahen sich drohend in die Augen. Ingo umklammerte die Bohrmaschine, als wollte er sie auf keinen Fall hergeben, Maximilian dagegen hielt zwei Dübel triumphierend in die Höhe. Dann wurde die Bohrmaschine angestellt, sie dröhnte und ratterte, ohne dass ich wusste, wer sie führte. Der Besitzer der Maschine oder der Besitzer der Dübel? Oder hatten sich die beiden geeinigt?

Ich drehte mich auf den Bauch und drückte den Kopf ins Kissen. Ein Traum, nur ein Traum! Und das Bohren nichts anderes als meine bohrenden Kopfschmerzen! Ich presste die Hände auf die Ohren und schon war er weg, der Schmerz. Meine Träume hatten mich wieder. Ingo und Maximilian lächelten und sahen mich an, als erwarteten sie eine Aufforderung von mir. Aber ich drückte mich noch tiefer ins Kissen, wollte nichts sehen, nichts hören und erst recht nichts von mir geben. Meine Angst, dass sie dann wieder anfangen würden zu bohren, war einfach zu groß. Nicht schon wieder diese Kopfschmerzen! Ich entspannte mich allmählich, die Hände rutschten mir von den Ohren, aber die Ruhe blieb zum Glück, die Kopfschmerzen kamen nicht zurück. Ich schlief wieder ein ...

Das Geräusch, das mich erneut weckte, war so vertraut, dass ich seine Aufforderung nicht ignorieren konnte. Die Tür war ins Schloss gefallen. Ich richtete mich auf und sah auf die Uhr. Halb neun!

„Halb neun?"

Ich fuhr in die Höhe und sah mich um. In meinem Schlafzimmer war ich, wo sonst? Selbstverständlich allein, was sonst! Aber warum hatte ich das Gefühl, in einem anderen Leben aufgewacht zu sein?

Ich starrte immer noch auf den Wecker, als es mir einfiel: Nadja war tot! Ermordet! Und alle hatten gelogen – Hartwig, Sabine Riedel, Johannes Riedel ... nein, nicht alle! Aber wer?

Ich sprang auf, taumelte gegen das Nachtschränkchen, stieß mir die Hüfte – und fand damit endgültig in die Wirklichkeit, in mein eigenes Leben zurück, das sich innerhalb der letzten vierundzwanzig Stunden gravierend verändert hatte. Und nun wusste ich auch wieder, was es bedeutete, dass ich erst um halb neun aufgewacht war.

„Die Kinder!"

Selbst wenn Christopher Recht gehabt hatte und die erste Stunde ausfiel, würde er es zur zweiten Stunde nicht mehr schaffen, wenn er jetzt noch schlief.

Bei dem Versuch, gleichzeitig in meinen Bademantel und meine Birkenstocks zu schlüpfen, kam ich ins Straucheln und prallte mit der Schulter gegen den Kleiderschrank. Der Wäschekorb stellte sich mir hinterlistig in den Weg, eine Gemeinheit, die mir eine Hautabschürfung am rechten Schienbein einbrachte. Und die Tür riss ich so hastig auf, dass ich sie mir an die Stirn schlug. Schon waren die bohrenden Kopfschmerzen wieder da ...

„Alex! Chris!"

In der Wohnung war alles ruhig. Ich hastete den Flur entlang, an der geöffneten Küchentür vorbei ... und blieb wie angewurzelt stehen. Auf dem Küchentisch tummelte sich alles, was ich Morgen für Morgen meinen Kindern liebevoll darreichte. Mit der Liebe war es heute nicht weit her gewesen, aber das Chaos zwischen beiden Frühstücksbrettern ließ zumindest darauf schließen, dass die beiden alles zu sich genommen hatten, was ihrer Mutter für einen erfolgreichen Schultag gut und nahrhaft erschien. Und nun wusste ich auch, warum die Wohnungstür ins Schloss gefallen war.

„Kaffee und Cognac! Aber zack-zack!", schrie Humphrey.

Doch ich ignorierte seinen Wunsch. Denn ich war sicher, dass Christopher und Alexandra es an diesem Morgen sogar so weit getrieben hatten, den Papagei zu versorgen.

Ich ließ mich auf einen Stuhl sinken, griff nach einem Müsliriegel und schob ihn mir in den Mund. Meine Kinder hatten zum ersten Mal in ihrem Leben den Tag ohne meine Unterstützung begonnen. Bisher hatte ich geglaubt, dass ich gerade in den frühen Morgenstunden immer noch unentbehrlich war. Aber Nadja hatte ja schon oft gesagt, ich benähme mich wie eine Glucke, die nicht einsehen will, dass ihre Sprösslinge keine Küken mehr sind.

Mir schossen die Tränen in die Augen und die bohrenden Kopfschmerzen kamen zurück. Nadja! Wo mochte sie jetzt sein? Ihr Körper in der Pathologie! Und ihre Seele? Ich blickte aus dem Fenster, als könnte sie gerade in diesem Moment über dem Kreuzviertel in den Himmel aufsteigen ... da sah ich die Bohrmaschine auf der Fensterbank. Ich stand auf und nahm sie vorsichtig in die Hand, denn die Ehrfurcht vor solchen Geräten war schon in frühester Kindheit in mir entstanden, wenn die ganze Familie um meinen Vater herumstand, der das Wagnis einging, etwas am unbeweglichen Inventar des Hauses zu verändern.

Also war es doch kein Traum gewesen! Jemand hatte die Bohrmaschine benutzt. Christopher? Ja, nur er kam dafür in Frage. Alexandra hatte auf dem Gebiet des Heimwerkens die vorgelebte Rollenverteilung verinnerlicht und die gleiche Ehrfurcht vor Bohrern, Sägen und Kneifzangen entwickelt wie ich.

Eine Ahnung machte sich an mich heran. Ich sah mich in der Küche um. Ja, das Schild, das Nadja mir geschenkt hatte, lag nicht mehr neben der Mikrowelle. Obwohl ich, auch ohne einen Blick in den Spiegel zu werfen, sicher sein konnte, dass ich nicht so aussah, als könnte ich vom Fleck weg als Model engagiert werden, öffnete ich die Wohnungstür, lauschte ins Treppenhaus und huschte, als alles ruhig blieb, zur Haustür.

Kaum hatte ich sie geöffnet, da schallte mir schon ein fröhliches „Guten Morgen, Frau Schell!“ aus dem benachbarten Vorgarten entgegen.

Ich murmelte einen kurzen Gruß in Richtung des früh aufstehenden Rentners und zog die Tür wieder ins Schloss. Aber der Augenblick hatte genügt, um zu sehen, dass tatsächlich mein Firmenschild an der Tür hing. ‚Romy Schell – diskret und schnell!‘

Stolz ließ ich mich wieder am Frühstückstisch nieder. Meine Kopfschmerzen waren wie weggeblasen und auch meine Schulter, die Hüfte und das rechte Schienbein taten kaum noch weh. Ich saß da und freute mich. Meine Kinder waren selbstständig genug, dass ich guten Gewissens eine berufliche Karriere anstreben konnte. Und Christopher hatte mir diese Bestätigung sogar für alle sichtbar neben die Haustür gedübelt.

Nun war ich wirklich Privatdetektivin! Wenn auch mein erster Auftrag nicht besonders zufrieden stellend verlaufen war ...

Trotz meiner Trauer um Nadja fühlte ich mich gut - nicht fröhlich natürlich, aber stark und unangreifbar. So stark, dass mich die Aussicht auf Gerda Moorlochs Missfallen völlig kalt ließ. Und als sie mir indigniert mitteilte, der Herr Rechtsanwalt sei noch nicht in seinem Büro, bat ich sie ungeniert: „Dann verbinden Sie mich bitte mit seiner Wohnung."

Dabei hatte ich gar keine Ahnung, wo diese Wohnung war! Und natürlich wusste ich auch nicht, ob Maximilians privater Anschluss überhaupt zum telefonischen Netzwerk der Kanzlei Schneider gehörte. Aber da Frechheit oft siegte, war mir in diesem Fall ein Triumph vergönnt. Wenn auch mit Verzögerung ...

„Herr Schneider möchte privat nicht gern gestört werden", sagte Gerda Moorloch mit spitzen Lippen, die ich zwar nicht sehen, aber durchaus hören konnte. „Ich kann Ihnen jedoch einen Termin ..."

„Dieser Anruf ist privat", unterbrach ich sie. „Und ich bin sicher, dass Herr Schneider sich gerne stören lassen wird."

Ich sah Gerda Moorloch förmlich vor mir: ihre wohlfrisierten Haare, von denen sicherlich auch unter diesen skandalösen Umständen kein einziges gerauft wurde, ihr makelloser Teint, der vermutlich auch jetzt durch keine hektische Röte verdorben wurde, und ihre Bluse von einer Qualität, die Schweißausbrüchen lange standhielt. Ja, Maximilians Sekretärin hielt sich gut. Obwohl sie konsterniert sein musste, änderten sich an ihrer korrekten Telefonstimme höchstens Nuancen. „Moment, ich verbinde."

Maximilians Stimme klang nicht so, als gehörte er zu den Frühaufstehern. Als er jedoch begriff, wer ihn noch vor der ersten Tasse Kaffee störte, hörte er sich plötzlich an, als hätte er bereits einen Waldlauf und ein vitamin- und ballaststoffreiches Fitness-Frühstück hinter sich. „Stimmt, ich bin gerade erst aufgestanden", gab er dennoch zu. „Was soll ich um neun im Büro, wenn da sowieso keine Arbeit auf mich wartet? Außerdem brauche ich ja nur die Treppe runterzugehen, wenn Frau Moorloch mich anruft – und schon sitze ich an meinem Schreibtisch und sehe aus wie ein viel beschäftigter Anwalt."

Er zögerte kurz, als überlege er, ob er mit der Tür in mein Haus fallen oder doch besser erst anklopfen sollte. Er entschied sich für Letzteres. „Ich möchte heute noch nach Humphrey sehen. Ich habe den bösen Verdacht, dass du seinen Käfig noch nicht sauber gemacht hast."

Ich musste lachen. „Stimmt!" Oder hatten Alexandra und Christopher es mit ihrer Selbstständigkeit etwa so weit getrieben, dass auch das längst geschehen war? Nein, so viel durfte ich von meinen Kindern nun doch nicht erwarten!

Aber es gab Wichtigeres als den Zustand von Humphreys Käfig und sogar Wichtigeres als Maximilians telefonisches Geständnis vom Vorabend, auf das er gern zurückgekommen wäre. Als ich ihm jedoch erzählte, was sich ereignet hatte, vergaß er alles, was er auf meinen Anrufbeantworter gesprochen hatte. „Das ist ja entsetzlich!"

„Ich fahre jetzt erst mal nach Handorf, um mich um Nadjas Sohn zu kümmern. Hartwig hat heute einiges zu tun und möchte nicht, dass Frederik allein ist."

„Das ist verständlich." Maximilians Stimme klang sehr nachdenklich. Welchen Grund das haben konnte, fiel mir erst ein, als ich den Hörer schon wieder aufgelegt hatte. Ich würde ihn später fragen, ob Nadjas Testament auf die Spur ihres Mörders führen konnte. Aber wahrscheinlich würde mir Maximilian sowieso nicht antworten. Schließlich war er als Anwalt zur Verschwiegenheit verpflichtet. Aber war er das jetzt immer noch? Da er nun wusste, was geschehen war, würde er vielleicht selbst dafür sorgen, dass die Wahrheit ans Licht und ein wichtiger Verdachtsgrund in Ingos Hände kam. War Maximilian Nadja nach ihrem Tod überhaupt noch verpflichtet? Oder war es nicht vielmehr seine Pflicht, alles Nötige dazu beizutragen, damit Nadjas Mörder gefasst wurde? Ich wusste es nicht. Aber ich würde es herausfinden. So etwas musste eine Privatdetektivin unbedingt wissen!

Und zeitlich flexibel musste sie auch unbedingt sein. Da ich nicht wusste, was dieser Tag bringen würde, wollte ich gleich heute versuchen, diese Flexibilität zu testen.

Ich räumte den Frühstückstisch ab, versetzte meine Küche in einen Zustand, der den Kindern als Vorbild und Motivation dienen konnte, und schrieb ihnen einen Brief, den ich in der Mitte des Tisches platzierte: ‚Wer Frühstück machen kann, wird auch mit dem Mittagessen zurechtkommen! In der Tiefkühltruhe findet ihr Pizza, Hamburger und Gemüsesuppe!'

Mit dem Hinweis auf die vitaminreiche Alternative hatte ich mein Gewissen beruhigt. Was konnte ich dafür, wenn Alexandra und Christopher sich für Pizza entschieden?

Ich ging ins Schlafzimmer und nahm den Inhalt meines Kleiderschrankes in Augenschein. Die Jeans und die Pullis von H & M kamen mir plötzlich nicht mehr angemessen vor. Wie sah eigentlich die private

Kollektion einer Privatdetektivin aus? Mir schwebte ein Outfit vor, wie es Hannelore Elsner als ‚Die Kommissarin' schmückte: schwarze Lederjakke, schwarzer Minirock, schwarze Strümpfe und schwarze Pumps. So eine Mischung aus Rocker-Lady und eleganter Dame.

Aber leider konnte mein Kleiderschrank nur mit einer schwarzen Strumpfhose dienen, alle anderen Accessoires, die aus mir so etwas wie eine gefährlich schicke TV-Kommissarin gemacht hätten, fehlten. Ich suchte unschlüssig herum, dann fiel mir eine Strickkombination in die Hände, die mir meine Schwiegermutter zum Weihnachtsfest geschenkt hatte. Damit wollte sie aus mir wahrscheinlich eine graue Maus undefinierbaren Alters machen, mit der ihr Sohn niemals Scherereien haben würde.

Entschlossen packte ich den olivgrünen Zweiteiler, ging in die Küche und stopfte ihn zum Restmüll. Wer seine Kinder mittags mit Pizza versorgte, konnte ebenso gut das Weihnachtsgeschenk der Schwiegermutter vernichten. Beides wurde in meinem Leben in derselben Kategorie geführt: Widerstand! Eins so bedenklich wie das andere, aber das eine auch so befreiend wie das andere!

Am Ende trug ich also doch wieder meine Jeans und einen Pulli von H & M und fühlte mich wohler, als es im Outfit von Hannelore Elsner möglich gewesen wäre. Ich rechnete damit, Leo erst einmal suchen zu müssen. Derart viele zu kleine Parklücken, zu schmale Durchlässe und unerlaubte Winkel in der Nähe der Kreuzkirche hatte ich im Laufe der Jahre schon gefunden, um Leo abzustellen, dass ich morgens oft nicht wusste, für welchen Parkplatz ich mich am Abend zuvor entschieden hatte. Im Übrigen hatte ich manchmal auch den Verdacht, dass Leo sich über Nacht selbstständig gemacht und heimlich den Parkplatz gewechselt hatte.

Diesmal wäre ich fast an ihm vorbeigelaufen, weil ich nicht damit gerechnet hatte, dass Leo direkt vor meiner Haustür stand. Aufmerksam wurde ich auf ihn eigentlich nur, weil eine junge, atemberaubend attraktive Frau vor ihm stand und ihn betrachtete. Sie hatte blonde Locken wie ein Engel, trug einen teuflisch kurzen Rock und ein T-Shirt, dessen Ausschnitt sowohl im Himmel als auch in der Hölle für Aufsehen gesorgt hätte. Kurzum – sie kam mir bekannt vor.

Nora Biene sah auf, als ich hinter sie trat. „Den habe ich doch schon mal flott gemacht", lachte sie und zeigte auf Leo.

Ich nickte. „Seitdem läuft er anstandslos."

Nora Biene griff in die Taschen ihres Minirocks, der so eng war, dass es ihr Schwierigkeiten machte, ihre Hände in die Rocktasche zu zwängen.

Ich hielt sie zurück. „Danke, Sie haben mir Ihre Visitenkarte bereits gegeben. Und ich habe sie gut und sicher verwahrt."

Nora zog ihre Hand zurück. Dann zeigte sie zu dem Schild neben der Haustür, aus der sie mich hatte kommen sehen. „Sind Sie das etwa?"

Ich wusste sofort, was sie meinte, und nickte stolz. „Ja, ich bin Privatdetektivin."

Der anerkennende Blick, der mich traf, bedeutete mir beinahe so viel wie Maximilians mutmachende Worte. Wenn eine Frau wie Nora Biene einer anderen Frau Anerkennung zollte, dann war das ein wirklich großes Kompliment. „Wenn Sie mal Hilfe brauchen bei Ihren Ermittlungen ..."

„... werde ich mich an Sie wenden", ergänzte ich lächelnd. „Ich weiß ja, dass Sie alles Mögliche können. Autos reparieren, Fenster putzen ..."

Diesmal unterbrach sie mich: „Ich bin auf dem Weg in den Nordstern." Sie wies zu dem bekanntesten Lokal des Kreuzviertels, in dem bis nachts um drei gebratene Hähnchen serviert wurden. „Die suchen einen Fensterputzer. Ich hoffe, es klappt. Eine meiner besten Auftraggeberinnen ist nämlich gestern gestorben. Ich habe es gerade erst erfahren. Sicherlich wird die Boutique bald geschlossen."

Ich verriet ihr, dass es sich bei Nadjas Tod um ein Kapitalverbrechen handelte, und ließ offen, ob ich als Privatdetektivin in die Ermittlungen eingeschaltet war. Nora Biene sah jedenfalls so aus, als glaubte sie es, und ich hielt es nicht für nötig, ihre Überzeugung zu korrigieren. Im Grunde hatte sie ja nicht einmal Unrecht. Ich führte den Auftrag aus, den Nadja mir erteilt hatte. Dass er solche Ausmaße annehmen würde, hatte niemand ahnen können. Aber es war doch immer noch Nadjas Auftrag ...

Hartwig öffnete mir die Tür. „Nett, dass du kommst, Romy. Aber ich kann noch nicht weg. Du siehst ja, was hier los ist."

Ich sah es, als er mich ins Wohnzimmer führte. Durch die große Fensterscheibe konnte ich mehrere Spurenfahnder im Garten sehen, auf der Terrasse, auf der immer noch Nadjas Blut klebte, knieten zwei Männer in weißen Kitteln und beugten sich über die Stelle, wo Nadja gefunden worden war.

„Auch hier im Haus haben sie gesucht, aber nichts gefunden", erklärte Hartwig. „Der Garten ist jedoch voller Spuren. Ingo hat mir erzählt, dass schon in der Nacht sowohl frische als auch alte Fußabdrücke von demselben Schuhen gefunden worden sind.

„Das heißt, dass sich jemand früher, aber auch in der Tatnacht in deinem Garten aufgehalten hat."

Hartwig starrte unverwandt hinaus. „Ich bin sicher, dass diese Spuren von Rupert stammen."

Ich wollte gerade zustimmen, da fiel mir ein, dass ich mich vorsehen musste. Ingo durfte nicht den Eindruck gewinnen, dass ich mit den Ergebnissen seiner Ermittlungen indiskret umging. Dann würde er mich nicht mehr an seiner Arbeit teilhaben lassen. Selbst dann nicht, wenn die wichtigsten Erkenntnisse durch unsere gemeinsamen Kinder entstanden waren.

In diesem Augenblick kam Ingo aus dem Garten ins Wohnzimmer. Er sah bleich und müde aus. Anscheinend war die Nacht in seinem alten Kinderzimmer nicht besonders ruhig und bequem gewesen. Das Häuschen meiner Schwiegermutter lag an der Brüningheide, wo es zu Ingos Jugendzeit noch ruhig zugegangen war, wo das Leben jetzt aber als problematisches Wohnen bezeichnet wurde. Und das Eigenheim seiner Eltern war vor zwanzig Jahren ein Schmuckkästchen genannt worden, konnte aber heute weder als schmuckes Kästchen gelten noch auf besonders schmucken Inhalt verweisen. Ingo sah jedenfalls so aus, als hätte es ihm im Kreuzviertel besser gefallen. Wie es ihm in Sandras kleinem Apartment in Coerde gefallen hatte, daran wollte ich jetzt nicht denken.

„Was willst du denn hier?", fragte er mich. Aber er wartete meine Antwort nicht ab, sondern ging an uns vorbei in die Küche. Dort sah er sich suchend um. „Kann ich einen Kaffee haben, Hartwig?"

„Natürlich." Während Hartwig die Kaffeedose aus dem Schrank holte, drückte sich Frederik mit einem piependen und zirpenden Gameboy in die Küche. Ohne den Blick zu heben, ließ er sich am Tisch nieder.

„Hallo, Fredi", begrüßte ich ihn und strich ihm über die Haare.

Er entzog sich mit einer heftigen Kopfbewegung und sagte, ohne mich anzusehen: „Hallo." Mehr nicht.

Ich sah Hartwig fragend an, aber der zuckte nur die Achseln. Anscheinend hatte Frederik beschlossen, sich in seinem Gameboy vor den schrecklichen Ereignissen zu verstecken, und war nicht bereit, einen Blick aus seinen virtuellen Visionen in die Wirklichkeit zu werfen, wo es zurzeit für ihn noch schrecklicher zuging als auf dem Display seines Gameboys, wo geschlagen und geschossen wurde und jedes laute Brummen die Vernichtung eines Gegners verkündete. Ob er sich aus dieser Szenerie wieder heraustrauen würde, wenn die Polizei endlich aus dem Hause war?

Ingo betrachtete seine Aufzeichnungen, während der Kaffee durch den

Filter gluckerte, und schwieg. Hartwig starrte durchs Küchenfenster auf die Straße, Frederik nach wie vor auf seinen Gameboy. Ich wünschte mir auch etwas, das ich anstarren konnte. Schließlich entschied ich mich für den Küchenkalender, den Frederik selbst gebastelt und Nadja zum letzten Weihnachtsfest geschenkt hatte. Zwölf Familienfotos, für jeden Monat eins! Zurzeit lachte nur Nadja aus dem Kalender, die ein Geschenk auspackte, das ihr zum dreißigsten Geburtstag gemacht worden war. Sicherlich hatte Frederik dieses Foto gewählt, weil seine Mutter in diesem Monat wiederum Geburtstag hatte. Es wäre ihr vierzigster gewesen. Und er sollte groß gefeiert werden.

Frederik war der Erste, der das Schweigen nicht mehr ertrug. Immer noch, ohne den Blick von seinem Gameboy zu nehmen, stand er auf und verließ die Küche. Die Stille blieb unangetastet, bis seine Schritte auf der Treppe nicht mehr zu hören waren.

Dann sagte Ingo: „Wir sehen jetzt klarer. Fest steht, dass Nadja auf der Terrasse getötet wurde. Sie muss mit dem Rücken zum Garten gestanden haben. So, als wollte sie durch die Scheibe ins Wohnzimmer sehen. Der Täter stand schräg rechts hinter ihr, als er zuschlug. Nadja muss sofort tot oder zumindest bewusstlos gewesen sein. Der Gerichtsmediziner sagt, er habe Hautabschürfungen auf dem Handrücken festgestellt. Nicht am Handballen! Das lässt auf fehlende Stellreflexe zum Abfangen des Sturzes schließen. Daher auch die schweren Gesichtsverletzungen und die ausgeprägten Gesichtsschädelbrüche. Den Aufprall auf die Terrasse dürfte sie schon nicht mehr mitbekommen haben.“ Ingo sah auf und sprach Hartwig direkt an, so dass er gezwungen war, sich umzudrehen. „Kannst du dir erklären, was Nadja auf der Terrasse wollte?“

„Natürlich nicht“, gab Hartwig zurück. „Die Terrassentür war von innen verriegelt. Sie kann also nicht aus dem Wohnzimmer auf die Terrasse getreten sein und sich ausgesperrt haben.“

„An diese Möglichkeit haben wir gedacht“, nickte Ingo. „Sie könnte dann durch die Scheibe geblickt haben, um jemanden auf sich aufmerksam zu machen, der sie wieder einlassen sollte. Zum Beispiel jemanden“, ergänzte er zögernd, „der am Flügel saß und die Liebesträume spielte.“

Hartwig wandte sich wieder um und zog die Kanne unter dem Filter weg. Während er drei Kaffeebecher aus dem Regal holte, sagte er: „Ich habe dir doch gestern schon gesagt, dass ich nicht zu Hause war.“

Ingo seufzte. „Aber leider kann das niemand bestätigen.“ Er blätterte durch seine Aufzeichnungen, während Hartwig die Kaffeebecher füllte. „Meine Kollegen haben Befragungen bei deinen Nachbarn durchgeführt.

Niemand hat dich wegfahren oder zurückkommen sehen. Und kein Einziger hat etwas Auffälliges bemerkt. Nur ein Ehepaar, das einen Abendspaziergang machte, hat ausgesagt, dass es dich Klavier spielen hörte."

Schritte überquerten die Diele, näherten sich der Küchentür und verstummten dann. „Hallo, Chef?" André Pfeiffers Stimme klang ängstlich, als fürchtete er, dass Ingo ihn in einem fremden Haus allein gelassen hatte.

„Hier! In der Küche!", rief Ingo zurück.

Pfeiffer erschien in der Tür und sah sich ratlos um. Anscheinend wusste er nicht, ob er die Mitteilung, die er Ingo machen wollte, in Hartwigs und meiner Gegenwart aussprechen durfte.

Aber Ingo ermunterte ihn: „Was gibt's?"

„Die Todeszeit steht nun fest. Zwischen halb neun und neun."

Im Wohnzimmer erklang das Piepen eines Handys. Pfeiffer drehte sich um und hastete davon. Über die Schulter rief er zurück: „An der Tatwaffe haben wir ausschließlich Fingerabdrücke des Ehemannes gefunden!"

Ingo sah Hartwig an. Der antwortete, ohne auf die entsprechende Frage zu warten: „Kein Wunder, das war ja auch meine Flasche. Das ganze Leergut, das wir im Garten sammeln, ist einmal durch meine Hände gegangen." Er blickte Ingo wütend an. „Wie ein Schwerverbrecher kommt man sich vor, wenn einem die Fingerabdrücke abgenommen werden."

Ingo reagierte nicht darauf. „Fingerabdrücke von einer anderen Person haben wir nicht gefunden", sagte er.

„Ich habe mal gehört, dass Mörder eine Vorliebe für Handschuhe haben", gab Hartwig patzig zurück.

Ich sah, dass Ingo sich über Hartwigs Sarkasmus ärgerte. Aber er riss sich zusammen, als er versuchte, den Tathergang zu rekonstruieren. „Korrigiere mich, wenn ich etwas Falsches sage", forderte er Hartwig auf. „Du behauptest, du bist um halb acht aus dem Haus gegangen, um dich mit Sabine Riedel zu treffen. Vorher hast du die Kassette angestellt, die die Liebesträume spielte."

Hartwig nickte. „Sabine hat ihrem Mann erzählt, dass sie mit ihrer Freundin ins Kino gehen wolle. Wir treffen uns immer auf einem kleinen Parkplatz im Boniburgwald. Dort steigt sie dann zu mir ins Auto und wir fahren ... zu unserem Plätzchen." Es fiel ihm sichtlich schwer, weiterzureden. Aber trotzdem ergänzte er tapfer: „Es gibt da einen kleinen Waldweg, wo wir noch nie von jemandem gesehen worden sind. Dorthin fahren wir, wenn wenig Zeit ist. Wenn wir mehr Zeit haben, fahren wir ans andere Ende der Stadt. Da weiß ich auch eine Möglichkeit, wo wir ungestört sein können."

Ich war Ingo dankbar, dass er nicht weiter nachfragte und Hartwig die Peinlichkeit genauerer Schilderungen ersparte. „Deine Frau hatte eine Verabredung, sagst du. Aber du kannst uns nicht sagen, mit wem?"

Hartwig schüttelte den Kopf. „Nadja war oft unterwegs, sie hatte ständig irgendwelche Verabredungen. Und sie kannte so viele Leute, die mir nichts bedeuteten. Eine richtige Geschäftsfrau eben!" Er machte eine Pause und ich fragte mich, ob die letzte Bemerkung abschätzig oder resigniert geklungen hatte.

„Wenn es stimmt, was du sagst ..." Ingo gab sich keine Mühe, seine Zweifel zu verbergen. „Wenn es stimmt, dann müsste Nadja früher nach Hause zurückgekommen und auf die Terrasse gegangen sein, statt das Haus zu betreten, wie sie es normalerweise tut. Ziemlich merkwürdig, was?" Als Hartwig nicht antwortete, ergänzte Ingo: „Durch entsprechende Spuren lässt sich deine Behauptung leider nicht beweisen. Der Garten ist voll von Nadjas Fußabdrücken. Anscheinend hat sie sich gestern häufig im Garten aufgehalten, und zwar mit den Schuhen, die sie auch trug, als sie getötet wurde."

Hartwig nickte. „In ihrer Mittagspause wanderte sie gern durch den Garten, wenn das Wetter schön war." Nun sah er Ingo direkt ins Gesicht. „Was ist mit den anderen Spuren?"

Ingo wusste, was er meinte. „Ich werde gleich in die Schule fahren, um festzustellen, ob die Fußabdrücke von Rupert Kersten stammen. Es sieht ganz so aus."

„Er muss zur Tatzeit auf der Terrasse gewesen sein!", rief Hartwig und sprang auf. „Ihr habt doch seine Spuren in Nadjas Blut gefunden!"

„Stimmt", bestätigte Ingo. „Außerdem einen Pflasterstein. Aber das beweist nur, dass dieser Rupert in deinem Garten war. Auch nach Nadjas Tod! Das beweist aber nicht, dass er mit dem Mord etwas zu tun hat."

Bis dahin hatte ich es geschafft zu schweigen. Aber nun brachte ich es nicht mehr fertig, mich mit der Rolle des Zuhörers zu begnügen. „War es auch Rupert Kersten, der die Polizei verständigt hat?"

„Wir nehmen es an", nickte Ingo. „Ein Anruf von einem Handy, der Stimme nach ein Jugendlicher. Aber die Nummer war natürlich unterdrückt."

„Es wäre nicht das erste Mal, dass ein Mörder seine Tat höchstpersönlich der Polizei meldet", gab ich zu bedenken.

Ingo wiegte den Kopf. „Sein Motiv ist schwach."

„Aber er gilt als gewalttätig", warf Hartwig ein. „Und er hatte ja vielleicht nicht die Absicht, Nadja zu töten."

„Der Schlag, der Nadja umgebracht hat, wurde mit großer Wucht ausgeführt", sagte Ingo. „Eindeutig mit Tötungsabsicht. Der Täter hat sogar mehrmals zugeschlagen, obwohl der erste Schlag bereits tödlich war. Sollen wir das einem siebzehnjährigen Jungen zutrauen, der sich über seinen Lehrer geärgert hat?"

Pfeiffer erschien erneut in der Tür und winkte Ingo aus der Küche. Seine Miene war so wichtig, dass Ingo ihm widerspruchslos folgte.

Hartwig starrte wieder aus dem Fenster und drehte sich nicht um, als ich ihn fragte: „Soll ich zu Fredi ins Kinderzimmer gehen?"

Hartwig zuckte mit den Schultern. „Er lässt sowieso nicht mit sich reden."

„Du hast gesagt, dass du einiges zu erledigen hast ..." Ich zögerte, weil ich nicht wusste, ob ich diese Frage stellen durfte. Aber ich tat es dann doch: „Willst du zu Sabine Riedel gehen, um sie zur Rede zu stellen?"

Überrascht drehte Hartwig sich um. „Heißt das, du glaubst mir?"

Eigentlich hatte ich diese Entscheidung noch nicht getroffen, aber jetzt, als ein Ja oder Nein von mir erwartet wurde, sagte ich: „Ja."

Aufatmend setzte sich Hartwig wieder an den Tisch. „Ingo glaubt mir nicht", sagte er und erzählte mir damit nichts Neues. „Ich muss mit Sabine reden, solange ihr Mann in der Schule ist. Ich will das nicht am Telefon mit ihr besprechen, ich muss ihr in die Augen sehen. Wahrscheinlich hat sie nicht begriffen, wie wichtig ihre Aussage für mich ist. Sie muss einfach die Wahrheit sagen! Sie muss!"

„Aber ihr Mann ...", begann ich vorsichtig – und schrak zusammen, als Hartwig so heftig aufsprang, dass sein Stuhl umfiel.

„Wie kann er sagen, dass Sabine zu Hause war?", brüllte er. „Warum lügt er auch? Warum lügen alle?"

„Alle?", fragte Ingo, der in die Küche zurückkehrte. „Einer muss doch die Wahrheit sagen, Hartwig. Du?"

„Ja, ich!", kam es trotzig zurück.

„Aber es ist schwer zu glauben", meinte Ingo. „Obwohl ... einige der Untersuchungsergebnisse entlasten dich zum Glück. Ich habe gerade gehört, dass am Gästehandtuch tatsächlich nur dein Blut war, nicht Nadjas. Und auf der Tatwaffe war wiederum nur Nadjas Blut, nicht deins."

Hartwig sah Ingo voller Hoffnung an. „Und? Entlastet mich das nun?" Als Ingo nicht sofort antwortete, fragte er erregt weiter: „Was glaubst du denn, was ich getan habe? Wie soll es sich denn deiner Meinung nach zugetragen haben?"

Ingo wurde von dieser Frage nicht verunsichert. Mit einer Stimme, die keinerlei Emotion zeigen sollte, erklärte er: „Nadja ahnte, dass du sie betrügst, das wissen wir. Vielleicht hat sie sich auf die Terrasse geschlichen, weil sie glaubte, dich im Wohnzimmer in Flagranti zu ertappen. Und vielleicht hast du selbst diesen Verdacht gesät, hast die Kassette angestellt ..."

„... damit Nadja glaubt, ich trage meiner Angebeteten die Liebesträume vor?", fragte Hartwig spöttisch. Aber sein Spott war schlecht gespielt.

Ingo nickte. „Ich weiß zwar nicht, wie gut du spielst, aber ich weiß, dass Lehrer, alles, was sie tun, für bedeutungsvoll halten."

In Hartwigs Gesicht entstand in Sekundenschnelle blanker Zorn. „Und ich weiß, dass die meisten Polizisten ihren Beruf ergriffen haben, weil sie sich an Machtausübung berauschen."

„Aber er hat doch kein Motiv!", rief ich dazwischen.

In diesem Moment kam es mir nur darauf an, einen Streit zu verhindern, der der Aufklärung des Falls nun wirklich nicht dienlich war. Ich wollte, dass Ingo auf seiner Fährte blieb und sich nicht unversehens in einem Gestrüpp von Vorurteilen verirrte, wo sich auch Hartwig herumtrieb, der zurzeit weiß Gott ebenfalls Besseres zu tun hatte. Und wenn die beiden sich in diesem Gestrüpp über den Weg liefen, konnte man wirklich nicht wissen, was geschehen würde. Meine eigene Doppelzüngigkeit wurde mir erst klar, als ich den Satz schon ausgesprochen hatte. Und die Gewissheit, dass ich als Einzige von einem möglichen Motiv Hartwigs wusste, trieb mir die Röte ins Gesicht, als hätte ich soeben eine schreckliche Peinlichkeit verursacht. War es nicht an der Zeit, endlich von Nadjas Testament zu erzählen?

Aber in diesem Augenblick sagte Ingo schon: „Romy hat Recht, eine Affäre ist wohl in deinem Fall kein ausreichendes Motiv. Aber wer sagt überhaupt, dass du wirklich eine Geliebte hast? Vielleicht soll diese Behauptung ja nur von deinem wahren Motiv ablenken. Ist im Boniburgwald wirklich eine Frau in dein Auto gestiegen? Sabine Riedel war es jedenfalls nicht, die war ja mit ihrem Mann zusammen. Vielleicht war es eine andere Frau, vielleicht ist deine Behauptung aber auch nur eine Finte. Eine ziemlich raffinierte."

Hartwig sah Ingo verständnislos an. „Was willst du damit sagen?"

„Du hast uns ein Alibi vorgesetzt, das nicht bestätigt wurde. Hättest du einen anderen Namen genannt als den von Sabine Riedel, wäre die Sache klar gewesen. Aber womöglich hast du dir ausgerechnet, wie der ermittelnde Beamte reagieren wird, wenn es gerade die Frau deines Chefs ist, die bestreitet, sich mit dir getroffen zu haben. Und wenn ausgerechnet dein Chef, mit dem du in letzter Zeit eine Menge Ärger hattest, die Angaben seiner Ehefrau bestätigt. Du hast zwar kein Alibi, hast aber dennoch Zweifel gesät. Du bist ja nicht dumm und hast dir gesagt, dass man den Riedels genauso wenig glauben wird wie dir. Und das bedeutet gleichzeitig, dass man dir genauso viel glaubt wie den Riedels. Sabine Riedel hat Angst vor ihrem Mann, Johannes Riedel bangt um seinen guten Ruf und die beiden sind an dem bewussten Abend von niemandem gesehen worden ..."

„Aber wie hätte ich denn wissen sollen, dass sie den Abend zu Hause verbringen?", rief Hartwig verzweifelt.

„Vielleicht hat Riedel im Lehrerzimmer eine Bemerkung gemacht", entgegnete Ingo. „Vielleicht hat er erzählt, dass er sich einen bestimmten Film im Fernsehen ansehen will. Womöglich hat er gesagt, wie gern er diesen Abend zu Hause mit seiner Frau verbringen will. Die beiden wollten vielleicht ihren Hochzeitstag in trauter Zweisamkeit feiern ..."

Ingo brach ab und sah auf seine Armbanduhr. „Ich fahre jetzt zur Schule, die Pause beginnt gleich. Ich möchte nicht in den Unterricht platzen."

Ob es ihm wirklich darauf ankam oder ob es seine Verhörtaktik war, das Gespräch an dieser Stelle abzubrechen, war mir nicht klar. Wenn er einen bestimmten Zweck damit verfolgte, dann hatte er ihn vielleicht erreicht. Denn Hartwig sackte auf seinem Stuhl zusammen, als hätte man ihm einen Tiefschlag versetzt, während Ingo aufstand und die Küche verließ. Kein Zweifel, Ingo hatte Hartwigs Angst geschürt. Und ein Täter, der Angst hat, ist zu unüberlegten Handlungen fähig. Wer in Angst handelt, reagiert unüberlegt und tut häufig etwas, was er später bereut.

Kurz darauf ertönte Ingos Stimme aus dem Wohnzimmer, wo er mit Pfeiffer sprach. Langsam stand ich auf und legte Hartwig eine Hand auf die Schulter. „Ich werde mit Ingo zur Schule fahren. Wenn Rupert vernommen wird, möchte ich gerne dabei sein."

Hartwig nickte, ohne seinen Blick zu heben. „Ist schon klar."

Ich zögerte. „Bei der Verdachtslage kann es aber sein, dass Ingo den Jungen gleich mit ins Präsidium nimmt ..." Nun lächelte ich Hartwig aufmunternd an. „Dahin werde ich ihn niemals begleiten dürfen. Nach dem Besuch in der Schule komme ich also sofort zurück, damit du deine Angelegenheiten erledigen kannst, ohne Fredi allein zu lassen."

Nun sah Hartwig mich an. „Du meinst, damit ich die Frau aufsuchen kann, mit der ich angeblich nichts habe?"

Ich mochte darauf nicht antworten. „Bevor die sechste Stunde endet, bin ich auf jeden Fall zurück."

Hartwig winkte ab. „Du kannst dir Zeit lassen. Um eins beginnt eine Lehrerkonferenz. Riedel wird also auf keinen Fall vor drei Uhr nachmittags wieder nach Hause kommen."

Ich ging in die Diele, wo Pfeiffer stand und so aussah, als wollte er Ingo daran hindern, seinen Mantel anzuziehen und zu gehen. „Wir müssen herausfinden, Chef, wie die Turnschuhmarke heißt, zu der das auffällige Sohlenrelief passt", sagte er verzweifelt, als müsste Ingo ihn bei dieser Aufklärung unterstützen.

„Schon geschehen", gab Ingo zurück und griff in seine Manteltasche. „Meinem Sohn ist diese Edelmarke vertraut." Er reichte Pfeiffer einen Zettel. „Ein Schuhe von Nike, hier steht die genaue Typenbezeichnung drauf. Aber lassen Sie sich von der Kriminaltechnischen Untersuchungsstelle vorsichtshalber noch die Schuhmarke bestätigen. Die haben da eine elektronische Sammlung fast aller Sohlen, die es gibt. Ich fahre jetzt zur Schule, um mit dem Jungen zu reden, der einen solchen Turnschuh in der Größe 46 trägt."

Dass ich ihm folgte, merkte Ingo erst, als wir schon vor der Haustür standen. Überrascht sah er mich an. „Ich denke, du willst dich um Fredi kümmern?"

Ich ging zu Leo, der hinter den beiden Polizeiwagen und vor Ingos großer dunkler Limousine klein und verschüchtert wirkte. „Anschließend fahre ich wieder nach Handorf."

Zum Glück hielt Ingo mich nicht zurück, sondern schwang sich ohne ein weiteres Wort hinters Steuer, startete den Motor und wartete ungeduldig darauf, dass André Pfeiffer zustieg. Ob er seinem Assistenten jetzt endlich erklären musste, wer ich war, warum ich mich ständig am Tatort herumtrieb und ihnen sogar zur Schule folgte?

Ich startete Leo, der jubelnd ansprang, als hätte er die Beförderung zu einem Polizeibegleitfahrzeug schriftlich bekommen. „Fahr zu, Leo", flüsterte ich und startete mit durchdrehenden Reifen. „Aber Blaulicht bekommst du nicht!"

Vor der Schule sah es so aus, als hätte Leo sich an polizeiliche Zivilfahrzeuge im Einsatz gewöhnt. Jedenfalls nahm er selbstbewusst genauso viel Parkraum in Anspruch wie der Wagen, in dem Ingo und André Pfeiffer angekommen waren. Möglich aber auch, dass Leo sich hier sicher fühlte, weil seine Räder auf bekanntem Terrain rollten. Schließlich hatte er mit mir schon so manche Stunde vor diesem Schultor verbracht, wenn wir auf Christopher oder Alexandra warteten, die noch seelenruhig mit ihren Klassenkameraden plauderten, die sie kurz nach dem Mittagessen sowieso anrufen würden. Oder weil sie einfach vergessen hatten, von der Mathestunde zu berichten, die an diesem Tag nachgeholt werden sollte.

Den Schülern, die sich in der Nähe des Hoftores aufhielten, fiel der Wagen, in dem Ingo und Pfeiffer saßen, sofort auf. Vielleicht waren es auch die beiden Kripo-Beamten, die Aufmerksamkeit erregten, weil sie genauso aussahen, wie sich eifrige ‚Tatort'-Konsumenten zwei Kripo-Beamte vorstellten. Es half nichts, dass sie ein Zivilfahrzeug fuhren. Die Art, wie sie aus dem Wagen stiegen, einerseits um Unauffälligkeit bemüht, andererseits mit dem aufmerksamen Blick, der alles registrierte und einordnete, entlarvte sie sofort.

„Hoffentlich muss Chris nicht später ausbaden, dass sein Vater als Bulle hier für Unannehmlichkeiten sorgt", raunte ich Ingo zu.

„Es gibt nur einen, der Unannehmlichkeiten zu befürchten hat", gab Ingo mit lauter Stimme zurück. „Und ich hoffe doch sehr, dass dem heute die Lust auf Gewalt ein für alle Mal ausgetrieben wird. So oder so."

So oder so? Ich ahnte, was er damit meinte. Rupert Kersten sollte einen Denkzettel bekommen, wenn ihm nachgewiesen wurde, dass er sich im Garten der Schramms herumgetrieben hatte. Es sollte genau das geschehen, was der Schulleiter vermeiden wollte: Anzeige und Strafe. Das war das erste ‚so'. Das zweite ‚so' bedeutete, dass Rupert dafür gerade stehen musste, wenn er einen Mord beobachtet, aber nicht vereitelt, sondern lediglich telefonisch gemeldet hatte und vielleicht sogar den Mörder deckte. Eigentlich fehlte noch ein drittes ‚so', das Ingo sich anscheinend noch nicht ausmalen mochte. Die Möglichkeit nämlich, das Rupert Kersten selbst der Mörder war. Mit seiner Überführung würden wir die Sicherheit haben, dass unser Sohn nie wieder Angst vor Rupert Kersten haben musste.

Christopher war anscheinend auch auf den Wagen aufmerksam geworden. Er erschien vor uns, als wir kaum den Schulhof betreten hatten. „Sucht ihr Rupert?", fragte er so leise, dass keiner der anderen Schüler etwas verstehen konnte, obwohl sie allesamt dichter heranrückten. Christopher nahm seinen Vater am Ärmel und zwang ihn so, sich wieder dem Schultor zuzuwenden. Ingo folgte ihm, ohne Einwände zu erheben.

Christopher blieb direkt vor dem Tor stehen. „Wir dürfen den Schulhof in der Pause nicht verlassen", erklärte er, was mich mit großer Genugtuung erfüllte. Ich hatte nicht für möglich gehalten, dass mein Sohn sich an solche Anweisungen hielt.

Aber ich sah auch, dass die Hofaufsicht bereits auf uns aufmerksam geworden war und sich, wenn auch langsam und unschlüssig, näherte. Doch der Lehrer schien nicht eingreifen zu wollen. Ihm kam es nur darauf an, sein Pausenbrot in Hörweite zu verspeisen, um informiert zu sein über das, was am Schultor zwischen einem Schüler und drei erwachsenen, amtlich dreinblickenden Personen passierte.

„Rupert ist nicht zur Schule gekommen", sagte Christopher schnell. „Ich habe es zufällig mitbekommen. Er hat sich krankgemeldet." Nun sah er seinen Vater so ängstlich an, dass mir das Herz wehtat. „Du wirst ihm doch nicht sagen, dass ich den Fußabdruck erkannt habe?"

„Natürlich nicht", entgegnete Ingo, hob seine Hand, um Christopher beruhigend übers Haar zu streichen, unterließ es dann aber. „Also fahren wir zu ihm nach Hause. Kennst du die Adresse, Chris?"

Ich kam meinem Sohn zuvor. „Zufällig weiß ich, wo er wohnt", rief ich und wandte mich schon zum Gehen. „Fahr einfach hinter Leo her, Ingo!"

Ehe Ingo mir unangenehme Fragen stellen konnte, stand ich schon neben Leo. Nur keine Diskussionen! Und gar nicht erst die Frage aufkommen lassen, ob ich Ingo überhaupt in die Piusallee begleiten durfte oder nicht!

Leo schien den Ernst der Lage zu erkennen, denn er hatte bereits die Fahrertür für mich geöffnet. Oder hatte ich vergessen, sie abzuschließen? Egal! Ich saß jedenfalls schon im Auto, als Ingo noch in seiner Hosentasche nach dem Schlüssel fahndete. André Pfeiffer warf mir, während er geduldig an der Beifahrerseite wartete, einen langen Blick zu. In seinen Augen stand keine Frage mehr, sondern nur noch Staunen. Er wusste also inzwischen, wer ich war. Wie Ingo ihm wohl erklärt hatte, dass ich seit Nadjas Ermordung ständig in der Nähe war? Ich mochte über eine Antwort auf diese Frage gar nicht nachdenken. Dann würde ich mir am Ende noch selber sagen müssen, dass es nur eine Frage der Zeit war, bis Ingo mich rigoros von seinen Ermittlungen ausschloss. Ich musste vorsichtig sein. Auf keinen Fall wollte ich weggeschickt werden! Und außerdem wollte ich unter allen Umständen verhindern, dass Ingo sich in die Idee verrannte, Hartwig könnte der Mörder sein. Natürlich konnte er Recht haben, aber dann brauchte er einfach hieb- und stichfeste Beweise und durfte sich nicht mit verschwommenen Indizien und diffusen Unklarheiten zufrieden geben, nur weil er Hartwig jetzt nicht mehr wie einen Freund behandeln musste. Hartwigs Rolle in diesem Drama musste zwar jeden Kriminalbeamten stutzig machen, aber für einen konkreten Verdacht reichte das alles nicht aus. Ich wurde die Sorge nicht los, dass Ingo sich darauf freute, Hartwig über kurz oder lang als Mörder verhaften zu können. Und eine solche Voreingenommenheit durfte sich ein Kriminalhauptkommissar einfach nicht leisten. Ob ich ihm vorschlagen sollte, Sabine Riedel vorzuladen, um sie im Präsidium noch einmal allein zu vernehmen? Vielleicht würde ihre Aussage dann anders ausfallen. Vielleicht aber auch nicht ...

Ich fuhr in den Bohlweg und setzte kurz darauf den Blinker, um in die Piusallee einzubiegen. Ein Blick in den Rückspiegel zeigte mir, dass Ingo das Gleiche tat, obwohl der Sichtkontakt erschwert worden war, weil sich mittlerweile mehrere Fahrzeuge zwischen uns geschoben hatten.

Während ich nach einem Parkplatz Ausschau hielt, überlegte ich, ob ich es wagen konnte, Hartwig später zu folgen, wenn er zu seinen Erledigungen aufbrach. Es war zu rechtfertigen, solange ich mich an Nadjas Auftrag gebunden fühlte. Aber natürlich durfte ich nicht das Haus verlassen, wenn ich versprochen hatte, bei Frederik zu bleiben. Nein, ich musste auf andere Weise herausfinden, ob Hartwig Schramm und Sabine Riedel tatsächlich ein Liebespaar waren. Nur ... wie? Und vielleicht war Nadjas Vermutung ja doch richtig gewesen und ich stand gleich der Frau gegenüber, mit der Hartwig ein Verhältnis hatte? Dass er sich zwei Tage zuvor nicht mit ihr getroffen hatte, besagte schließlich gar nichts. Es galt also, Augen und Ohren offen zu halten, wenn wir Judith Kersten gegenüber standen.

Es öffnete uns eine Fremde. Vor zwei Tagen hatte ich eine Frau zu Gesicht bekommen, die zu unsicher war für große Schritte, zu ängstlich für ein schnelles Auto und nicht einmal beherzt genug, um sich von einer Mode zu trennen, in der sie sich vor Jahren einmal wohl gefühlt hatte. Dann war ich Zeuge ihrer Verwandlung geworden und hatte eine Frau beobachtet, die zwar immer noch unsicher und ängstlich wirkte, aber immerhin mutig genug war, mit einem zweiten Leben ihr erstes zu sichern. Jetzt erlebte ich die Mutter Judith Kersten. Ängstlich und unsicher kam sie mir immer noch vor in ihrem geblümten Baumwollkleid und dem Stirnband, das die Haare, die vermutlich bei der Hausarbeit störten, zurückhielt. Aber jetzt war eine neue Variante dazu gekommen, die ich entdeckte, als Ingo den Grund unseres Kommens nannte.

„Wir müssen Ihren Sohn sprechen“, sagte er. Und fügte prompt besänftigend hinzu, als er ihre entsetzten Augen sah: „Es geht um eine Zeugenaussage.“

In Judith Kersten erwachte auf der Stelle die Löwenmutter, die ihr Junges verteidigte. All ihre Angst und Unsicherheit wurde nun zu einer Kraft, mit der sie ihren Sohn beschützte. „Was wollen Sie von Rupert?", fragte sie und in ihren großen Augen stand nicht nur Bestürzung, sondern auch Nervosität. „Rupert ist krank. Sie können nicht zu ihm."

„Dann möchte ich mich gern erst mal mit Ihnen unterhalten", sagte Ingo ruhig, während er ihr immer noch seinen Ausweis hinhielt, auf den sie noch keinen einzigen Blick geworfen hatte.

Schließlich nahm sie ihn zur Kenntnis und öffnete dann die Tür. Aber nur so weit, wie es nötig war, damit wir uns, einer nach dem anderen, hindurchdrängen konnten. Als wir schließlich alle drei im Flur standen, schloss sie die Tür mit sanftem Druck wieder und sah uns erwartungsvoll an. Erst, als Ingo hartnäckig schwieg, wurde ihr klar, dass wir mit ihr im Wohnzimmer sprechen wollten. Ehe sie uns vorantrippelte, löschte sie erst sorgsam die Deckenlampe, die den fensterlosen Flur beleuchtete, dann öffnete sie die Wohnzimmertür. Wiederum nur so weit, wie es nötig war, damit wir uns durch den Türspalt drücken konnten.

Ich sah mich um, während Judith Kersten aufgeregt darauf hinwies, dass der Vormittag noch nicht vorbei und damit die Hausarbeit noch nicht erledigt sei. Tatsächlich gab es noch einige Spuren vom Vorabend auf der marmornen Tischplatte und ein paar Krümel auf der orientalischen Brücke, die die beiden Teppiche miteinander verband. Alles in allem befand sich dieses Wohnzimmer jedoch in einem Pflegezustand, wie er bei mir nur selten vorkam. Aber man kannte das ja: Gerade die untadeligen Hausfrauen, die ständig im Einsatz waren für den makellosen Zustand ihrer Möbel, Fußböden, Fenster und Heimtextilien, entschuldigten sich immer als Erstes für das, was angeblich nicht in Ordnung war. Wenn Ingo mir jetzt einen Blick zuwerfen würde, mit dem er mich gelegentlich bedachte, wenn wir in das ebenso untadelig aufgeräumte Wohnzimmer seiner Mutter traten, dann würde er was erleben!

Aber Ingo schien die altdeutschen Möbel und die Sammlung wertvoller Käthe-Kruse-Puppen nicht zur Kenntnis zu nehmen, sondern sagte mit so warmer, anteilnehmender Stimme, dass ich sofort stutzig wurde: „Wir werden Sie nicht lange aufhalten, Frau Kersten. Nur ein paar Fragen! Ich weiß ja, dass Hausfrauen und Mütter einen Fulltimejob haben, in dem es nie Feierabend gibt."

So etwas hatte ich von Ingo mein Leben lang nie zu hören bekommen! Hatte ich nicht auch diesen Fulltimejob? Ein Blick in seine Augen sagte mir, dass Judith Kersten es tatsächlich geschafft hatte! Sie gefiel ihm, diese verschüchterte, redliche, arbeitsame Frau mit ihren hilflosen Augen. Auch André Pfeiffer schien von ihrer Schlichtheit angerührt zu sein. Er ließ sich sehr behutsam in einem der geblümten Sessel mit den hölzernen Armlehnen nieder und blieb kerzengerade sitzen, damit das rostrote Seidenkissen in seinem Rücken nicht zerdrückt wurde. Anscheinend war er in diesem Augenblick ebenfalls von der schweren Arbeit einer Hausfrau und Mutter überzeugt worden. Ich merkte, wie Reizbarkeit in mir aufstieg. Vor allem, wenn ich an Judith Kerstens Verwandlung in dem Hiltruper Kaufhaus dachte.

„Ich hoffe, Ihr Sohn ist nicht ernsthaft krank?", erkundigte sich Ingo fürsorglich.

Meinetwegen konnte dieser Rupert an Magendarmgrippe und Bronchitis gleichzeitig leiden! Ich würde nicht das geringste Mitleid für ihn aufbringen.

Judith Kersten rang die Hände. „Es ist wohl mehr die Psyche", hauchte sie. „Er ist ja so sensibel."

Sensibel? So zart besaitet, dass er Jungen verprügelte, die jünger und einen Kopf kleiner waren als er?

Aber Ingos Gesicht war immer noch voller Verständnis. „Wie äußert sich seine psychische Erkrankung?", fragte er freundlich.

Psychische Erkrankung! Ich hätte beinahe gelacht. Dieser Bengel war im Bett geblieben, weil er damit rechnen musste, dass die Polizei in der Schule auftauchte! Dort, wo er sich nicht im Bett verstecken und darauf bauen konnte, dass seine Mama ihn beschützte. Seine psychische Erkrankung war nichts anderes als Feigheit und Angst!

„Als ich ihn heute Morgen wecken wollte, lag er da und weinte", flüsterte Judith Kersten und rang die Hände in ihrem Schoß. „Ich dachte erst, er hätte schlecht geträumt und wäre deshalb so aufgewühlt."

Ein Siebzehnjähriger, dem ein schlechter Traum zusetzte? Der sich dann in Mamas Arm kuschelte, damit er den bösen Traum wieder vergaß? Für wie dumm hielt uns diese Frau eigentlich?

„Irgendwas muss seine empfindsame Seele verletzt haben", seufzte Ruperts Mutter. „Aber ich weiß nicht, was geschehen ist. Er will es mir nicht sagen. Der Junge ist ja so rücksichtsvoll. Niemals würde er etwas tun, was mich aufregt."

Nun schien Ingo endlich von der Ahnung berührt zu werden, dass Judith Kersten ein bisschen dick auftrug. Ich war erleichtert, als ich feststellte, dass er zu seiner dienstlichen Sachlichkeit zurückfand. „Es tut mir Leid, Frau Kersten, wir werden Ihren Sohn trotzdem kurz befragen müssen."

In ihren Augen stand das blanke Entsetzen, geboren aus mütterlicher Sorge. Aber zum Glück beschränkte sie sich auf das, was ihr Blick sagte, und schwieg ansonsten.

André Pfeiffer zückte seinen Notizblock, als Ingo fragte: „Sie leben allein, Frau Kersten?"

Ruperts Mutter nickte würdevoll. „Ja, ich bin allein erziehend."

„Verwitwet oder geschieden?", erkundigte sich Ingo.

Judith Kersten errötete sanft. „Ruperts Vater hat mich im Stich gelassen. Schon bald nach der Geburt seines Sohnes."

Prompt erschien in Ingos Augen wieder Mitleid. Empfand er wirklich so oder war seine Anteilnahme eine Taktik, die Judith Kersten gesprächig machen sollte? „Und wovon leben Sie? Sie werden arbeiten gehen müssen!"

Na, nun war ich aber gespannt! Was würde sie antworten? ‚Ich bin eine Nutte, Herr Hauptkommissar!'?

„Zum Glück zahlt Ruperts Vater genug Unterhalt", hörte ich sie da sagen. „Ich habe es nicht nötig zu arbeiten und kann mich ganz auf die Erziehung meines Kindes konzentrieren."

Ich musste die Luft anhalten, um nichts zu sagen, und sie dann schleunigst wieder ausstoßen, um nicht zu platzen. Am liebsten hätte ich dieser Frau gleich jetzt erklärt, was bei ihrer Erziehung herausgekommen war: ein feiger Rüpel, der das Übermaß an Liebe, das er von seiner sorgfältig erziehenden Mutter erhielt, mit Schlägereien kompensierte.

„Wo hat sich Ihr Sohn gestern Abend aufgehalten?", fragte Ingo. „Zwischen sieben und halb neun."

Judith Kersten starrte an die beige Raufasertapete, während sie angestrengt nachdachte. Dann klagte sie: „Er sagt mir meistens nicht, wohin er geht. Ich verstehe das ja. In diesem Alter will man sich abnabeln, eigene Entscheidungen treffen, eben erwachsen werden. Aber ich wüsste doch gern, wohin er geht und mit wem er zusammen ist."

„Sie wissen also nicht, wo Rupert gestern Abend war?"

Judith Kersten schüttelte bekümmert den Kopf. „Er hat gegen sechs das Haus verlassen. Aber schon zwischen neun und halb zehn war er wieder da. Dann ist er sofort zu Bett gegangen."

„So früh schon?", wunderte sich Ingo. „Das ist aber ungewöhnlich für einen Siebzehnjährigen!"

Judith Kersten nickte. „Es ging ihm nicht gut. Deswegen wollte er schlafen. Ich habe ihm noch eine Wärmflasche gebracht und ihm eine Magentablette bereit gestellt." Ihr Gehirn schien ein wenig langsam zu arbeiten, dachte ich, und hätte mich dieses Gedankens nur dann geschämt, wenn ich ihn ausgesprochen hätte. Denn erst jetzt kam Judith Kersten auf die Idee, sich zu erkundigen, warum wir eigentlich diese Fragen stellten. „Ist meinem Rupert etwas zugestoßen gestern Abend? Etwas, was er mir nicht verraten wollte, um mich nicht zu ängstigen?"

„Schon möglich", antwortete Ingo. „Wir müssen Sie bitten, uns jetzt Ruperts Schuhwerk zu zeigen. Vor allem die Schuhe, die er gestern Abend getragen hat. Wissen Sie, mit welchen Schuhen er das Haus verlassen hat?"

„Natürlich! Er trägt zurzeit ja immer dieselben, weil die anscheinend sehr modern sind." Ein winziges Lächeln erhellte ihre Züge. „Oder cool, wie die jungen Leute heutzutage sagen."

„Zeigen Sie mir die Schuhe bitte."

„Das geht nicht. Sie stehen in Ruperts Zimmer. Er schläft. Ich möchte ihn nicht stören."

„Das wird sich sowieso nicht vermeiden lassen", beharrte Ingo. „Ich möchte auch noch mit ihm selber sprechen."

Als Judith Kersten sich seufzend erhob, stand auch Ingo auf. Ich schloss mich ihm unverzüglich an, während André Pfeiffer noch eifrig auf seinem Block herumkritzelte.

Ruperts Zimmer war verdunkelt, in dem Raum hing die schwere Luft, die der Schlaf nach vielen Stunden zurückließ. Judith Kersten schlug erschrocken die Hand vor den Mund, als Ingo die Vorhänge zurückzog und das Fenster öffnete. „Vorsicht, er wird sich erkälten!"

Das war er also, der Kerl, der meinen armen Christopher drangsalierte! Klein und schmächtig lag er in seinem Bett und zog sich die Decke bis zum Hals. Dass er gar nicht klein war, zeigten die Füße, die nun unter der Decke hervorsahen, und schmächtig war er natürlich auch nicht. Aber er wirkte in seiner Angst so und ich fragte mich, ob er Wert auf diese Wirkung legte.

Ingo bückte sich und hob die Turnschuhe auf, die vor Ruperts Bett lagen. „Pfeiffer!"

Der junge Polizeikommissar erschien und nahm die Schuhe in Empfang. Nicht gern, wie unschwer zu erkennen war, aber immerhin tat er es und schien sogar zu wissen, was mit ihnen zu geschehen hatte.

Ingo baute sich vor Ruperts Bett auf, sodass er noch größer und Rupert noch kleiner wirkte. Das gefiel mir und ich war erleichtert, dass sich an dem Größenverhältnis nichts änderte, als Judith Kersten sich neben das Bett ihres Sohnes stellte, um ihm notfalls beistehen zu können. Rupert blieb trotzdem klein und mickrig.

„Vielleicht stehst du besser auf?", meinte Ingo.

Aber Rupert schüttelte den Kopf. „Mir ist nicht gut“, flüsterte er und sah seine Mutter Hilfe suchend an. „Was sind das für Leute?“

Ich hätte ihn am liebsten an den Haaren aus dem Bett gezerrt, aber Ingo nickte zu meinem Leidwesen mal wieder. Mit knappen Worten teilte er Rupert mit, dass er die Kriminalpolizei vor sich habe, die wahrheitsgemäße Auskünfte von ihm erwartete.

„Du warst gestern im Garten deines Lehrers Hartwig Schramm“, stellte er fest. „Was hast du da gemacht?“

Als Rupert zu schluchzen begann, hätte ich ihn am liebsten geohrfeigt. Wie oft mochte Christopher geschluchzt haben, ehe er nach Hause gekommen war, wo er sich dann zusammengerissen hatte, damit ich nichts von seinen Nöten bemerkte?

„Was wolltest du im Garten deines Lehrers?“, wiederholte Ingo.

Rupert richtete sich auf, woraufhin seine Mutter ihm sofort zur Seite sprang und ihn stützte. Fürsorglich stopfte sie ihm ein Kissen in den Rükken, damit ihr armer, kranker Junge es bequem hatte.

Rupert schloss sekundenlang die Augen, als müsste er sich sammeln. „Ich wollte Herrn Schramm doch nur erschrecken“, sagte er dann so leise, dass man ihn kaum verstehen konnte.

„Erschrecken? Womit? Und warum?“, fragte Ingo und seine Stimme nahm zum Glück ein bisschen an Schärfe zu.

„Mit einem Pflasterstein“, kam es verlegen zurück.

„Wolltest du ihn damit verletzen? Ihn oder seine Frau oder seinen Sohn?“

Rupert riss erschrocken die Augen auf. „Natürlich nicht. Wie kommen Sie denn darauf?“

„Wie können Sie meinem Sohn so etwas unterstellen?“, schloss sich seine Mutter an.

„Was wolltest du mit dem Pflasterstein?“, fragte Ingo ungeduldig.

„Ihn an die Hauswand werfen“, kam es zurück.

„An die Hauswand?“, fragte Ingo ungläubig. „Nicht vielleicht in sein Fenster? So, dass die Scheibe zerbrechen und an der Stirn deines Lehrers landen würde?“

Rupert schüttelte stumm den Kopf. Die entsetzlichen Verdächtigungen schienen ihn sprachlos zu machen. Ebenso wie seine Mutter, die mit weit aufgerissenen Augen neben dem Bett stand und Ingo mit waidwundem Blick anflehte, behutsam mit ihrem Liebling umzugehen.

Ingo nickte ihr beruhigend zu, ehe er weiterfragte: „Was hast du also mit dem Stein gemacht?“

Rupert zuckte die Schultern. „Ich weiß es nicht mehr. Dann sah ich ja, was passiert war ..."

„Was war denn passiert?"

„Sie lag da auf der Terrasse. Diese Frau. Alles war voller Blut. Da habe ich den Stein wohl einfach fallen lassen."

Judith Kersten schrie unterdrückt auf. „Blut? Sag schnell, dass das nicht wahr ist, Rupert!"

Aber ihr Sohn griff nur nach ihrer Hand und fuhr fort: „Ich bin einfach weggelaufen. Vor Schreck und vor Angst. Ich war in Panik. Aber dann habe ich mir überlegt, dass die Polizei verständigt werden muss. Und das habe ich dann erledigt."

Judith Kersten beugte sich über ihn und küsste seine Stirn. „Jetzt weiß ich endlich, was deine Seele verletzt hat, mein Junge. Warum hast du mir denn nicht erzählt, was du Schreckliches erlebt hast?"

„Und warum hat er seinen Name nicht genannt, als er die Polizei verständigte?", ergänzte Ingo und sah dabei nicht Judith, sondern Rupert Kersten an.

„Natürlich, weil er völlig kopflos war", schrie Judith Kersten. „Das ist doch klar!" Hochrot war ihr Kopf nun, ihre Augen sprühten, ihr Mund war verzerrt. „Wie können Sie von einem Jungen erwarten, dass er alles richtig macht, wenn er mit einem Mord konfrontiert wird?"

Niemand war überraschter als Ingo über die plötzliche Veränderung Judith Kerstens. Aus dem armen Mütterlein war urplötzlich eine Mutter Courage geworden. Ich wusste bereits etwas von ihren Maskeraden, Ingo jedoch war regelrecht erschrocken über ihren Ausbruch. „Natürlich, Frau Kersten, das verstehe ich vollkommen. Ich will Ihrem Sohn doch keine Vorwürfe machen!"

„Wie kommen Sie darauf, dass es sich um einen Mord handelt?" André Pfeiffers Gegenwart hatten wir alle mittlerweile vergessen. Deshalb schnitt seine Stimme in diese schwarze Komödie wie Applaus an der falschen Stelle. „Bisher hat niemand von Mord geredet. Und Ihr Sohn auch nicht."

Ingo starrte seinen Assistenten verblüfft an, dann nickte er. „Stimmt. Woher wissen Sie also, dass Frau Schramm ermordet wurde?"

Im Nu fiel Judith Kersten in ihre alte Rolle zurück. „Wenn die Polizei kommt, dann muss es doch Mord gewesen sein", stotterte sie.

Ingo wandte sich wieder an Rupert: „Wusstest du, dass es Frau Schramm war, die dort auf der Terrasse lag?"

„Nein, ich konnte ihr Gesicht nicht erkennen," gab Rupert schaudernd zurück. „Alles war ja voller Blut."

„Aufhören“, schluchzte Judith Kersten und schlug die Hände vors Gesicht. „Aufhören!“

„Hast du deinen Lehrer im Wohnzimmer gesehen?“, fragte Ingo unbeirrt weiter.

Wieder schüttelte Rupert den Kopf. „Ich habe nur jemanden Klavier spielen hören. Ich dachte mir, dass es Herr Schramm sein wird, der dort spielte. Und ich wollte ihn mit dem Steinwurf gegen die Hauswand erschrecken.“

„Du hast dich nicht zum ersten Mal in seinem Garten aufgehalten“, fuhr Ingo fort. „Du warst schon häufiger dort. Warum?“

Rupert sah ihn lammfromm an. „Ich wollte mich bei ihm entschuldigen. Aber ich wusste nicht, wie ich es anstellen sollte. Immer wieder bin ich zu ihm gefahren, habe mir vorgenommen zu klingeln ...“

„Du bist im Garten herumgeschlichen, weil du nicht wusstest, wie du dich entschuldigen solltest?“, fragte Ingo. „Das klingt aber nicht besonders glaubhaft. Wer es nicht schafft, zur Tür zu gehen und zu schellen, der geht vielleicht auf der Straße auf und ab, setzt sich am Ende wieder auf sein Fahrrad und fährt zurück. Aber sich stattdessen im Garten herumdrücken? Mit einem Stein in der Hand? Du nimmst ja wohl nicht an, dass wir dir das glauben.“

„Wofür wolltest du dich entschuldigen?“, fragte Ruperts Mutter, ohne Ingos Vorhaltungen zu beachten.

Ehe Rupert ihr weismachen konnte, er habe einmal das Notenbuch seines Lehrers versteckt und schäme sich nun dafür, ging ich dazwischen: „Er hat Herrn Schramm tätlich angriffen und musste befürchten, dass er angezeigt wird.“

Judith Kersten schnappte nach Luft. „Mein Rupert? Nie im Leben!“

Ingo griff nach meinem Arm und schob mich zur Tür. „Wenn du wieder gesund bist, Rupert, möchte ich dich im Präsidium sehen“, sagte er. „Ich werde deiner Mutter meine Karte geben. Am besten, du rufst vorher an, wir machen dann einen Termin aus.“

Kaum war die Haustür hinter uns ins Schloss gefallen, sagte Ingo: „Da hast du mal wieder die Flöhe husten hören.“

Ich blieb stehen, als hätte mir ein Floh direkt ins Gesicht gehustet. „Willst du damit sagen, ich hätte mir alles nur eingebildet?“

André Pfeiffer witterte nicht zu Unrecht ehelichen Unfrieden und trollte sich ohne ein Wort in Richtung des unauffälligen dunklen Dienstwagens.

„Du bist doch nicht etwa auf das Theater reingefallen, das dir diese beiden vorgeführt haben!?“

„Theater? Gut, dieser Junge mag kein Unschuldslamm sein, aber dass Chris von ihm bedroht wird, kann ich mir nun nicht mehr vorstellen.“

„Weil er von seiner Mutter zum harmlosen Liebling gemacht wird, traust du ihm nichts Böses zu?“

Die Empörung schnürte mir die Luft ab. Was ich sagen wollte, war so viel, dass alles auf einmal aus mir heraus wollte und ein Argument das andere behinderte, sodass ich erst einmal stumm blieb.

„Der Junge ist harmlos“, fuhr Ingo fort. „Du hast es doch gehört. Er wollte Hartwig nur ein wenig erschrecken. Lieber Himmel, wenn ich bedenke, welche gemeinen Streiche wir uns früher für unsere Lehrer ausgedacht haben! Und Rupert wollte sich sogar bei Hartwig entschuldigen!“

„Indem er bei Dunkelheit durch seinen Garten schleicht?“

„Ein Siebzehnjähriger! Kannst du dich nicht daran erinnern, wie schwer es in diesem Alter ist, sich für etwas zu entschuldigen?“

Ich holte tief Luft, um das Durcheinander in meinem Inneren mit Sauerstoff anzureichern und am Überschnappen zu hindern. „Willst du auch von harmlosen Rauferein reden, wenn einer seine Mitschüler bedroht? Mit besonderer Vorliebe jüngere, kleinere und schwächere? Wenn er auch vor Lehrern nicht Halt macht? Rupert hat sogar Nadjas Autoreifen zerstochen!“

„Ist das bewiesen?“

Da ich nicht verneinen wollte, machte ich einfach weiter: „Hartwig hat gesagt, dass Rupert ein unglaublich hohes Aggressionspotenzial hat. Er kann nur mit Gewalt reagieren. Andere Gefühle stehen ihm nicht zur Verfügung.“

„Will Hartwig aus dem Jungen ein Opfer seiner Herkunft machen? Soll uns weisgemacht werden, Rupert sei mit Gewalt aufgewachsen und daher nicht in der Lage, ohne Gewalt zu reagieren?“ Ingo sah mich kopfschüttelnd an. „Dieser Schwächling, der sich vor Angst am liebsten unter der Bettdecke verkrochen hätte?“

„Gewalttäter sind immer schwach!“

„Ich glaube eher, dass Hartwigs Chef Recht hat. Durch Strafverfolgung wird alles nur noch schlimmer. Wenn es nach Hartwig ginge, würde aus diesem Jungen ein Krimineller gemacht. Aber du hast doch gesehen, dass er behütet aufwächst. Er hat eine Mutter, die sich um ihn kümmert, er wird sich irgendwann fangen. Es sei denn, man hilft ihm nicht, sondern man zeigt ihn an.“

Wir überquerten die Straße. André Pfeiffer, der uns kommen sah, stieg so schnell ins Auto, als fürchtete er, in unseren Streit hineingezogen zu werden.

„Diese Mutter", begann ich leise, aber mit Nachdruck, „ist in Wirklichkeit eine Prostituierte."

Ingo blickte mich an, als zweifelte er an meinem Verstand. „Frau Kersten? Wie kommst du nur auf solchen Unsinn?"

Ich fragte mich, ob ein Privatdetektiv eigentlich genauso zur Verschwiegenheit verpflichtet war wie ein Arzt oder Anwalt. Und wenn, ob er es auch dann noch war, wenn sein Kunde nicht mehr lebte. Und wenn nicht, ob es Ausnahmen gab. Vielleicht war ein Detektiv unter bestimmten Voraussetzungen sogar verpflichtet, einen Auftrag zu verraten. Ich würde wohl wirklich demnächst Fortbildungsseminare besuchen müssen!

„Sie hat dir eine Komödie vorgespielt", sagte ich vorsichtig. „Ich glaube sogar, dass sie sich selbst tagtäglich etwas vormacht. Und erst recht ihrem Sohn! Vielleicht hat der Junge wirklich keine Ahnung, wie seine Mutter ihr Geld verdient. Kann sein, dass er tatsächlich daran glaubt, dass sein Vater viel Unterhalt zahlt, damit seine Mutter sich ganz auf seine Erziehung konzentrieren kann. Sie ist eine Frau mit zwei Gesichtern. Zwei? Mit mehreren Gesichtern."

„Romy, jetzt bist du wirklich übergeschnappt", stellte Ingo fest und am meisten erbitterte mich das Mitleid, das in seinen Augen stand. Es machte mich gleichzeitig ganz hilflos. Wer wollte schon Mitleid ernten, wenn er Zorn gesät hatte?

„Du hast dich da in irgendwas verrannt", fuhr Ingo fort. „Und ich weiß auch warum. Im Grunde willst du nur Chris beschützen. Du bringst es tatsächlich fertig, einen Siebzehnjährigen mit einem Mordfall in Verbindung zu bringen, damit Chris demnächst ohne Schrammen nach Hause kommt."

„Und du?", fragte ich hitzig zurück. „Du willst einen Freund des Mordes verdächtigen, der bisher immer stärker war als du. Du hast Hartwig nie gemocht, weil er stets die besseren Argumente hatte. Und es hat dich gewurmt, dass du freundlich zu ihm sein musstest, da er ja nicht nur der Mann meiner Freundin war, sondern auch der Lehrer unserer Kinder. Und jetzt siehst du eine Chance, dich für alles zu entschädigen."

Ingo wurde blass. „Du beschuldigst mich, voreingenommen an einen Mordfall heranzugehen? Privates und Dienstliches miteinander zu vermengen? Anscheinend hast du vergessen, dass Hartwig eine Falschaussage gemacht hat."

„Vielleicht ist es ja auch Sabine Riedel, die etwas Falsches ausgesagt hat."

„Und ihr Mann gleich mit?", höhnte Ingo. „Nein, Hartwig ist es, der uns eine Geschichte aufgetischt hat, die ganz und gar unglaubhaft ist. Rupert Kersten und seine Mutter dagegen haben nichts geäußert, was nicht in das Gesamtbild passt." Er drehte sich um und murmelte im Weggehen: „Ich für meinen Teil werde Hartwig jedenfalls in die Mangel nehmen. In einer Stunde werden die Ergebnisse der Spurensicherung vorliegen. Anschließend fahre ich nach Handorf. Und dann werde ich Hartwig so lange zusetzen, bis ich weiß, wo er zur Tatzeit gewesen ist." An der Bürgersteigkante drehte er sich noch einmal um. „Wenn er dabei bleibt, dass er mit Sabine Riedel zusammen war, kann er sich auf einiges gefasst machen. Er muss ja einen Grund haben, uns dieses Märchen aufzutischen. Und diesem Grund werde ich auf die Spur kommen, das verspreche ich dir."

„Du willst ihn doch nicht etwa verhaften?"

„Wenn ich genug Beweismaterial gegen ihn in der Hand habe – warum nicht?"

Ich sah ihm nach, wie er auf sein Auto zuging. Mit kurzen, hektischen Schritten, die zeigten, wie erregt er war. André Pfeiffer warf einen Blick zurück, als der Wagen anfuhr, Ingo dagegen blickte starr geradeaus.

Zum Glück war Leo auf meiner Seite. „Wenn du jetzt sofort anspringst, bist du meiner Meinung und hältst Ingos Ansicht für genauso idiotisch wie ich", flüsterte ich, als ich den Schlüssel drehte.

Und Leo brummte mir Beifall zu. Er hatte ja selber mit eigenen Scheinwerfern gesehen, dass Judith Kersten als biedere Hausfrau ins Kaufhaus hinein und als Callgirl wieder heraus gekommen war. Und er wusste so gut wie ich, dass irgendetwas mit ihr nicht in Ordnung war. Ja, Leo verstand mich!

Gegen halb eins rollten wir nach Handorf hinein, zehn Minuten später hielten wir vor Hartwigs Haus. Er wartete schon auf mich. Ohne viele Worte zog er mich ins Haus und schob mich gleich in die Küche. „Fredi spricht nicht mit mir", erzählte er bekümmert. „Vielleicht kannst du versuchen, ihn zum Reden zu bringen? Er starrt nur auf seinen Gameboy und schließt seine ganze Trauer und Verzweiflung in sich ein. Ich mache mir wirklich Sorgen um ihn."

Ich hatte, als ich die Diele betrat, einen kurzen Blick ins Wohnzimmer werfen und Frederik sehen können, wie er auf dem Sofa hockte, seinen Gameboy in den Händen, und nicht einmal den Blick hob, als ich an der Tür vorbeiging.

Hartwig wirkte sehr nervös. „Ich muss jetzt los. In der Thermoskanne ist frischer Kaffee. Ansonsten ..." Er wies zum Kühlschrank. „Du kennst dich ja aus."

Ich hielt ihn zurück. „Du musst dich beeilen, Hartwig. Es wird nicht lange dauern, bis Ingo hier auftaucht und dich in die Mangel nimmt. Er hat es mir eben gesagt. Sobald alle Ergebnisse vorliegen, will er dich zwingen, ihm zu verraten, wo du wirklich zur Tatzeit warst."

„Ich habe ihm doch gesagt, dass ich mit Sabine Riedel zusammen war!"

„Aber er glaubt es nicht! Du musst unbedingt dafür sorgen, Hartwig, dass du nicht mehr als Lügner dastehst. Sabine Riedel muss begreifen, dass es jetzt auf die Wahrheit ankommt! Unbedingt! Ihre Eheprobleme können doch nicht wichtiger sein als der Beweis deiner Unschuld."

Hartwig sah mich dankbar an. „Ich bin froh, dass du mir wenigstens glaubst."

Ich wagte nicht, das zu bestätigen. Denn in diesem Augenblick fiel mir wieder ein, dass Johannes Riedel die Aussage seiner Frau bestätigt hatte. Warum sollte er das getan haben, wenn diese Aussage eine Lüge war? Hatte Hartwig vielleicht doch nicht die Wahrheit gesagt?

„Wie kommt Ingo nur darauf, dass ich meine Frau umgebracht habe?", fragte Hartwig erbittert. „Wie kann er mich verdächtigen?"

„Er verdächtigt dich nicht wirklich", versuchte ich zu beschwichtigen, aber ich wusste, wie wenig überzeugend ich war. „Er glaubt nur, dass du gelogen hast und dass die Riedels die Wahrheit sagen. Ingo will wissen, warum du gelogen hast."

„Ich habe doch kein Motiv", flüsterte Hartwig verzweifelt. „Warum sollte ich Nadja getötet haben?"

„Du bist nun frei für eine andere Frau."

Er schüttelte den Kopf. „Das wäre ich auch durch Scheidung geworden."

Ich hätte ihm gerne vorgehalten, dass er Nadjas Erbe war und deshalb ein Motiv hatte. Aber war es klug, dieses Wissen preiszugeben? Hielt nicht jeder gute Privatdetektiv seine Ermittlungsergebnisse zurück, bis er genau wusste, wem zu trauen war und wem nicht?

Als ich Hartwig wieder ins Gesicht sah, stellte ich fest, dass er mein Zögern registriert hatte. In seinen Augen blitzte Hoffnung auf, die aber gleich darauf von Resignation verdunkelt wurde. Er schüttelte den Kopf und blickte zu Boden. Während er auf seine Füße starrte, spannte sich sein Körper an und wurde so starr in einer unausgesprochenen Frage, dass seine Angst mich bedrängte wie ihn selbst. Dennoch tat ich nichts, um sie zu lindern. Vielleicht würde die Angst ihm eine Hilfe sein, wenn es darum ging, Sabine Riedel zu einer Aussage zu bringen, die ihn entlastete.

Er stieß ein kurzes Lachen aus, das ohne jede Belustigung war. „Manchmal kommt es mir vor, als hätte ich Nadja gar nicht richtig gekannt", sagte er dann. „Kann sie es geschafft haben, in dreizehn Ehejahren ein Geheimnis für mich zu bleiben?" Dann sah er mich unsicher an. „Mir scheint, ich bin wirklich in Gefahr?"

Ich antwortete nicht, weil ich nicht wusste, ob ich ihn ängstigen durfte oder warnen musste. Wahrscheinlich hatte ich sowieso schon viel zu viel gesagt!

Hartwig nickte, als hätte er eine Antwort von mir bekommen, dann ging er zur Wohnzimmertür. „Tschüs, Fredi! Ich bin gleich wieder zurück. Romy bleibt so lange bei dir."

Die Antwort war ein elektronisches Zirpen, mehr nicht. Als Hartwig die Tür hinter sich ins Schloss gezogen hatte, setzte ich mich zu Frederik ins Wohnzimmer. Vorsichtig sah ich mich um, stand wieder auf, blickte auf die Terrasse und setzte mich erneut. Nein, nichts erinnerte mehr an das, was sich am Vortag hier zugetragen hatte. Ein vergessenes Trassenband flatterte an einem Rhododendrenbusch, das war alles, was von Nadjas Tod zurückgeblieben war.

„Wo ist Mama jetzt?", fragte Frederik plötzlich.

Ich war zunächst nur froh, dass er sprach, und erst im nächsten Augenblick erschrocken über seine Frage. „Sie wird untersucht", antwortete ich vage. Dann floh ich vor Frederiks Frage ans Bücherregal, wo Nadja die Fotoalben aufbewahrte. Wahrscheinlich spürte Frederik, dass ich seiner Frage auswich, vielleicht hatte er schon einmal etwas von einer Autopsie gehört und jetzt von mir all die schrecklichen Bilder bestätigt bekommen, die in seinem Kopf herumschwirrten. Aber trotzdem brachte ich es nicht fertig, ihm mehr zu sagen als das.

Wahllos griff ich zu einem der beiden Fotoalben, die sich von den übrigen gründlich unterschieden. Sie waren viel älter als alle anderen und mit einem hässlichen Einband von sehr schlechter Qualität versehen. Als ich das Album aufschlug, wusste ich, warum: Ich hatte Bilder vor mir, die aus Nadjas Jugend stammten, Fotos aus der damaligen DDR, wo sie aufgewachsen war, wo jemand dieses Fotoalbum gekauft hatte.

Nadja als kleines Mädchen mit ihrer Familie, mit ihrer Schwester, einem großen, struppigen Hund, im Kreise von Freunden und am Rande einer Weide, wo sie ein Pferd streichelte. Nachdenklich ließ ich mich wieder in meinen Sessel sinken. Nadja hatte mir nie diese alten Fotos gezeigt. Sie hatte auch nie über ihre Vergangenheit in der DDR gesprochen. Eigentlich wusste ich von Nadja nur das, was ich selber miterlebt hatte.

Das Zirpen des Gameboys hatte plötzlich ein Ende. Ich zwang mich, nicht aufzusehen, als Frederik aufstand, rückte nur ein wenig zur Seite, damit er neben mir in dem breiten, weichen Sessel Platz fand. Schweigend legte ich meinen Arm um ihn und gemeinsam blätterten wir Seite um Seite um.

Irgendwann begann Frederik mit leiser Stimme zu reden. Er schien die Fotos genau zu kennen. „Das ist Mama mit ihrem Vater, das ist sie mit ihren Eltern. Und da trägt sie einen grauen Kittel, weil sie mal in einer Fabrik gearbeitet hat ..."

Von Seite zu Seite, von Foto zu Foto wurde mir meine Freundin fremder. Nichts hatte ich gewusst von ihrer Familie, von ihren Eltern, die inzwischen nicht mehr lebten, von ihren Freunden aus der DDR. Niemals hatte es Besuch von alten Freunden in Münster gegeben und Nadja war auch kein einziges Mal in ihren Geburtstort gefahren, in dem sie gelebt hatte, bis die Grenzen sich öffneten. Oft hatte ich mich darüber gewundert, aber Nadja hatte stets nur abgewinkt. Genauso, wie sie es tat, wenn ich sie überreden wollte, mit mir ins Schwimmbad zu gehen. Sie mochte anscheinend Chlorwasser genauso wenig wie ihre Vergangenheit.

Ich strich eine Seite glatt, auf der nur ein einziges Foto prangte. Es zeigte ein junges Mädchen, etwa dreizehn Jahre alt, das große Ähnlichkeit mit Nadja hatte. Die gleichen dunklen Augen, das gleiche Kinngrübchen, der gleiche Mund, der genauso trotzige Winkel hatte wie Nadjas. Die Haare dieses Mädchens waren jedoch heller und sanft gelockt, während Nadjas Haare glatt gewesen waren, die sie am liebsten streng aus dem Gesicht kämmte, am Hinterkopf aufsteckte und mit dekorativen Spangen befestigte.

„Das ist Mamas Schwester", sagte Frederik.

Nadjas Schwester? Ich hörte zum ersten Mal, dass sie eine Schwester hatte. Nein, falsch! Plötzlich fiel mir ein, dass Nadja während ihres letzten Besuchs bei mir von der Trauer ihrer Mutter gesprochen hatte. Von der Trauer um Nadjas früh verstorbene Schwester. Ich betrachtete das Mädchengesicht genauer. Es wirkte zarter und weicher als Nadjas. Nicht nur durch seine Jugend, auch durch den Rahmen der weichen Locken, die in die Stirn fielen und sich über den Ohren bauschten.

Frederik starrte auf das Bild. Er schien zurzeit unfähig zu sein, einem Menschen ins Gesicht zu sehen. „Sie ist tot", flüsterte er. „Schon lange. Mama hat gesagt, dass sie fünfzehn war, als sie gestorben ist."

„Erst fünfzehn?" War das der Grund, warum Nadja vorher nie über ihre Schwester gesprochen hatte? War ihr Tod zu weit entfernt? Gehörte er nicht mehr zu ihrem Leben? War dieser Tod am Ende für sie ohne Bedeutung gewesen? Oder viel zu tragisch, als dass sie darüber hätte reden können? Ich spürte eine unangenehme Kühle über meine Schultern kriechen und zog Frederik näher an mich heran, als könnte er mich wärmen. Nadja wurde mir immer fremder. Sie hatte eine Schwester gehabt, von der sie mir nie erzählt hatte! Und sie wollte ein Testament errichten, wovon ich nichts erfahren hatte. Womöglich war sie reich gewesen, ohne dass es jemand ahnte. Was hatte ich eigentlich von Nadja Schramm gewusst?

„Sie hieß Jasmin", sagte Frederik.

Jasmin trug ein dunkles Kleid mit einem runden Ausschnitt. An dessen Einfassung schmiegte sich eine wunderschöne Kette. Das Foto war eine Schwarz-Weiß-Aufnahme, trotzdem glaubte ich, dass die Steine rot waren, aus denen sie sich zusammenfügte. Ein Granatschmuck vermutlich, wie ihn viele Frauen gegen Ende des neunzehnten Jahrhunderts trugen. Vielleicht hatte Nadjas Schwester ihn geerbt und ihn nur zu besonderen Anlässen angelegt. Die Kette bestand aus vielen Blüten, die sich im Ausschnitt zu einer großen Blume verbanden. Sie schwebte über geflügelten Blättern, an denen winzige Knospen hingen, die die Haut des jungen Mädchens betupften wie etwas Flüchtiges, was im nächsten Moment schmelzen konnte. Es machte mir Schwierigkeiten, mich von dem wunderschönen Schmuck wieder zu lösen, der einerseits gar nicht zu der Jugend des Mädchens passen wollte, aber andererseits seine Jugend auf so rührende Weise betonte, dass er wiederum für sie gemacht zu sein schien.

„Weißt du, woran sie gestorben ist?", fragte ich leise.

Frederik schüttelte den Kopf. Wir holten ein Fotoalbum nach dem anderen hervor, der Junge konnte plötzlich nicht genug davon bekommen, seine Mutter zu betrachten und mir zu jedem Bild die Geschichte zu erzählen, die dazugehörte. Dann dauerte es nicht mehr lange, bis er endlich zu weinen begann. Erleichtert schloss ich ihn in meine Arme. Endlich fand seine Trauer einen Weg! Nun würde man ihm helfen können, sie zu verarbeiten.

Als Frederik seine Tränen getrocknet hatte, stellte er die Fotoalben zurück ins Regal und nahm seinen Gameboy, um ihn in sein Zimmer zu tragen. Auf der Treppe drehte er sich zu mir um. „Können wir zusammen was kochen?“

„Klar!“, antwortete ich erleichtert. „Ich sehe mal nach, was sich im Kühlschrank findet.“

Wir entschieden uns für Nudeln und Tomaten. Frederik hatte sich gerade auf die Suche nach frischem Basilikum begeben, da ging das Telefon. Ich zögerte. Sollte ich den Hörer abnehmen? Nein, wahrscheinlich war nur jemand am anderen Ende, der Hartwig sein Beileid aussprechen wollte. Etwas wirklich Wichtiges gab es zur Zeit für ihn nicht.

Das Telefon schrillte weiter, als wollte es mich zwingen, den Hörer abzunehmen. Als ich sämtliche Tomaten zerteilt hatte, klingelte es immer noch. Dann schwieg es endlich und ich atmete auf. Mir war, als hätten bohrende Zahnschmerzen endlich nachgelassen.

Doch im nächsten Augenblick ging es schon wieder los! Nun war ich sicher, dass dieser Anruf einen wichtigen Grund hatte. Ich stellte die Herdplatte ab und ging in die Diele. „Bei Schramm! Hier spricht Romy Schell!“

„Romy!“ Das war Hartwigs Stimme. So atemlos, so angstvoll und gehetzt, wie ich sie noch nie gehört hatte.

„Was ist passiert?“

„Ist Ingo schon da?“

„Nein, noch nicht.“ Aber in diesem Augenblick hörte ich einen Wagen vorfahren, das Schlagen von Autotüren und Schritte, die sich auf die Tür zubewegten. „Ich glaube, die Polizei ist im Anmarsch.“

„Hör zu, Romy ...“ Nun klang Hartwigs Stimme, als befände er sich auf der Flucht und hätte die Verfolger schon auf den Fersen. „Ich komme nicht nach Hause. Die Sache wird mir zu heiß.“

„Ist Sabine Riedel etwa nicht bereit, dir zu helfen?“

Es klingelte an der Tür. Auch Hartwig hatte es gehört. „Ich ziehe mich für eine Weile zurück. Bitte, kümmere dich um Fredi.“

„Was hast du vor?“

Wieder klingelte es, diesmal mehrmals hintereinander.

„Ich warte ab, bis sich der wahre Mörder gefunden hat. In einem sicheren Versteck.“

Nun setzte jemand den Daumen auf den Klingelknopf und ließ ihn dort. Frederik kam aus dem Vorratsraum in die Diele gelaufen. Aber ich hielt ihn mit einer Handbewegung zurück.

„Moment!“, rief ich, so laut ich konnte, in Richtung Tür. „Ich komme gleich!“

Tatsächlich schwieg die Türklingel nun. Ich hörte Ingos Stimme und das ungeduldige Scharren von Füßen.

„Es wird wie ein Schuldeingeständnis aussehen“, flüsterte ich ins Telefon.

„Das spielt keine Rolle mehr, wenn der Fall aufgeklärt ist. Du bist doch jetzt Privatdetektivin, Romy. Nimmst du meinen Auftrag an? Sorgst du dafür, dass Nadjas Mörder gefunden wird? Und kümmerst du dich um Fredi?“

„Ja, gut. Aber ...“

Wieder setzte das Klingeln ein. Und diesmal war Frederiks Ungeduld schneller als ich. Entschlossen riss er die Tür auf und im selben Augenblick stand Ingo im Flur, André Pfeiffer folgte ihm auf dem Fuße. Am anderen Ende wurde aufgelegt, trotzdem sagte ich laut und deutlich: „Da ist Besuch an der Tür. Danke für Ihren Anruf, ich werde Herrn Schramm ausrichten, das Sie sich später noch einmal melden werden.“

„Wer war das?“, fragte Ingo.

„Jemand, der Hartwig kondolieren wollte.“

„Er ist also nicht da?“

„Nein, du weißt doch, dass ich hier bin, damit Fredi nicht allein ist.“

„Wo ist Hartwig?“

Ich zuckte die Achseln. „Er hat viel zu erledigen. Man kennt das doch. Beerdigungsunternehmer, Friedhofsverwaltung, Druckerei wegen der Traueranzeigen ...“

Ingo wandte sich zu André Pfeiffer um. „Wir warten.“

Der junge Kommissar sah sich unsicher um, dann machte er einen Schritt auf die Wohnzimmertür zu. „Ich würde mich gerne noch einmal im Garten umsehen.“

„Tun Sie das“, rief Ingo erleichtert und schob mich in die Küche. Kaum hatte er die Tür ins Schloss gedrückt, sagte er: „Ich hoffe, du hast Hartwig nicht gewarnt!“

Mein Herz begann zu rasen. „Gewarnt? Was meinst du damit?“

„Hast du ihm gesagt, dass ich kommen werde?“

Mir wurde heiß, die Röte schoss mir ins Gesicht. „Nicht, dass ich wüsste. Kann sein, dass wir über diese Möglichkeit geredet haben. Aber gewarnt? Nein, das auf keinen Fall. Warum auch?“

„Also gut.“

Die Tür öffnete sich, Frederik drückte sich in die Küche. „Gibt’s endlich was zu essen?“

Ich warf Ingo einen warnenden Blick zu, ehe ich die Herdplatte andrehte. Und er interpretierte ihn auf Anhieb richtig: Wenn du jetzt den Mund hältst und Fredi nicht ängstigst, stelle ich einen dritten Teller auf den Tisch!

Ingo nickte und setzte sich. Zufrieden sah er mir bei der Zubereitung unserer kleinen Mahlzeit zu. Anscheinend konnte er in diesem Augenblick vergessen, dass ich nicht mehr eine Hausfrau, sondern eine Privatdetektivin war. Eine, die soeben einen neuen Auftrag bekommen hatte!

Die Stunden vergingen, nichts geschah. Ingo sah immer wieder aus dem Fenster, wenn ein Auto in der Nähe des Hauses hielt, aber natürlich war es nie Hartwig, der heimkehrte. Auch, wenn das Telefon klingelte, war nie Hartwig am anderen Ende, und sein Handy meldete nur, dass die Person, die man zu sprechen wünsche, nicht zu erreichen sei.

„Wie lange dauern denn Hartwigs Erledigungen?", fragte Ingo zum soundsovielten Male.

Ich hatte längst aufgehört, nach einer Antwort zu suchen. Da ich die richtige kannte, sie aber nicht verraten durfte, wurde ich von einer ganz anderen Frage gequält: Wie kam ich hier weg? Ich wollte aufhören, Ingo mit jedem Blick, jedem Wort, jeder Geste zu belügen. Aber genauso wenig wollte ich ihm gestehen, dass sich der zweite Kunde meines Detektivbüros auf der Flucht befand.

Jede Privatdetektivin sollte wahrscheinlich ein Pokerface zur Verfügung haben, durch das keiner ihrer Gedanken dringen konnte. Aber jemand, der mit dieser Privatdetektivin verheiratet war, kannte natürlich jede Maske und schaute auch durch ein Pokerface hindurch.

„Du weißt etwas", sagte Ingo prompt. André Pfeiffer hatte er längst wieder ins Präsidium geschickt. „Hast du Hartwig etwa gewarnt und ihm zur Flucht verholfen?" Er sah mich scharf an und als ich nicht antwortete, fuhr er fort: „Wer lügt, lenkt den Verdacht auf sich. Und wer flieht, erst recht. Wenn Hartwig nicht zurückkommt, werden wir nach einem Tatverdächtigen fahnden, so viel steht fest."

Frederik hatte den Fernseher angestellt und mit einem Kopfhörer dafür gesorgt, dass wir nicht gestört wurden und er nichts von unseren Mutmaßungen mitbekam, die ihn geängstigt hätten. Als er den Kopfhörer abnahm und den Fernseher ausstellte, stand ich auf und sagte zu Ingo: „Am besten, ich fahre mit Fredi nach Hause." Und zu Frederik: „Habe ich dir schon von unserem neuen Papagei erzählt, Fredi? Er heißt Humphrey und kann sprechen. Wir könnten versuchen, ihm was Neues beizubringen. Wie wär's mit: Fredi ist der Größte?"

Zum Glück fand Frederik diese Idee großartig und Ingo gab, wenn auch widerstrebend zu, dass es für den Jungen wirklich das Beste war, wenn er abgelenkt wurde. Schnell suchte ich ein paar Sache zusammen, damit Frederik alles dabei hatte, um bei uns übernachten zu können.

Damit erregte ich allerdings erneut Ingos Misstrauen. „Du rechnest also damit, dass Hartwig nicht zurückkommt?"

„Ich rechne damit, dass Fredi ein Tapetenwechsel gut tun wird."

Ingo brachte uns zur Tür. „Du wirst mir doch Bescheid sagen, wenn Hartwig sich bei dir meldet?", fragte er mit gerunzelter Stirn.

Ich nickte, ohne ihn anzusehen. „Wie willst du in deinen Ermittlungen fortfahren?"

Aber Ingo hatte sein Misstrauen noch nicht besiegt. Er antwortete nicht, sondern setzte nur eine bedeutsame Miene auf, die alles und nichts sagte.

Als wir über die Wersebrücke fuhren, fragte Frederik: „Glaubst du, dass der Papagei auch lernen kann: ‚Mein Name ist Bond, James Bond!'?"

Ich lachte erleichtert. „Na, klar! Humphrey ist wirklich sehr clever."

Mit unveränderter Stimme, mit dem gleichen Tonfall fragte Frederik weiter: „Glaubst du auch, dass Papa weggelaufen ist? Glaubst du, dass er nie mehr wiederkommt?"

Zum Glück gab er mir die Möglichkeit, nur die zweite Frage zu beantworten. „Er wird auf jeden Fall wiederkommen, Fredi. Er hat eben eine Menge zu erledigen. Am besten, du wohnst so lange bei uns, okay?"

„Okay", sagte Frederik so leise, dass ich ihn kaum verstand. Dann starrte er aus dem Fenster und schwieg, bis wir in der Hoyastraße ankamen.

Als er von Christopher und Alexandra begrüßt wurde, hellte sich sein Gesicht zum Glück wieder auf. Und als er vor Humphreys Käfig saß, schien er den Tod seiner Mutter und das Verschwinden seines Vaters für Augenblicke vergessen zu können. Zusammen mit Christopher begann er, aus Humphrey einen Geheimagenten zu machen. „Mein Name ist Bond, James Bond."

„Wie sollen wir mit ihm umgehen?", fragt Alexandra, als sie zu mir in die Küche kam.

„So normal wie möglich", gab ich zurück. Dann erklärte ich meiner Tochter, dass Frederik ein paar Tage bei uns wohnen müsse. „Ihr werdet euch doch um ihn kümmern?"

„Klar", nickte Alexandra. „Wenn wir Zeit haben ..."

„Zum Beispiel in den nächsten beiden Stunden", sagte ich schnell. „Ich muss dringend weg, Alex. Neue Ermittlungen."

Leider machte ich die Erfahrung, dass sich die Attraktivität meines neuen Berufs schon abgenutzt hatte. Meine ersten Ermittlungen hatten jedenfalls für erheblich mehr Furore gesorgt als diese.

„Ich muss zum Sport", wiegelte Alexandra ab. „Und Chris hat Theater-AG."

Ich biss mir auf die Lippen. „Verdammt! Ich kann Fredi unmöglich allein lassen."

Alexandra zuckte die Schultern und ging ins Wohnzimmer, um die beiden Jungen in Humphreys Lektion zu unterstützen. Es war klar: Wenn ich einen zwölfjährigen Jungen ins Haus brachte, musste ich auch selber sehen, wie ich ihn beaufsichtigte.

Aber ich wollte unbedingt zu Sabine Riedel fahren! Was mochte sich im Hause des Schulleiters abgespielt haben, als Hartwig dort erschien? Was hatten die beiden miteinander geredet? Warum hatte Hartwig sich danach den Ermittlungen entzogen? Irgendetwas musste vorgefallen sein, was ihn aus der Bahn geworfen hatte. Ich war sicher, dass ich den Schlüssel für alle Antworten bei Sabine Riedel finden würde. Ich musste sie unbedingt aufsuchen, ehe Ingo es tat. Er hatte mich am Vorabend als seine Assistentin ausgegeben, Sabine würde mich also ins Haus lassen und meine Fragen beantworten. Wenn jedoch Ingo schon bei ihr gewesen war, würde es schwierig sein, die gleichen Fragen noch einmal zu stellen.

Ich sah auf die Uhr. Ob die Konferenz schon zu Ende war? Das Gespräch mit Sabine Riedel würde zu keinem befriedigenden Ergebnis führen, wenn ihr Mann anwesend war. Aber die Zeit war knapp. Ob ich besser erst am nächsten Tag zu ihr fuhr?

Nach kurzem Überlegen griff ich zum Telefon und rief die Schule an. „Kann ich bitte den Schulleiter sprechen?"

„Herr Riedel ist in einer Konferenz", bekam ich zu hören.

„Wie lange wird sie noch dauern?"

„Nicht länger als eine halbe Stunde. Aber anschließend hat er einen Termin beim Regierungspräsidenten. Heute ist es also wirklich schlecht. Besser, Sie versuchen es morgen noch mal."

Damit war die Sache klar. Ich musste jetzt gleich mit Sabine Riedel sprechen. Aber was sollte mit Frederik geschehen, wenn Alexandra und Christopher nicht da waren? Schon hörte ich, wie meine Tochter ihre Sportsachen zusammensuchte und ihr Bruder nach seinem Textbuch fragte.

Plötzlich kam mir eine Idee. Wo waren die Jeans, die ich getragen hatte, als ich nach Amelsbüren fuhr? Sie fanden sich im Wäschekorb. Ich war glücklich, dass meine Kinder es mit ihrer Selbstständigkeit nicht übertrieben und eine Dreißig-Grad-Wäsche angesetzt hatten. Dann wäre die Visitenkarte womöglich unlesbar geworden. So aber zog ich sie unversehrt aus der Hosentasche.

„Die Fleißigen Bienen!", rief eine helle Frauenstimme am anderen Ende der Leitung. „Dienstleistungen aller Art!"

„Romy Schell – diskret und schnell!", gab ich zurück. „Münsters neue Privatdetektei."

Das Lachen erklang ohne Zögern. „Noch eine hoffnungsvolle Jungunternehmerin! Geht's um Amtshilfe? So könnte man es doch nennen, wenn eine Firma der anderen unter die Arme greift."

„Stimmt!" So schnell wie möglich schilderte ich Nora Biene den Grund meines Anrufs. „Sie bieten doch auch Babysitterdienste an. Könnten Sie eine Weile auf einen zwölfjährigen Jungen aufpassen?"

„Kein Problem!"

„Auch dann, wenn er möglicherweise traumatisiert ist und Sie nicht nur Babysitter, sondern auch Seelsorger sein müssen?"

„Das wird nicht einmal extra berechnet."

„Und das Ganze vielleicht sofort?"

„Bin schon unterwegs."

Zufrieden legte ich auf. Ein großer Moment! Nun hatte ich nicht nur mein erstes Honorar bezogen, sondern sogar die ersten Kosten produziert. Kosten, die von der Steuer abzusetzen waren! Diese bedeutende unternehmerische Tatsache erfüllte mich so ausgiebig mit Stolz, dass mir beinahe entgangen wäre, was aus dem Wohnzimmer drang.

„Mein Name ist Bond! Leck mich am Arsch, James Bond!"

Nora Biene hatte mich mit dem Gefühl entlassen, das unter ihrer Obhut nichts geschehen konnte, was nicht geschehen sollte. Und da Frederik ohnehin nur an seiner Unterhaltung mit Humphrey interessiert war, merkte er kaum, wer sich außer dem Papagei noch in der Wohnung aufhielt. Und wenn ihm irgendwann auffiel, dass er mit Nora Biene allein war, musste er doch eigentlich sehr zufrieden sein. Wer würde sich in ihrer Gegenwart nicht wohl fühlen? Tüchtige Frauen, die zudem außerordentlich attraktiv waren, hatten doch etwas Unwiderstehliches! Sicherlich würde auch Frederik von der Gewissheit berührt werden, dass in Noras

Nähe kein Haus einstürzen und kein Fluss über die Ufer treten würde. Und wenn doch, dann würde er wissen, dass Nora rechtzeitig die Evakuierungsmaßnahmen einleiten und als Erste ein Boot auftreiben würde.

Als sie vor meiner Tür erschienen war, hatte sie ausgesehen wie eine Kandidatin für ‚Deutschland sucht den Superstar!', aber der Ölfleck auf ihrer Bluse und der Duft von Wagenschmiere, der sie umwehte, korrigierte diesen ersten Eindruck auf das Wunderbarste. Trotzdem war ich davon überzeugt, dass Nora Biene sogar singen und tanzten konnte, wenn es jemand von ihr verlangte. Und Dieter Bohlen würde so lange applaudieren, bis medizinischer Notstand ausbrach, den Nora Biene auf der Stelle beheben würde. Eine Frau, die überall gleichzeitig ihren Mann und ihre Frau stand und dabei immer toll aussah! Hatte man je einen vergleichbaren Mann gesehen?

Sabine Riedel war weit von einem ähnlichen Eindruck entfernt. Sie öffnete mir mit ängstlicher Miene die Tür und das auch erst, nachdem sie mich ausgiebig durch den Spion betrachtet hatte. Zufrieden sagte ich mir, dass die Tür sicherlich geschlossen geblieben wäre, wenn sie mich nicht erkannt hätte. Also hielt sie mich für eine Polizistin, die man einzulassen hatte. Und sicherlich war sie auch der Meinung, dass sie alle Fragen beantworten musste, die ich stellte. Und zwar wahrheitsgemäß!

Sie begrüßte mich mit schwacher Stimme und bat mich herein, indem sie die Tür so weit öffnete, dass ich darin eine Einladung erkennen konnte. „Was gibt's denn noch?“, fragte sie, als sie die Tür wieder geschlossen hatte.

„Ich muss Ihnen noch ein paar Fragen stellen“, antwortete ich.

Sie nickte, als hätte sie es befürchtet, und ging mir voran ins Wohnzimmer. Dort blieb sie stehen und sah sich unsicher um. Anscheinend überlegte sie, ob es wirklich dringend notwendig war, mir einen Platz anzubieten. Lieber war es ihr augenscheinlich, wenn mein Besuch so kurz wie möglich ausfiel.

Mir sollte es recht sein! Nach Smalltalk war mir auch nicht zumute, ich wollte das, was ich zu fragen hatte, gern schnell hinter mich bringen. Also blieb ich hinter einem Sessel stehen, während Sabine Riedel sich an ein Bücherregal lehnte, die Arme vor der Brust verschränkt, als fröre sie, die Strickjacke, die sie nicht geschlossen hatte, so eng wie möglich um ihren Körper gewickelt. Der Eindruck, dass sie drauf und dran war, bittend die Hand um eine milde Gabe auszustrecken, wurde nur durch ihre elegante, gepflegte Erscheinung abgewendet. Ansonsten bot sie wirklich ein Bild der Entbehrung, als fehle es ihr trotz des Komforts um sie herum am

Nötigsten. Sabine Riedel schien es wirklich nicht gut zu gehen, aber Mitleid war das Letzte, womit ich mich beschäftigen wollte. Deswegen bemühte ich mich um die strenge, undurchdringliche Miene, die jeder Polizeibeamte schon während der Ausbildung erlernt.

„Herr Schramm war heute bei Ihnen", stellte ich fest und hoffte auf eine Entgegnung Sabine Riedels, die der Impuls für alle weiteren Fragen sein konnte.

Aber ich hatte mich getäuscht. Sie seufzte nur, was sowohl eine Bestätigung sein konnte als auch der Ausdruck ihres Missfallens, weil die Polizei mal wieder mit ungeheuren Unterstellungen aufwartete. Meine Sorge, dass meine Fragen ins Leere laufen und ohne Antworten zurückkommen würden, drückte mich immer mehr.

Ich versuchte es mit der Stimme eines Priesters, der ein Beichtgeheimnis lockt. „Frau Riedel, wir sind allein, Sie können mir die Wahrheit sagen. Ihr Mann muss nicht erfahren, dass Sie zur Tatzeit mit Hartwig Schramm zusammen waren."

Jetzt hätte ich mich doch gern gesetzt. Dann das vage Versprechen, das ich gerade geäußert hatte, belastete mich prompt. Wie konnte ich so etwas sagen? Ich wusste doch gar nicht, wie Ingo weiterhin vorgehen würde. Wie würde er wirklich mit einem Bekenntnis umgehen, wenn es ihm gelang, Sabine Riedel eins zu entlocken? Würde sie dann darauf verweisen, dass seine Assistentin ihr zugesichert habe, ihren Mann im Unklaren zu lassen? Es bedurfte keiner ausgeprägten Fantasie, um sich vorzustellen, wie Ingo darauf reagieren würde.

Aber ich hatte mir vergeblich Sorgen gemacht. Sabine Riedel blieb bei ihrer Aussage. Sie schüttelte den Kopf und wiederholte, ohne mich anzusehen: „Ich war zu Hause. Zusammen mit meinem Mann. Das haben wir Ihnen doch gestern schon gesagt."

Da irrten sie nun herum, meine Fragen! Ohne Ziel, ohne eine Antwort, die ihnen weiterhelfen würde. „Aber Sie wollen doch nicht bestreiten, dass Sie eine Liebesziehung zu Hartwig Schramm unterhalten?"

Okay, das war ziemlich abgeschmackt! Ich hätte mir denken können, dass Sabine Riedel auf so ein leicht durchschaubares Manöver nicht hereinfiel. „Natürlich bestreite ich das", erklärte sie, aber auch jetzt konnte sie mich nicht ansehen. Sie betrachtete ein Bild, als wollte sie kontrollieren, ob die Putzfrau den Rahmen sorgfältig abgewischt hatte, während ihre Finger über einen Buchrücken strichen. Auf und ab, immer wieder auf und ab. Ein Fingernagel schabte über jede erhabene Linie auf dem ledernen Einband. Eine Weile stand nur das Kratzen im Raum, dann ließ

Sabine Riedel die Hände sinken. Vielleicht, weil ihr bewusst wurde, dass ihre Nervosität sie verraten könnte?

Ich beschloss, sie moralisch unter Druck zu setzen. „Sie können doch nicht zulassen, dass er in Verdacht gerät! Wollen Sie erst die Wahrheit sagen, wenn er verhaftet wird?“

Nun sah sie mich endlich an. „Sie wollen ihn wirklich verhaften?“

„Im Moment ist es nicht möglich. Es sieht nämlich so aus, als hätte er sich durch Flucht entzogen.“

Das schien sie nicht zu überraschen. Ich betrachtete sie eine Weile. Warum fragte sie nicht nach Einzelheiten? Warum wollte sie nicht wissen, seit wann Hartwig verschwunden war? Entweder interessierte sie sich überhaupt nicht für ihn oder ... oder sie wusste schon alles. Womöglich wusste sie mehr als Ingo und ich.

„Frau Riedel, sagen Sie die Wahrheit! Helfen Sie Hartwig Schramm!“

Nun stieß sie sich vom Bücherregal ab und machte einen Schritt auf mich zu. Es sah so aus, als wollte sie mich aus dem Haus werfen. Unwillkürlich nahm ich die Hände von der Rückenlehne des Sessels, weil ich plötzlich das Gefühl hatte, ich müsste mich verteidigen.

„Lassen Sie mich in Ruhe“, sagte sie, ohne dass sich an der Kraftlosigkeit ihrer Stimme etwas änderte. „Finden Sie heraus, wer Nadja Schramm ermordet hat. Dazu sind Sie schließlich da! Sie wollen sich anscheinend nur die Arbeit leicht machen. Wenn Herr Schramm ein Alibi hat, können Sie ihn von der Liste der Verdächtigen streichen, stimmt's? Ganz einfach für Sie! Dann können Sie sich um einen Verdächtigen weniger kümmern. Ich kann wirklich nicht einsehen, warum ich Ihnen die Arbeit erleichtern soll, für die Sie bezahlt werden.“

Ich sah sie verblüfft an. Die moderne Bürgernähe der Polizei hatte ja schon manche Blüte getrieben, das wusste ich von Ingo. Aber ein solches Argument verschlug mir fürs Erste die Sprache. Vielleicht sollte ich morgen zum Bäcker gehen und ihm erklären, dass ich seinen Laden nicht mehr betreten wolle, bis er herausgefunden habe, wo ich wohne, damit er mein Brot in meinem eigenen Ofen backen konnte?

Mir waren die Fragen ausgegangen. Nadja hatte gesagt: Du weißt, wie man Verhöre führt. Aber anscheinend hatten solche Befragungen auch viel mit Übung und Routine zu tun. Beides fehlte mir. „Also gut!“ Ich versuchte ein letztes Mal, die Daumenschrauben anzusetzen, aber auch nur, weil mir nichts Besseres einfiel und weil ich mich sehr hilflos fühlte. „Wenn es Ihnen nichts ausmacht, dass jemand unter Mordverdacht gerät, der es nicht gewesen sein kann ...“

Ihre Strickjacke fiel auseinander, darunter trug Sabine Riedel ein dunkles T-Shirt. In den runden Ausschnitt schmiegte sich eine außergewöhnliche Kette. Sie bestand aus vielen Blüten, die sich zu einer großen Blume verbanden. Die winzigen Knospen am unteren Rand berührten die Einfassung des T-Shirts, richteten sich auf, stellten sich quer oder rutschten in den Ausschnitt hinein, je nachdem, wie Sabine Riedel sich bewegte.

Ich merkte, dass ich die Kette viel zu lange angestarrt hatte, um mich nun einfach umzudrehen und zu gehen. „Ein schönes Stück", sagte ich deshalb. „Sieht sehr alt und kostbar aus."

Plötzlich wurde Sabine Riedel zugänglicher. Anscheinend hatten wir uns nun auf ein Terrain begeben, auf dem sie sich sicher fühlte. „Ja, ein Erbstück", erklärte sie und legte eine Hand darauf, als fürchtete sie, ich könnte ihr den Schmuck vom Hals reißen. „Die Kette fällt vielen auf. Aber natürlich nur denen, die ein Auge dafür haben." Sie ging vor mir aus dem Wohnzimmer. Anscheinend wollte sie klarstellen, dass ein Geplauder über ihren hübschen Halsschmuck die Gesprächsdauer nicht verlängern würde. „Nadja Schramm ist die Kette auch aufgefallen", ergänzte sie, als sie sich in der Diele zu mir umdrehte. „Sie hat mich oft darauf angesprochen. Sie hat mich sogar darum gebeten, ihr die Kette auszuleihen, um sie mit modernen Materialien nachzuarbeiten. Für ihre Boutique!"

Ich heuchelte Interesse, obwohl ich gar nicht wusste, warum ich heuchelte, aber weil ich sicher war, dass ich heucheln musste. „Und? Haben Sie die Kette dafür hergegeben?"

„Natürlich nicht", entgegnete Sabine Riedel. „Die Kette ist mir sehr wichtig. Ich will nicht, dass sie in einer Boutique als Dutzendware verkauft wird."

„Das kann ich verstehen." Ich war derart verwirrt, dass ich ihr viel freundlicher die Hand reichte, als ich eigentlich wollte. Mein Plan war gewesen, in meine Abschiedsworte einen Schuldvorwurf zu legen, der sich schwer auf ihre Seele legen musste, sodass sie im letzten Augenblick begreifen würde, dass sie es mit ihrem Schuldgefühl keinen Tag länger aushalten würde. Und dann würde sie hinter Leo herlaufen und mich anflehen, ihr Gelegenheit zu geben, ihr schlechtes Gewissen zu erleichtern ...

Aber nun war ich es, die mit einem Gefühl zu kämpfen hatte. Wenn ich auch nicht wusste, wie es hieß. Die Kette drückte mich wie ein Steinchen im Schuh auf einer langen Wanderung. Erst, als ich Leo startete, wurde mir klar, dass das Steinchen ein dicker Kiesel war, groß genug, um Schaden anzurichten. Diese Kette sah aus wie die Kette, die ich am Hals von Nadjas Schwester gesehen hatte. Nur eine vage Ähnlichkeit? Oder völlige Übereinstimmung? Das wusste ich nicht genau zu sagen. Möglich, dass der Granatschmuck an Sabine Riedels Hals nur eine Erinnerung geweckt hatte, die mich mahnte. Es war ja völlig unmöglich, einen Zusammenhang zu sehen zwischen ihrer Kette und der eines junge Mädchens, das schon lange nicht mehr lebte. Aber die Mahnung verfolgte mich bis nach Hause. Ich nahm mir vor, bei nächster Gelegenheit noch einmal das Foto von Nadjas Schwester zu betrachten ...

Die Gardine bauschte sich, ein sanfter Wind begleitete das erste Licht des Tages. Ich schloss die Augen wieder, ohne auf den Wecker zu sehen. Das Licht hatte noch keine Bläue, die Sonne noch kein Gold, es musste noch sehr früh sein. Nur der laue Wind zeigte an, dass die Nacht vorbei war. Auch hinter geschlossenen Lidern konnte ich sehen, wie die Zweige des Apfelbaums sich bewegten und ihre Schatten auf der Gardine spielten. Bald würden sie über den Teppich hüpfen und schließlich auf der Bettdecke herumspringen. Erst dann musste ich damit rechnen, dass der Wecker diesen Frühlingstag zerschnitt in Nacht und Morgen. So lange würde ich die Brise auf meinem Gesicht genießen, den Duft dieser Jahreszeit und das Licht, das verkündete, dass das Leben weiterging. Auch ohne Nadja ...

Ich tastete nach der warmen Kinderhand neben mir. Wie oft noch würde Frederik in seinem Leben gemeinsam mit dem Schmerz um seine tote Mutter aufwachen? Wann würde die Trauer nachlassen, erträglich werden und wann würde sie vergehen? Wie alt musste er werden, damit die Ermordung seiner Mutter keine Angst mehr in ihm weckte?

Ich drehte mich zu ihm, betrachtete sein Gesicht, das nichts verriet von der Traurigkeit, die mit ihm erwachen würde. Dann wandte ich mich wieder um und hielt mein Gesicht erneut der gebauschten Gardine entgegen, die nun so weit ins Zimmer flog, dass sie sich im geöffneten Fensterflügel verhedderte. Als wäre sie erschrocken über die eigene Heftigkeit, fiel sie zurück gegen die Fensterbank und blieb eine Weile regungslos hängen, ehe sie sich wieder sanft vom Frühlingswind bewegen ließ. Der Schlaf würde zurückkommen, ich fühlte es. Er stand bereits am Fußende meines Bettes. Leider hockte zu seinen Füßen ein hässlicher Kater, der nicht so aussah, als wollte er sich eine Stunde später mitsamt dem Schlaf verziehen.

Er war schön gewesen, dieser Abend mit Nora Biene, die mir in den wenigen Stunden sehr vertraut geworden war. Fast so wie Nadja! Sie hatte meine Einladung auf ein Glas Sekt sofort angenommen, ohne sich zu zieren oder von wichtigen Erledigungen zu reden. Und sie gehörte natürlich zu den Frauen, die eine Sektflasche öffnen konnten, ohne sich vor dem Knall zu fürchten.

Die Zeit verging wie im Fluge. Christopher und Alexandra kamen nach Hause, erkannten mit einem Blick, dass mit ihrer Mutter nicht zu rechnen war, und machten sich selbst in der Küche etwas zu essen. Frederik schien es zu gefallen, von denen beiden mit lukullischen Besonderheiten verwöhnt zu werden, die er bei Nadja bestimmt nie bekommen hatte und die auch bei mir auf der Schwarzen Liste standen: Rosinenbrot mit Ketchup, Cornflakes mit Schokomilch und Vanilleeis mit giftgrünem Wackelpudding.

Dann zogen sich meine Kinder in ihre Zimmer zurück, während Frederik sich wieder vor den Papageienkäfig hockte. Dort ließen wir ihn, bis ihm die Augen zufielen und wir hoffen durften, dass er viel zu müde war, um beim Einschlafen vom Bild seiner toten Mutter bedrängt zu werden. Gemeinsam legten wir den Jungen in Ingos Bett schlafen, tranken die erste Flasche leer und öffneten gleich die zweite. Ich erzählte Nora alles von Nadja und Hartwig – zumindest alles, was nicht der Geheimhaltungspflicht einer Privatdetektivin unterlag – und alles von Maximilian – zumindest alles, was als sicher gelten konnte und nicht in meiner blühenden Fantasie zur Wahrheit geworden war.

Nora berichtete dann von ihrer Arbeitslosigkeit, die ihr irgendwann die Idee eingegeben hatte, sich selbstständig zu machen. Sie war eigentlich Kfz-Mechanikerin, fand aber nach der Ausbildung keinen Job. Nun hoffte sie, mit den ‚Fleißigen Bienen' eine Marktlücke zu schließen, indem sie Dienstleistungen aller Art anbot. „In meiner Kartei gibt es Gärtner, Hausfrauen, Installateure, Maurer, Anstreicher ... durchweg Arbeitslose, die froh sind, wenn sie was verdienen können. Ich kann jeden von ihnen jederzeit anrufen, wenn es Bedarf gibt. Meine Kunden brauchen nur ihren Bedarf anzumelden. Egal, ob sie einen Anstreicher, einen Babysitter, eine Putzhilfe benötigen oder alles zusammen – den Rest erledige ich. Und sie brauchen sich auch nicht darum zu kümmern, dass die Arbeiten zuverlässig und sorgfältig erledigt werden, denn das ist ebenfalls meine Aufgabe."

Natürlich kamen wir immer wieder auf Nadja und ihren Tod zu sprechen. Es tat mir gut, dass Nora meine Freundin gekannt hatte. So teilte sie meine Bestürzung über ihren Tod und hatte Verständnis für alles, was mich mit Nadja verbunden hatte.

„Mir gefiel sie", erklärte Nora. „Sie war eine Frau, mit der ich mich auch gern angefreundet hätte. Sie war zwar sehr auf Profit aus und ging über ... nein, nicht über Leichen, aber durchaus über Leichtverletzte, wenn sie dadurch ein gutes Geschäft machen konnte. Doch gerade ihre Zielstrebigkeit gefiel mir. Sie wusste, was sie wollte, und es gibt ja viel zu viele Frauen, die das nicht wissen."

Ich dachte kurz nach. Ja, Nora hatte Recht. Nadja waren Geld, ein gutes Einkommen und alles, was man dafür kaufen konnte, wichtig gewesen. Aber auch ich hatte das nie für eine Charakterschwäche gehalten. „Sie hat, als sie noch in der DDR lebte, zu viel entbehren müssen", erklärte ich Nora. „Als sie in den Westen kam, tat sich für sie ein Schlaraffenland auf. Ich glaube, sie hatte immer Angst, irgendwann wieder daraus vertrieben zu werden. Deswegen sorgte sie so eifrig dafür, dass sie immer genug Geld hatte."

Ich dachte an das Testament und fragte mich wieder einmal, wie weit Nadja dem Profit zuliebe gegangen wäre.

„Hartwig ist ganz anders", fuhr ich fort. „Ich glaube, er hat damals gar nicht begriffen, dass er für Nadja den westlichen Wohlstand verkörperte. Er war ja gar nicht reich, er ist auch nie auf die Idee gekommen, dass man ihn dafür halten könnte. Und ich glaube, er ahnt bis heute nicht, dass seine Ehe unter anderem auch daran scheiterte, dass sich Nadja in dieser Beurteilung geirrt hat."

„Sie hat ihn des Geldes wegen geheiratet?"

„Nein, so nicht", wehrte ich ab. „Sie hat aus Liebe geheiratet, nicht aus Berechnung. Aber dass sie ihren Mann liebte, weil er ihr etwas gab, was sie nach Jahren gar nicht mehr brauchte, das hat sie zu spät gemerkt."

Nora sah nicht so aus, als verstünde sie, was ich ihr erklären wollte, aber ich konnte es einfach nicht besser ausdrücken. Hartwig war für Nadja eben ein Teil des Schlaraffenlandes gewesen, das der Westen für sie darstellte. Er war so großartig und erstrebenswert wie das Land, in dem er lebte. „Sie liebte ihn, weil sie das Leben liebte, das sie mit ihm führen konnte", versuchte ich es noch einmal. „Aber irgendwann hat sie natürlich gemerkt, dass sie dieses Leben auch ohne ihn führen konnte. Damit war Hartwig austauschbar geworden. Wie ein neues Auto! Es konnte ein Mercedes sein, aber es hätte auch ein BMW sein können. Egal!"

„Er ist übrigens ein toller Lehrer!", sagte Nora.

Ich sah sie erstaunt an. „Du kennst ihn, Nora?"

„Ich hatte mal Unterricht bei ihm. Er hat mir damals sehr dazu geraten, das Abitur zu machen, doch ich wollte ja unbedingt Kfz-Mechanikerin werden. Aber ich mochte ihn. Ein wirklich engagierter Lehrer. Aber was du da von einem Mercedes und einem BMW sagst ...“

In diesem Augenblick klingelte das Telefon und ich war froh darüber. Mir war klar, dass weitere Erläuterungen alles nur noch unklarer gemacht hätten. Unter Sekteinfluss war mit mir einfach nicht zu reden.

Ingo meldete sich am anderen Ende. „Nun steht es fest“, sagte er. „Hartwig ist geflüchtet. Bis jetzt ist er nicht wieder aufgetaucht, also wird er auch nicht mehr kommen. Du musst Fredi tatsächlich eine Weile bei dir behalten.“

„Kein Problem“, entgegnete ich. „Er schläft übrigens schon. In deinem Bett ...“

Das schien Ingo zu missfallen. „Ich wollte auf einen Sprung vorbeikommen. Ist dir das recht?“

„Das passt im Moment nicht besonders gut“, sagte ich heiter und kniff Nora ein Auge zu. „Ich habe Besuch.“

„Besuch? Etwa von diesem ...“

„Nein, von einer Freundin.“

Nun kniff Nora mir ein Auge zu. Ich freute mich. Anscheinend hatte sie nichts dagegen, dass ich sie eine Freundin nannte.

„Sie hat heute auf Fredi aufgepasst“, fuhr ich fort. „Ich habe ja schließlich nicht ständig Zeit für den Jungen. Ich muss mich um meine Detektei kümmern.“

Es war nur ein winziges Geräusch, das an mein Ohr drang, so, als hätte Ingo sich beinahe verschluckt oder einen Schluckauf hinabgewürgt. Aber ich wusste genau, es war ein Lachen, das er nur mit Mühe unterdrückt hatte. Und das nahm ich ihm übel!

„Grüß deine Mutter von mir.“ Ich war sicher, dass ihm mit dieser Bemerkung das Lachen vergehen würde.

„Danke“, gab Ingo mürrisch zurück. „Morgen früh geht übrigens die Fahndung nach Hartwig raus. Du wirst es schon beim Frühstück in der Zeitung lesen. Sorg dafür, dass Fredi davon nichts mitbekommt.“

„Sei vorsichtig, Ingo! Schütt das Kind nicht mit dem Badewasser aus.“

„Er ist flüchtig. Niemand flieht ohne Grund. Er hat also auf jeden Fall Dreck am Stecken.“

„Nicht jeder Dreck hat mit Mord zu tun.“

„Wir fahnden ja auch nicht nach einem Mörder, sondern nach einem wichtigen Zeugen. Aber warum nimmst du ihn immer in Schutz?“

Ja, warum tat ich das? Ich konnte einfach nicht an Hartwigs Schuld glauben, das war es! Einen Mord traute ich ihm nicht zu, basta! Aber kannte ich überhaupt einen Menschen, dem ich so etwas zutraute?

„Warum kümmerst du dich nicht um Rupert Kersten und seine Mutter? Ich sage dir, Ingo, beide haben eine Fassade, hinter der es ganz anders aussieht, als du denkst."

Aber Ingo wollte davon immer noch nichts hören. Wieder nannte er mich eine überbesorgte Mutter, die nichts anderes im Sinn hatte, als ihren Sohn zu schützen. „Notfalls, indem der Bengel verhaftet wird. Also wirklich, Romy! Du treibst es zu bunt. Sag Chris, er darf nicht so eine Memme sein. Haben wir ihm nicht immer gesagt, er soll sich wehren? Dieser Rupert ist doch ein harmloses Muttersöhnchen, es dürfte nicht schwer für Chris sein, sich gegen den zu behaupten. Aber wenn du aus unserem Jungen auch ein Muttersöhnchen machst ..."

Ich hatte keine Lust, darüber zu streiten. Außerdem fühlte ich mich unterlegen, weil meine Zunge durch den ungewohnten Sektgenuss doppelt so dick war wie sonst und die Zischlaute mir nicht mehr recht gelingen wollten. Ich ließ Ingo nicht ausreden, wünschte ihm kurz und knapp eine gute Nacht und teilte ihm mit, dass ich das Gespräch für beendet hielt.

Damit war seine Laune endgültig auf dem Nullpunkt angelangt. Er begriff, dass ihm nichts anderes übrig blieb, als zu seiner Mutter nach Kinderhaus zu fahren und sich dort in das Bett seiner Kindheit und Jugend zu legen und sich wieder mal darüber zu wundern, dass er früher auf dieser buckeligen Matratze zur Ruhe gekommen war. Ich konnte verstehen, dass ihn diese Aussicht nicht erheiterte. Und dass er den Hörer einfach auf die Gabel warf, als Nora Biene im Hintergrund den dritten Sektkorken knallen ließ, konnte ich auch verstehen.

Der Wecker gab nicht mehr als ein kurzes Zirpen von sich – schon war ich über ihm, schlug ihm auf den Kopf und traf ihn genau dort, wo man ihn zum Schweigen brachte. Zufrieden ließ ich mich zurücksinken und betrachtete Frederiks Gesicht, das sich nur kurz verzogen und dann gleich wieder entspannt hatte. Erst danach entdeckte ich den Kater, der immer noch am Fußende des Bettes stand und mich höhnisch angrinste, als wollte er sagen: Freu dich nicht zu früh.

Er hatte Recht! Ich hatte mich tatsächlich zu früh gefreut. Stöhnend griff ich nach meinem Kopf, als ich mich endlich erhoben hatte, trottete ins Bad, stellte mich unter die heiße Dusche und fand das Leben öde und ungerecht. Dann fiel mir Nora ein, die an diesem Tag einen Einsatz irgendwo im Schlossgarten hatte, wo Bäume gefällt werden sollten. Der

Gedanke, den Tag mit einer kreischenden Säge zubringen zu müssen, war so schrecklich, dass ich mich mit einem eiskalten Guss dafür bestrafte, dass mir ein angenehmerer Tag bevorstand.

Anschließend ging es mir etwas besser. Ich warf mir einen Bademantel über und ging in Alexandras Zimmer. Sie öffnete die Augen, als ich mich auf ihre Bettkante setzte. „Schon gut, Mama, ich stehe gleich auf."

Aber ich blieb sitzen, spielte ein wenig mit ihren langen Haaren und fragte, als sie sich aufsetzte: „Sag mal, Alex, kann es sein, dass Chris einfach empfindlich reagiert, wenn es um Rupert geht?"

Sie starrte mich eine Weile an, als verstünde sie mich nicht. Dann fragte sie: „Du meinst, Chris bildet sich das alles nur ein?"

„Das nicht, aber handelt es sich nicht vielleicht doch nur um harmlose Hänseleien?"

„Hänseleien?" Alexandra saß nun kerzengerade. „Chris traut sich schon nicht mehr allein auf den Schulhof! Rupert findet es nämlich total witzig, den Sohn eines Bullen in den Schwitzkasten zu nehmen. Am besten so lange, bis er nur noch röcheln kann. Chris hat wirklich Angst gehabt zu ersticken! Und neulich hätte er sich beinahe in die Hose gemacht. Er hat sich nämlich nicht getraut, während der Stunde aufs Klo zu gehen. Rupert schwänzt meistens Bio und Physik. Dann wartet er in der Nähe der Toilettentür darauf, dass einer während der Stunde aufs Klo muss. Mit dem ist er dann allein und keiner kriegt mit, was passiert."

„Was passiert denn?"

Alexandra sah mich an, als wollte sie nicht glauben, dass ich so ahnungslos war, wie ich tat. „Wenn Rupert ein Mädchen erwischt, versucht er, es zu befummeln. Die Jungen hält er fest, bis sie sich in die Hose gemacht haben. Und wenn sie kleiner und schwächer sind, so wie Chris, dann drückt er sie irgendwie zu Boden und tritt ihnen so lange in den Bauch, bis sie versprechen, ihn nicht zu verpetzen."

Mir war, als würde ich selbst getreten. „Aber da muss doch jemand einschreiten!", rief ich. „Die Mitschüler, die Lehrer ..."

„Die kriegen das doch gar nicht mit", sagte Alexandra. „Und wenn, dann halten sie sich raus, damit sie nicht als nächste dran sind. Chris selbst hat doch bisher auch den Mund gehalten. Und ich werde auch nicht so dumm sein, Rupert zu verpetzen."

„Und die Lehrer?"

„Die halten sich erst recht raus. Hartwig war der Einzige, der das nicht hinnehmen wollte." Alexandra schob sich an mir vorbei aus dem Bett. „Aber du siehst ja nun, was er davon hat."

Ich griff nach Alexandras Arm und zog sie auf die Bettkante zurück. Dann erzählte ich ihr von dem Rupert, den ich erlebt hatte. „Dein Vater mag nicht glauben, dass er wirklich so brutal ist.“

Alexandra sah mich mit offenem Munde an, dann sagte sie leise: „Komisch, so was habe ich schon mal gehört. Beim Volleyball gibt's ein Mädchen, das wohnt in Ruperts Nachbarschaft. Simone will unbedingt mit ihm gehen, weil sie ihn so süß findet. Ich habe ihr gesteckt, was für eine miese Type Rupert Kersten ist. Aber sie hat mir nicht geglaubt. Sie behauptet, er wäre total lieb.“ Alexandra lachte bitter. „Lieb! Die muss blind sein.“ Dann sah sie mich nachdenklich an. „Oder ...? Nein, dass Papa als Polizist auf so was reinfällt, kann ich echt nicht verstehen.“

„Er spielte seine Rolle wirklich sehr überzeugend“, sagte ich nachdenklich. „Nur ... warum spielt er überhaupt eine Rolle?“ Ich sah Alexandra zu, wie sie sich erhob und die Vorhänge zurückzog. „Das Schlimmste aber ist, Alex, dass Chris es jetzt womöglich noch schwerer haben wird.“

„Ach, du Scheiße!“ Alexandra ließ sich erneut aufs Bett sinken. An diese Gefahr hatte sie noch nicht gedacht.

„Kannst du auf deinen Bruder aufpassen?“, fragte ich.

Alexandra sah nicht besonders glücklich aus. „Mit Rupert Kersten möchte ich mich echt nicht anlegen.“ Aber dann nickte sie. „Okay, ich werde ein Auge auf den Kleinen haben.“

„Sollen wir ihm sagen, dass die Gefahr größer geworden ist?“

Alexandra überlegte kurz, dann nickte sie. „Aber du hältst dich da besser raus, Mama. Ich erledigte das. Wenn Chris deinen besorgten Blick sieht, glaubt er am Ende noch, es wird ihm so wie Nadja ergehen.“

„Du kannst dir also vorstellen, dass Rupert das war?“

Alexandra brauchte nicht lange zu überlegen. „Ja, kann ich mir vorstellen. Deswegen darf Chris ihm auf keinen Fall allein in die Finger fallen.“

Die Kinder waren noch nicht lange aus dem Haus, als es an meiner Tür klingelte. Für mich stand fest: Das war entweder Alexandra, die ihren Mogelzettel, oder Christopher, der sein Sportzeug vergessen hatte. Beides hatte eine lange Tradition, deswegen konnte es nicht anders sein. Aber während ich bisher mit Zorn, Überdruss oder – an guten Tagen – mit Gleichmut reagiert hatte, geriet ich nun prompt in Sorge. Wenn Christopher zurückgekommen war, würde er ein zweites Mal allein zur Schule aufbrechen müssen. Zehn Minuten vorher hatte ich ihm noch beruhigt hinterher gesehen und ihn im Kreise seiner Klassenkameraden, die stets im Sechserpack das Kreuzviertel verließen, in Sicherheit gewusst. Nun überlegte ich mir schon auf dem Weg zur Tür, unter welchem Vorwand ich Christopher mit dem Auto zur Schule fahren konnte.

Aber auf der Fußmatte stand nicht mein Sohn, sondern Maximilian Schneider. Er sah mich genauso schuldbewusst an wie Christopher, wenn er sein Sportzeug vergessen hatte. „Ich weiß, es ist früh, doch du bist selber schuld. Ich wollte dich gestern besuchen, das weißt du, aber ich habe nichts von dir gehört."

Ich war dermaßen verwirrt, dass ich vergaß, ihn hereinzubitten. Als mir das bewusst wurde, riss ich die Tür so ungestüm auf, dass der Schirmständer zu Boden ging. Nachdem ich ihn wieder aufgerichtet hatte, nahm ich an, dass Maximilian längst in der Diele stand – und hätte ihm beinahe die Tür vor die Stirn geschlagen. Als er endlich sicher in meiner Küche saß und ich es fertig gebracht hatte, ihm eine Tasse Kaffee anzubieten, hatte ich einen hochroten Kopf und fragte mich, ob ich wirklich den Aufregungen des Detektivberufs gewachsen war. Was hatte Maximilian nun eigentlich geantwortet? Wollte er Kaffee oder wollte er keinen?

„Nein, danke", wiederholte Maximilian geduldig. „Ich bin auf dem Weg zum Amtsgericht. Eigentlich habe ich nur ein paar Minuten Zeit." Er lächelte und ich wusste wieder einmal, dass nur ein dummer Zufall ihn vor einer Karriere als Filmstar bewahrt haben konnte. „Ich wollte doch nur nachsehen, ob der letzte Wille deiner Tante sorgfältig befolgt wird."

Gerade war ich zu der Überzeugung gekommen, dass meine Verwirrung nun von meiner Besonnenheit besiegt worden war. Aber als ich aufgeregt ins Wohnzimmer lief und die Decke vom Papageienkäfig riss, wurde mir schlagartig klar, dass ich immer noch herumflatterte wie ein betrunkener Schmetterling. Ich durfte mich nicht wundern, dass Maximilian sich genötigt sah, mir zu erklären, dass die Überprüfung von Tante Almuts letztem Willen nur ein Vorwand gewesen und er eigentlich mehr an einem Wiedersehen mit mir interessiert war.

„Romy Schell – diskret und schnell!", krächzte Humphrey, der sich freute, dass die Nacht auch für ihn endlich vorüber war.

Maximilian grinste. „Der Papagei ist tatsächlich noch der Alte. Aber du? Warum habe ich den Eindruck, dass dir dein neuer Beruf nicht gut bekommt?"

Ich sah auf die Uhr. „Wie viel Zeit hast du?"

„Höchstens zehn Minuten. Hast du so viel zu erzählen?"

Ich nickte, schob ihn wieder aus dem Wohnzimmer und drückte ihn in der Küche erneut auf einen Stuhl. Ich brauchte genau achteinhalb Minuten, bis Maximilian Bescheid wusste.

Er sah nun sehr nachdenklich aus und schien plötzlich sogar in Kauf zu nehmen, dass er zu spät vor Gericht erschien. „Ich muss mit deinem Mann reden“, sagte er schließlich. „Er muss wissen, dass die Tote ein Testament machen wollte.“

„Du meinst, weil darin ein Motiv liegen könnte?“, fragte ich ängstlich.

Maximilian nickte. „Vielleicht hat Hartwig Schramm das Telefongespräch, das seine Frau mit mir führte, mitbekommen. Dann wusste er, was sie vorhatte. Und dass er dann als Erbe ausgeschlossen wurde, konnte er sich denken.“

„Aber er hat gesagt, von einem Testament wüsste er nichts.“

„Er kann gelogen haben.“

Ich sprang auf. „Nein, ich kann einfach nicht glauben, dass Hartwig seine Frau umgebracht hat.“

„Und seine Flucht?“

„Er hat gesagt, er will sich versteckt halten, bis der wahre Mörder gefunden worden ist. Das ist doch verständlich! Er hat Angst vor einer Verhaftung! Wenn er erst in Untersuchungshaft sitzt, wird es nur noch darum gehen, seine Schuld nachzuweisen.“

„Und so lange er auf der Flucht ist, wird es nur darum gehen, ihn aufzuspüren“, gab Maximilian zurück. „Möglicherweise hat er dir die Erklärung nur gegeben, damit er weiterhin auf deine Hilfe zählen kann.“

Ich griff nach Christophers Kakaobecher und trank ihn leer, obwohl ich Kakao nicht ausstehen konnte. „Was ist mit deiner Verschwiegenheitspflicht? Darfst du Ingo überhaupt mitteilen, was Nadja dir anvertraut hat? Bist du nicht über den Tod hinaus zum Schweigen verpflichtet?“

Maximilian nickte. „Ich bin zwar an meine anwaltliche Pflicht zur Verschwiegenheit gebunden. Aber die Aufklärung eines Mordfalls ist höher einzuschätzen als meine Schweigepflicht gegenüber meiner ermordeten Mandantin. Wenn ich helfen kann, ihren Tod aufzuklären, dann bin ich sogar verpflichtet, ein Geheimnis preiszugeben, das sie mir anvertraut hat.“ Er sah auf die Uhr und erhob sich. „Im Übrigen solltest du dich wirklich nicht mehr in die Ermittlungsarbeit deines Mannes einmischen, Romy. Der Arme kann dadurch in Teufels Küche kommen.“ Er zog mich vom Stuhl hoch und umarmte mich kurz. „Stattdessen solltest du lieber auf meine Hilfe zählen.“

„Wie könntest du mir helfen?“

„Ich werde mich mal nach Judith Kersten erkundigen. Vielleicht finde ich da etwas heraus, was Hartwig Schramm entlastet.“ Er schob mich von sich weg und sah mir in die Augen. „Das willst du doch, oder? Dass Hartwig Schramm entlastet wird?“

Ich schöpfte Hoffnung und nickte. „Mit den Kerstens ist was nicht in Ordnung, glaub mir. Es würde mich nicht wundern, wenn ich dort einem Geheimnis auf die Spur komme.“

„Aber ein siebzehnjähriger Schüler, der die Frau seines Lehrers brutal erschlägt?“ Maximilian sah mich skeptisch an.

Doch ich wollte nichts von seinen Zweifeln wissen. „Genauso wenig kann ich mir vorstellen, dass Hartwig brutal seine Frau erschlägt.“

Ein Zirpen in Maximilians Jackentasche meldete das Eintreffen einer SMS. Er warf nur einen kurzen Blick auf sein Handy. „Es wird Zeit. Mein Mandant wartet schon auf mich.“

Ich hielt ihn zurück. „Ich glaube, ich brauche auch so ein Handy. Eine Privatdetektivin ohne Handy kommt mir ziemlich uncool vor. Könntest du mir helfen, das richtige Modell auszusuchen? Ich verstehe ja nichts davon. Und Chris traue ich nicht. Der wird mir das Teuerste aufschwatzen, was auf dem Markt ist, weil es ihm am besten gefällt.“

„Gern!“ Maximilian schien sich zu freuen, dass es außer Humphrey und juristischer Hilfe für eine laienhafte Privatdetektivin nun noch einen weiteren Grund zur Kontaktaufnahme gab.

Gerade wollte er mich erneut in seine Arme ziehen, da sagte eine kleine Stimme hinter uns: „Ich hätte gern meinen Gameboy.“

Erschrocken fuhr ich herum. Frederik stand in der Schlafzimmertür, immer noch im Schlafanzug und viel kleiner und zerbrechlicher als ein Zwölfjähriger aussehen sollte. Es hätte mich nicht gewundert, wenn er den Daumen in den Mund gesteckt und nach seinem Teddy statt nach seinem Gameboy verlangt hätte. Ich musste schwer an mich halten, ihn nicht an meine Brust zu ziehen, was zwölfjährige Jungen bekanntermaßen nicht besonders schätzen.

„Wir können später nach Handorf fahren und deinen Gameboy holen“, erklärte ich stattdessen.

„Hast du denn den Schlüssel vom Hause Schramm?“, fragte Maximilian, der schon die Tür in der Hand hielt.

Ich sah Frederik nach, der enttäuscht in die Küche tappte. „Zu blöde, dass wir den Gameboy vergessen haben“, raunte ich Maximilian zu. „Ich wäre froh, wenn Fredi etwas hätte, was ihn ablenkt.“

Maximilian stand nun schon auf der obersten Stufe der Treppe, die in den Vorgarten hinabführte. „Jedes Haus hat einen Eingang, den nur seine Bewohner kennen", meinte er. „Frag Fredi doch einfach, wie er ins Haus kommt, wenn er seinen Schlüssel vergessen hat oder von seinen Eltern nicht gesehen werden will."

Jeder versierte Einbrecher, der keine Lust hat, sein Werkzeug auszupacken, wäre auf die Idee gekommen, gerade an dieser Stelle ins Haus einzudringen. Und wäre ich Bewohner dieses Hauses gewesen, hätte ich vermutlich ebenfalls den Kellerschlüssel unter dem dicken Kiesel versteckt, der sich gut genug von den anderen unterschied. Eigentlich erstaunlich, dass er der Spurensicherung entgangen war.

Frederik allerdings behauptete: „Mama und Papa wissen nichts davon."

Ich sah mich um, während er die Kellertür aufschloss. Gut, dass niemand Einblick in diesen Kellerschacht hatte, aus dem unsere Köpfe herausragten. Sicherlich waren die Nachbarn zurzeit besonders aufmerksam und würden jede verdächtige Bewegung auf der Stelle der Polizei melden. Es wäre mir sehr unangenehm gewesen, mich von Ingo beim Einbruch in das Haus eines Tatverdächtigen erwischen zu lassen.

„Schnell", flüsterte ich. „Wir dürfen hier nicht gesehen werden, Fredi."

„Warum nicht?", flüsterte Frederik zurück. „Ich wohne doch hier."

Da hatte er nun auch wieder Recht. Trotzdem war ich heilfroh, als wir endlich die Kellertür hinter uns schließen konnten. Auf Zehenspitzen schlichen wir durch den Keller, obwohl nun jede Vorsicht überflüssig war. Aber die Stille des Hauses, die Düsternis des Kellers und die Sorge, etwas Verbotenes zu tun, machten uns zu unerwünschten Eindringlingen. Und dann war da noch was ...

Nadjas Wäsche hing auf der Leine, ihr Fahrrad stand im Flur, ihre alte Staffelei lehnte an der Wand, daneben ihre Inline-Skater. Das Bügelbrett stand da, darauf Nadjas Bluse, der ein einziger Ärmel gebügelt worden war. Ihre Nähmaschine daneben, unter deren Nadel noch eine Hose steckte, die abgenäht werden sollte. Nadjas Bauchtrainer, Nadjas ausrangierte Garderobe und ihre Wintermäntel, die sie, als der Frühling begann, in den Keller gehängt hatte. Nadjas Geist erfüllte diesen Keller weit mehr als die obere Etage. Hier gab es die Erinnerung an die Freundin, die schlampig sein konnte, der es hier unten nicht auf die äußere Wirkung ankam, die eine Arbeit anfing, ohne sie zu Ende zu führen, die in ihrem Keller erkennen ließ, dass sie nicht perfekt war. In den anderen Räumen des Hauses war nur die mustergültige Nadja zu erkennen, die schöngeistige, die durchorganisierte, die Nadja, die Wert auf Ordnung legte und ihren eigenen Stil pflegte.

Als ich hinter Frederik die Treppe ins Erdgeschoss hochstieg, wurde die Erinnerung an meine Freundin wieder erträglicher. Hier hatte nicht Nadja letzte Hand angelegt, sondern die Spurensicherer, Hartwig, die Nachbarin und die Putzfrau.

„Ist der Gameboy in deinem Zimmer, Fredi?"

Der Junge nickte und stand schon auf den Stufen, die in die erste Etage führten. Ich sah ihm nach, ging dann ins Wohnzimmer und nahm noch einmal das Fotoalbum zur Hand, das ich zusammen mit Frederik angesehen hatte. Lange betrachtete ich das Foto von Nadjas Schwester. Die Kette sah wirklich dem Schmuck, den ich an Sabine Riedels Hals gesehen hatte, täuschend ähnlich ...

Ich fühlte mich bald nicht mehr wohl allein. Es war, als wäre Nadja neben mir hereingekommen. Sie saß mir gegenüber, sie stand am Fenster und schaute auf die Terrasse, wo sie ihr Leben gelassen hatte. Nein, ich hielt es allein mit der Erinnerung an sie nicht aus und folgte Frederik in die erste Etage.

Seine Zimmertür stand offen. „Ich checke noch schnell meine eMails", rief er, als er meine Schritte auf dem Flur hörte. „Du hast ja kein Internet."

Die Tür zu Nadjas Zimmer war nur angelehnt. Sicherlich hatte die Spurenfahndung viel Zeit darin auf der Suche nach Hinweisen auf den Mörder und sein Motiv verbracht. Ich stieß die Tür auf und blieb auf der Schwelle stehen. Alles war ordentlich aufgeräumt, nichts deutete auf das Chaos hin, das die Spurenfachleute zu hinterlassen pflegten. Ob Hartwig das Zimmer wieder in den ursprünglichen Zustand zurückversetzt hatte? Oder die Putzfrau?

Ich trat ein und atmete tief durch. Das Zimmer roch anders, es war fremd geworden, obwohl ich manche Stunde mit Nadja hier verbracht hatte, wenn sie mir etwas anvertrauen wollte. Jemand hatte sich Mühe gegeben, die alte Ordnung wieder herzustellen, aber dennoch war alles anders geworden. Wer ein Zimmer aufräumt, gibt ihm eben keine Gestalt. Die Silberrahmen mit den alten Fotografien standen zu steil, die Bücher waren zu genau ausgerichtet, die Kerzenleuchter dagegen ohne Symmetrie. Das Spitzenkissen, das Nadja stets auf ihre Bettdecke warf, lag nun auf dem Kopfkissen, die Gardine war geschlossen, was Nadja niemals geduldet hätte, die gern die hohen alten Bäume ins Zimmer blicken ließ. Nein, das Zimmer war nicht mehr Nadjas Zimmer.

Ich sah mich um und versuchte wieder heimisch zu werden ... da fiel mir etwas ein: Nadjas Affäre mit diesem jungen Römer, der ihr Italienischunterricht erteilt hatte, damit er jederzeit ins Haus kommen konnte, ohne Hartwigs Argwohn zu erregen. Außer „ti amo“ hatte Nadja nicht viel gelernt, aber die leidenschaftliche Liebe zu Guido hatte mindestens zwei Monate für unerschöpflichen Gesprächsstoff zwischen uns gesorgt. Als ich anfing, mir Sorgen um Nadjas Ehe zu machen, unterstand sich Guido – zum Glück, wie ich damals heimlich dachte - eine andere Frau, älter und weniger attraktiv als Nadja, in aller Öffentlichkeit zu küssen. Die Tatsache, dass er sie betrog, hatte weit weniger Gewicht gehabt, als der Umstand, dass er sie mit einer Frau betrog, die Nadja nicht das Wasser reichen konnte. „Wenn sie blutjung und auf dem Weg zur Miss Münster wäre, könnte ich es ja verstehen, aber so ...“

Nadja war außer sich vor Zorn gewesen und hatte alles, was sie an Guido erinnerte, aus ihrem Geheimfach entfernt. Bis dahin hatte sie jeden Liebesbrief, jedes Foto, jedes kleine Geschenk von Guido und sogar eine Locke seines schwarzen Haares dort aufbewahrt, wo niemand ein Geheimfach vermutete. Ich war die Einzige, die davon wusste.

Der Sekretär, den Nadja auf einer Trödelmesse in der Halle Münsterland gekauft hatte, zog mich magisch an. Ob die Spurensicherung das Geheimfach entdeckt hatte? Ich glaubte es nicht. Ob es etwas enthielt, was zu Nadjas Mörder führen konnte? Das würde ich nur herausfinden, indem ich das Fach öffnete und hineinsah. Eine Indiskretion, ein Verrat? Ich dachte nicht lange darüber nach. Nadja war tot! Alles, was half, ihren Mörder zu finden, musste richtig sein!

Ich öffnete die obere Schublade, wie ich es bei Nadja gesehen hatte, und griff hinein. So weit, bis ich die hintere Kante der Lade erfühlen konnte. Dort gab es eine Taste, mit der die Rückwand herunterzuklappen war und das letzte Viertel der Lade freigab, das vorher verborgen gewesen war – das Geheimfach! Seinen Inhalt konnte ich in Augenschein nehmen, als ich die Lade so weit wie möglich herausgezogen hatte.

Das Geheimfach enthielt nichts mehr von dem, was an Guido erinnerte. Ein Stapel Papiere lag darin - und ein Schlüssel. Ich nahm ihn heraus und betrachtete ihn gründlich. Ein Tresorschlüssel! Ich wusste, dass die Schramms einen Safe im Wohnzimmer hatten, der – wie man es in jedem Fernsehkrimi sah – hinter einem Bild in die Wand eingelassen worden war. Ob der Schlüssel zu diesem Tresor passte? Aber warum sollte Nadja ihn dann hier verborgen halten?

Vorsichtshalber ging ich trotzdem ins Wohnzimmer und schob das Bild zur Seite. Aber dieser Tresor hatte gar kein Schloss, er wurde mit einer Zahlenkombination geöffnet.

Als ich wieder die Treppe hochstieg, lauschte ich kurz zu Frederiks Zimmertür. Ich hörte nur das Klicken einer Computermaus, anscheinend hatte er noch zu tun.

Wieder stand ich vor dem geöffneten Geheimfach, wog den Schlüssel in meinen Händen und überlegte. Sollte ich ihn zurücklegen? Ich hörte ein Geräusch auf dem Flur und steckte ihn blitzschnell in die Gesäßtasche meiner Jeans. Warum? Vielleicht fand ich ja den Tresor, zu dem er passte! Wenn Nadja den Schlüssel so gut versteckt hielt, dann war er vielleicht der Weg zu einem Geheimnis. Und dieses Geheimnis konnte wiederum zu ihrem Mörder führen.

Ich hörte die Toilettenspülung rauschen, dann Frederiks Schritte, anschließend wieder das Klicken der Maus. Also war noch Zeit, die Papiere durchzusehen, die neben dem Schlüssel in Nadjas Geheimfach gelegen hatten. Kaufverträge! Grundbucheintragungen! Fassungslos wendete ich Blatt für Blatt, während meine Hände zu zittern begannen. Nun hatte ich es Schwarz auf Weiß! Nadja war tatsächlich eine reiche Frau gewesen. Sie war Besitzerin mehrerer Häuser einer Ferienanlage in Spanien, die aus zehn Häusern bestand. Jedes Haus war knapp 200.000 Euro wert. Und Nadja besaß fünf davon. Ein Vermögen!

Ich hörte nun Rumoren aus Frederiks Zimmer, Stuhlrücken, das Geräusch eines Kippschalters, das melodische Summen, als der Pc heruntergefahren wurde. Schnell weg mit den Papieren!

Ein letztes Mal überflog ich die Kaufverträge, dann fiel mein Blick auf den Namen des Verkäufers. „Johannes Riedel?“ Ich ließ mich auf Nadjas Bettkante sinken. Hartwigs Chef war Besitzer dieser Ferienanlage und hatte Nadja von den zehn Häusern fünf verkauft! Wie kam ein Schulleiter an eine Ferienhausanlage? Und warum hatte Nadja die Häuser heimlich gekauft, ohne Hartwig etwas davon zu sagen? Und woher hatte sie das Geld?

„Romy?“

„Ich komme, Fredi!“

Hastig schob ich die Papiere zurück und schloss die Lade. Als Frederik eintrat, stand ich am Fenster und sah in den Garten hinaus. Mit der linken Hand tastete ich nach dem Tresorschlüssel, der in meiner Jeans steckte, und drehte mich um. „Besser, wir gehen jetzt wieder, Fredi.“

Frederik sagte während der ganzen Fahrt kein Wort, er starrte nur auf seinen Gameboy. Anscheinend war der Besuch in seinem Zuhause eine erneute Begegnung mit der Einsamkeit gewesen, die so plötzlich und unerwartet in sein Leben eingebrochen war. Sie hatte das Haus entstellt, in dem er bisher glücklich gewesen war, hatte es kalt und unbewohnbar gemacht. Nicht nur seine Mutter hatte er verloren, nicht nur sein Vater hatte ihn allein zurück gelassen, von seinem ganzen Leben war nur sein Gameboy unversehrt geblieben. Wenn Frederik seine Einsamkeit vor Humphreys Käfig gelegentlich vergessen hatte, so verdoppelte er sie jetzt in seinem Gameboy. Mich packte Sorge, wenn ich in den Rückspiegel blickte und sein erstarrtes Gesicht sah, das die Trauer in sich einschließen wollte und ihr doch Gelegenheit gab, aus den Augen zu strömen, aus den Händen zu zucken und aus den Schultern zu vibrieren. Erst in diesem Augenblick begriff ich, dass Frederik durch seinen Gameboy nicht abzulenken war. Ich hätte den Jungen besser vor den Papageienkäfig gesetzt und auf Humphreys Unterhaltungswert zählen sollen. Aber nun war es zu spät ...

Meine Angst um Frederik drückte auf mein Gemüt und außerdem auf meinen rechten Fuß, der dazu neigte, Gefühlsausbrüche ans Gaspedal weiterzugeben. Infolgedessen schlidderte ich mit quietschenden Reifen in die Hoyastraße und wurde erst von meiner Gemütsaufwallung befreit, als ich unvermittelt einen freien Parkplatz entdeckte, der mich erstens zum Bremsen zwang und zweitens meine Bitterkeit in spontane Freude verwandelte.

„Na los, Fredi!", sagte ich munter. „Wir sind da! Humphrey wird schon auf dich warten. Willst du ihm heute was Neues beibringen?"

Frederik schüttelte den Kopf und kletterte aus dem Auto, ohne den Blick vom Gameboy zu nehmen.

Ich betrachtete ihn eine Weile. „Könnte sein, dass Humphrey demnächst wie ein Gameboy zirpt und piept."

„Ehrlich?" Endlich sah Frederik auf und seine Augen wurden wieder zu denen eines Kindes, die vom wirklichen Leid noch nichts wussten und Traurigkeit nur kannten als Gegenteil von jeder Menge Spaß. „Das wäre ja geil! Glaubst du echt, dass er das kann?"

„Humphrey traue ich eine Menge zu." Ich drückte Frederik den Hausschlüssel in die Hand, da unschwer zu erkennen war, dass er keine Minute länger als nötig darauf warten wollte, aus dem Papagei einen zirpenden Gameboy zu machen. „Ich muss erst das Verdeck schließen. Bei Leo dauert das länger als bei anderen Cabrios. Der versteckt nämlich gern die

Schlaufen und Ösen, wenn er will, dass seine Polster ein Sonnenbad nehmen."

Frederik, der Leos Macken kannte, nickte lachend und lief los. Humphrey würde einen unterhaltsamen Tag genießen und eine dicke Languste von mir bekommen, wenn es ihm gelang, Frederik seine Einsamkeit für heute vergessen zu lassen. Ob Hartwig über seine eigenen Probleme daran gedacht hatte, was er seinem Sohn antat, als er einfach verschwand? Ich brauchte nicht lange zu überlegen. Natürlich hatte Hartwig das bedacht. Und wenn er sich dennoch dazu entschlossen hatte, Frederik diese Enttäuschung zuzufügen, dann musste er einen guten Grund dafür haben. Die Angst, als Mörder entlarvt zu werden!

Sollte Hartwig sich in den nächsten Tagen bei mir melden, würde ich ihm das Mordmotiv unter die Nase halten, von dem er bisher nichts wissen wollte. Ein Vermögen von einer Million Euro war ein hinreichender Grund ...

„Verdammt!" Ich steckte den Finger in den Mund, den Leo, hinterlistig und flegelhaft wie er war, eingeklemmt hatte, als er sich nach mehrmaliger Weigerung urplötzlich und völlig unerwartet entschloss, das Verdeck einrasten zu lassen.

„Warum lässt du dir nicht helfen?", fragte da eine Stimme hinter mir. Hugh Grant, der Julia Roberts bat, den Abend mit seiner Familie zu verbringen!

Ich fuhr herum und wusste im selben Augenblick, dass es besser gewesen wäre, den Befehl, den mein Gehirn an meine Füße gegeben hatte, erst einmal wirken zu lassen, bis auch der nachfolgende Befehl mein Zerberum verlassen hatte und in meinen Füßen angekommen war: Vorsicht, Hundehaufen!

So aber stand ich mitten drin und fluchte, wie ich Julia Roberts niemals hatte fluchen hören. „Man sollte den Hundebesitzern die Scheiße ihrer Köter auf die Fußmatte legen!"

Maximilian lächelte nur, stieg ins Auto, verriegelte mit ruhigen Bewegungen das Verdeck und sah mich anschließend an, als wäre es kein Wunder, wenn ein freundliches Auto wie Leo bei einer hysterischen Besitzerin wie mir gelegentlich in Streik trat. Zum Glück äußerte er jedoch nichts dergleichen, sondern sagte nur ganz sachlich, so wie Dr. Lessing mit Matula zu reden pflegte, wenn die beiden der Lösung eines Falls auf der Spur waren: „Ich habe etwas herausgefunden, was dich interessieren könnte."

Er nahm meinen Arm und begleitete mich zur Haustür, wo ich erst mal meinen rechten Schuh auszog und ihn ins Staudenbeet warf. Später würde ich ihn unter den Gartenschlauch halten. Die Frage, wie Alexandra auf Maximilians Besuch reagieren würde, wenn sie aus der Schule kam, machte mir zwar einige Sorgen, aber natürlich war meine Neugier auf das, was Maximilian mir zu sagen hatte, größer. Von den anderen Gefühlen, die in mir herumwirbelten, ganz zu schweigen.

Humphrey begrüßte uns mit: „Mein Name ist Bond! James Bond!"

Maximilian warf einen Blick ins Wohnzimmer, stellte zufrieden fest, dass es dem Papagei prächtig ging und Frederik so intensiv mit ihm beschäftigt war, dass er uns nicht stören würde. Daraufhin folgte er mir in die Küche.

Ich setzte die Kaffeemaschine in Gang, weil ich längst wusste, dass Maximilian jeder Lebenslage Koffein beimischte.

„Schieß los", forderte ich ihn auf, als es in der Kaffeemaschine zu gluckern begann. „Was hast du herausgefunden?"

Maximilian sah mich an, als würde er sich zunächst gern einem anderen Thema widmen, aber ich verschränkte die Arme vor der Brust, kreuzte die Beine, lehnte mich an die Spüle und deutete mit dem Verdecken meiner sekundären Geschlechtsmerkmale an, dass bei einer Privatdetektivin der Beruf stets Vorrang hatte.

Maximilian verstand sofort. „Ich habe bei Gericht zufällig einen Freund getroffen, der dort in einem anderen Verfahren als medizinischer Gutachter aussagen musste. Er ist Obermedizinalrat im städtischen Gesundheitsamt. Den habe ich gebeten, in sämtlichen Dateien des Amtes nach dem Namen Judith Kersten zu forschen. Und siehe da – er ist fündig geworden. Gerade hat er mich auf dem Handy angerufen."

Ich vergaß alle sekundären Geschlechtsmerkmale auf einmal, stieß mich von der Spüle ab und setzte mich zu Maximilian an den Tisch. „Und?"

„Judith Kersten ist tatsächlich eine registrierte Prostituierte. Deine Vermutungen waren ganz richtig. Sie übt ihr Gewerbe in dem Haus am Albersloher Weg aus, vor dem du sie gesehen hast. Sie hat dort ein Apartment angemietet und arbeitet unter dem Namen Yola. Untadelig übrigens! Sie gehört zu denen, die immer pünktlich zu den behördlich angeordneten Untersuchungen ins Gesundheitsamt kommen."

„Also doch!" Ich lehnte mich zufrieden zurück. „Eine Frau mit zwei Gesichtern!"

Maximilian nickte. „Ja, da hast du dich nicht getäuscht."

„Genau wie ihr Sohn", überlegte ich. „Der scheint auch zwei Gesichter zu haben. Zu Hause der brave kleine Junge, in der Schule der rücksichtslose Rüpel. Und im Garten seines Lehrers ...“ Ich schwieg, weil mir der Schluss dieser Gedankenkette nun doch etwas verwegen vorkam.

„... der eiskalte Mörder?“, vollendete Maximilian den Satz.

Ich nickte. „Auszuschließen ist es jedenfalls nicht.“

„Aber der Ehemann der Toten ist auch nicht als Täter auszuschließen.“

Ich stützte den Kopf auf, der mir plötzlich viel zu schwer wurde mit all den schrecklichen Wahrheiten darin, den quälenden Halbwahrheiten, den schwerwiegenden Verdächtigungen und den drückenden unbeantworteten Fragen. „Hartwig hat tatsächlich ein Motiv“, sagte ich leise und erzählte Maximilian von Nadjas Geheimfach und von dem, was ich darin gefunden hatte. „Vielleicht hat er für eine Million Euro alles über den Haufen geworfen“, schloss ich unglücklich. „Vorstellen kann ich es mir allerdings immer noch nicht.“

„Du willst es dir nicht vorstellen“, korrigierte Maximilian. „Du magst ihn und willst nicht, dass er ein Mörder ist. Rupert magst du nicht, deswegen wäre es dir recht, wenn er als Mörder entlarvt würde.“

„Stimmt!“ Ich stand wieder auf und zog die Kanne unter dem Filter hervor. „Du brauchst mir nicht zu sagen, dass eine gute Privatdetektivin nicht derart voreingenommen sein darf.“

„Wird dein Mann erfahren, was du gefunden hast?“, fragte Maximilian leise, während ich den Kaffee einschenkte.

Erschrocken stellte ich die Kanne zurück. „Auf keinen Fall! Er wird mich vierteilen lassen, wenn er erfährt, dass ich mit Fredi in das Haus eingestiegen bin.“

Maximilian nickte verständnisvoll. „Andererseits darf man ihm keine wichtigen Informationen vorenthalten.“

„Die Polizei ist doch selber schuld“, wehrte ich mich, „wenn sie schluderig arbeitet und ein Geheimfach nicht findet.“

Dieser Meinung schien Maximilian sich nicht anschließen zu können. Aber ich war froh, als er sagte: „Dein Mann braucht ja nicht haargenau zu wissen, wie es um das Vermögen des Mordopfers bestellt ist. Es reicht, wenn ich zu ihm ins Präsidium gehe und ihm mitteile, dass Nadja Schramm mit meiner Hilfe ihr Testament errichten wollte. Sie hat mir am Telefon verraten, dass es um ein beträchtliches Vermögen geht, auch das werde ich ihm mitteilen. Damit weiß er dann eigentlich alles, was er wissen muss.“

Ich sah ihn dankbar an. „Soll Ingo doch selber herausfinden, woraus Nadjas Vermögen bestand!“

Maximilian sah nachdenklich vor sich hin. „Aber wie soll er das herauskriegen? Anscheinend hat Nadja Schramm dafür gesorgt, dass niemand etwas von den Häusern, die sie besitzt, weiß."

„Johannes Riedel!", warf ich ein. „Er weiß genau, dass Nadja eine reiche Frau war. Eigentlich sogar merkwürdig, dass er darüber nicht gesprochen hat."

Nun wurde Maximilian noch nachdenklicher. „Ob vielleicht illegale Geschäfte dahinter stecken? Kannst du dir vorstellen, dass Nadja und Riedel gemeinsame Sache gemacht haben?"

„Ausgeschlossen! Die beiden kannten sich nur flüchtig."

„Das kann nicht sein. Von einem flüchtigen Bekannten kauft man doch nicht fünf spanische Ferienhäuser! Noch dazu von dem Chef des Ehemannes. Und dann noch, ohne dass der etwas davon weiß."

„Vielleicht wusste er es ja doch!"

„Warum hat Nadja dann sämtliche Unterlagen, die die Häuser betreffen, versteckt?"

„Ja, das hätte sie nicht für nötig gehalten, wenn Hartwig von den Häusern wusste."

„Und warum hat sie die Urkunden nicht bei einem Notar hinterlegt?"

„Woher hatte sie überhaupt das Geld, diese Häuser zu erwerben? Eine Million Euro!"

„Also doch irgendein illegales Geschäft?"

In diesem Augenblick ging das Telefon. Ich schob Maximilian eine Schale mit Schokokeksen hin und ging in die Diele. „Schell!"

„Hier auch."

Ich war sofort alarmiert. Wenn meine Schwiegermutter mich anrief, rechnete ich stets mit dem Schlimmsten. Noch nie hatte sie den Wunsch gehabt, mit mir ein wenig zu plaudern, Ingos Leibgerichte mit mir zu diskutieren oder an den Schulnoten der Kinder Anteil zu nehmen. Wenn sie mich anrief, konnte ich immer auf Vorwürfe gefasst sein. Bisher war es um Ingos Hemdkragen, den Zustand von Christophers Jeans, Alexandras Frisur oder den Eindruck gegangen, den meine Jeans und meine Frisur auf eine ihrer Freundinnen gemacht hatte. In Kinderhaus pflegte meine Schwiegermutter nämlich einen kleinen, aber feinen Literaturkreis, in dem es sich noch nicht herumgesprochen hatte, dass sich die moderne Frau heutzutage anders schmückte als noch zu Goethes Lebzeiten. Infolgedessen hatte ich die Mitglieder dieses Literaturkreises nur ein einziges Mal zu Gesicht bekommen, danach nie wieder. Aber stets wurde es mir erneut in Aussicht gestellt, wenn ich endlich bereit sein sollte, mir für diesen Zweck einen kleidsamen Rock und eine adrette Hemdbluse zu kaufen.

Diesmal allerdings ging es um den armen Mann, der sich nach seinem Zuhause sehnte, in das seine hartherzige Frau ihn nicht wieder einziehen lassen wollte. „Wie kannst du ihm das antun?“

„Hast du dich jemals gefragt, was er mir antat, als er zu Sandra zog?“

„Ingo ist doch auch nur ein Mann“, kam es zurück. „Männer sind triebgesteuert, deswegen treffen sie manchmal solche Entscheidungen. Zum Glück sind wird Frauen vernünftiger. Und deswegen solltest du ihm verzeihen. Er bereut doch seinen Fehltritt zutiefst. Was willst du mehr?“

Ich holte tief Luft, um meiner Schwiegermutter all das zu sagen, was mir seit meiner Hochzeit auf der Zunge lag, dachte aber noch rechtzeitig an Maximilian, der in meiner Küche saß und nicht durch meine laute, schrille Stimme erschreckt werden sollte. „Ich kann verstehen, dass du Ingo gern loswerden möchtest“, sagte ich stattdessen. „Sicherlich geht er dir mächtig auf die Nerven. Ich weiß ja am besten, wie unausstehlich er am frühen Morgen ist und wie er das Badezimmer hinterlässt. Ich an deiner Stelle wäre ihn auch lieber heute als morgen wieder los.“

Zu meiner allergrößten Genugtuung verschlug es meiner Schwiegermutter die Sprache. Ich konnte mich nicht erinnern, dass ich jemals einen solchen Erfolg verbucht hatte.

In die Stille, die eintrat, schrie Humphrey: „Leck mich am Arsch!“

Das holte Ingos Mutter aus ihrer Erstarrung. „Wer war das?“

Ich beschloss, sie mit dieser Frage allein zu lassen. „Ich muss Schluss machen, ich habe Besuch“, sagte ich statt einer Antwort.

„Das habe ich gehört! Du scheinst ja merkwürdigen Umgang zu pflegen, seit du dich Ingos Einfluss entzogen hast.“

Ich wurde unruhig, denn ein Schlüssel drehte sich im Schloss, die Tür öffnete sich und Ingo stand auf der Schwelle. Mit einem Handzeichen gab er mir zu verstehen, dass ich ruhig zu Ende telefonieren dürfe, und ging an mir vorbei in die Küche. Ob er sich freute, dort den Mann vorzufinden, dem er noch zwei Tage zuvor ein Verhältnis mit seiner Frau angedichtet hatte? Ich hielt es für ausgeschlossen.

„Berufstätig willst du nun auch sein?“, keifte meine Schwiegermutter weiter. „Und dann noch in einem Beruf, den es nur im Fernsehen gibt? Bist du eigentlich verrückt geworden?“

Ich konnte mich weder aufs Zuhören konzentrieren noch darauf, mit frechen Antworten zu brillieren. Denn mein Gehör war längst in die Küche entwischt, gefolgt von dem Teil meiner Geistesgaben, die im Gespräch mit meiner Schwiegermutter entbehrlich waren. Der Rest reichte nicht aus, um auf ihre Vorwürfe angemessen zu reagieren, sondern genügte nur für das Murmeln von „Ja" oder „Nein" und einem flüchtigen: „Das ist doch totaler Blödsinn!"

Letzteres bewog meine Schwiegermutter zu meinem Bedauern, mit ihren Vorwürfen noch einmal von vorne zu beginnen und mich dem Geschehen in meiner Küche weiterhin zu entziehen, in das ich mich nur zu gerne eingemischt hätte. Obwohl die beiden Stimmen, die in die Diele drangen, ruhig und friedlich klangen, wurde ich immer nervöser. Und schließlich konnte ich es nicht mehr aushalten und entzog mich sämtlichen Vorhaltungen, indem ich mich einmal genauso schlecht benahm wie Humphrey. Nur dieses eine Mal! Humphreys Vokabular hatte schon so oft für Verblüffung gesorgt, warum sollte das nicht auch bei mir gelingen? Und wirklich, es gelang ...

Aber schon während ich den Hörer auf die Gabel warf, schwor ich mir, mich niemals wieder von meiner Schwiegermutter provozieren zu lassen. Genau genommen schämte ich mich bereits. Und sollte mir später vorgehalten werden, was ich soeben gesagt hatte, würde ich es nicht einmal unter der Folter eingestehen.

Als ich die Küche betrat, sagte Maximilian gerade: „Ich wäre sonst zu Ihnen ins Präsidium gekommen. Aber da wir uns zufällig hier treffen ..."

„Sind Sie sicher", unterbrach Ingo ihn, „dass sie von einem beträchtlichen Vermögen gesprochen hat?"

Maximilian nickte. „Ganz sicher."

Ingo sah mich fragend an, aber ich zuckte nur die Achseln und ließ mich zu keiner Aussage verleiten. Ich goss mir eine frische Tasse Kaffe ein, da Ingo sich inzwischen meiner bemächtigt hatte, und stellte mich damit ans Fenster. Das Oberlicht war geöffnet, ein milder Wind wehte herein. Wie höflich Ingo und Maximilian miteinander umgingen! War das der Grund, dass ich mich plötzlich so elend fühlte? Ich hätte wissen müssen, dass ein Triumph, wie ich ihn soeben am Telefon gefeiert hatte, nur kurze Befriedigung schenkte. So, wie ein Kummer nicht im Alkohol zu ertränken war, verursachte ein solche Genugtuung am Ende ebenfalls nur Magenbeschwerden und Kopfschmerzen. Und am Morgen konnte man sich nicht mehr daran erinnern, wie lecker die Drinks gewesen waren, von denen man zu viele getrunken hatte.

Maximilian verabschiedete sich höflich von mir und verzichtete auf eine Umarmung, die Ingo womöglich brüskiert hätte. Ingo ließ keinen Hintergedanken erkennen, als er bemerkte, dass es sehr zuvorkommend von dem Rechtsanwalt gewesen sei, ihn über Nadjas Absichten zu informieren. Alexandra warf zwar Maximilians Auto einen misstrauischen Blick hinterher, als sie ihr Fahrrad vor dem Haus abstellte, verkniff sich aber jede hässliche Bemerkung. Und Christopher unterließ es sogar, den Spaß mit Matula und Dr. Lessing ein weiteres Mal zu strapazieren. Alle waren sie fair – nur ich hatte mich zu einem hässlichen Foul verleiten lassen. So wie ich musste sich ein Fußballspieler fühlen, der einem anderen in die Beine getreten hatte und nun mit ansehen musste, wie der Gegner sich vor Schmerzen am Boden wand. Meine Schwiegermutter würde sich zwar nicht am Boden winden, aber sie würde ihren Literaturkreis zu sich bestellen, um mit ihm über ihre unwürdige Schwiegertochter zu diskutieren, und das war nicht weniger schlimm.

Ich fühlte mich schlecht – und gleichzeitig im Recht. Aber trotzdem schlecht! So lange, bis Nora Biene anrief. Alexandra und Christopher hatten sich soeben mit Frederik vor dem Papageienkäfig niedergelassen, um Humphrey ein Lied von den Prinzen beizubringen, als das Telefon klingelte.

„Ich habe ein Bild in der Zeitung gesehen“, sagte Nora Biene, „ein Bild von Hartwig Schramm. Er wird gesucht. Heißt das, dass er unter Verdacht steht?“

„Er wird als Zeuge gesucht“, antwortete ich.

„Aber warum wird er überhaupt gesucht? Warum ist er flüchtig?“ Nora war nun richtig aufgeregt. „Hartwig Schramm würde niemals einen Mord begehen. Völlig ausgeschlossen!“

Ich hätte ihr am liebsten unumwunden zugestimmt, aber ich sah mich genötigt, meine Meinung vorsichtiger zu formulieren. „Vielleicht ist er ja nur geflüchtet, weil er Angst hat, unschuldig in Verdacht zu geraten. Und weil er nicht weiß, wie er seine Unschuld beweisen soll.“

„Du hältst ihn also für unschuldig?“

„Ach, Nora!“ Mein Seufzen war eine Spur zu theatralisch, ich merkte es selbst. Jeder Theaterregisseur hätte mich angewiesen, meine Rolle verhaltener und damit überzeugender zu spielen, aber mir war einfach nach Übertreibung zumute. „Ich weiß selbst nicht mehr, was ich glauben soll.“ Ich ließ mich auf einen Stuhl fallen, vermutlich auch viel zu dramatisch, und fuhr gleich wieder in die Höhe, mit Sicherheit auch so gestelzt, dass kein Zuschauer mir meine Überraschung abnehmen würde. Aber ich wusste in diesem Augenblick wirklich nicht, was da in der Gesäßtasche meiner Jeans saß und mich zwickte.

„Was ist los, Romy?“

Der Tresorschlüssel! Für eine Weile hatte ich ihn glatt vergessen. „Sag mal, Nora ... Hast du eigentlich öfter für meine Freundin gearbeitet?"

„Das weißt du doch. Ich habe einmal pro Woche den Laden geputzt und einmal pro Monat die Schaufenster. Vor ein paar Wochen habe ich die Boutique sogar angestrichen. Frau Schramm war begeistert, weil die ‚Fleißigen Bienen', in diesem Fall ein Anstreicher und ich, bereit waren, übers Wochenende zu arbeiten. Von Freitagabend bis Montagmorgen haben wir geweißelt, dann konnte der Betrieb weitergehen, als wäre nichts gewesen. Das hat uns ein paar tolle Folgeaufträge beschert, denn Frau Schramm hat uns überall empfohlen."

„Hast du dabei irgendwo einen Tresor gesehen?"

„Na, klar! So ein altersschwaches Ding steht in ihrem Büro. Wenn man diese Abstellkammer hinter dem Laden überhaupt so bezeichnen kann. Die Toilette, die es dort auch noch gibt, ist jedenfalls geräumiger. Jemand hat den Tresor an die Rückwand des Aktenschrankes geschraubt, damit ihn niemand unter den Arm nehmen und aus dem Laden tragen kann."

„Wozu ein Tresor in ihrem Büro? Für die Tageskasse?", fragte ich ohne die Hoffnung, dass Nora mir darauf eine Antwort geben konnte.

Aber ich hatte mich getäuscht. „Nein, Geld hat sie darin nicht aufbewahrt. Ich habe sie nämlich darauf aufmerksam gemacht, dass ein Profi mit diesem Ding in fünf Minuten fertig wird. Aber sie hat nur gelacht. Da wären keine wertvollen Sachen drin, hat sie gesagt, nur ein paar Erinnerungen."

„Erinnerungen? In einem Tresor?"

Nora schwieg eine Weile. „Hör mal, Romy, ich habe das Gefühl, dass dein Job viel spannender ist als meiner. Ich werbe mit allen Diensten rund ums Haus. Ich könnte aber durchaus noch den Geschäftszweig Detektivgehilfin angliedern."

Ich lachte. „Gut zu wissen! Wenn ich Bedarf habe, werde ich darauf zurückkommen."

Wir beschlossen, uns im ‚Schinderhannes' an der Kreuzkirche zu treffen, sobald Nadjas Mörder gefunden worden war. Dann legte ich auf und ging ins Wohnzimmer. Mit den Augen winkte ich Alexandra zur Tür und bat sie flüsternd, bei Frederik zu bleiben, solange ich weg war.

„Okay", nickte sie zu meiner Erleichterung. „Wo willst du hin?"

Ich versuchte es wieder mit dem Zauberwort Ermittlungen! „Wenn ich meine erste Rechnung schreiben kann, bekommst du eine Miss-Sixty-Jeans."

„Geil!", sagte Alexandra hochzufrieden.

„Männer sind Schweine", verkündete Humphrey und blickte entgeistert auf Christopher und Frederik, die vor Freude in die Luft sprangen.

„Geil!", wiederholte Alexandra.

„Affentittengeil", bestätigte Humphrey, als ich das Wohnzimmer wieder verließ.

Ich fuhr herum. „Wer hat ihm das beigebracht?"

Alle drei hoben die Schultern. „Das kann nur Tante Almut gewesen sein", behauptete Christopher.

Ich beschloss, mir für das, was ich vorhatte, die schwarzen Stiefel anzuziehen, die so spitz waren, dass mein großer Zeh etwa drei Zentimeter freie Entfaltung vor sich hatte, für die er aber zu dick war und die ich deswegen mit Watte ausgestopft hatte. Die Absätze waren so dünn wie Bleistifte und so hoch, dass ich froh war, schon vor Jahren eine Unfallversicherung abgeschlossen zu haben. Warum ich diese Stiefel gekauft hatte, war mir heute ein Rätsel. Sonnenklar dagegen war, warum ich sie bisher so selten getragen hatte. Heute aber hielt ich sie für angemessenes Schuhwerk. Weil Matula auch manchmal in diesen schrecklichen Cowboystiefeln herumlief? Nein, mit Matula hatte das nichts zu tun, so wie ich überhaupt den Vergleich mit dieser Fernsehschnüffler allmählich nicht mehr leiden konnte. Der trug seine Cowboystiefel nur, weil sie Absätze hatten, die den kleinen Matula unauffällig ein paar Zentimeter größer machten. Ich hatte es zum Glück nicht nötig, meine Körpergröße zu beklagen. Nein, ich stopfte meine Hosenbeine in die Stiefelschäfte, weil ich auch mal so unzweckmäßig angezogen sein wollte wie die Frauen, die zu viel Zeit und zu wenig Arbeit hatten. Außerdem war ich in ‚Nadjas Modestübchen' oft genug angesehen worden war, als wollte mir jemand den Weg zu C & A erklären.

Allerdings niemals von Nadja und auch nicht von ihrer Verkäuferin, der freundlichen Frau Rosenkranz! Aber Nadjas Stammkundinnen waren geübt in der Hochnäsigkeit. Deswegen setzte ich noch eins drauf und zog meine schwarze Lederjacke über, die gut zu den Stiefeln passte, obwohl beides für diese Jahreszeit viel zu warm war. Nicht einmal vor dem schwarzen hautengen Rolli machte ich Halt, der meinem gesamten Outfit etwas herrlich Unsolides gab, was zu einer Privatdetektivin sehr gut passte. Und zum dritten Mal griff ich an die Gesäßtasche meiner Jeans, um zu kontrollieren, ob der Tresorschlüssel immer noch dort steckte.

So lange Leo dafür sorgte, dass der Fahrtwind mich abkühlte, fühlte ich mich noch sehr wohl. Als ich ausstieg, brach mir zum ersten Mal der Schweiß aus. Neidvoll betrachtete ich die junge Mutter im ärmellosen T-Shirt, die ihr Kind daran hinderte, die Stiefmütterchen zu pflücken, die vor dem Geschäft eines blumenliebenden Metzgermeisters leuchteten. Ich warf einen Blick in das Schaufenster einer Bäckerei. War ich das wirklich, diese schwarz gekleidete Person, die es nicht schaffte, auf ihren Stökkeln auszuschreiten, als besäße sie einen Datenplaner mit vielen wichtigen Terminen darin? Nein, das war ich nicht! Das war nur eine Kopie von mir, die eben doch das Gleiche versuchte wie Matula in seinen Cowboystiefeln. Sie wollte etwas sein, was sie nicht war. Er wollte groß sein und ich wollte schick sein. Aber Matula würde in diesem Leben nicht mehr wachsen und ich musste schwitzen, ohne für dieses Leiden schön zu sein. Gleich morgen würde ich die blöden Stiefel in den Secondhandladen bringen!

Anna Rosenkranz empfing mich mit großer Freundlichkeit. Sie war ganz allein im Laden und sah so aus, als langweilte sie sich schon geraume Zeit. Sie war eine agile Mittvierzigerin, die zwar keine brillante Botschafterin des Ladens war, in dem sie arbeitete, aber trotzdem Kompetenz ausstrahlte. Verzweifelt zwängte sie sich tagtäglich in die größte Größe, die ‚Nadjas Modestübchen' zu bieten hatte, weil ihre Chefin wollte, dass in ihrem Laden nur etwas getragen wurde, was dort auch käuflich zu erwerben war. Ob das eine weise Entscheidung war, hatte ich mich schon oft gefragt. Ich jedenfalls hätte nie etwas kaufen wollen, was sich über Anna Rosenkranz' üppigem Busen spannte. Das einzig Beeindruckende an dieser Demonstration war eigentlich nur die Qualität des Garns, mit dem die Knöpfe angenäht worden waren.

„Gestern und vorgestern war hier der Teufel los", vertraute sie mir an. „Aber natürlich waren nur Kundinnen da, die mehr von Frau Schramms Tod erfahren wollten, als in den Zeitungen steht. Die Tageseinnahmen waren nicht größer als sonst." Sie seufzte und betrachtete mich mit einem flinken Blick von oben bis unten. „Ich dachte schon, Sie brauchten etwas für die Beerdigung. Aber das haben Sie ja bereits."

Beerdigung? Diesen Tiefschlag musste ich erst mal verdauen. Mit zusammengebissenen Zähnen blätterte ich durch die schwarzen T-Shirts, während Anna Rosenkranz weiter ihr Leid klagte. „Wie soll es mit dem Geschäft nur weitergehen? Und wie mit mir? Ich kann nur hoffen, dass Herr Schramm mir mein Gehalt weiterzahlt, wenn er endlich gefunden wird. Aber wenn nicht ..." Sie trat dichter an mich heran, obwohl es weit und breit niemanden gab, der uns belauschen konnte. „Sagen Sie, Frau

Schell ... kann man ihn überhaupt verpflichten, mich zu bezahlen, wenn er im Gefängnis sitzt?"

„Warum sollte Herr Schramm ins Gefängnis kommen?", erkundigte ich mich scheinheilig.

„Na, Sie sind gut! Er wird doch gesucht! Alle sind davon überzeugt, dass er seine Frau umgebracht hat."

„Warum sollte er das getan haben?"

Anna Rosenkranz zuckte die Schultern. „Was weiß ich! Ich habe mich ja nie um die privaten Angelegenheiten meiner Chefin gekümmert."

Ich wusste, dass das nicht stimmte, aber ich tat ihr den Gefallen und nickte zustimmend.

„Wenn Sie also der Meinung sind, dass er gar nicht verschwunden ist und dass er auch seine Frau nicht umgebracht hat, dann läuft der Laden vielleicht weiter und Herr Schramm beauftragt mich mit der Geschäftsführung?"

„Dazu muss er erst mal gefunden werden."

Anna Rosenkranz klapperte aufgeregt mit den Kleiderbügeln. „Ja, stimmt! Mein Gott, die arme Frau Schramm!"

Ich blätterte etwas hektischer durch die schwarzen T-Shirts, ohne noch auf Größe und Form zu achten und ohne Anna Rosenkranz anzusehen. „Sie wissen vielleicht, dass Fredi zurzeit bei mir wohnt. Ich versuche, ihm dabei zu helfen, den Tod seiner Mutter zu verarbeiten. Fredi scheinen dabei die Erinnerungen sehr wichtig zu sein. Er kann gar nicht genug kriegen von den alten Fotos. Briefe, Sporturkunden seiner Mutter, ihr Poesiealbum, alte Schulhefte, das alles ist ihm sehr wichtig. Meine Freundin hat mir mal erzählt, dass sie viele dieser Erinnerungen in einem Tresor hier im Laden aufbewahrt. Wissen Sie davon?"

Anna Rosenkranz nickte. „Ja, das hat sie mir auch erzählt. Alles wertloser Plunder, hat sie gesagt. Aber für sie sehr wichtig. Wie das eben so ist mit den Erinnerungen! Für den einen bedeuten sie alles, für den anderen nichts. Aber wenn Sie von mir den Tresorschlüssel haben wollen – tut mir Leid, den bewahrte Frau Schramm zu Hause auf."

Ich hatte nichts anderes erwartet und heuchelte mich von den schwarzen T-Shirts zu den roten. Dann sah ich eine Kundin auf die Tür von ‚Nadjas Modestübchen' zukommen und bat darum, die Toilette benutzen zu dürfen.

Anna Rosenkranz nickte zerstreut. „Sie wissen ja, wo sie ist."

Ich verschwand hinter der Theke, zerteilte den Vorhang und blieb dahinter auf dem winzigen Flur stehen. Von dort ging es in den Toilettenraum, der von einer ordentlichen Tür verschlossen wurde, und in den winzigen Büroraum, dessen Tür ausgehängt worden war, weil das Türblatt im geöffneten Zustand weder im Büro noch auf dem Flur Platz gehabt hätte. Ich lauschte eine Weile auf die Empfehlungen, die Anna Rosenkranz der Kundin gab, die jedoch bald auf Nadjas Tod zu sprechen kam. Dann huschte ich in das winzige Büro, das ich bisher nur zwei- oder dreimal betreten hatte, weil es kaum mehr als eine einzige Person fasste. Ehe ich den Aktenschrank öffnete, vergewisserte ich mich, dass Anna Rosenkranz' Stimme nicht näher kam.

Ein paar Ordner, die Lieferscheine und Kopien von Bestellungen enthielten, verdeckten den kleinen Tresor notdürftig. Ich brauchte nur einen davon zur Seite zu schieben, um festzustellen, dass dieser Tresor nicht mit einer Zahlenkombination zu öffnen war. Aufgeregt fingerte ich den Schlüssel aus meiner Hosentasche und steckte ihn in das Schloss. Er passte! Ich drehte ihn, er ließ sich leicht bewegen. Die Tür schwang mit einer Bereitwilligkeit auf, die mich regelrecht erschreckte. Vor mir lagen aufgeschichtete Papiere, die meisten von ihnen vergilbt, drei lederne Mappen, die weitere Papiere enthielten, und mehrere Kästen, die noch andere Erinnerungen bargen.

Ratlos stand ich vor der offenen Tür. Unmöglich, all diese Papiere in der gebotenen Eile durchzusehen! Genauso unmöglich war es, sie an Anna Rosenkranz vorbei aus der Boutique zu schmuggeln. Würde ich überhaupt irgendetwas finden, was mich Nadjas Mörder näher brachte? Eigentlich sah es doch so aus, als hätte ich hier wirklich nur wertlosen Plunder vor mir, der ohne Bedeutung war – außer für denjenigen, dem er mal etwas bedeutet hatte. Aber warum hatte Nadja dann den Tresorschlüssel so sorgsam versteckt? Nein, das tat man nur, wenn man etwas zu verbergen hatte. Und was Nadja verbergen wollte, war womöglich der Schlüssel zu ihrem Tod.

Plötzlich hörte ich, dass die Stimme der Verkäuferin sich der Kasse näherte. Und die stand direkt hinter dem Vorhang, der den Verkaufsraum von den paar Quadratmetern trennte, die so etwas wie Privatleben enthielten. Hastig schloss ich erst die Tresortür, dann die Tür des Aktenschrankes wieder. Dass ich den Ordner nicht wieder sorgsam vor den Tresor geschoben hatte, fiel mir zu spät ein. Ich konnte nur hoffen, dass Anna Rosenkranz den Schrank an diesem Tag nicht mehr öffnete.

Es wurde Zeit! Die Kasse wurde geöffnet, Wechselgeld klimperte, Frau Rosenkranz versicherte, dass die Kundin viel Freude an diesem schönen Teil haben würde. Ich huschte in den Toilettenraum, der ein Fenster hatte, das in den Hof des großen Miet- und Geschäftshauses führte. Ich öffnete es und spähte hinaus. Es würde kein Problem sein, hier einzudringen. Eigentlich musste man sich wundern, dass es noch nie passiert war. Dass das Fenster nicht besonders groß war, beunruhigte mich nur kurz. Privatdetektive waren schlank und sportlich. Ich auch! Und ich wusste etwas, was andere nicht ahnten, die vielleicht auch schon mal mit dem Gedanken gespielt hatten, nachts durch dieses Fenster in die Boutique einzudringen und sich dort kostenlos einzukleiden. Nadja hatte nach mehreren Fehlalarmen die Nase voll von ihrer Alarmanlage und schaltete sie schon seit langer Zeit nicht mehr ein. Sie verließ sich darauf, dass ihre Sicherheitsmaßnahmen durch die vielen Fehlalarme überall bekannt waren und deswegen niemand wagen würde, in ihre Boutique einzudringen. Bisher hatte sie Recht gehabt.

Leise schloss ich das Fenster wieder, ohne es jedoch zu verriegeln. Die Flasche mit dem WC-Reiniger, die ich vor die Fensterflügel schob, würde dafür sorgen, dass sie nicht wieder aufschwangen. Und Anna Rosenkranz würde es mit ihrer untadeligen Arbeitsauffassung hoffentlich nicht so weit treiben, vor ihrem Feierabend die Fenster zu kontrollieren.

Ich betätigte die Toilettenspülung, ließ das Wasser rauschen und trat dann wieder in den Verkaufsraum. Anna Rosenkranz lehnte neben der Kasse an der Theke, als wollte sie mich nicht ohne eine längere Plauderei wieder gehen lassen. Nun, Privatdetektive lieben Menschen mit ausgeprägtem Mitteilungsbedürfnis, sie sind geradezu auf sie angewiesen. Also lehnte ich mich an die andere Seite der Kasse.

„Die Chefin war mit ihren Erinnerungen sehr eigen", begann Nadjas Verkäuferin. „Nicht nur, dass sie sie einschloss wie etwas Kostbares, sie hat auch nie von der Vergangenheit reden wollen. Ich habe sie oft gefragt, wie das Leben in der früheren DDR war, aber sie hat dann immer nur abgewinkt. Nein, sie wollte darüber nicht sprechen." Anna Rosenkranz kreuzte die Arme vor dem Oberkörper und schob ihre Brüste höher, damit sie gemütlich auf den Unterarmen zu liegen kamen. „Eigentlich weiß ich nur, dass Frau Schramm aus Mecklenburg-Vorpommern stammte. Aus Kühlungsborn."

Kühlungsborn? Ich schrak zusammen, weil ich selbst das nicht gewusst hatte. Das schlechte Gewissen breitete sich in mir aus und eine große Enttäuschung kam dazu. Ich hatte Nadja meine Freundin genannt, aber seit sie tot war, wurde immer klarer, wie wenig ich von ihr wusste, wie fremd sie mir war. Hatte sie mir nicht vertraut, wie man doch einer Freundin vertrauen sollte? Oder hatte ich ihr nicht den Eindruck vermittelt, sich mir anvertrauen zu können? Ich hatte wirklich geglaubt, dass sie keine Geheimnisse vor mir hatte. Sie hatte mir doch so viel erzählt, was sonst niemand erfahren durfte! Ihre Affäre mit Guido, der One-Night-Stand mit einer Disco-Bekanntschaft, der heiße Flirt mit ihrem Fitness-Trainer ... Aber anscheinend hatte sie das, was für ihr Leben von elementarer Bedeutung war, für sich behalten.

„Sie ist kein einziges Mal in Kühlungsborn zu Besuch gewesen", fuhr Anna Rosenkranz fort. „Ich habe das ja nie verstanden. Heimat ist Heimat! Auch, wenn es einem dort nicht besonders gut gefallen hat, hängt doch das Herz an dem Ort, in dem man geboren und aufgewachsen ist. Finden Sie nicht auch, Frau Schell?"

Ich nickte. „Ja, ich habe mich auch oft darüber gewundert, dass sie nie zurück wollte."

„Mir hat sie gesagt, sie wolle gar nicht wissen, was sich dort nach der Wende verändert habe. Sie wollte auch nicht sehen, ob Kühlungsborn nun vielleicht ein hübscher Ort geworden war. Für sie blieb Kühlungsborn ein trostloses Nest. Egal, was dort passierte, der Ort würde trostlos für sie bleiben, sagte sie, und das sei auch gut so." Anna Rosenkranz nickte bekräftigend. „Ja, genau so hat sie's gesagt."

„Hat sie mit Ihnen eigentlich mal über ihre Familie gesprochen?", fragte ich und dachte an die tote Schwester, deren Bild ich im Fotoalbum gesehen hatte.

Anna Rosenkranz schüttelte den Kopf. „Ihre Familie war anscheinend noch trostloser als ganz Kühlungsborn. Von denen wollte sie erst recht nicht reden. Ich weiß nur, dass ihre Eltern nach der Wende gestorben sind. Aber Frau Schramm ist nicht einmal zu ihrer Beerdigung nach Mecklenburg-Vorpommern gefahren."

Diesmal erschrak ich nicht, aber ich mochte Anna Rosenkranz nicht ins Gesicht sehen, weil ich ihr nicht eingestehen wollte, dass ich auch das nicht gewusst hatte. Nadja hatte einmal beiläufig erwähnt, dass ihre Eltern nicht mehr lebten, aber das war auch schon alles gewesen. Sie war Hals über Kopf aus der DDR geflüchtet, kaum dass Ungarn die Grenzen geöffnet hatte, das wusste ich. Und sie hatte auch mal erwähnt, dass ihre Eltern kein Verständnis für diese Entscheidung aufgebracht hatten.

„Aber sie hatte doch Geschwister", behauptete ich aufs Geratewohl. „Sie hat mal von einer Schwester gesprochen." Nun konnte ich der Verkäuferin wieder ins Gesicht sehen. Solche Lügen gehörten zum Alltag einer Privatdetektivin, Anna Rosenkranz würde mir nicht ansehen, dass ich mit einer falschen Behauptung nach der Wahrheit rief.

Sie schüttelte verwundert den Kopf. „Eine Schwester? Nein, von einer Schwester hat die Chefin nie gesprochen, da bin ich ganz sicher."

Die nächste Kundin strebte dem Eingang von ‚Nadjas Modestübchen' zu. Anna Rosenkranz begann zu flüstern, obwohl die Kundin zunächst vor den Schaufenstern stehen blieb und die Auslagen betrachtete. „Wissen Sie, was ich glaube, Frau Schell? In der Vergangenheit der Chefin gab es ein düsteres Geheimnis. Deswegen wollte sie nie über ihr Leben in der DDR erzählen."

„Haben Sie dafür irgendwelche Anhaltspunkte?", fragte ich aufgeregt.

Sie schüttelte den Kopf. „Nein, aber ich habe es im Gefühl. Manchmal wurde sie wütend, wenn ich sie ausfragen wollte, manchmal stieg dann aber auch so eine Traurigkeit in ihre Augen, dass mir ganz anders wurde. Ich habe sogar schon überlegt, ob ich das vielleicht der Polizei erzählen soll. Kann ja sein, dass ihr Mörder aus der Vergangenheit kam ..."

Die Ladentür öffnete sich, Anna Rosenkranz löste die Arme, ließ ihre Brüste heruntersacken und trat auf die Kundin zu. „Kann ich Ihnen helfen?"

Ich verabschiedete mich hastig und versprach, worum mich ihr eindringlicher Blick bat: „Ja, ich sage Ihnen Bescheid, wenn ich etwas Neues erfahre." Dabei wusste ich genau, dass ich es nicht tun würde.

Alexandra merkte nicht, dass ich heimlich den Rucksack aus ihrem Zimmer holte, während sie im Bad war. Und Christopher fiel nicht auf, dass ich beim Gute-Nacht-Sagen seine Taschenlampe mitgehen ließ. Als ich seine Zimmertür leise ins Schloss zog, hörte ich Frederiks Gameboy zirpen. Seufzend ging ich ins Schlafzimmer, wo Nadjas Sohn immer noch Ingos Hälfte des Doppelbettes in Beschlag nahm. „Fredi, leg den Gameboy jetzt zur Seite!"

Verblüfft starrte ich auf den Jungen, der mir lammfromm entgegensah und beide Hände in die Luft hielt und drehte, damit ich sehen konnte, dass sie sich in Unschuld gewaschen hatten.

„Das ist Humphrey!", lachte Frederik. „Er hat's wirklich gelernt."

Gemeinsam lauschten wir auf den bunt gefiederten Gameboy, während ich mir das zurechtlegte, was ich Frederik noch mitteilen wollte. Ich hatte schon ein letztes und ein allerletztes Mal „Gute Nacht" gesagt und stand bereits in der Tür – da erst sagte ich: „Kann sein, dass ich später noch mal weg muss, Fredi."

So beiläufig, wie dieser Satz gefallen war, konnte er doch nur wie eine unbedeutende Bemerkung zu Frederik vordringen. Eine Bagatelle, eine Lappalie, nichts, was einen Zwölfjährigen ängstigen konnte! Eigentlich hätte ich mich lieber heimlich aus dem Haus geschlichen, nachdem die Kinder eingeschlafen waren. Aber meine Angst um Frederik war größer als mein Wunsch nach äußerster Geheimhaltung. Was, wenn er nachts aufwachte, weil er schlecht geträumt hatte? Und was, wenn er dann mein Bett leer vorfand? Er würde glauben, dass ihn schon wieder jemand verlassen hatte, dem er vertraute. Nein, das Risiko durfte ich nicht eingehen. Frederik musste wenigstens mit diesem kleinen Hinweis gewarnt sein.

Ich hoffte natürlich inständig, er würde ihn beim Frühstück längst wieder vergessen haben, damit ich Alexandra und Christopher nicht Rede und Antwort stehen musste. Nicht auszudenken, was sie mir alles unterstellen würden! Dass ich den Rest der Nacht bei Maximilian Schneider verbracht hatte, dass ich heimlich in eine scharfe Disco entwischt oder zum Schwulen- und Lesbenball am Hawerkamp aufgebrochen war. Eins so schlimm wie das andere! Und ich würde trotzdem noch froh sein müssen, dass ihre Vermutungen weit entfernt von der Wahrheit waren. Aber wenn ich an Alexandras säuerliche Miene dachte, wünschte ich mir wirklich sehr, dass Frederik schweigen würde.

„Wirst du lange weg sein?“, fragte er jetzt.

„Nein, nur kurz“, antwortete ich schnell. „Und vielleicht bleibe ich auch hier. Mal sehen ...“

Ich warf ihm noch eine Kusshand zu, dann löschte ich schnell das Licht, ehe Frederik mich mit weiteren Fragen in Verlegenheit bringen konnte. Anschließend stülpte ich Humphrey eine Decke über, damit er endlich den Schnabel hielt und sich nicht mehr wie Supermario gebärdete.

Eine halbe Stunde später war es still in der Wohnung, still im ganzen Haus und sogar still auf der Straße. War es jemals so still im Kreuzviertel gewesen? Oder kam es mir nur so vor, weil ich auf die Stille lauschte, während ich sonst nur aufhorchte, wenn es um ein Geräusch ging?

Unruhig lief ich von einem Ende des Wohnzimmers zum anderen. Am liebsten hätte ich Maximilian angerufen und ihm von meinem Plan erzählt. Aber er würde mich natürlich davon abhalten wollen. Auf seine Hilfe konnte ich nicht zählen. Nora Biene hätte ich vermutlich für meine Idee begeistern können. Ich war sicher, dass sie innerhalb von wenigen Minuten ihrer Firma den Zweig ‚Schmierestehen‘ anschließen würde. Aber war es richtig, Nora da mit hineinzuziehen? Immerhin war es möglich, dass wir erwischt wurden. Das war für eine Jungunternehmerin derart geschäftschädigend, dass sie womöglich gleich darauf die Abteilung ‚Pleitegeier' aufmachen und alle anderen dafür dicht machen konnte. Nein, ich musste da alleine durch. Obwohl es mich wirklich sehr beruhigt hätte, eine starke Frau wie Nora Biene an meiner Seite zu haben.

Ich wartete, bis in den gegenüberliegenden Häusern die Lichter ausgingen und auch im ‚Schinderhannes' sämtlichen Lampen erloschen. Ein Taxi umrundete die Kreuzkirche, ansonsten hatte der Straßenverkehr sich mit den Münsteraner Bürgern zur Ruhe begeben. Nur die Tür des ‚Nordstern' öffnete sich noch gelegentlich und ließ mit jedem späten Gast ein bisschen Trubel heraus. Aber irgendwann wurde auch das seltener und am Ende waren die Stimmen, die auf die Straße schwappten, nicht mehr lauter als das Geräusch der Tür. Jetzt war es so weit! Nun konnte es losgehen! Ich schnappte mir Alexandras Rucksack und Christophers Taschenlampe und fragte mich noch einmal, ob es nicht einen vernünftigen Grund gab, die ganze Unternehmung wieder abzublasen. Aber dummerweise fiel mir keiner ein.

Leo war ziemlich überrascht, als ich ihn mitten in der Nacht behelligte. Doch er ließ sich nicht zweimal bitten. Ein verschlafenes Stöhnen des Auspuffs, dann sang sein Motor wie ein Frühaufsteher, der gut geschlafen hatte.

Die Nacht war voller Frühling, schon weich wie Samt, aber auch noch rau wie heiß gewaschene Wolle. Eine Nacht, die nicht mehr an der vergangenen Jahreszeit hing, die entschieden hatte, dass Frühling war, obwohl der Winter noch auf den Bäumen hockte und mit einem Raureif bemalten Fähnchen winkte. Eine Nacht wie geschaffen für ein Abenteuer!

Bei jedem Auto, das mir entgegenkam, fragte ich mich, warum der Fahrer nicht zu Hause in seinem Bett lag. Waren noch mehr Abenteurer unterwegs? Nein, ich war sicher, dass mir Schichtarbeiter, Kellner, Nachtportiers und Schlaflose entgegenkamen. Kein Privatdetektiv war unter ihnen, der zu einer gefährlichen Ermittlung aufbrach. Kein einziger! Nur ich!

Auf der Warendorfer Straße sah es ähnlich aus wie im Kreuzviertel. Ein paar Männer, die die Zeit in einer Kneipe vergessen hatten, einige, die eingesehen hatten, dass die Rückkehr ins traute Heim nicht bis zum nächsten Morgen aufzuschieben war, zwei oder drei, die von Berufs wegen unterwegs waren, und ein paar, die mit Schlafstörungen kämpften, am Fenster standen und sich über den Mond ärgerten, der in der nächsten oder übernächsten Nacht endlich voll sein würde.

Da solche Zeitgenossen in jedem Fernsehkrimi als wichtige Zeugen auftraten, parkte ich Leo vorsichtshalber weit von ‚Nadjas Modestübchen‘ entfernt und stieg aus, als wäre ich eine Krankenschwester, die soeben aus dem OP zurückkehrte, oder ein Babysitter, der mit dem Baby eingeschlafen war. Jedenfalls war ich zuversichtlich, dass niemand mich für einen Einbrecher auf Beutezug halten würde.

Mit aufrechtem Gang lief ich den Bürgersteig entlang – und bog dann so abrupt in den Torbogen ein, dass jeder, der mich beobachtet hatte, sich fragen musste, wo ich den plötzlich geblieben war. Die drei, vier Schritte, die ich brauchte, um auf dem Garagenhof anzukommen, hallten unangenehm laut, so dass ich mich anschließend erst mal neben einen Kellerausgang duckte und abwartete. Aber alles blieb ruhig. Ein Auto jagte mit aufheulendem Motor die Warendorfer Straße entlang, anscheinend war man hier an störende Geräusche gewöhnt.

Ich vergewisserte mich, dass alle Fenster dunkel geblieben waren, ehe ich den Zaun in Angriff nahm, der den Garagenhof vom Nachbargrundstück trennte. Ihn zu überwinden, war schwieriger, als ich angenommen hatte. Der Zaun bewegte sich unter meinem Gewicht, schwankte vor und zurück und gab meinen Füßen nach, die Mühe hatten, einen Halt zu finden. Als ich schließlich bäuchlings auf der andern Seit des Zauns landete, wo die Astern des Spätsommers verrotteten, war ich froh, angekommen zu sein, ohne dass die Taschenlampe, der Rucksack und meine Jeans Schaden genommen hatten. Und anscheinend war auch niemand durch ein Geräusch geweckt worden.

Ich rappelte mich hoch und schlich geduckt auf das Fenster zu, das in den Toilettenraum von ‚Nadjas Modestübchen‘ führte. Ob Anna Rosenkranz sich als umsichtige Angestellte erwiesen hatte? Ich versuchte, die zart keimende Hoffnung zu ignorieren und mich nicht darauf zu freuen, in diesem Fall unverrichteter Dinge und ohne das drückende Gefühl, versagt zu haben, heimkehren zu dürfen.

Vorsichtig stieß ich den rechten Fensterflügel auf – und duckte mich erschrocken, als auf der anderen Seite die Flasche mit dem WC-Reiniger zu Boden polterte. Angespannt lauschte ich, aber nichts geschah. Erst, als ich nicht mehr befürchten musste, dass mein Herzschlag die ganze Nachbarschaft aufweckte, richtete ich mich auf und stieß das Fenster vollends auf. Das Mauerwerk darunter war alt, aus seinen Fugen war im Lauf der Jahre viel herausgebröckelt, so dass meine Füße mühelos Halt fanden. Als ich auf der Fensterbank saß, warf ich einen letzten Blick zurück – und verlor prompt den Halt, fiel auf den Toilettendeckel, prallte gegen den Spülkasten und anschließend gegen das Regal mit den Reinigungsmitteln. Sie rollten über den Boden und verursachten einen Lärm, den tagsüber vielleicht niemand zur Kenntnis nahm, der nachts jedoch drei Häuser weiter noch für Aufsehen sorgen konnte. Aufgeregt redete ich mir ein, dass auch einem Rentner mit Schlafstörungen ein solches Unglück geschehen konnte, dass ein Lärm dieser Art also nicht unbedingt misstrauische Nachbarn auf den Plan rufen musste ... und blieb eine Weile zwischen Desinfektionsmittel, Scheuermilch und Glasreiniger sitzen. Verzweifelt versuchte ich mich an den robusten Plastikbehältern zu erfreuen, die immerhin verhindert hatten, dass ich jetzt zwischen Glasscherben hockte, die Anna Rosenkranz am nächsten Morgen verraten hätten, was sich in der Nacht hier zugetragen hatte. Ich wartete so lange, bis ich hoffen durfte, den Schock überlebt zu haben, und davon ausgehen konnte, dass keiner der Nachbarn den Polizeinotruf alarmiert hatte.

Ohne jedes weitere Geräusch erhob ich mich, schob das Fenster wieder zu und stellte sämtlich Reinigungsmittel zurück. Dann schlich ich über den Flur in Nadjas Büro und schaltete die Taschenlampe ein. Der Tresor ließ sich wieder genauso leicht öffnen wie Stunden vorher. Ich griff hinein und nahm die zuoberst liegenden Papiere heraus.

Tatsächlich! Alles nur wertloser Plunder! Erinnerungen, die nach Nadjas Tod höchstens noch für Frederik Bedeutung haben konnten. Ob er seine Großeltern noch kennen gelernt hatte?

Langsam blätterte ich den Nachlass von Nadjas Eltern durch. Von den Geburtsurkunden des Ehepaars Schäfer bis zu den Todesanzeigen alles säuberlich dokumentiert. Ein paar handschriftliche Gedichte, ein kurzer Brief an die Tochter, sie möge doch endlich einen Besuch in Kühlungsborn machen. Mir fiel wieder ein, was Anna Roßenkranz mir erzählt hatte. Nadja war nicht einmal bereit gewesen, zur Beisetzung ihrer Eltern in ihren Geburtsort zurückzukehren. Warum hütete sie diese Erinnerungen wie einen Schatz, von dem niemand etwas erfahren durfte?

Dann stieß ich auf das, was von ihrer Schwester geblieben war. Viele Fotos von Jasmin, auf fast allen trug sie die Kette, die mir gleich aufgefallen war, weil sie so außergewöhnlich war. Eine Kette, wie auch Sabine Riedel sie trug. Eine ähnliche? Genau die gleiche? Ich konnte es nicht mit Sicherheit sagen.

Dann der Impfpass von Jasmin Schäfer, ihre Zeugnisse, Bescheinigungen über sportliche Leistungen. Was mochte mit Jasmins Kette geschehen sein? Ob sie in Nadjas Schmuckschatulle gewandert war? Schließlich der Totenschein! Jasmin war am 25. April im Alter von fünfzehn Jahren gestorben. Ich versuchte die Todesursache zu entziffern, aber das gelang mir nicht. Dem Arzt, der den Tod bescheinigt hatte, hatten vielleicht die

Hände gezittert, nachdem er den Leichnam des jungen Mädchens untersucht hatte. In drei Wochen jährte sich Jasmins Tod zum vierundzwanzigsten Mal.

Dann die Kopie einer Geburtsurkunde. Ein Mädchen, geboren am 25. April. Am selben Tag, an dem Jasmin gestorben war? Das konnte kein Zufall sein! Ich ließ mich erschüttert auf einen Stuhl sinken. Anscheinend war Nadjas Schwester bei der Geburt ihres Kindes gestorben. Eine Fünfzehnjährige!

Aber was war mir dem Baby geschehen? Ich blätterte hastig weiter in der Erwartung, auf einen zweiten Totenschein zu stoßen. Aber ich fand nichts. Lebte das Mädchen noch? Nein, ausgeschlossen! Nadja hatte nie von einer Nichte gesprochen. Andererseits ... sie hatte ja auch über ihre Schwester nie ein Wort verloren.

Ich knipste die Taschenlampe aus. Die Finsternis tat gut. Dunkelheit war dem Nachdenken förderlich. Ich starrte in das Schwarze, das mich umgab, bis ich das Gefühl hatte, die geöffneten Türen des Aktenschrankes zu erkennen und den Tresor darin, der sein Geheimnis preisgegeben hatte. Allerdings so verschlüsselt, dass es für mich ein Mysterium geblieben war.

Trotzdem war ich in diesem Augenblick davon überzeugt, dass Nadjas Tod mit einem Familiengeheimnis zusammenhing. Mit einem Ereignis, das viele Jahre zurück lag. Was war vor knapp vierundzwanzig Jahren in Kühlungsborn in Mecklenburg-Vorpommern geschehen? Hatte Hartwig etwas damit zu tun? Oder waren Judith Kersten und Rupert ein Teil dieser Vergangenheit?

Die Dunkelheit gab mir keine Antwort. Meine Gedanken liefen nicht mehr, sie prallten gegen eine Barriere, die nicht zu durchstoßen war. Ich brauchte wieder Helligkeit. Aber das Licht der Taschenlampe wiederholte nur das, was ich schon vorher gesehen hatte.

Ich griff zu einem schmalen Hefter, der Papiere enthielt, die nicht älter als ein Jahr waren. Die Rechnungen eines Psychiaters, eine Liste mit Terminen, ein Blatt, auf dem Nadja eine Wegbeschreibung notiert hatte, und dann wieder ein paar Rechnungen.

Nadja war bei einem Psychiater in Behandlung gewesen? Auch davon hatte ich keine Ahnung gehabt. Warum hatte sie diese Unterstutzung gebraucht? Und warum hatte sie mir nie davon erzählt? Wahrscheinlich, weil es nicht zu dem Bild passte, das Nadja gern von sich vermittelte: die kühle Geschäftsfrau, tough und überlegen, perfekt und ohne Schwäche. Eine moderne Superfrau.

Mein Blick fiel auf einen Termin, ein Datum, das mir vertraut war. Mein letzter Geburtstag! Nadja hatte meine Einladung zum Kaffeeklatsch nicht annehmen können, weil sie angeblich einen Termin bei einem Großhändler in Düsseldorf hatte. Nun wusste ich, dass sie mich belogen hatte. An diesem Nachmittag war sie in der Praxis von Dr. Magnus Budde in Sendenhorst gewesen. Warum hatte sie mir nicht die Wahrheit sagen können? Warum war es ihr so wichtig gewesen, dass niemand von der Wahrheit erfuhr? So wichtig, dass sie alles, was sie ans Licht bringen konnte, in diesem Tresor eingesperrt hatte?

Diese Fragen rollten in meinem Kopf herum, mal gemächlich, mal kreuz und quer, mal auf dem besten Wege, in eine ordentliche Reihe zu kullern, um dann wieder durch ein einzige Schieflage erneut in Unordnung zu geraten. Der Sturm jedoch brach über sie herein, als ich plötzlich das Geräusch hörte. Ein Wispern war es, zunächst nur ein Teil der Nacht da draußen, aber bald etwas, was sich aus der Nacht löste und zu einem Teil von ‚Nadjas Modestübchen' wurde. Die Gedanken standen still, mein Körper erstarrte, als ich jemanden kichern hörte. Dann ein Geräusch am Toilettenfenster! Meine Gedanken begannen wieder zu jagen. Hatte ich das Fenster verschlossen, nachdem ich in den Raum gefallen war? Nein! Ich hatte es nur zugeschoben. Nun hörte ich das Knarren eines Fensterflügels, das Scharren von Füßen an der Hauswand. Versuchte da jemand, mir auf meinem Weg in die Boutique zu folgen?

Ich sprang auf und löschte das Licht der Taschenlampe. Angestrengt lauschte ich in die Dunkelheit und schob langsam, ganz langsam die Papiere zusammen, die ich auf Nadjas Schreibtisch ausgebreitet hatte. Nur kein Laut!

Da wieder das Wispern. Es wurde zum Tuscheln, bekam Sicherheit. Ich hielt die Papiere in der Hand, die ich dem Tresor entnommen hatte. Vorsichtig tappte ich zum Aktenschrank, tastete mit den Fingerspitzen dem Tresor entgegen, stieß an das Zwischenbrett und wusste, wie ich die Papiere zurückzulegen hatte. Aus dem Tuscheln wurden die Fragen und Antworten von weiblichen Stimmen. Hastig schloss ich die Tresortür. Der Schlüssel steckte noch, er ließ sich geräuschlos drehen. Ich schloss auch die Türen des Aktenschranks und schob den Tresorschlüssel zurück in die Tasche meiner Jeans. Was nun? Wo konnte ich mich in diesem winzigen Raum verstecken?

Ein Lichtstrahl zitterte durch die Finsternis, vibrierte über den Flur, erfasste auch den Eingang des Büros für Bruchteile von Sekunden. Keine Nische, in die ich mich drücken, kein Möbelstück, hinter dem ich mich verbergen konnte. Ich hörte, wie jemand in den Toilettenraum sprang, und blieb wie angewurzelt stehen. Dann sprang noch jemand und kurz darauf glitt ein Lichtschein an der offenen Bürotür vorbei. Wenn er hereinkam, würde ich schreien. Er steckte mir schon im Hals, mein Schrei, machte sich schon breit in meinem geöffneten Mund ... da huschte der Lichtstreif vorbei. Ich hörte, dass der Vorhang bewegt wurde, das Licht wanderte zielstrebig in den Verkaufsraum und erlosch dann.

„Geil!", hörte ich jemanden sagen. „Jetzt können wir uns bedienen."

„Lass die Lampe aus! Das Licht kann man auf der Straße sehen."

„Klar! Die Laternen draußen geben ja genug Licht."

Kleiderbügel scharrten und klickten, die Stimmen zischten aufgeregt, kicherten, murmelten. Dann hörte ich das Knistern der Einkaufstüten.

„Pack alles ein. Was uns nicht passt, versteigern wir im Internet."

„Wie willst du das nach Hause kriegen?"

„Das geht schon irgendwie! Pack erst mal ein!"

Ich stellte erleichtert fest, dass ich wieder ruhig atmen konnte und auch mein Herzschlag auf dem besten Wege war, sich wieder zu normalisieren. Wenn die beiden es nur auf Mode abgesehen hatten, würde ich vielleicht davonkommen. Gefährlich wurde es nur, wenn sie nach Geld suchten. Die Ladenkasse war ohne einen Schlüssel nicht zu öffnen. Und wenn sie den suchten, würden sie zwangsläufig hier im Büro erscheinen. Ob es mir gelingen konnte, durch das Toilettenfenster wieder auszusteigen, solange die beiden sich im Kauf- bzw. Raubrausch befanden?

Ich setzte vorsichtig Schritt vor Schritt. Nur nicht irgendwo anstoßen, nur nichts umwerfen! Vor dem geteilten Vorhang blieb ich stehen. Der Verkaufsraum wurde schwach von draußen erhellt, ich sah zwei junge Mädchen, die wahllos in die Ständer griffen, die Kleidung von den Bügeln zerrten und in die Einkaufstüten stopften. Sie waren so beschäftigt, dass ich die Flucht wagen konnte. Vielleicht hörten sie nicht, dass ich aus dem Fenster kletterte. Und wenn, dann hörten sie es hoffentlich zu spät.

Als ich mich abwandte, fiel mein Blick zurück ins Büro. Etwas Helles war auf dem Schreibtisch auszumachen. Hatte ich etwas vergessen? Ich tastete mich zurück. Tatsächlich! Der Hefter mit allem, was Nadjas psychiatrische Behandlung anging, war zurück geblieben. Hastig nahm ich ihn an mich, schob ihn unter meine Jacke, steckte ihn fest in meinen Hosenbund. Ich konnte nicht daran denken, den Aktenschrank noch einmal zu öffnen und den Hefter in den Tresor zurückzulegen. Ich spürte den schlaffen Rucksack auf meinem Rücken, den ich nicht abgelegt hatte, und die Taschenlampe, die meine Jackentasche ausbeulte. Es konnte losgehen!

Die kühle Nachtluft drang durch das weit geöffnete Fenster auf den winzigen Flur, ich tappte dem kühlen Luftstrom entgegen. Aber schon nach zwei, drei Schritten hielt mich der nächste Schreck zurück. Im Garten vor dem Toilettenfenster entstand Bewegung. Schritte, die nicht versuchten, ungehört zu bleiben, eine Taschenlampe, die doppelt so grell war wie meine. Schon stand ich wieder im Büro, dicht an den Aktenschrank gepresst, und hörte, wie jemand mit schweren Füßen in den Toilettenraum sprang, ein zweiter folgte.

„Polizei! Nehmen Sie die Hände hoch und kommen Sie heraus!"

Ich fühlte mich nicht angesprochen. War ich ein Dieb? Nein! Ich war eine Privatdetektivin, die mitten in schwierigsten Ermittlungen steckte.

Im Laden schien es ein kleines Gerangel zu geben, ich hörte die keifenden Stimmen der Mädchen und die dröhnenden der Beamten. Die Mädchen schienen sich zu wehren, die Beamten nahmen die Gegenwehr offenbar nicht ernst.

„Wie seid ihr hier hereingekommen?"

„Das Fenster stand offen. Sollten wir diese Einladung ausschlagen?"

„So, so, das Fenster stand offen! Und ihr habt das ganz zufällig gesehen? Wahrscheinlich, weil ihr gerade einen romantischen Abendspaziergang durch den Garten machtet?"

„Genau!"

„Raus hier! Den Rest könnt ihr uns auf der Wache erzählen."

Ich rührte mich nicht, versuchte sogar das Atmen einzustellen, und weil das nicht möglich war, atmete ich mit offenem Mund, um wenigstens nicht vor Angst zu schnauben.

Aber es half nichts. Ich hörte, wie ein Polizist sagte: „Was wolltet ihr noch mitgehen lassen? Die Tagekasse?"

Im selben Augenblick flammte das Deckenlicht auf, ich stand da wie jemand, den das Entsetzen festgenagelt hatte. Und genauso war es auch.

Der Polizist war genauso überrascht wie ich. „Da ist ja noch eine! Warum habt ihr nicht gesagt, dass ihr zu dritt seid?"

Es war schon nach drei, als wir in die Polizeiwache an der Gutenbergstraße gebracht wurden. Die Beamten schienen allmählich glauben zu können, dass die beiden Mädchen und ich nichts miteinander zu tun hatten. Jedenfalls wurden wir in zwei unterschiedliche Räume geführt.

„Moment! Ich komme gleich wieder!" Der junge Beamte schloss die Tür von außen und ließ mich allein. Es wurde still, nur die keifenden

Stimmen der Mädchen drangen gelegentlich durch die Wand. In meiner Angst und dem Unbehagen entstand ganz langsam das drückende Gefühl von Schuld. Beinahe wäre Nadjas Boutique ausgeraubt worden. Durch meine Fahrlässigkeit! An diese Möglichkeit hatte ich nicht gedacht, als ich mich entschloss, den Inhalt von Nadjas Tresor in Augenschein zu nehmen. Was würde mit mir geschehen? Ich musste rechtzeitig nach Hause zurückkommen. Wenn die Kinder aufwachten, musste ich unbedingt wieder in der Wohnung sein!

Eine wütende Männerstimme drang über den Flur. „Nun reicht's mir aber! Jetzt zeige ich das an! Aber ehrlich! Schon wieder zwei Einmachgläser weg! Und wieder mit Birnen und Pflaumen! Die schmecken dem Kerl, der sie klaut, anscheinend am besten! Aber jetzt ist Schluss! Jetzt zeige ich den Dieb an. Anzeige gegen Unbekannt – oder wie das heißt."

Die Stimme des Polizisten war voller Belustigung. „Wo wurden die Einmachgläser gestohlen? Aus ihrem Keller?"

„Nein, aus meiner Laube."

„Was für eine Laube?"

„Die in meinem Schrebergarten. Da bedient sich jemand regelmäßig an meinem Vorrat ..."

Die wütende Stimme wanderte in einen Raum, die zuschlagende Tür schnitt sie ab. Die Stille kehrte zurück, die vor einer Wand von fernen Geräuschen steht.

Ich erhob mich und öffnete vorsichtig die Tür zum Nebenzimmer. „Ich wollte nur mal fragen ..."

„Setzen Sie sich hin und warten Sie, bis Sie dran kommen", wurde ich angefahren.

„Aber ich ..."

„Tür zu! Wenn Sie beim Arzt warten müssen, gucken Sie doch auch nicht ins Sprechzimmer, wenn es Ihnen langweilig wird, oder?"

Nun war ich wirklich eingeschüchtert. So also wurde man behandelt, wenn man zu den Gesetzesbrechern zählte. Dass ich in Wirklichkeit nicht dazu gehörte, konnte hier wirklich niemand ahnen. Also sank ich auf meinen Stuhl zurück und nahm mir vor, die Zeit des Wartens zu überbrücken, indem ich mir eine Strategie zurechtlegte. Was konnte ich tun, damit die Beamten mir glaubten? Was sollten sie mir überhaupt glauben? Dass ich eine Privatdetektivin war, der Recht und Ordnung ebenso am Herzen lag wie der Polizei! Und dass ich in allerbesten Absichten in die Boutique meiner Freundin eingestiegen war. Allerbeste Absichten? Wie wollte ich denn meine lauteren Beweggründe erklären? Ich hatte den Tresorschlüssel aus dem Geheimfach meiner ermordeten Freundin entwendet und mich des Nachts über ihre gut verschlossenen Geheimnisse hergemacht. Nun sah ich größere Schwierigkeiten auf mich zukommen. Ob es half, wenn ich mich auf meinen Klienten berief? Hartwig Schramm hatte mich beauftragt, den Mörder seiner Frau zu finden. Aber schriftlich hatte ich das nicht. Und ein Kunde, der auf der Flucht vor der Polizei war, würde niemanden davon überzeugen, dass ich ein respektables Unternehmen gegründet hatte. Zumal außer einem Schild an meiner Tür sowieso nichts auf diese Detektei hinwies. Also musste ich mich doch auf Ingo berufen! Der Frau eines Hauptkommissars würde man schon glauben. An die Szene, die Ingo mir anschließend machen würde, wollte ich jetzt lieber nicht denken. Oder Maximilian? Auf seine Hilfe zu vertrauen, war mir schon wesentlich angenehmer. Die Hoffnung, dass beide mir beistehen würden, kam mir ein wenig frivol vor. Dennoch war ich entschlossen, mein Gewissen mit jeder Schande zu belasten, wenn sie mir half, möglichst schnell wieder auf freien Fuß zu kommen. Nicht einmal die Sorge, demnächst vorbestraft zu sein, konnte mich in diesem Moment schrecken. Im Fernsehen kamen Privatdetektive doch ständig in solche prekären Lagen, ohne gleich ihre Lizenz zu verlieren. Dass ich noch gar keine hatte, fiel mir erst später ein.

Der Zeiger der Uhr war längst über vier hinaus, als endlich einer der beiden Polizeibeamten ins Zimmer trat, die mich in ‚Nadjas Modestübchen' überrascht hatten.

„Ich möchte meinen Anwalt sprechen", erklärte ich mutig.

„Das ist Ihr gutes Recht", antwortete Polizeiobermeister Rückel. „Aber um diese Zeit wird er nicht zu erreichen sein."

„Ich möchte es trotzdem versuchen."

Er sah mich argwöhnisch an. „Sie kennen ihn wohl sehr gut, wenn Sie hoffen dürfen, dass er Ihnen das nicht übel nimmt?"

Ich nickte. „Ja, sehr gut."

Er schob mir ein Telefon hin. „Okay, versuchen Sie's."

„Ich kenne die Telefonnummer nicht auswendig."

Obermeister Rückel sah mich an, als glaubte er mir nun kein Wort mehr. Aber trotzdem war er bereit, mir die Amelsbürener Nummer des Rechtsanwalts Maximilian Schneider herauszusuchen. Aufmerksam sah er mir beim Wählen zu. Und leichte Schadenfreude breitete sich auf seinem Gesicht aus, als der Ruf immer wieder ins Leere ging.

Gerade wollte ich selber die Hoffnung begraben, da hörte ich Maximilians verschlafene Stimme.

„Ich brauche deine Hilfe", rief ich in den Hörer. „Kannst du kommen? Ich werde auf der Polizeiwache in der Gutenbergstraße festgehalten."

„Romy?" Maximilian schien erst jetzt aus dem Schlaf herauszufinden. „Was sagst du? Auf der Polizeiwache? Wie kommst du dahin? Was hast du gemacht?

„Das wirst du erfahren, wenn du hier bist. Kommst du?"

„Natürlich. So schnell wie möglich."

Obermeister Rückel schien beeindruckt zu sein. „In der Zwischenzeit können wir uns vielleicht mit der Aufnahme Ihrer Personalien befassen. Name?"

„Romy Schell."

„Also Rosemarie! Ihre Eltern waren wohl Romy-Schneider-Verehrer?"

„Nein, ich bin Romy getauft worden. Meine Eltern kannten einen fortschrittlichen Standesbeamten. Und Romy-Schneider-Verehrer waren sie nicht."

„Also gut." Obermeister Rückel notierte meinen Namen. Dann dachte er nach. „Schell ...?"

Ich nickte. „Falls Ihnen der Name bekannt vorkommen sollte ... Sie haben Recht. Ich bin die Frau von Hauptkommissar Ingo Schell."

Welch ein Glück, dass dieser junge Beamte Ingo kannte, wirklich ein angenehmer Zufall! Anscheinend hielt diese Nacht in ihrem Unglück auch ein wenig Glück für mich bereit. Ich atmete auf. Zumindest würde man mir jetzt glauben, dass ich nicht in die Boutique meiner Freundin eingebrochen war, um mich dort an Designermode zu bereichern. Ich wurde zuversichtlicher, obwohl mir klar war, dass das dicke Ende in Form von Ingos Zorn noch kommen würde. Und ich würde noch froh sein müssen, wenn das das einzige Problem war, was ich aus der Welt schaffen musste.

„Ach, Sie sind das", sagte da Obermeister Rückel und sah mich auf eine Weise an, die mir nicht behagte. Es war kein freundlicher Blick, wie er einer Kollegenfrau zu gelten hatte, er sah mich eher so an, als hätte er sich immer schon gefragt, was diese Romy Schell eigentlich für eine Frau war. „Ich sage mal der Chefin Bescheid." Obermeister Rückel erhob sich.

Ich sah erstaunt zu ihm auf. „Chefin? Wieso ...?"

„Wussten Sie nicht, dass unser Kommissariat von einer Frau geleitet wird?", fragte er.

Ich zuckte die Schultern. Das interessierte mich im Augenblick wenig. Dass die Frauen bei der Polizei inzwischen ihren Mann standen, wusste jedes Kind, dass sie mittlerweile auch Führungspositionen bekleideten, ebenfalls, und ich war nun wirklich die Letzte, die an weiblicher Kompetenz zweifelte. Schon gar nicht in dieser Nacht! Und nach Grundsatzdiskussionen über die Emanzipation der Frau stand mir auch nicht der Sinn. Also schwieg ich und versuchte, mich nicht darüber zu wundern, dass Obermeister Rückel seiner Chefin Bescheid sagen wollte, wenn die Frau eines Kriminalhauptkommissars auf frischer Tat ertappt worden war.

Aber dann hörte ich ihn rufen: „Sandra, weißt du, ob der Schell zurzeit im Dienst ist?"

Eine frische junge Stimme antwortete: „Ja, ich habe gerade mit ihm telefoniert. Der ist doch mit dem Mordfall Schramm beschäftigt und geht heute Nacht irgendwelchen Spuren nach. Warum fragst du?"

Rückels Antwort bekam ich nicht mehr mit. Vermutlich wäre sie sogar an mir vorbeigerauscht, wenn die beiden in diesem Raum über Ingos Dienstplan geredet hätten. Sandra! Warum hatte ich nie wissen wollen, welchen Rang sie bekleidete und wo sie ihren Dienst tat? Dann wäre ich jetzt nicht derart überrascht worden. Und warum hatte sie gerade mit Ingo telefoniert?

In mir wurde es ganz still. Aus dem Nebenzimmer drang Gemurmel, die beiden Mädchen hatten es anscheinend aufgegeben, sich über ihre Festnahme zu empören. Auf dem Flur herrschte ein emsiges Kommen und Gehen. Der Schrebergärtner, dem die Einmachgläser gestohlen worden waren, machte sich laut schimpfend auf den Rückweg. Anscheinend hatte die Polizei seinem Fall nicht die Dringlichkeitsstufe eins eingeräumt. Auf der Straße schlugen Autotüren, zwei Polizisten riefen jemanden zur Ordnung, der offensichtlich betrunken war. Anscheinend gab es in dieser Nacht noch weitere Festnahmen, es herrschte das Durcheinander, das es auf jeder Polizeistation zu jeder Tages- und Nachtzeit gab. In mir jedoch war es so ruhig, als läge ich am Strand von Sylt und hätte nur die Frage zu beantworten, ob ich am Abend ins ‚Gogärtchen' oder ins ‚La Grande Plage' gehen sollte. Und als Sandra Althausen eintrat, fühlte ich mich so schwach, dass ich nicht mehr den Schneid hatte, sie für unattraktiv, unscheinbar und reizlos zu halten.

Ich hatte sie nur ein einziges Mal gesehen. Das war, als sie hingebungsvoll in Ingos Armen hing und ihn küsste. Also hatte ich nicht viel von ihr gesehen, aber das Wenige hatte ausgereicht, um es von Grund auf abzulehnen. Denn in jenem Augenblick war mir erst klar geworden, dass Ingo mit ihr ein Verhältnis hatte. In den beiden Tagen, die dieser Entdeckung gefolgt waren, hatte ich meine Abneigung gegen Sandra gepflegt, nachdem Ingo zu ihr gezogen war, hatte ich sie geradezu gehätschelt und geherzt. Dass ich Sandra nie kennen lernen wollte, hing vielleicht auch damit zusammen, dass ich mich auf jeden Fall vor der Einsicht schützen wollte, dass sie hübsch und sympathisch war.

Sie gab sich erstaunlich kühl und selbstbewusst. Mit einem kleinen Lächeln reichte sie mir die Hand und sagte: „Ich habe gerade noch einmal mit Ingo telefoniert. Er wird gleich kommen." Und ihr Lächeln vertiefte sich, als sie ergänzte: „Ich hatte ihn angerufen, weil ich in meiner Wohnung ein Buch gefunden habe, das ihm gehört."

Ich nickte nur. Was sollte ich auch sagen? Alles, was ich Obermeister Rückel hätte erklären können, wollte mir jetzt nicht über die Lippen.

Aber Sandra schien auch nicht die Absicht zu haben, die Vernehmung an seiner Stelle fortzuführen. „Am besten, wir warten, bis Ingo da ist", sagte sie. „Dann werden wir sehen, wie wir Sie aus dieser Sache wieder herausholen. Keine Sorge, es wird uns schon etwas einfallen."

Maximilian war schneller. Sandra führte ihn zu mir und ich wurde ein wenig versöhnt, als ich ihren aufmerksamen Blick registrierte. Das Schlimmste für eine betrogene Ehefrau ist nun mal das Unterliegen. Der Sieg der anderen, die alles bekommt, was einem selber gehört, und die alles hat, was einem selber fehlt, ist ein schwerer Schlag fürs Selbstbewusstsein. Ein Mann wie Maximilian machte vieles wieder gut.

„Würden Sie mich bitte mit meiner Mandantin allein lassen?", bat er Sandra Althausen, ohne ihre hübschen dunklen Locken, ihre bernsteinfarbenen Augen und ihre attraktive Oberweite zur Kenntnis zu nehmen. Ich war nie glücklicher gewesen, ihn zu sehen, als in diesem Moment.

Sandra hatte kaum von außen die Tür ins Schloss gezogen, da fiel ich ihm erst mal um den Hals. „Bitte hilf mir, Maximilian!"

„Natürlich." Er schob mich sanft von sich weg. „Nun erzähl mir erst mal, was eigentlich passiert ist."

Während ich berichtete, schüttelte er mindestens fünfundzwanzigmal den Kopf. Aber mit Vorwürfen hielt er sich zum Glück zurück. Als ich fertig war, sagte er nur: „Lass uns überlegen, was du unbedingt zugeben musst und was nicht."

Ich öffnete meine Jacke und zog den Hefter aus dem Hosenbund, den ich versehentlich nicht in den Tresor zurückgelegt hatte. „Den könnte ich ja in Nadjas Schreibtisch gefunden haben." Ich tastete zur Gesäßtasche meiner Jeans, wie ich es schon hundertmal getan hatte, seit ich den Tresorschlüssel dort aufbewahrte. „Ingo darf nicht erfahren, dass ich auch in das Haus der Schramms eingestiegen bin. Am Ende glaubt er wirklich, das Einbrechen in fremde Häuser könnte mir zur Gewohnheit werden."

„Entscheidend ist, dass du ihm keine wichtigen Informationen vorenthältst", sagte Maximilian ernst. „Aber in den anderen Unterlagen war ja anscheinend nichts, was den Lauf der Ermittlungen in eine andere Richtung lenken könnte. Die Vernehmung des Psychiaters könnte jedoch vielleicht aufschlussreich sein. Also musst du von dem Tresor nicht unbedingt reden. Und wenn du meinst, dass du einem Familiengeheimnis auf der Spur bist ... Nun, das kann dein Mann auch selber herausfinden. Und ob dieses Geheimnis mit dem Mord etwas zu tun hat, ist ja auch noch nicht raus."

Jetzt kamen Stimmen auf dem Gang näher, eine davon gehörte Ingo. Sein Zorn sprengte beinahe die Tür aus dem Rahmen, als er eintrat – ich hatte nichts anderes erwartet. Und dass sich seine Gemütslage besserte, als er sah, für welchen Rechtsbeistand ich mich entschieden hatte, das hatte ich auch nicht angenommen.

Aber dann folgte ihm Sandra Althausen ins Zimmer und damit änderte sich alles. Während ich mich vorher noch gefragt hatte, woher Sandra den Dienstplan meines Mannes kannte, wusste ich nun, dass diese Frage nicht mehr von Belang war. Ingo benahm sich jetzt so wie alle Ehemänner, die ihre Frau zurückgewinnen wollten, ohne die Geliebte zu kränken. So wie alle Liebhaber, die ein Verhältnis beenden wollten, ohne die Geliebte mit dem Triumph der Ehefrau zu brüskieren. Ein Mann, der der einen nicht wehtun und der anderen keine Hoffnungen machen wollte. Der der einen seine Gefühle zeigen wollte, die die andere nicht erkennen sollte. Der sich entschieden hatte und das nur einer der beiden offenbaren wollte. Der wusste, dass Offenheit und Ehrlichkeit bei einer solchen Konfrontation das Beste, das einzig Richtige war und doch gerade das nicht über sich brachte.

Also enthielt er sich am Ende jedes wahrnehmbaren Gefühls, nicht einmal seine Abneigung gegen Maximilian ließ er erkennen. Ob er sich auf diese Weise wieder einen Stuhl in meiner Küche sichern wollte, konnte ich nicht mit Bestimmtheit sagen, aber jedenfalls bekam er ihn. Ungefähr eine Stunde, bevor die Kinder geweckt werden mussten, saßen wir zu dritt beim Frühstück. Und ich selbst staunte am meisten darüber, wie ausgeschlafen ich mich fühlte, obwohl sich doch meine Nachtruhe auf die Fahrstrecke zwischen Gutenberg- und Hoyastraße beschränkt hatte.

Die Kinder staunten nicht schlecht, als sie in die Küche kamen. Vater und Mutter wieder friedlich vereint! Und daneben ein Mann, dessen Rolle sie noch nicht einordnen konnten, der aber zurzeit auch nicht weiter störte. Und da die beiden sich über Ingos Besuch freuten, schaffte es sogar Alexandra, Maxmilian so freundlich zu begrüßen, wie ihr das so kurz nach dem Aufstehen nur möglich war.

Auch ich staunte nicht schlecht, denn die Schulen Münsters hatten schon vor langer Zeit den Samstagsunterricht abgeschafft. Dass an diesem Morgen Proben fürs Schulfest stattfinden sollten, hatte ich glatt vergessen. Aber nun durfte ich feststellen, dass Alexandra und Christopher als Kinder einer Privatdetektivin endlich anfingen, ihr Schulleben selbst in die Hand zu nehmen, während sie sich als Kinder einer Hausfrau an jeden Teil ihres Stundenplans erinnern ließen und ihn dann doch vergaßen.

Zum Glück erwarteten beide keine ausführlichen Begründungen für die seltsame Gruppierung an unserem Frühstückstisch, weil sie wie immer viel zu spät dran waren, um ausführliche Überlegungen anstellen zu können, und weil sie ihre intellektuellen Fähigkeiten am Morgen gerne für die Schule aufbewahrten. Ich hatte oft das Gefühl, dass beide fürchteten, schon vor der ersten Stunde zu viel davon verbraucht zu haben, was ihnen dann in der zweiten Stunde fehlen könnte.

Ingo wurde abgeküsst, ich erhielt ein flüchtiges Schulterklopfen und Maximilian ein knappes „Ciao!“, als die beiden loszogen. Von Frederik war nichts zu sehen und zu hören. Nur Humphrey brabbelte vor sich hin. Aber da noch niemand die Decke von seinem Käfig genommen hatte, glaubte er wohl, dass noch Nachtruhe herrschte. In diesem Punkt war Tante Almut anscheinend sehr streng mit ihm gewesen.

Ich spürte plötzlich die Müdigkeit wie eine Lawine auf mich zukommen. Ingo wirkte ebenfalls so erschöpft wie nach jeder Nachtschicht und Maximilian sah genauso aus wie ein Mann, dessen Tiefschlafphase vom Anruf einer Frau unterbrochen worden war. Wir nippten an unseren Kaffeetassen und waren alle drei zu müde, um aufzustehen und uns dahin zu begeben, wo unsere Betten standen. Ich war allerdings noch aufgeweckt genug, mich darüber zu freuen, dass ich in diesem Punkt am besten dran war. Trotzdem schaffte ich es nicht, mich zu erheben.

Ingo sah mir dabei zu, wie ich verzweifelt versuchte, die Augen offen zu halten. „Was geschieht mit Frederik“, fragte er, „wenn er aufwacht und du einschläfst?“

„Alex und Chris werden in zwei Stunden wieder da sein. So lange kann ich mich vielleicht wach halten. Und wenn nicht ..." Mir fiel nichts Besseres ein als Humphrey. Hoffentlich hielt der Unterhaltungswert des Papageis noch ein wenig an. „Was sagst du denn nun eigentlich dazu, dass Nadja bei einem Psychiater in Behandlung war, ohne mir etwas davon zu erzählen?"

Ingo hob die Schultern. „Ich würde es auch für mich behalten, wenn ich es nötig hätte, mich auf die Couch eines Seelenklempners zu legen."

„Aber Anna Rosenkranz hat mir erzählt, dass es in Nadjas Vergangenheit ein düsteres Geheimnis gab."

„Und das glaubst du?", fragte Ingo ohne jedes Interesse.

„Ich finde, es kann nicht schaden, diesen Dr. Budde mal aufzusuchen und ihn zu fragen, warum Nadja ihn konsultiert hat."

„Das kann wirklich nicht schaden", mischte sich Maximilian ein, als von Ingo keine Reaktion kam.

„Also gut, ich fahre bei Gelegenheit mal in Sendenhorst vorbei." Ingo machte Anstalten, sich zu erheben. Als er aber feststellte, dass Maximilian sich nicht rührte, ließ er sich wieder zurücksinken. „Ob ich ihn heute, am Samstag, erreichen kann? Na, ich versuch's heute Nachmittag einfach mal."

„Kann ich mitkommen?", fragte ich schnell. „Schließlich habe ich die Unterlagen in Nadjas Schreibtisch gefunden."

Ingos Blick erinnerte mich daran, dass das nichts war, worauf ich stolz sein sollte, und erst recht nichts war, woraus ich irgendwelche Ansprüche ableiten konnte. Aber dann fiel sein Blick auf Maximilian und ich konnte in seinen Augen lesen, was er dachte: Jede Stunde, die sie mit mir zusammen ist, kann sie nicht mit Maximilian Schneider verbringen. „Also gut", sagte er. „Du kannst mich ja anrufen, wenn du ausgeschlafen hast." Dann richtete er sich wiederum auf und hielt sich diesmal nicht mit höflichem Abwarten auf. „Finden Sie nicht, dass wir jetzt beide gehen sollten, Herr Schneider?"

Maximilian zuckte zusammen. „Ja, Sie haben Recht. Romy möchte sicherlich schlafen."

„Ich auch", verkündete Ingo.

„Ich ebenfalls", schloss Maximilian sich an.

Und so trennten wir uns voneinander in allerschönstem Einvernehmen. Schade eigentlich, war einer meiner letzten klaren Gedanken, dass Sandra nicht unter uns war. Sie wäre die Einzige gewesen, von der noch ein vollständiger, inhaltsschwerer Satz zu erwarten gewesen wäre.

Ich war dazu längst nicht mehr imstande. Als Frederik mich mit offenen Augen im Schlafzimmer empfing, nuschelte ich nur noch: „Humphrey ... Gameboy ... ein klitzekleines Nickerchen ...“ Dann fiel ich in Tiefschlaf.

Aus ihm wurde ich erst aufgeschreckt, als in meiner Küche ein Lärm entstand, als würden dort die Proben fürs Schulfest fortgesetzt. Zwar gab es jemanden, der immer wieder warnend „Pscht!“, sagte, aber gerade dieses „Pscht!“ zischte so lange in meinen Schlaf, bis ich schließlich hellwach war. Ich lauschte benommen. Kein Zweifel, in meiner Küche waren etwa zehn Kinder damit beschäftigt, ein Mittagessen für zwanzig zu kochen. Während ich mich noch fragte, ob ich eigentlich damit einverstanden war, hörte ich Frederik lachen. So fröhlich wie schon lange nicht mehr. Und dann erzählte er mit der Stimme, die ich seit Nadjas Tod nicht mehr gehört hatte, dass er es gewesen war, der Humphrey beigebracht hatte, wie ein Gameboy zu piepen und zu zirpen.

Ich beschloss, mit allem einverstanden zu sein, und ließ mich wieder ins Kissen sinken. Aber die Ereignisse der letzten Nacht begannen in meinem Kopf zu rotieren und machten es mir unmöglich, wieder einzuschlafen. Ob Ingo mit Stolz in der Stimme oder mit Verächtlichkeit berichtet hatte, dass ich als Privatdetektivin unterwegs gewesen war?

Was für ein Glück, dass Sandra so kooperativ gewesen war! Einfach großartig, wie schnell sie eine Geschichte für mich erfunden hatte, die sie dem Protokoll anvertrauen und die jeder Überprüfung standhalten konnte. Freundlich hatte sich mich angesehen – ohne die Demut, die der Geliebten eines verheirateten Mannes eigentlich gebührte, und ohne den Hochmut der Rivalin, die die Schwächen der Ehefrau kannte. Nein, sie war einfach liebenswürdig und hilfsbereit gewesen wie eine Freundin, nicht einmal das Gefühl, zu einer Wiedergutmachung verpflichtet zu sein, hatte sie hinterlassen, als sie sagte: „Ich denke, Sie sind eine besonders aufmerksame Beobachterin des Einbruchs in die Boutique Ihrer Freundin gewesen, stimmt's?“

Ich nickte, obwohl ich nicht genau wusste, worauf sie hinaus wollte, weil ich ihr aber bereits blind vertraute.

„Und Sie wollten nicht gleich die Polizei alarmieren, weil Sie sich erst überzeugen wollten, was in der Boutique geschah?“

Wieder nickte ich und sah Sandra Althausen staunend an, während Ingo sie fixierte, als wäre ihm ihr Verhalten nicht ganz geheuer.

„Wahrscheinlich hatten Sie auch kein Handy dabei, um die Polizei anzurufen? Und Sie sind den beiden Diebinnen gefolgt, um zu versuchen, die beiden einzuschließen, um dann in irgendwo den Notruf zu alarmieren?“

Wieder nickte ich. Und diesmal traute ich mich sogar anzufügen: „Genau so war es."

„Dann werde ich das Protokoll jetzt entsprechen verfassen lassen. Aber natürlich muss ich Sie noch ermahnen, dass Sie demnächst die Verfolgung von Straftätern besser der Polizei überlassen! Versprochen?"

„Versprochen!", verkündete ich feierlich.

Das freundliche Gefühl für Sandra Althausen, das gestern in mir entstanden war, hielt immer noch an. Dass sie mich so fair und ohne jedes erkennbare Gefühl von Eifersucht behandelt hatte, rechnete ich ihr hoch an. Womöglich war ihre Position als Vorgesetzte sogar angekratzt oder schwer beschädigt worden, als sie die Ehefrau ihres verflossenen Liebhabers großzügiger behandelte als die beiden Mädchen, die mit mir zusammen in der Boutique erwischt worden waren. Aber vielleicht wurde Privatdetektiven, die in der Ausübung ihres Berufs unterwegs waren und für das Wohl ihrer Mandanten schon mal die Grenze der Legalität überschritten, eine Sonderbehandlung zuteil? Obwohl die einzigen Privatdetektive, die ich kannte – Matula und Wilsberg – bei der Obrigkeit eher unbeliebt waren. Wenn alle Polizisten eine Abneigung gegen Schnüffler hegten, dann hatte ich es wirklich Sandra zu verdanken – entweder ihrer Großherzigkeit oder ihrem Schuldgefühl -, dass ich an diesem Morgen nicht in einer Zelle aufgewacht war.

Diese Vorstellung vertrieb die Reste meines Tiefschlafs. Ich setzte mich auf und reckte mich. Prompt kehrten die Instinkte der betrogenen Ehefrau wieder zurück. Das wäre ja auch noch schöner, einer Frau erst den Mann wegzunehmen und sie dann noch verhaften zu lassen!

Ich sah auf die Uhr und stellte fest, dass ich mich nach nur drei Stunden Schlaf erstaunlich munter fühlte. Als Ingo bei mir eintraf, hatte ich die angetrocknete Tomatensoße bereits vom Herd gekratzt, die Spaghetti von den Stühlen entfernt und fühlte mich nach wie vor frisch. Ingo dagegen sah immer noch so aus, als käme er direkt aus dem Spätdienst. „Ich kann in diesem Bett einfach nicht mehr schlafen", stöhnte er.

Gemeint war natürlich das Bett seiner Jugend. Aber dieses Bett war vermutlich nur ein Synonym dafür, dass seine Jugend vorbei und das Leben an der Seite seiner Mutter einfach nicht mehr angemessen war. Sandra fiel mir wieder ein und Ingo tat mir plötzlich Leid, während ich gestern noch gedacht hatte, es geschähe ihm völlig recht, dass er nun in Kinderhaus bei seiner Mutter schlafen musste. Gerade wollte ich meine Anteilnahme mit ein paar sensiblen Worten zum Ausdruck bringen, da fiel mir Maximilian ein. Wollte ich wirklich riskieren, dass Ingo mein Erbarmen falsch interpretierte? Dass er demnächst nach jedem Dienst hier einen Besuch machte, bis ich es nicht mehr schaffte, ihn wegzuschicken?

Ich entschloss mich, ihm einen Kaffee zu kochen, da ich den Rosmarintee meiner Schwiegermutter zur Genüge kannte, dann aber darauf zu drängen, nach Sendenhorst aufzubrechen.

Während der Fahrt fragte ich vorsichtig: „Noch immer keine Spur von Hartwig?"

Ingo schüttelte grimmig den Kopf. „Wir haben alle Flughäfen überwachen lassen. Ich bin sicher, dass er noch im Lande ist. Ich glaube sogar, dass er sich nach wie vor in Münster aufhält."

Genau das glaubte ich auch. Denn in den hiesigen Zeitungen war der Mordfall Nadja Schramm immer noch ein Thema, über das ausführlich berichtet wurde. Viel ausführlicher als in den übrigen Gazetten Deutschlands. Wenn Hartwig den Lauf der Ermittlungen verfolgen wollte, dann konnte er das am besten in Münster tun.

„Nie im Leben!", sagte ich. „Wenn er nicht gefasst werden will, hat er Münster längst verlassen."

Ingo schien mir nicht glauben zu wollen. „Jedenfalls ist die Fahndung nach ihm noch mal verstärkt worden. Seit ich von Nadjas Testament weiß, hat er wirklich ein handfestes Motiv."

„Du weißt doch gar nichts von diesem Testament. Nur, dass Nadja vorhatte, eins zu verfassen! Vielleicht wollte sie darin lediglich bestimmen, wer ihren Schmuck erben sollte. Kein Motiv für Hartwig!"

„Nein, dein Anwalt ..."

Ich überhörte die Anzüglichkeit in seiner Stimme großzügig.

„... dein Anwalt hat gesagt, Nadja hätte von einem beträchtlichen Vermögen gesprochen."

„Habt ihr denn irgendwas gefunden, was auf ein beträchtliches Vermögen hinweist?", fragte ich vorsichtig.

„Nichts." Ingo nagte an seiner Unterlippe. „Nadja hat nichts geerbt und ihre Boutique wirft nicht mehr viel ab. Ein großer Lottogewinn scheidet auch aus und in der Spielbank hat sie nur ein einziges Mal zweihundert Euro gewonnen. Das ist alles."

„Also kann sie kein beträchtliches Vermögen haben."

„Oder sie hat es durch irgendein illegales Geschäft zu einem Vermögen gebracht. Diebstahl, Betrug, Unterschlagung ..."

„Nadja? Das glaubst du doch selber nicht, Ingo."

Tatsächlich schien Ingo es selber nicht glauben zu wollen. Aber da er Nadja nie besonders gut leiden konnte, fiel es ihm leichter als mir, sie dennoch für eine Betrügerin zu halten. Ich suchte ja immer noch nach einer Erklärung, die meine Freundschaft mit Nadja nicht im Nachhinein zerstörte. Aber wie sie an das Geld gekommen war, um Johannes Riedel fünf Ferienhäuser abzukaufen, war mir ein Rätsel. Genauso wie ich nicht verstehen konnte, dass ich mit einer Frau befreundet gewesen war, von der ich so wenig wusste. Ingo hatte ja Recht, da war irgendwas faul. Wenn es sich beim Kauf der Ferienhäuser um einen ganz normale Geldanlage gehandelt hätte, wäre die Transaktion über Nadjas Konten abgewickelt worden. Die Unterlagen hätten sich dort gefunden, wo sie hingehörten, nicht in dem Versteck, wo ich sie gefunden hatte. Am liebsten hätte ich Ingo davon erzählt, aber nach den Ereignissen der vergangenen Nacht war es noch unmöglicher als zuvor, ihn einzuweihen. Wie gern hätte ich ihn dazu gebracht, sich um Riedels finanzielle Angelegenheiten zu kümmern! In seiner Buchführung musste der Verkauf der Häuser ja nachzuweisen sein. Und wenn nicht ... Ja, wenn nicht, dann hatte Maximilian womöglich Recht. Dann waren Nadja Schramm und der Chef ihres Mannes gemeinsam in illegale Geschäfte verwickelt. Aber vorstellen konnte ich mir das nach wie vor nicht. Eine Komplizenschaft zwischen den beiden? Nein! Nadja konnte den Chef ihres Mannes nicht gut leiden, erst recht nicht, nachdem die Differenzen zwischen Hartwig und seinem Schulleiter immer offener zutage getreten waren.

„Es kann nicht mehr lange dauern, bis wir Hartwig finden", sagte Ingo. „Und wenn wir ihn haben, lasse ich nicht locker, bis er ein Geständnis ablegt."

Dr. Magnus Budde öffnete uns selbst die Tür. Als Ingo sich vorstellte und ihm seinen Dienstausweis unter die Nase hielt, sagte er: „Ach ja, Sie hatten angerufen."

Dass ich die Assistentin des Hauptkommissars war, schien ihm klar zu sein, ohne dass Ingo ausdrücklich zu einer Lüge genötigt wurde. Zufrieden trat ich hinter Ingo über die Schwelle, mit dem festen Vorsatz, mich bescheiden im Hintergrund zu halten und nur zu antworten, wenn ich gefragt wurde.

Dr. Budde führte uns durch die Diele, am Wohnzimmer vorbei, in dem eine junge Frau mit zwei kleinen Kindern vor einem Zeichentrickfilm saß, in einen dunklen Flur, der die Privaträume mit der Praxis verband. Dort wurde an einem Samstag nicht geheizt, es war kalt und ich knöpfte meine Jacke wieder zu, die ich eigentlich ablegen wollte. Der

Frühling war hier noch nicht eingelassen worden, die hohen Bäume vor den Fenstern hielten ihn fern.

Ich beobachtete den Arzt unauffällig, während er die Gardinen zur Seite schob, um dem Raum statt der fehlenden Wärme wenigstens etwas Licht zu geben. Er war mittelgroß, von kräftiger Statur, trug ein gelbes Polohemd und eine beige Cordhose. Die halblangen Haare hatte er im Nacken zu einem Pferdeschwanz gebunden. Ich brauchte Ingo gar nicht anzusehen, um zu wissen, was er dachte. Zu den Vorurteilen, die er pflegte, gehörte auch, dass Männer mit Pferdeschwänzen sich im Nacken etwas schufen, was ihnen woanders fehlte. Dass ich derart frisierte Männer attraktiv fand, hatte ihn schon oft erbittert.

Magnus Budde überzeugte mich einmal mehr davon, dass ein Psychiater seinen Beruf ergreift, weil er sich selbst therapieren möchte. Ich war sicher, er hatte mal mit Jura begonnen und dann gemerkt, dass er die besten Voraussetzungen besaß, nicht nur sein privates, sondern auch sein berufliches Leben den Frauen zu widmen, und deshalb Gynäkologe werden wollte. Irgendwas musste dann dazwischen gekommen sein – vielleicht eine unglückliche Liebe, ein inzestuöses Verhältnis oder sein Ödipuskomplex – und Magnus Budde hatte, als er an seiner Sensibilität zu scheitern drohte, die Fachrichtung gewechselt. Mir war klar, dass meine Hypothesen mehr als kühn waren, trotzdem glaubte ich, dass sein Werdegang so oder so ähnlich verlaufen sein musste.

„Natürlich bin ich sehr betroffen über den Tod meiner Patientin", begann er und wartete geduldig, bis Ingo und ich Platz genommen hatten. Dann wählte er den Stuhl, der meinem direkt gegenüber stand. „Aber Sie wissen ja, dass meine ärztliche Schweigepflicht mir verbietet, über das zu reden, was Frau Schramm mir anvertraut hat."

Ingo nickte bestätigend. „Aber wir beide wissen auch, dass es ein höherwertiges Gut gibt, das Sie von Ihrer Schweigepflicht entbinden kann. Zum Beispiel, wenn ein Mörder durch Ihre Aussage zur Strecke gebracht werden kann."

Dr. Budde sah mich so nachdenklich an, dass ich schon dachte, jetzt bekämen wir etwas zu hören, was alle bisherigen Ermittlungen auf den Kopf stellen würde. Aber er wich aus: „Es ging um alte Familiengeschichten. Ich halte es für ausgeschlossen, dass sie etwas mir ihrem Tod zu tun haben."

Auch Ingo hatte wohl Hoffnung geschöpft. Jetzt beugte er sich ärgerlich vor. „Es hat sich erst in der vergangenen Nacht herausgestellt, dass sie in psychiatrischer Behandlung war, deswegen kommen wir erst heute zu

Ihnen. Und deswegen am Wochenende. Die Umstände, unter denen wir auf Ihren Namen gestoßen sind, weisen darauf hin, dass Frau Schramm Sie heimlich konsultiert hat. Niemand schien davon gewusst zu haben, sie hielt alles sorgfältig verborgen, was mit Ihnen zu tun hatte. Das muss doch einen Grund haben. Können Sie wirklich ausschließen, dass das, was Ihnen als Arzt anvertraut wurde, der Polizei hilft, Frau Schramms Mörder zu überführen?"

Dr. Budde starrte mir ins Gesicht, als fände er dort eine Antwort. „Wie ich in der Zeitung gelesen habe, wird ihr Mann verdächtigt. Er ist doch auf der Flucht, oder?" Er fragte Ingo, sah aber mich dabei an.

Ich nickte und Ingo sagte: „Seine Täterschaft ist keineswegs erwiesen. Und verdächtig hat er sich vor allem durch seine Flucht gemacht ..."

Ingo lehnte sich zurück und runzelte die Stirn. Er sah so aus, als ob er den Arzt gern auf sich aufmerksam machen würde, der immer noch mich ansah, obwohl Ingo mit ihm redete. Ich wurde unruhig unter seinem Blick, griff mir an den Mund, an die Nase, weil ich irgendwo ein Brotkrümel oder Schlimmeres vermutete. Für echtes Interesse hielt ich seine Aufmerksamkeit nicht. Dr. Magnus Budde gehörte zu den Männern, die den Erfolg bei Frauen so oft genutzt hatten, dass sie vom eigenen Geschlecht einfach nichts mehr erwarteten. Er wäre wirklich besser Gynäkologe geworden.

Nun warf er Ingo einen kurzen Blick zu, um ihm zu zeigen, dass er seine Anwesenheit nicht ganz vergessen hatte. „Wie gesagt, es handelte sich um alte Familiengeschichten. Lange, bevor Frau Schramm ihren Mann kennen lernte." Er brach ab, seufzte und starrte mir weiterhin in die Augen.

„Ihre Patientin ist tot ...", begann Ingo.

„Die Schweigepflicht eines Arztes gilt über den Tod hinaus", warf Dr. Budde ein und seufzte noch einmal.

„Also gut." Ingo erhob sich. „Nur alte Familiengeschichten, sagen Sie also. Ich denke, das bringt uns wirklich nicht weiter."

Dr. Budde stand ebenfalls auf. „Dass sie die Behandlung verheimlicht hat, zeigt, dass ich nicht viel erreicht habe." Er sah mich so traurig an, als erwartete er Trost von mir, und ergänzte unglücklich: „Sie hätte früher ärztliche Hilfe suchen müssen. Manchmal hat sich die Seele längst an die Last gewöhnt, die sie niederdrückt ..."

Ingo streckte Dr. Budde die Hand entgegen. „Sollten wir doch noch den Eindruck haben, dass Ihre Aussage wichtig ist, kommen wir auf Sie zurück."

Dr. Budde nickte. „Wenn Sie mich davon überzeugen können, dass Reden in diesem Fall Gold ist ..."

Er entließ uns durch seine Praxistür, die auf den kleinen Parkplatz führte, auf der Ingo sein Auto geparkt hatte.

„Hat er Recht, wenn er auf seiner Schweigepflicht besteht?", fragte ich Ingo, als wir losfuhren.

„Natürlich! Meinst du, sonst hätte ich ihn damit durchkommen lassen?"

„Und man kann ihn nicht zwingen?"

Ingo schüttelte den Kopf. „Er kann sich immer auf § 203 StGB berufen. Darin steht, dass ein Arzt verpflichtet ist, die Geheimnisse, die ihm ein Patient anvertraut hat, zu wahren. Es gibt zwar Gründe, die ihn von dieser Pflicht entbinden können – aber er allein kann beurteilen, ob solche Gründe vorliegen."

Ich fühlte mich nicht wohl, während wir zurückfuhren. Als Dr. Budde von alten Familiengeschichten geredet hatte, war mir gleich wieder Nadjas Schwester eingefallen. Ihr junges Gesicht, der blasse Teint, die auffallende Kette. Und ihr Totenschein und die Geburtsurkunde des Neugeborenen. Eigentlich hätte ich Ingo gern die ganze Wahrheit erzählt. Aber jetzt war es definitiv zu spät, den Einbruch in das Haus der Schramms zu gestehen, meinen Griff in Nadjas Geheimfach und in ihren Tresor. Ich wagte mir gar nicht auszumalen, welche Vorwürfe Ingo mir machen würde, wenn er jetzt davon erfuhr.

„Es bleibt dabei", sagte Ingo, „wir müssen Hartwig finden. Verdammt, wo mag er nur stecken? Er kann sich doch nicht in Luft aufgelöst haben. Ob er seine Flucht vorbereitet hat? Ich glaube, ich muss mal mit Fredi reden. Vielleicht kann er sich vorstellen, wo sein Vater sich versteckt hält."

„Nein, bitte nicht!" Ich griff nach seinem Arm, was Ingo derart erschreckte, dass er das Steuer verriss.

„Bist du verrückt geworden, Romy?"

„Fredi erholt sich gerade, er kann sein Schicksal gelegentlich vergessen und wieder lachen. Du darfst ihn nicht mit solchen Fragen bedrängen."

„Schon gut!" Ingo nickte versöhnlich. „Wahrscheinlich brächte es ja sowieso nichts. Was soll der Junge schon wissen? Aber ich werde meinen Kollegen am Montag Feuer unterm Hintern machen, wenn sie Hartwig dann immer noch nicht gefunden haben!"

Er stieg mit mir aus dem Auto und folgte mir zur Tür – so selbstverständlich, als wohnte er in der Hoyastraße. Mir wäre es lieber gewesen, wenn er weitergefahren wäre nach Kinderhaus, aber ich brachte es nicht fertig, ihn wegzuschicken. Ich war in Ingos Schuld. Er hatte mich nachts aus Polizeigewahrsam befreit und mir sogar erlaubt, ihn zu Dr. Magnus Budde zu begleiten. Ich konnte ihn jetzt nicht daran erinnern, dass wir getrennt lebten und dass ich noch nicht bereit war, diesen Zustand wieder zu beenden.

Christopher empfing uns mit großer Begeisterung. „Cool, wir kriegen ein Handy! Endlich!"

Ich stülpte meine Jacke über einen Haken. „Wir? Wer denn nun? Du oder ich? Wenn du, dann frage ich mich, wie du das bezahlen willst. Wenn ich, dann frage ich mich, warum du mehr weißt als ich."

Christopher verdrehte die Augen. „Dein Dr. Lessing hat angerufen ...

„Er heißt Maximilian Schneider. Und hör auf, mich ständig mit Matula zu vergleichen, Chris. Du nennst deinen Vater doch auch nicht Schimanski."

„Mensch, Mama!" Christopher wurde nun wirklich sauer. „Jetzt hör mir doch endlich mal zu. Dein ... also, Herr Schneider hat angerufen und gesagt, du hättest ihn gebeten, dir beim Handy-Kauf zu helfen. Er hat ein tolles Angebot entdeckt und will heute noch mit dir in die Stadt. Dann kannst du bereits am Montag mobil telefonieren."

„Ach, so." Ich sah auf die Uhr. Noch zwei Stunden bis Geschäftsschluss. „Soll ich ihn anrufen?" Ingos Zeugenschaft war mir ein bisschen unangenehm. „Ich hatte Maximilian gebeten, mir zu helfen", erklärte ich ihm hastig. „Ich verstehe ja nichts von Handys."

„Ich kann dir auch dabei helfen", erklärte Ingo. „Mir ist doch ebenfalls klar, dass du jetzt dringend ein Handy brauchst. Du musst jederzeit erreichbar sein."

Ich betrachtete ihn verdutzt. Das waren ja ganz neue Töne! „Ja, wenn du meinst ..."

„Ich habe auch ein tolles Angebot entdeckt. Also, wenn du willst, können wir sofort ..."

„Obercool!", rief Christopher. „Los, lass uns fahren."

Ich fühlte mich nicht wohl zwischen den Stühlen und es gefiel mir auch nicht, dass Christopher mal auf den einen, mal auf den anderen rutschte. Und das nur, damit es endlich auch in unserem Hause ein Handy gab.

„Könnt ihr das allein erledigen?", fragte ich. „Ich habe ja sowieso keine Ahnung davon."

Wenn schon Maximilians Angebot ausgeschlagen werden musste, dann wollte ich damit nicht gerne etwas zu tun haben.

Ingo sah enttäuscht aus, aber er kam aus der Sache nun nicht mehr heraus. Ich fragte mich, ob er wirklich vorgehabt hatte, mir bei der Auswahl eines Handys zu helfen, oder ob es ihm nur darum gegangen war zu verhindern, dass Maximilian es tat. Nein, ich wollte mich da raushalten. Sollte ich mich zum Spielball eines eifersüchtigen Ehemannes und eines hochmotivierten Bewerbers machen? Nein, das kam nicht in Frage. Mir über ein Handy eine Entscheidung aufdrängen lassen? Niemals!

„Am besten, ihr nehmt auch Fredi mit. Ich hole währenddessen ein bisschen Schlaf nach."

Ingo nickte, Christopher und Frederik griffen nach ihren Caps, Alexandra kam vorbei und kündigte an, bis zum Abendessen außer Haus zu sein. Die Aussicht auf ein paar Stunden Alleinsein gefiel mir außerordentlich.

„Ich bin so scharf auf dich", mischte Humphrey sich ein.

Dass Ingo mir einen viel sagenden Blick zuwarf, gefiel mir gar nicht. Ich musste aufpassen, dass ich meine eigenen Entscheidungen nicht von anderen treffen ließ.

„Du mischst dich da gefälligst nicht ein", zischte ich Humphrey zu, als Ingo und die beiden Jungen die Tür ins Schloss warfen.

„Küsschen! Küsschen!", krächzte Humphrey.

Auf dem Weg ins Schlafzimmer fiel mir ein, dass ich auch in Maximilians Schuld stand. Er hatte ebenfalls dazu beigetragen, dass ich die vergangene Nacht nicht in einer Gefängniszelle verbracht hatte. Und außerdem sollte er wissen, dass er soeben das Spiel ums Handy verloren hatte. Ich musste ihn anrufen.

Er trug seine Niederlage mit bewundernswerter Fassung. „Ich hätte das an der Stelle deines Mannes auch so gemacht." Und er gewann den nächsten Satz mit Bravour, als er selber von diesem unerquicklichen Thema zum nächsten wechselte, das mich so sehr beschäftigte, dass mir ein Handy zurzeit sowieso ziemlich gleichgültig war. Eifrig folgte ich Maximilian aus dem Handy-Shop in die psychiatrische Praxis nach Sendenhorst und erzählte ihm, was wir von Dr. Budde zu hören bekommen hatten. „Er ist auch der Meinung, dass es um alte Familiengeschichten geht", schloss ich.

Maximilian korrigierte mich sanft: „Wenn ich dich richtig verstanden habe, hat er gesagt, dass es in Nadjas Behandlung um alte Familiengeschichten ging. Der Mord kann jedoch ganz andere Gründe haben."

Ich schwieg betreten. Warum konnte ich nicht erst einen Gedanken zu Ende denken, ehe ich ihn aussprach? „Hat er denn wirklich Recht, wenn er sich auf seine Schweigepflicht beruft?", fragte ich kleinlaut.

„Natürlich hat er Recht, solange er davon ausgehen muss, dass Nadja, wenn sie noch lebte, auf seine Schweigepflicht pochen würde. Wenn er allerdings davon ausgehen könnte, dass kein Geheimhaltungsbedürfnis mehr besteht, dann würde er sicherlich seine Schweigepflicht brechen. Und das dürfte er auch, wenn er damit helfen kann, einen Mörder zu finden. Dann sollte, dann müsste er sogar reden."

„Aber er ist der Meinung, dass diese alten Familiengeschichten nichts mit dem Mord zu tun haben."

„Wahrscheinlich hat er ja auch Recht. Ich finde es wichtiger festzustellen, wie die Geschäftsverbindung zwischen Nadja und Johannes Riedel aussah."

„Aber wie soll ich das herausfinden?"

Maximilian lachte leise. „So etwas darf eine Privatdetektivin nie fragen."

„Du meinst, ich soll einfach zu Riedel hingehen und ihn fragen? Aber was ist, wenn er mittlerweile weiß, dass ich gar nicht zu Polizei gehöre?"

„Dann wird er dir nicht antworten. Aber trotzdem könntest du es versuchen. Dass du bei den Riedels als die Assistentin deines Mannes erschienen bist, ist ein großer Vorteil für dich."

„Auch Dr. Budde hält mich für Ingos Assistentin."

Maximilian schwieg, weil er anscheinend nicht wusste, worauf ich hinaus wollte. Dann sagte er: „Sei vorsichtig, Romy. Du könntest deinen Mann in große Schwierigkeiten bringen."

„Ja, ja, ich passe schon auf."

„Übrigens ... ich möchte mal mit dir allein sein, Romy. Weißt du, dass wir noch nie zusammen waren, ohne dass deine Kinder, dein Mann, meine Sekretärin oder ein Papagei in der Nähe waren?"

Er hatte Recht! Wie war es nur möglich, dass ich trotzdem eine Nähe zu Maximilian empfand, die nicht anders sein könnte, wenn uns eine leidenschaftliche Affäre verband?

„Vielleicht weil wir beide wissen", meinte Maximilian, „dass diese leidenschaftliche Affäre nicht mehr aufzuhalten ist."

Es kam mir so vor, als könnte er Recht haben. Aber ich wusste auch, dass ich niemals darüber nachdenken durfte, damit meine Gedanken meinen Gefühlen keinen Strich durch die Rechnung machen konnten. Als ich den Hörer auflegte, belastete mich jedenfalls der Eindruck, dass Maximilian sich von mir zurückgewiesen fühlte. Wie sollte ich ihm begreiflich machen, dass er sich irrte? Es hieße, ein Pferd zu satteln, bevor man sich auf einen Esel schwingt, wenn ich ihm erklären müsste, dass ich alles wollte, was auch er wollte, und es damit zerredet hätte.

„Kaffee und Cognac, aber zack-zack!", schrie Humphrey.

„Das ist doch auch keine Lösung", wehrte ich ab.

Im Telefonbuch stand nur die Nummer der Praxis, nicht Dr. Buddes Privatnummer. Ich wählte trotzdem – und richtig, die Nummer wurde anscheinend außerhalb der Sprechstunden auf den privaten Anschluss umgeleitet.

Frau Budde meldete sich, die sofort wusste, worum es ging, als ich ihr erklärte, dass ich vor einer guten Stunde einen Besuch in ihrem Hause abgestattet hatte. „Ja, Sie waren mit Ihrem Kollegen hier", bestätigte sie.

Ich bejahte, obwohl ich sicher war, ob Ingo nicht einverstanden damit sein würde, mein Kollege genannt zu werden. „Es hat sich soeben ein neuer Aspekt in den Ermittlungen ergeben", behauptete ich. „Kann ich Ihren Mann noch mal kurz sprechen?"

„Schatzi!", hörte ich sie rufen – und wunderte mich darüber, dass ein Mann wie Dr. Budde Schatzi genannt wurde. „Schatzi, die Dame von der Polizei ist dran."

Ich hörte das Gezank von zwei Kindern und das Klappern von Geschirr, dann näherten sich Schritte dem Telefon und Dr. Buddes Stimme füllte den Hörer. „Haben Sie etwas vergessen?"

„Das nicht", antwortete ich und bereute nun, dass ich mir nicht vorher sorgfältig zurechtgelegt hatte, was ich sagen wollte. „Gerade hat sich herausgestellt, dass der Mord an Nadja Schramm durchaus mit alten Familiengeschichten zu tun haben könnte." Dass es darauf kein akustisches Kopfnicken gab, beunruhigte mich ein wenig. Trotzdem fuhr ich tapfer fort: „Mein Kollege sagte Ihnen ja schon, dass wir gegen den Ehemann der Toten im Grunde nicht viel in der Hand haben. Soeben hat sich aber im Nachlass der Ermordeten etwas gefunden, was ein neues Licht auf den Fall wirft. Frau Schramm hat nicht nur alles, was mit der Behandlung bei Ihnen zu tun hat, versteckt, sondern auch einige interessante Papiere, die mit dem Tod ihrer Schwester zusammenhängen. Wir wissen nicht, warum ihr diese Geheimhaltung wichtig war, aber der Grund dafür könnte durchaus etwas mit ihrer Ermordung zu tun haben."

Ich merkte, wie mir der Schweiß ausbrach, weil ich plötzlich begriff, dass ich nichts Stichhaltiges vorzubringen hatte. Aber war es nicht stichhaltig genug, dass Nadja den größten Teil ihrer Vergangenheit in einem Safe versteckt hatte? Dafür musste es doch eine Erklärung geben. Aber wie sollte ich Dr. Budde davon überzeugen, dass der Mörder mit Nadjas

Vergangenheit etwas zu tun haben könnte? Ich wusste ja selber nicht, ob dieser Gedanke nicht nur eine Fata Morgana war, die meinen Wissensdurst nicht löschen würde, wenn ich ihr näher kam.

Ich rief mir ins Gedächtnis zurück, was Maximilian mir gesagt hatte, und benutzte nun so überzeugende Vokabeln wie Geheimhaltungsbedürfnis und Geheimhaltungsinteresse, was Dr. Budde hoffentlich davon überzeugen würde, dass ich wusste, wovon ich sprach.

„Die Frage ist doch, ob Nadja Schramm noch ein Geheimhaltungsinteresse hätte, wenn sie wüsste, dass mit der Preisgabe des Geheimnisses, das sie ihrem Arzt anvertraut hat, ihr Mörder dingfest gemacht werden könnte. Wir sind sicher, dass das Geheimhaltungsbedürfnis nicht mehr besteht und Sie daher nicht mehr an Ihre Schweigepflicht gebunden sind."

„Davon haben Sie mich noch nicht überzeugt", sagte Dr. Budde. „Ich sehe noch nicht, dass Sie Verdachtsmomente haben, die die alten Familiengeschichten berühren, unter denen Frau Schramm bis zu ihrem Ende litt."

Ich war in Schweiß gebadet. Jetzt kam es darauf an! Jetzt musste ich das Richtige sagen, damit Dr. Budde seine Schweigepflicht aufgab. Aber ich durfte auch nichts Falsches sagen, damit Ingo niemals erfuhr, was ich hinter seinem Rücken getan hatte.

„Wir glauben nun", sagte ich vorsichtig, „dass der Mord etwas mit dem Tod von Frau Schramms Schwester zu tun hat. Mit Jasmin Schäfer."

Dr. Budde schien genauso erstaunt zu sein wie ich selbst. Wie war ich nur auf diese Idee gekommen? Trotzdem sagte er nach einer Weile des Nachdenkens, in der die Gedanken durch meinen Kopf rasten und in meinem Gewissen eine Schneise der Verwüstung hinterließen: „Ja, es ging tatsächlich in sämtlichen Sitzungen um Frau Schramms Schwester. Sie war mit fünfzehn Jahren schwanger geworden und Frau Schramm, die damals noch Nadja Schäfer hieß, war die Einzige, die davon wusste. Den Eltern war es erfolgreich verheimlicht worden. Frau Schramm war siebzehn, als das Baby ihrer Schwester geboren wurde. In einer einsamen Gartenlaube! Die beiden Mädchen waren ganz allein, sie hatten geglaubt, mit der Geburt ohne Hilfe fertig zu werden, aber dann ... Es ging irgendwas schief, die Fünfzehnjährige starb bei der Geburt, sie verblutete. Frau Schramm hat es nie verwinden können, dass sie es nicht schaffte, ihre Schwester zu versorgen, und sich nicht traute, rechtzeitig Hilfe zu holen, damit die Schwester gerettet werden konnte. Sie hatte einfach nicht erkannt, in welcher Gefahr die junge Mutter schwebte. Und sie gab sich bis zum Schluss die Schuld am frühen Tod ihrer Schwester."

Ich war erschüttert. Und plötzlich war es ganz leicht zu verstehen, dass Nadja nie von ihrer Schwester gesprochen und alles versteckt hatte, was mit ihrem Tod zusammenhing.

„Frau Schramm war immer noch voller Hass auf den Vater des Babys“, fuhr Dr. Budde fort. „Sie versuchte, ihre eigenen Schuldgefühle auf diesen Mann zu projizieren, aber so etwas geht ja selten gut. Hass bleibt Hass, ob man ihn gegen sich selbst oder gegen einen anderen richtet – er bleibt immer ein zerstörerisches Gefühl. Für den, der hasst, genauso wie für das Opfer des Hasses. Hass wird nicht erträglicher, wenn man ihn als Waffe benutzt.“

„Kannte Frau Schramm den Mann?“ Ich merkte selbst, wie atemlos meine Stimme klang, und konnte nur hoffen, dass Dr. Budde nicht zu zweifeln begann, es mit einer Kriminalbeamtin zu tun zu haben, für die Mord und Totschlag zum täglichen Brot gehörte.

„Sie wusste lediglich, dass es ein Westdeutscher mit dem Namen Hans gewesen war, der ihre Schwester verführt hatte. Sie sagte immer wieder: ‚Nur zweimal war er in Kühlungsborn und das hat gereicht, um Jasmin unglücklich zu machen! Und mich auch!‘“ Dr. Budde schwieg eine Weile, dann fragte er: „Glauben Sie, dass Ihnen das weiterhilft?“

„Ja, sicherlich“, entgegnete ich schnell. „Es war auf jeden Fall richtig, dass Sie sich entschlossen haben, darüber zu reden. Das bestätigt uns in der Annahme, dass wir bei der Suche nach dem Mörder in der Vergangenheit ansetzen müssen.“

Dr. Buddes Stimme klang nicht besonders glücklich, als er sagte: „Ich hoffe, dass ich keinen Fehler gemacht habe. Aber es wäre ja schrecklich, wenn ein Mörder nicht zur Strecke gebracht würde, weil ich mich zum Schweigen verpflichtet fühle. Sie haben Recht, das Geheimhaltungsinteresse meiner Patientin dürfte in diesem Fall nicht mehr bestehen ...“

Als ich aufgelegt hatte, war ich zunächst unfähig, mich zu bewegen. Still und starr stand ich da und fragte mich, welche Folgen dieses Telefongespräch haben könnte. Was, wenn Dr. Budde später Ingo anrief und ihn nach dem Stand der Ermittlungen aufgrund seiner Auskünfte fragte? Was, wenn er von der Verhaftung des Mörders in der Zeitung las und feststellte, dass er nichts mit Nadjas Vergangenheit zu tun hatte?

Aber dann erschien das junge Gesicht von Jasmin Schäfer vor meinen Augen und ich stellte mir vor, wie es ausgehen hatte nach einer langen Zeit der Wehen, als ihre Kräfte nachließen, als das Kind endlich geboren war und sie blutete und blutete und immer schwächer wurde ...

Ich bewegte mich, um die Gänsehaut zu vertreiben. Es war kein Wunder, dass Nadja mit diesem Erlebnis nicht fertig geworden war. Sie hatte mitansehen müssen, was mit ihrer Schwester geschah. Und die Frage, ob Jasmins Leben gerettet worden wäre, wenn sie anders gehandelt hätte, musste sie gepeinigt haben. Jahrelang! Ich konnte nun verstehen, dass sie nie den Mut gefunden hatte, darüber zu reden.

Meine Müdigkeit war wie weggeblasen. Eben noch hatte ich das Alleinsein genossen, jetzt brauchte ich dringend einen Menschen, dem ich erzählen konnte, was ich dachte, was ich fühlte, denken könnte, fühlen könnte und beinahe gedacht hätte ... einfach alles. Ich konnte jetzt nicht allein bleiben und auf mein Handy warten. Ich brauchte jemanden, dem ich alles haarklein berichten konnte, unter Vernachlässigung der wesentlichen Fakten, aber unter Berücksichtigung sämtlicher Mutmaßungen und ausgiebiger Erörterung aller Emotionen, und zwar der bekannten, möglichen und eher unwahrscheinlichen. Eine Frau also!

„Kaffee und Cognac, aber zack-zack!"

„In der Tat, Humphrey, beides könnte dabei nicht schaden."

Ach, Nadja! Immer, wenn ich jemanden gebraucht hatte, der mir geduldig zuhörte, war ich zu Nadja gegangen. Auch dann, wenn ich nur ein Gesicht nötig hatte, in dem ich ablesen konnte, ob ich Unsinn redete oder in meinen verrücktesten Vermutungen ein Körnchen Wahrheit steckte. Nadja hatte immer gewusst, was ich brauchte. Ein Mann würde das nie wissen. Keiner! Männer waren einfach zu vernünftig.

Ich wusste noch, wo ich Noras Visitenkarte hingelegt hatte. Ihre Telefonnummer kannte ich mittlerweile, ihre Adresse noch nicht. Sie wohnte am Hegerskamp und damit stand mein Entschluss fest. Der Hegerskamp ging von der Schmittingheide ab und die wurde auf der andere Seite der Wolbecker Straße zur Mondstraße. Ich würde in wenigen Minuten bei den Riedels sein, nachdem ich bei Nora Biene Kaffee und Cognac oder auch nur ihr Ohr geliehen bekommen hatte. Darauf kam es nicht an.

Hoffentlich war sie überhaupt zu Hause. Die ‚Fleißigen Bienen', das wusste ich ja, waren auch am Wochenende unterwegs.

Ich hatte Leo schon die Sporen gegeben, als mir einfiel, dass es besser gewesen wäre, Nora vorher anzurufen. Aber nun war es zu spät. Immerhin hatte ich daran gedacht, meiner Familie einen Zettel zu hinterlassen, auf dem das Zauberwort ‚Ermittlungen' stand. Das würde Ingo sicherlich beunruhigen. Er vergaß ja von Zeit zu Zeit, dass dieser Fall nicht nur seiner, sondern auch meiner war. Die Tatsache, dass mein Auftraggeber zu den Verdächtigen gehörte und flüchtig war, änderte nichts daran. Jedenfalls für mich nicht!

Nora war zu Hause und es schien ihr wirklich nichts auszumachen, dass ich sie besuchte, ohne mich vorher angekündigt zu haben. Als ich ihr versicherte, dass ich demnächst als Besitzerin eines Handys in diesen Dingen höflicher vorgehen würde, lachte sie nur. „Entweder ich bin zu Hause oder ich bin es nicht. Und entweder habe ich Zeit oder ich habe keine. Und ob ich Lust auf einen Besuch habe oder nicht, das werde ich dir schon sagen." Und ich glaubte ihr.

Nora wohnte in einem dieser hässlichen dunklen Wohnblocks, die vor Jahrzehnten am Hegerskamp aufgestellt worden waren, als es nur auf Wohnraum ankam und noch niemand den Slogan kannte: ‚Wohnst du schon oder lebst du noch?'. Da Nora und ihre ‚Fleißigen Bienen' noch nicht zu den Großverdienern gehörten, wunderte es mich nicht, dass sie in dieser uniformen Spießigkeit gelandet war, die so gar nicht zu ihr passte. Bestürzt war ich allerdings, als ich sah, dass die Einrichtung ihrer kleinen Wohnung die Spießigkeit keineswegs durchbrach. Ikea, wohin ich auch blickte! Und was nicht von Ikea war, schien aus Haushaltsauflösungen von verstorbenen Verwandten zu stammen, deren Kinder alles, was sonst keiner haben wollte, bei Nora abgeliefert hatten.

Sie selbst allerdings entschädigte für sämtliche Stilbrüche und Einförmigkeiten ihrer Umgebung. Und das musste einer Frau, die keinen Besuch erwartete und auf dekoratives Make-up, kleidsame Frisur und modischen Schick verzichtet hatte, erst mal gelingen! Aber Nora war auch in ihrem uralten rosa Jogginganzug, mit dem im Nacken zusammen gebundenen Haar und dem ungeschminkten Gesicht eine Augenweide!

Über das Stillschweigen, das ein Privatdetektiv zu wahren hatte, dachte ich nicht mehr lange nach. Ich ließ einiges aus, als ich Nora erzählte, was in den letzten vierundzwanzig Stunden passiert war, und damit erschien mir meine Diskretion bereits vollkommen. Von meinem nächtlichen Abenteuer erfuhr sie jede aufregende Einzelheit und den Besuch bei Dr. Budde schilderte ich ihr auch sehr detailliert. Dann fügte ich vorsichtshalber den Hinweis an, dass diese Informationen allesamt vertraulich waren und sie nicht über das reden dürfe, was ich ihr soeben erzählt hatte.

Nora winkte ab. „Logo! Mir ist schon klar, dass du hier bist, um einfach mal Dampf abzulassen. Mit deinem Mann kannst du nicht darüber reden, mit deinen Kindern erst recht nicht, deine beste Freundin lebt nicht mehr und dein neuer Lover ist ein Mann. Also zum Reden ungeeignet!"

Ich lachte und fühlte mich ihr verbundener denn je. Dass sie Maxmilian meinen Lover genannt hatte, fiel mir zu spät auf, um zu widersprechen, aber das war nicht so wichtig. Nora verstand mich, so viel war klar. Und sie empfand genauso wie ich, auch das war klar.

Wir hoben die Kaffeetassen und lachten uns an. Dass Humphrey mir nicht nur zu Kaffee, sondern auch zu Cognac geraten hatte, verschwieg ich natürlich. Zu Tante Almuts Gewohnheiten mochte Cognac am frühen Nachmittag gehört haben, viel beschäftigte Frauen wie Nora und ich mussten dagegen jederzeit startklar für einen neuen Einsatz sein.

Als ich meinen Kopf leer geredet hatte, erklärte ich ihr, dass ich nun in meinen Ermittlungen fortfahren würde. Auf diese eine Indiskretion kam es ja nun auch nicht mehr an. „Ach Nora, da fällt mir was ein ..." Was mir einfiel, war, dass Nora Biene bei Hartwig ihre Mittlere Reife gemacht hatte. „Kannst du dich an den Schulleiter erinnern? An Johannes Riedel?"

„Und ob", nickte Nora. „Als er sich Knall auf Fall von seiner Frau trennte, habe ich sofort davon erfahren, obwohl ich natürlich längst nicht mehr zur Schule ging. Aber ich hatte mich mit der damaligen Schulsekretärin angefreundet und die hat mich auf dem Laufenden gehalten. In der Schule wurde wohl tagelang über nichts anderes geredet. Alle prophezeiten ein baldiges Ende dieser unpassenden Liaison, aber Riedel zog das damals durch. Seine Frau, übrigens eine sehr gute Malerin, musste ihr Atelier im Gartenhaus räumen und ausziehen, damit Riedels neue Flamme einziehen konnte. Sie war wirklich viel zu jung für ihn, aber er hat sie trotzdem geheiratet. Anscheinend war er vernarrt in sie. Vor einigen Woche habe ich die beiden übrigens in der Stadt gesehen. Es sah so aus, als hätte sich an seiner Leidenschaft für die junge Frau nicht viel geändert." Nora nickte anerkennend. „Und hübsch ist sie wirklich, aber hallo! Was die wohl an ihm gefunden hat?"

„Er sieht doch auch gut aus", wandte ich ein.

Nora überlegte kurz, dann nickte sie. „Vielleicht hat sie ja auch einen Vaterkomplex. Ich habe mal gehört, dass ihr Vater sehr früh gestorben ist. Aber ich frage mich, was sie sonst noch, außer ihrer Jugend und ihrer Schönheit, zu bieten hat. Elisabeth Riedel war eine Frau von Format, eine erfolgreiche Künstlerin, eine ganz und gar unabhängige Frau. Sabine Riedel kann ihr nicht das Wasser reichen."

„Kennst du Riedels erste Frau?", fragte ich erstaunt.

Nora schüttelte den Kopf. „Nicht wirklich. Aber ich kenne ihre Bilder und ich habe schon zwei ihrer Vernissagen besucht. Als sie über ihre Kunst redete, hatte ich das Gefühl, etwas Neues über das Leben zu erfahren."

Ich sah mich noch einmal in Noras Wohnzimmer um, aber außer ein paar gerahmten Kalenderblättern konnte ich keine Kunst entdecken. „Es gibt ja Männer", entgegnete ich vorsichtig, „die wollen keine starken, erfolgreichen Frauen. Die fühlen sich in der Beschützerrolle wohl und genießen es, wenn sie um eine junge, schöne Frau beneidet werden."

Nora schüttelte verständnislos den Kopf. „Was für Idioten! So ein Schwächling könnte mir gestohlen bleiben."

Davon war ich überzeugt. Auch starke Männer würden ihre liebe Müh' haben, zu echten Partnern Noras zu werden, die ich mir nur als Alleinherrscherin über ihr Leben vorstellen konnte.

Ich trank die Kaffeetasse leer. „Ich werde jetzt zu den Riedels gehen und ein paar Fragen stellen. Am liebsten würde ich natürlich mit Sabine allein reden, aber es ist Samstag, die Schulen sind geschlossen. Ich darf wohl nicht darauf hoffen, dass sie allein zu Hause ist." Entschlossen erhob ich mich. „Egal! Wichtig ist erst mal, dass ich überhaupt eingelassen werde. Möglich, dass es sich inzwischen herumgesprochen hat, dass ich keine Polizistin, sondern Privatdetektivin bin. Und dann habe ich schlechte Karten."

Nora blieb sitzen und vergrößerte mit dem rechten Zeigefinger gedankenvoll das Loch am Knie ihrer Jogginghose. Als es sich ungefähr verdoppelt hatte, zog sie den Finger wieder heraus und sah mich an, als wäre soeben das Ei des Kolumbus an ihr vorbeigerollt. „Ich habe eine Idee! Wenn du bei den Riedels bist, werde ich dort anrufen und den Hausherren daran erinnern, dass er die ‚Fleißigen Bienen' schon mal in Anspruch genommen hat."

Ich sah sie überrascht an. „Was?"

„Ich hatte mich gerade selbstständig gemacht", berichtete Nora, „da rief er mich von einer einsamen Landstraße an, weil er eine Panne hatte. Zufällig hatte er die Tageszeitung auf dem Beifahrersitz liegen, in der über die neu gegründete ‚Fleißigen Bienen' berichtet wurde. Er war der erste Kunde, der meinen Kfz-Service in Anspruch nahm. Und immer nach erfolgter Reparatur hinterlasse ich in dem Auto ein kleines Klebeschild mit meiner Telefonnummer, damit der Kunde mich beim nächsten Problem wieder anheuert."

„Bei Leo hast du das nicht getan."

Nora grinste. „Das war etwas anderes. Da hat nur eine Frau der anderen geholfen."

„Hat Riedel dich noch einmal engagiert?"

Nora schüttelte den Kopf. „Entweder war sein Auto nie wieder defekt oder er hat den Klebezettel entfernt. Aber jetzt könnte ich ihn an meinen Service erinnern und ihm überdies meine anderen Dienste anbieten. Auto waschen, Hecke schneiden, Rasen mähen – das müsste ihn doch interessieren! Wenn es mir gelingt, ihn in ein langes Gespräch zu verwikkeln, hast du freie Bahn."

Doch bevor von freier Bahn die Rede sein konnte, fiel Leo ein, dass er ein Mann war und schon einmal von Noras zarter Hand wieder zum Leben erweckt worden war. Anscheinend hatte er schönste Erinnerungen an dieses Erlebnis und wollte es unbedingt wiederholen. Jedenfalls gab er keinen Mucks von sich und das blieb auch nach mehreren freundlichen Aufforderungen so. Als er auch meiner Geduld, meinen Drohungen und einem Wutanfall trotzte, der Ingo und die Kinder in Windeseile von der Dringlichkeit meiner Wünsche überzeugt hätte, sah ich nur eine Möglichkeit: Nora musste sich wieder um ihn kümmern.

Diesmal war es nicht der Luftfilter, sondern ein Kabel, das sich dort gelockert hatte, wo sich bei einem Mann, der sich nicht auf vier Rädern, sondern auf zwei Beinen fortbewegt, eine erogene Zone befindet. Nora beschäftigte sich so lange damit, bis es mir so vorkam, als verdrehte Leo vor Entzücken die Scheinwerfer. Dann verkündete er laut hörbar, dass das Leben schön sei, und brummte in Richtung Mondstraße davon. Ich war sicher, dass er Nora mit den Rücklichtern zuzwinkerte, ehe wir in die Schmittingheide einbogen.

Das Haus der Riedels lag da, wie ich es erwartet hatte: so makellos wie alle Nachbarhäuser, die am Samstagmorgen die Stufen gefegt bekamen. Dass Sabine Riedel das höchstpersönlich erledigt hatte, konnte ich mir nur schwer vorstellen. Womöglich würde Nora mit ihrem Anruf keinen Erfolg haben, weil es im Hause Riedel längst dienstbare Geister gab, die die Hausfrau entlasteten.

Ich musste viel Mut einatmen, ehe ich es schaffte, den Klingelknopf zu betätigen. Kurz vorher war mir eingefallen, dass Johannes Riedels Anwesenheit noch unangenehmer sein würde als Sabine Riedels Abwesenheit. Aber ich musste es nun irgendwie hinter mich bringen und wartete mit klopfendem Herzen darauf, dass mir jemand öffnete. Als ich die Schritte hörte, war ich erleichtert. Sabine Riedel kam auf die Haustür zu.

Sie sah mich fragend an. „Ja, bitte?"

„Sie erinnern sich an mich?", tat ich fröhlich und machte einen Schritt auf die Tür zu. „Ich war kürzlich schon mal da. Mit meinem Kollegen! Es ging um den Mordfall Nadja Schramm."

Vor ihrem Gesicht ging eine Jalousie herunter. Das fragende, vorsorglich Verbindliche wurde eingeschlossen, nur ihre Abneigung blieb draußen. „Aber ich habe Ihnen doch schon alles gesagt ..."

„Mein Besuch ist mehr privat", unterbrach ich sie. „Was den Mordfall angeht ... da müssen wir einfach warten, bis Hartwig Schramm gefunden worden ist."

„Privat?" Sie war derart erstaunt, dass sie einen Schritt zur Seite trat und mich einließ. „Ich kann mir nicht vorstellen ..." Sie griff zu ihrer Kette, als sie meinen Blick bemerkte, als hätte sie Angst, ich wolle sie ihr abschwatzen, und als müsse sie mir erklären, dass sie unverkäuflich sei. Aber in diesem Augenblick ging das Telefon.

Sie wies ins Wohnzimmer. „Nehmen Sie schon mal Platz. Ich komme sofort."

Ich war erleichtert, dass ich Johannes Riedel nicht vorfand. Hoffentlich redete Nora nicht so lange auf Sabine Riedel ein, bis ihr Mann auf der Bildfläche erschien! Dann war ihr Bemühen nach hinten losgegangen. Unruhig trat ich von einem Bein aufs andere, verzichtete darauf, mich zu setzen, sondern wanderte durchs Wohnzimmer, betrachtete mal einen Kerzenleuchter, mal eine Vase, dann die vielen gerahmten Fotos, die allesamt Sabine Riedel zeigten. Schließlich fiel mein Blick auf ein Gemälde, das mir vorher nicht aufgefallen war. Vielleicht deshalb, weil ich nicht gewusst hatte, dass einmal eine Malerin in diesem Hause gelebt hatte. Das Gemälde unterschied sich deutlich von den anderen und wollte auch nicht recht zu der Einrichtung passen. Als ich versuchte, die Signatur des Künstlers zu entziffern, gelang es mir nur deshalb, weil ich ahnte, wer das Bild gemalt hatte: Elisabeth Riedel.

Es zeigte eine große Villa, die unter riesigen alten Bäumen stand, ein prunkvolles Herrenhaus, das jedoch jede Pracht verloren hatte. Elisabeth Riedel war es gelungen, durch den Einsatz der Farben, durch winzige Brüche in der Linienführung der Schönheit das Morbide und den beginnenden Verfall hinzuzufügen.

„Mein Mann ist nicht da", hörte ich Sabine am Telefon sagen. „Er entscheidet so etwas."

Entspannt ließ ich mich in einen Sessel sinken. Glück gehabt! Und Nora würde jetzt natürlich schleunigst den Hörer auflegen, weil sie wusste, dass ich mit Sabine Riedel ungestört sein würde.

Wenige Augenblick später stand sie im Zimmer. Sie hielt sich nicht mit überflüssiger Konversation auf. „Etwas Privates, sagten Sie? Was meinen Sie damit?"

„Ich habe gehört, dass Ihr Mann eine große Ferienanlage in Spanien besitzt“, begann ich vorsichtig und beobachtete Sabine Riedels Gesicht genau. Sobald sich dort Verständnislosigkeit zeigen würde, wollte ich von einem Irrtum reden und das Thema wechseln.

Aber sie nickte. „Ja, warum?“

„Gibt es einen Katalog darüber? Und Preislisten? Mein Mann und ich würden gern dort Urlaub machen. Und zwei meiner Kollegen auch. Geht das?“

Sie sah mich so verblüfft an, als könnte sie nicht glauben, dass mein Besuch tatsächlich keinen wichtigeren Grund hatte als diesen.

„Natürlich nur, wenn die Häuser nicht zu teuer sind“, fügte ich an.

Sie stand auf, ging zum Schrank und zog eine Schublade auf. „Wir machen die Vermietung nicht selbst“, erklärte sie, „aber Prospekte kann ich Ihnen geben. Auf ihnen ist auch der Name der spanischen Agentur vermerkt, die sich um die Vermietung kümmert. Dort müssten Sie anrufen.“

Dankend nahm ich das Faltblatt entgegen und blätterte darin herum. „Wie viele Häuser gehören Ihnen?“

„Alle“, lächelte Sabine Riedel.

Ich zählte nach. „Zehn Stück! Donnerwetter!“

Ihr Lächeln vertiefte sich. „Mein Mann hat vor Jahren von seinem Onkel eine geräumige Villa auf einem riesigen Grundstück geerbt, das er an eine Hotelkette verkauft hat. Die Villa wurde natürlich abgerissen und durch ein modernes Hotel ersetzt.“ Sie schwieg, als geböte es die Bescheidenheit, alles andere nicht in Worte zu fassen.

„Das hat eine Menge Geld gebracht?“, fragte ich, obwohl ich wusste, dass man so etwas nicht fragen sollte.

Sie nickte verlegen. „Es musste dann irgendwie angelegt werden. Mein Mann hat daraufhin die Ferienanlage in Spanien mit den zehn Häusern erbauen lassen.“ Ihre Augen wanderten zu dem Gemälde, das ich mir kurz vorher angesehen hatte. „So sah die Villa aus, die mein Mann geerbt hat, bevor sie umgebaut wurde.“

Ich stand auf und betrachtete das Bild ein zweites Mal, als hätte ich es vorher nie gesehen. „Ich glaube, die Malerin kenne ich. Von der habe ich schon mal was gesehen ...“

„Die erste Frau meines Mannes“, sagte Sabine Riedel schnell. „Sie hat das Bild nach einem Foto gemalt.“

„Aha!“ Ich ging zu meinem Sessel zurück, griff nach den Prospekten, die auf dem Tisch lagen, blieb aber stehen. „Ja, wenn man so ein Glück hat, kann man es sich leisten, ein ganzes Feriendorf zu bauen.“

Sabine lächelte. „Zehn Häuser sind noch kein Dorf.“ Dann erhob sie sich auch und sah mich an, als könnte sie immer noch nicht fassen, dass hinter meinem privaten Besuch keine heimtückische Vernehmung lauerte. Ich ging ihr voran in die Diele und drehte mich dann langsam um. Nun kam es darauf an. Ich durfte keinen Fehler machen! Ich wusste nicht, welche Antwort ich erwarten konnte, also musste ich dafür sorgen, dass jede Antwort möglich war – oder keine! Und wenn keine, dann durfte nicht die Spur eines Argwohns zurückbleiben.

Ich nickte zu Sabines Kette. „Sie erinnern sich, dass mir Ihr Schmuck gleich auffiel? Mittlerweile ist mir eingefallen, warum. Ich glaube, dass ich diese Kette schon einmal gesehen habe. Meine Tante Almut hatte eine Freundin, von der sie gelegentlich Besuch bekam. Die trug so eine Kette. Eine ganz ähnliche. Fast möchte ich sagen: dieselbe!"

Das Interesse schoss in Sabines Wangen wie die Röte der Verlegenheit. „Diese ist alt", erklärte sie. „Älter als ich. Ich besitze sie seit meiner Geburt."

„Ach, wirklich?" Ich gab mir viel Mühe, interessiert auszusehen. „Nun, es ist ja auch schon lange her, dass ich sie gesehen habe. So lange, dass mir erst später wieder einfiel, warum sie mir so bekannt vorkam. Ich war ja selber noch ein Kind damals. Aber ich könnte schwören, dass die Freundin meiner Tante auch diese Kette getragen hat. War sie vielleicht doch Massenproduktion? Ich habe sie immer bewundert und ..."

Sabine griff so hart nach meinem Arm, dass ich erschrak. „Wie lange ist das her?"

In mir zitterte plötzlich eine Angst herauf, die ich nicht erklären konnte. Ich fühlte mich wie jemand, der nach einer Muschel gesucht und einen geheimen Schatz gefunden hatte. Vielleicht auch wie jemand, der erwartete, eine leere Patronenhülse zu finden und dann eine Handgranate in die Finger bekam. Am liebsten hätte ich meine Frage weggeworfen, wie ich es mit einer Handgranate getan hätte, als ich in Sabines Gesicht sah. Ich bekam es mit der Angst zu tun, dass sich in meinen Händen etwas löste, was eine verheerende Wirkung haben konnte. Eigentlich wollte ich doch nur einen kleinen Hinweis haben! Nur irgendwas hören, was Licht in eine alte Familiengeschichte brachte!

„Vielleicht fünfundzwanzig, dreißig Jahre", sagte ich leise. „So ungefähr ..."

Sabine schob mich ins Wohnzimmer zurück und ich war derart überrascht, dass ich mich willenlos dirigieren ließ. „Bitte, erzählen Sie mir mehr über diese Frau", bat sie mich. Ihre Augen glühten, ihr Blick war der eines Jägers, der endlich ein Ziel vor sich hatte, dem er seit Jahren folgte.

Sie war in wenigen Augenblicken ein anderer Mensch geworden. Sie drückte nur leicht gegen meine Schulter, aber ich fiel in den Sessel, als hätte sie mich gestoßen.

„Warum wollen Sie das wissen?", fragte ich. „Ist das so wichtig für Sie?"

Sabine Riedel zog ihren Sessel näher heran. „Es könnte meine Mutter gewesen sein", sagte sie aufgeregt. „Hier!" Sie zog die Kette so weit wie möglich von ihrem Hals weg und hielt sie mir entgegen. „Sehen Sie sich die Kette genau an. Könnte es wirklich die sein, die Sie als Kind gesehen haben? Diese Kette hier ist sehr ungewöhnlich, das weiß ich. Gutachten von mehreren Juwelieren haben mir bestätigt, dass es sich um eine Einzelanfertigung handelt."

Mir wurde die Sache zu heiß. „Ja, vielleicht. Aber ich kann mich natürlich auch irren, es ist so lange her und ich war ja noch ein Kind ..."

„Wie heißt die Frau, die sie getragen hat?", fragte Sabine Riedel und sah mich an, als könnte sie mich durch Hypnose zur richtigen Antwort zwingen.

Ich schüttelte den Kopf. „Das weiß ich nicht mehr." Ich musste mich sehr zusammenreißen, um ihr meine Angst nicht zu zeigen. Selbst in der vergangenen Nacht, als die Polizei mich in Nadjas Boutique erwischte, hatte ich nicht solche Angst verspürt wie in diesem Augenblick. Nicht, dass ich mich in Gefahr wähnte, aber die Macht eines diffusen Schicksals, das mir hier gegenüberstand, verursachte mir eine Gänsehaut. Was ich selber kaum zu Ende denken mochte, schien Wirklichkeit geworden zu sein.

„Warum fragen Sie? Was meinen Sie damit, es könnte Ihre Mutter sein?"

Sabine Riedel legte das Gesicht in ihre Hände. Sekunden verrannen, die mir wie Stunden vorkamen. Als sie wieder aufsah, war sie erneut ein anderer Mensch geworden. „Diese Kette", begann sie mit schleppender Stimme zu erzählen, „ist das Einzige, was ich von meiner Mutter habe. Sonst nichts! Überlegen Sie! Was wissen Sie von dieser Frau?"

Die Geister, die ich rief ...! In diesem Moment hatte ich nur einen Wunsch, nein, zwei Wünsche: nichts gesagt zu haben und schleunigst wieder gehen zu dürfen. „Ich kann mich irren", stotterte ich. „Vielleicht ist es nur eine große Ähnlichkeit. Und an den Namen der Frau kann ich mich beim besten Willen nicht erinnern."

„Dann fragen Sie Ihre Tante", herrschte Sabine mich an.

„Tante Almut ist tot." Ich war froh, dass ich endlich mal etwas sagen konnte, was der reinen Wahrheit entsprach. Oder sollte ich Sabine Riedel ganz offen erklären, was ich vermutete? Nein, das war zu früh. Ich durfte jetzt nichts tun, was ich später bereuen konnte. Erst einmal nachdenken, erst einmal verdauen, was ich soeben begriffen hatte ...

„Aber ich werde mich erkundigen", bot ich an und stand wieder auf, entschlossen, mich nicht noch einmal in den Sessel drücken zu lassen. „Es gibt noch Verwandte von Tante Almut, die werde ich fragen."

Aus Sabine Riedel wurde wieder die Frau, die ich am Abend von Nadjas Tod kennen gelernt hatte. „Ja, bitte versuchen Sie das. Es ist wirklich sehr wichtig für mich." Sie folgte mir in die Diele und sah jetzt so erschöpft aus, als hätte ich ihr stundenlange Strapazen zugemutet. Plötzlich tat sie mir Leid. Obwohl ich nicht genau wusste warum.

„Versprechen Sie mir, dass Sie sich erkundigen werden?", fragte sie. „Ich werde mich natürlich erkenntlich zeigen. Sie können das Ferienhaus kostenlos haben. Das ist kein Problem ..."

Ich war froh, als ich einen Schatten an der Haustür sah. Der Augenblick, bis die Klingel ertönte, reichte aus, um mich endgültig von Sabine Riedel zu verabschieden. „Sie hören von mir."

Sabine öffnete die Tür, vor der eine Frau von ungefähr Mitte sechzig stand. Ihr freundliches rundes Gesicht strahlte. „Da bin ich, meine Kleine!", rief sie und streckte Sabine eine Kuchenform hin, die mit einem großen Plastikdeckel verschlossen war. „Der Apfelkuchen! Mit Zimt und Zucker, wie du ihn am liebsten magst." Dann wandte sie sich mir zu, ohne ihr Lächeln zu verlieren. „Meine Name ist Marlies Breitschopf. Sabines Mutter! Sie sind sicherlich eine Freundin meiner Tochter ...?"

Meine Rückkehr wurde nur am Rande zur Kenntnis genommen. Das unscheinbare Ding, das auf dem Wohnzimmertisch lag und über das sich vier Köpfe neigten wie über ein neugeborenes Baby, erregte weit mehr Aufmerksamkeit als ich. Bei einem Neugeborenen hätte ich großes Verständnis gehabt und sogleich in die Entzückensrufe eingestimmt, bei einem Kästchen, das nicht größer als eine Zigarettenschachtel war, fiel es mir schwer. Und dass jedes Piepen mit Hurra-Rufen kommentiert wurde, stieß bei mir auch nicht auf so viel Verständnis, wie der erste Schrei eines Babys es vermocht hätte.

„Jetzt noch die richtige Melodie!", schrie Christopher.

In den folgenden Minuten zwitscherten Dutzende von Tonfolgen durch den Raum, bekannte und weniger bekannte, von der Marseillaise über die Liebesträume bis zu irgendeinem irischen Volkslied war alles dabei.

„Vielleicht sollten wir eure Mutter fragen, was ihr am besten gefällt?", warf Ingo ein. „Schließlich gehört das Handy ihr."

Ich wusste es sofort: „Die Liebesträume!"

Eine Weile betrachtete ich noch die gebeugten Rücken, dann ging ich zurück in die Diele, wo unter dem Telefon die Telefonbücher lagerten. Ich begann zu blättern. „Breitschopf, Marlies Breitschopf ... da!"

Sie wohnte am Stehrweg, also ganz in der Nähe der Riedels. Ob sie vorgehabt hatte, länger bei ihrer Tochter zu bleiben? Ob sie mit ihr zusammen den Apfelkuchen essen wollte? Oder ob sie ihn für Sabine gebakken hatte, weil die Tochter Besuch erwartete und Unterstützung in der Bewirtung brauchte? Vielleicht wollte Marlies Breitschopf aber auch nur dem Schwiegersohn eine Freude machen. Vielleicht gab sie jeden Samstag einen Kuchen für ihn ab, damit er nicht auf die Idee kam, bei seiner jungen Frau hausfrauliche Fähigkeiten zu vermissen! Wenn das so war, dann konnte sie schon in ihre Wohnung am Stehrweg zurückgekehrt sein. Wenn nicht, würde ich eben warten. Warten gehörte schließlich zur Arbeit einer Privatdetektivin ...

Ich aktualisierte den Zettel, der noch auf dem Küchentisch lag, mit der Uhrzeit, zu der ich zu weiteren Ermittlungen aufbrach, und wartete eine Weile vor der Wohnungstür, nachdem ich sie ins Schloss gezogen hatte. Würde mir jemand folgen? Würde jemand wissen wollen, warum ich schon wieder das Haus verließ, wohin ich gehen wollte und wann ich zurückzukehren gedachte?

Nein, es blieb alles ruhig. Wenn das neue Handy auch in der Lage sein würde, Essen zu kochen, Wäsche zu waschen und Staub zu wischen, würden meine Kinder nicht einmal merken, wenn ich demnächst nach Australien auswanderte.

Durch die Tür drang Humphreys verzweifeltes: „Her mit dem Zaster! Aber zack-zack!"

Doch er schien genauso wenig Beachtung zu finden wie ich. Sein „Leck mich am Arsch!" klang jedenfalls ziemlich deprimiert.

Ich erklärte Leo, noch bevor ich den Zündschlüssel drehte, dass Nora nicht in der Nähe sei, dass es also überhaupt keinen Sinn mache, unter irgendeinem Vorwand nach ihrer zarten Hand zu verlangen. Ich war nicht sicher, dass er mich sofort verstanden hatte. Das Blubbern unter der Motorhaube schien blanker Trotz zu sein, das Brummen des Motors klang verärgert und die gelegentlichen Aussetzer, die zu kleinen Detonationen im Auspuff führten, hörten sich ganz danach an, als forderte Leo, dass Nora demnächst bei uns einzog.

„Das kannst du vergessen, Leo! Außer gelegentlichen Besuchen ist nichts drin.“

Aber diese Aussicht schien ihm zu reichen, wenn er auch zu enttäuscht war, um sich von meinem rechten Fuß aufheitern zu lassen und das Gaspedal als ein süßes Versprechen zu verstehen. Nein, er stotterte dahin, schien sich aber redlich und tapfer zu bemühen, daher ließ ich ihn gewähren, ohne ihm Vorwürfe zu machen. Zum Glück war ihm der Weg zum Hegerskamp noch nicht vertraut. Leo schöpfte also keinerlei Hoffnung, als ich ihn die Wolbecker Straße stadtauswärts bat, und ahnte nicht, wie nah ihm Nora war, als ich nach links in den Stehrweg einbog.

Ich sah Marlies Breitschopf eher als die richtige Hausnummer. Sie kam zu Fuß von ihrer Tochter zurück, den Plastikdeckel, der den Apfelkuchen beschützt hatte, in der rechten Hand, eine Einkaufstasche in der linken. Ich parkte Leo und beobachtete sie, während ich wartete.

Ich bin Sabines Mutter, hatte sie gesagt.

Die Kette ist das Einzige, was ich von meiner Mutter besitze, hatte Sabine gesagt.

Das ließ nur einen Schluss zu: Marlies Breitschopf war Sabines Adoptivmutter. Und wer war ihre leibliche Mutter? Jasmin Schäfer, Nadjas Schwester? Warum aber wusste dann niemand davon, dass Nadja Schramm Sabines Riedels Tante gewesen war? Nadja musste die Kette an Sabines Hals doch genauso aufgefallen sein wie mir. Mehr noch! Wenn es stimmte, was ich vermutete, dann musste diese Kette ein Feuerwerk in Nadja ausgelöst haben! Warum aber hatte es kein Freudenfest geben, an dem dieses Feuerwerk bis zum letzten Böller abgebrannt worden war? Ich verstand es nicht.

Marlies Breitschopf war mittlerweile an dem Haus angekommen, in dem sie wohnte. Sie blieb vor der Haustür stehen, suchte in ihrer Handtasche nach dem Schlüssel und zog ihn schließlich hervor. Die Hausreihen am Stehrweg waren genauso eintönig wie die am Hegerskamp. Nicht dunkel verklinkert, sondern grau verputzt, aber genauso hässlich.

Ich beschloss, ihr Zeit zu lassen, und fragte mich währenddessen noch einmal: Was wollte ich eigentlich von ihr? Was änderte sich, wenn ich wusste, dass Sabine Riedel tatsächlich die Tochter von Nadjas Schwester war? Für Hartwig, meinen Auftraggeber, hatte ich damit nichts erreicht. Ausgeschlossen, dass das Familiengeheimnis etwas mit Nadjas Ermordung zu tun hatte! War diese Angelegenheit überhaupt ein Familiengeheimnis? Und wenn ja, warum war sie ein Geheimnis geblieben? Warum wusste Sabine Riedel nichts von ihrer leiblichen Mutter, wenn Nadja begriffen haben musste, dass sie in Sabine ihre Nichte vor sich hatte. Sie musste doch an diese Möglichkeit gedacht haben, als sie die Kette an Sabines Hals gesehen hatte! Oder täuschte ich mich? War Sabines Kette dem Schmuck, den ich in Jasmins Dekolletee gesehen hatte, lediglich ähnlich?

Ich musste mir jetzt Gewissheit verschaffen. Wenn sie auch nichts mit Nadjas Tod zu tun hatte, wollte ich es jetzt wissen! Ich würde erst Ruhe haben, wenn ich wusste, was Nadja gesehen, gedacht und gefühlt hatte, und wenn ich erfahren hatte, warum sie so unverständlich gehandelt hatte, so ganz und gar rätselhaft.

Marlies Breitschopf erkannte mich erst auf den zweiten Blick. Und dann schien sie eher beunruhigt als erstaunt darüber zu sein, dass ich ihr einen Besuch abstattete.

„Sie erinnern sich, Frau Breitschopf? Wir haben uns heute Nachmittag bei Ihrer Tochter gesehen!"

Sie nickte, ihr Gesicht hatte jetzt aber alle Freundlichkeit verloren. Dennoch ließ sie mich ein. Und noch auf dem Flur sagte sie: „Ich möchte nicht, dass Sie Sabine einen Floh ins Ohr setzen."

Ich wusste, was sie meinte, antwortete aber erst, als ich der drückenden Enge des fensterlosen Flurs entkommen war und ins Wohnzimmer treten konnte, in das die Sonne schien. Sie stand auf der weißen Gardine, die ihr Licht grell und weiß machte, schien aber dort von der Übermöblierung des Raums aufgehalten zu werden. In diesem Zimmer hatte die Sonne keinen Platz neben den Schränken, Truhen, Tischchen, Teppichen, Uhren, Vasen, Vitrinen ...

„Sabine war außer sich", fuhr Marlies Breitschopf fort, ohne mir einen Platz anzubieten. „Sie hatte schon die Hoffung aufgegeben, jemals etwas über ihre Mutter zu erfahren. Und nun kommen Sie ..."

Sie ließ sich in einen Sessel sinken und ich hockte mich zögernd auf die vordere Kante des Sofas. „Ich dachte nur ...", begann ich verlegen. „Ich ahnte ja nicht, was es mit dieser Kette auf sich hat."

„Sabine hält sie für einzigartig", erklärte Marlies Breitschopf. „Für sie ist sie tatsächlich einzigartig, weil sie das Einzige ist, was ihre Mutter ihr mitgegeben hat. Aber in Wirklichkeit ist es eine Kette, wie sie früher häufiger getragen wurde."

Sie sah mich jetzt an, als erwartete sie, dass ich endlich damit herausrückte, warum ich zu ihr gekommen war. Aber bevor ich antworten konnte, fuhr sie fort: „Tatsächlich ist die Kette ein Einzelstück. Aber es wird sicherlich ähnliche Stücke gegeben haben. So eine ähnliche Kette hat wahrscheinlich die Freundin Ihrer Tante getragen."

„Schon möglich", nickte ich. „Deswegen komme ich ja zuerst zu Ihnen, Frau Breitschopf. Ich möchte Ihrer Tochter keine falschen Hoffnungen machen. Ich weiß ja, wie wichtig es ihr ist, mehr von ihrer leiblichen Mutter zu wissen. Deswegen dachte ich, es ist besser, wenn ich zunächst von Ihnen erfahre, welche Fakten bekannt sind. Wenn sie nicht mit dem übereinstimmen, was ich über die Freundin meiner verstorbenen Tante herausbekomme, werde ich Ihrer Tochter gleich sagen, dass sie sich keine Hoffnungen machen soll."

Marlies Breitschopf nickte zufrieden. Und während sie noch darüber nachdachte, was sie mir erzählen sollte, ergänzte ich: „Ich werde mich beeilen mit meinen Nachforschungen. Wenn sie zu dem gewünschten Erfolg führen, wäre es doch wunderbar, ich könnte Sabine den Schlüssel zu ihrer Vergangenheit an ihrem Geburtstag in die Hand legen. Allerdings ..." Ich beobachtete Marlies Breitschopf scharf, während ich zögernd fortfuhr: „Bis zum 25. April ist nicht mehr viel Zeit."

Frau Breitschopf nickte. „Ja, das wird knapp." Sie sah eine Weile auf ein Bild im dunklen Holzrahmen, das einen Mann zeigte, der so ernst in die Kamera blickte, wie das früher die Menschen taten, die nur selten und nur bei besonderen Anlässen fotografiert wurden.

„Ende Mai konnten wir Sabine schon zu uns nehmen", begann sie zu erzählen. „Wir lebten damals noch in der DDR, in Mecklenburg-Vorpommern. Unser einziger Sohn war durch einen Motorradunfall ums Leben gekommen, wir hatten das Gefühl, diesen Verlust nur überwinden zu können, wenn wieder ein Kind ins Haus kam."

Sie stockte und starrte erneut das Bild an, als wollte sie sich vergewissern, dass es in Ordnung war, über die alten Zeiten zu reden. In der Angst, der Mann auf dem Bild könnte den Kopf schütteln, fragte ich sie: „Ihr Mann lebt nicht mehr?"

Maries Breitschopf verneinte. „Er ist schon gestorben, als Sabine erst zwei Jahre alt war." Nun konnte sie sich endlich von dem Bild lösen. „Sie glauben gar nicht, welch ein Trost das Kind für mich war! Erst mein Sohn, dann mein Mann! Ohne Sabine hätte ich diese Schicksalsschläge gar nicht verkraftet."

„Was wussten Sie von Sabines Mutter? Warum sagt Sabine, dass die Kette, die sie trägt, das Einzige ist, was sie von ihrer Mutter hat?"

„Es war uns damals nicht wichtig, dass wir nichts von Sabines Familie erfuhren. Wir machten uns keine Sorgen über ihre Abstammung. Selbst, wenn sie das Kind von Kriminellen oder Vaterlandsverrätern gewesen wäre – wir waren sicher, dass unsere Liebe stärker sein würde als jedes negative Erbgut. Deswegen haben wir keinen Versuch gemacht, etwas über Sabines Familie herauszubekommen. Aber der Leiter des Kinderheims hatte ja auch gleich gesagt, dass wir uns keine Hoffnungen machen dürften, mehr über Sabines Abstammung zu erfahren als das, was wir wussten.

„Und was wussten Sie?"

„Dass ihre Mutter sehr jung gewesen und bei der Geburt gestorben war. Warum sich niemand in der Familie bereit gefunden hat, Sabine aufzuziehen, weiß ich nicht. Sie hatte ja Großeltern ..."

„Woher wissen Sie das?"

„Weil die Großmutter dem Baby die Kette mitgegeben hat, die die junge Mutter angeblich ständig trug. Seit Sabine das weiß, trägt sie die Kette ebenfalls fast täglich."

Marlies Breitschopf erhob sich jetzt mühsam, als hätte sie mit einem Mal körperliche Beschwerden, die sie kurz vorher noch nicht geplagt hatten. „Eins haben wir nicht bedacht", sagte sie, während sie einen Blick aus dem Fenster warf. „Wir haben nicht daran gedacht, dass Sabine später wissen wollte, wer ihre leiblichen Eltern waren, aus welcher Familie sie stammt, ob es irgendwo Menschen gibt, die mit ihr verwandt sind ..." Sie wandte sich wieder zu mir um und sah nun so unglücklich aus, dass ich sie am liebsten umarmt und getröstet hätte. „Ich glaube, Sabine hat mir nie verziehen, dass ich darauf keine Antwort geben konnte ..."

Ich war unausstehlich. Die Kinder entwischten in ihre Zimmer, kaum, dass ich wieder zu Hause angekommen war, Ingo verabschiedete sich hastig, sogar Humphrey zog sich unter seinen linken Flügel zurück. Frederik stattete mir am frühen Abend in der Küche einen Besuch ab, verschwand aber bald wieder in Christophers Zimmer, obwohl ich mir redlich Mühe gab, mich ihm genauso freundlich zuzuwenden wie immer. Aber anscheinend entging ihm mein krampfhaftes Bemühen nicht und er fand meine umwölkte Stirn über den steil nach oben gezogenen Mundwinkeln noch unerträglicher, als hätte ich mich ganz offen zu meinen Misserfolgen bekannt. Nichts von dem, was ich herausgefunden hatte, hatte mich weitergebracht. Das einzige Ergebnis meiner Ermittlungen war Ratlosigkeit und ich wusste nicht einmal, ob ich nicht auf einem Nebenschauplatz herumtappte, auf dem ich Hartwig sowieso nicht helfen konnte. Und er war ja schließlich mein Auftraggeber! Er hatte mich engagiert, damit ich den Mörder seiner Frau fand und seine Unschuld bewies.

Aber ich? Ich konnte nicht einmal aus voller Überzeugung sagen, dass Hartwig unschuldig war. Ich wollte es gern glauben, ja. Aber die Zweifel bedrängten mich täglich mehrmals. Sein falsches Alibi und seine Flucht – für beides hatte ich noch keine Erklärung gefunden, die mich zufrieden stellte. Und dann Rupert! Wie gerne hätte ich ihn des Mordes überführt, aber wo sollte ich ansetzen? Im Grunde glaubte ich ja gar nicht daran, dass er zu einem Mord fähig war. Oder doch? Und wenn nicht er, dann vielleicht seine Mutter ...?

Ich stand vom Küchenstuhl auf und versetzte dem Rucksack, der am Tischbein lehnte, obwohl er dort gar nicht hingehörte, einen wütenden Tritt. „Au! Verdammt!“

Wie konnte ich ahnen, dass Christopher diesen Rucksack zur Probe fürs Schulfest mitgenommen hatte? Und woher sollte ich wissen, dass mein Sohn beim Schulfest für die Musik in der Milchbar zuständig war und deshalb zu den Proben seinen Kassettenrekorder mitnahm? Und wen konnte ich dafür verantwortlich machen, dass ich es nicht nur gewusst, sondern Christopher noch selber geraten hatte, den Rekorder aus Sicherheitsgründen im Rucksack zu transportieren?

Alexandras Zimmertür öffnete sich. „Alles klar, Mama?“

Ich antwortete nicht, sondern schimpfte einfach weiter. Aber das überzeugte meine Tochter wohl davon, dass mir nichts Schlimmes zugestoßen war, nur etwas, was am besten verheilte, wenn man sich nicht in meine Nähe begab. Also schloss sie ihre Zimmertür wieder und ließ mich in aller Ruhe am Leben verzweifeln.

Ich beschloss, mich mit einem Glas Sekt zu entschädigen. Zwar gehörte es zu meinen Prinzipien, für den Genuss von Alkohol erst die Sonne untergehen zu lassen, aber was gingen mich meine Prinzipien an? Und wer sagte, dass ich Angst hatte, eine Sektflasche zu öffnen? Ich, eine Privatdetektivin, die nicht mal vor einem Schuss erschrecken sollte? Und vor einer Pistolenkugel, die haarscharf an ihrem rechten Ohr vorbeizischte? Das wäre ja gelacht ...!

Ich erschrak furchtbar, als der Sektkorken an meinem linken Ohr vorbeizischte und direkt in der Küchenlampe landete. Der Sekt, der über meine Hände auf die Scherben schäumte, war schon nicht mehr von Bedeutung. Und darauf, dass ich mir auf der Suche nach Handfeger und Kehrschaufel den Kopf stieß, kam es auch nicht mehr an. „Morgen werde ich mir eine Putzstelle suchen, verdammt noch mal! Privatdetektivin? So ein Mumpitz!“

Diesmal öffneten sich beide Kinderzimmertüren. Aber beide schlossen sich so geräuschlos wie möglich wieder, als den Kindern klar geworden war, dass ich noch lebte und noch gesund genug war, allen Kellereibesitzern die Pest an den Hals zu wünschen.

Nur Humphrey stand mir zur Seite. „Hurensohn! Gottverdammter Hurensohn!"

Als die Scherben beseitigt waren und ich nicht mehr am Küchenfußboden festklebte, war der größte Teil meiner Wut verraucht. Ich kam sogar zu der Ansicht, dass es der guten Laune förderlich war, wenn man die Küchenlampe zerschlug und ein Glas Sekt hinterherkippte, damit man anschließend wusste, dass sich schlechte Laune noch steigern ließ und man mit dem vorherigen Zustand am besten zufrieden gewesen wäre.

Die Sektflasche stand da und brodelte vor sich hin, immerhin brachte ich es schon fertig, mir zu sagen, dass sie eigentlich nichts dafür konnte und sie es deshalb nicht verdiente, im Ausguss entleert zu werden. Und als das Telefon klingelte, goss ich mir erst mal ein Glas ein und ergänzte schadenfroh: „Wer es jetzt wagt, mich zu stören, ist selber schuld."

Maximilian merkte sofort, dass mein Frohsinn unter meinen Schuhsohlen klebte. Kunststück! Wahrscheinlich hatte mein „Schell!" wie „Gebell!" geklungen und jeder andere hätte mich für einen Hofhund gehalten und schnellstens wieder aufgelegt. Dass Maximilian mir trotzdem freundliche Ansprache gönnte, musste ich ihm eigentlich hoch anrechnen.

„Was ist los, Romy? Ärger gehabt? Oder kommst du mit deinen Ermittlungen nicht weiter?"

„Ermittlungen?", knurrte ich zurück. „Ich stochere in alten Familienangelegenheiten herum, die mich nichts angehen, und lasse mir dadurch die Stimmung vermiesen. Das ist das Einzige, was ich bis jetzt erreicht habe."

„Was ist denn passiert?"

„Nichts ist passiert! Rein gar nichts! Ich weiß nun, dass Riedel geerbt hat und sich deswegen ein ganzes Feriendorf in Spanien leisten kann. Ich weiß, dass seine erste Frau eine begnadete Malerin ist und seine zweite Frau keine Ahnung hat, dass fünf der zehn Ferienhäuser, die ihr Mann gebaut hat, gar nicht mehr ihm gehören. Aber ich weiß, dass Sabine Riedel Nadja Schramms Nichte ist. Dass Sabine Riedel aber anscheinend keine Ahnung davon hat, dass Nadja es aber gewusst haben muss ..."

„Waaas? Was sagst du da?"

„... und dass ich keinen blassen Schimmer habe, was das alles mit dem Mordfall zu tun hat. Wahrscheinlich gar nichts! Am Ende habe ich mir für die Aufklärung einer alten Familienangelegenheit einen feuchten Händedruck verdient, während Hartwig mir mein Honorar verweigert, weil er entweder im Knast gelandet ist oder mit Fug und Recht behaupten darf, dass ich mein Geld nicht wert bin." Ich lauschte eine Weile in den Hörer, in dem Maximilians Gedanken knisterten. „Und du? Sicherlich hast du nicht angerufen, um dir meinen Frust anzuhören."

„Nein, eigentlich wollte ich dich zum Frühstück einladen."

„Frühstück? Prima!" Mein Frohsinn kroch unter meinen Schuhsohlen hervor und krabbelte an meinen Beinen hoch. „Und wann stehst du morgens so auf?"

Die schweigende Ratlosigkeit in der Leitung blieb so lange dort, bis ich begriff, dass ich wohl schon zu lange verheiratet war, um diese Einladung richtig zu verstehen.

Der Frohsinn flüchtete prompt in meine Kniekehlen, wo er erst mal unsichtbar blieb. Ich war schon drauf und dran, mich für meine Begriffsstutzigkeit zu entschuldigen, sie mit meinem fortgeschrittenen Alter von 37 Jahren zu erklären, gleichzeitig zu erläutern, warum mir das alles zu schnell ging, obwohl ich natürlich eine aufgeklärte moderne Frau war, die keine Prüderie kannte, aber andererseits doch eine verheiratete Frau mit Prinzipien ... da sagte Maximilian: „Gegen zehn könnte ich den Frühstückstisch gedeckt und den Kaffee gekocht haben. Bringst du Brötchen mit? Der Bäcker in Hiltrup hat sonntags geöffnet."

„Ja, mache ich! Croissants und Baguettebrötchen?"

„Einverstanden!"

Wie hatte ich nur auf die Idee kommen können, dass Maximilian mir ein unmoralisches Angebot unterbreiten wollte? Oder ... hatte er mir nur jede Peinlichkeit ersparen wollen, indem er mich nicht darauf hinwies, dass ich ihn falsch verstanden hatte? Plötzlich war mir das gleichgültig.

„Ich habe übrigens Visitenkarten am Computer für dich entworfen. Keine Meisterwerke, aber sicherlich fürs Erste ganz brauchbar."

„Du bist ein Schatz, Maximilian!"

Er lachte leise. „Das höre ich gern. Also dann bis morgen früh. Und ... du bringst doch keinen Ehemann, kein Kind und keinen Papagei mit?"

„Versprochen! Und du bist sicher, dass Frau Moorloch sonntags frei hat?"

„Ganz sicher!"

Schon eine halbe Stunde später stellten die Kinder hoch erfreut fest, dass meine schlechte Laune wie weggeblasen war, und es sich bei Kerzenlicht viel besser zu Abend essen ließ als beim grellen Licht der Küchenlampe. Außerdem gefiel es ihnen außerordentlich, dass es Leberwurstbrote mit Sekt gab.

Am nächsten Morgen hatte ich glatt mein aufregendes Leben als Privatdetektivin vergessen, weil das Leben als zurzeit ungebundene Frau, die einem Junggesellen einen Besuch abstattet, viel aufregender war. Die Sonne lachte schon um sieben vom Himmel, als ich duschte und mir die Haare wusch. Sie hatte an Wärme noch zugenommen, als ich gegen acht eine Gesichtsmaske auflegte, und versprach einen herrlichen Tag, als ich mit der Pediküre, der Maniküre und dem Enthaaren der Beine und Achselhöhlen fertig war. Das stimmte mich besonders fröhlich, weil in meinem Schrank ein hauchdünnes Schnäppchen aus dem letzten Sommerschlussverkauf hing, das seine Premiere noch vor sich hatte. An diesem Sonntag würde der Vorhang aufgehen für das tief ausgeschnittene bunte T-Shirt. Und dazu? Nun, da würde es doch wieder auf die Jeans hinauslaufen, ohne die ich mir mein Leben nicht vorstellen konnte. Immerhin besaß ich ja eine schneeweiße, die nur einen winzigen Erdbeerfleck auf der Kehrseite hatte.

„Wenn er den sieht, habe ich ihn erwischt", kicherte ich – und sah mich erschrocken um. Aber ich war zum Glück allein! Die Kinder schliefen noch wie die Murmeltiere. Nur Humphrey sah mich so an, wie mich wohl auch Tante Almut angesehen hätte: beifällig, aufmunternd und hochzufrieden.

„Küsschen! Küsschen!"

„Nicht voreilig, Humphrey!"

Maxmilians Wohnung in der ersten Etage unterschied sich wesentlich von der Kanzlei im Erdgeschoss. Es war klar: Die Ausstattung des Büros hatte Maximilian von seinem Vater übernommen, seine Wohnung hatte er selbst eingerichtet. Helle Möbel leuchteten mir entgegen, die vor hellen Wänden standen, auf dem hellen Parkett lagen helle Teppiche. Die Sofas und Sessel, die Gardinen und Kissen, die Türen, das Geschirr – alles hell. Dazu das Sonnenlicht, das in alle Fenster fiel, und Maximilians helle Hose, sein helles Hemd, die hellen Schuhe ... ich war geblendet von all dem, was mir entgegenstrahlte.

Sogar die Ananaskonfitüre war hell, der Käse und die Putenbrust ebenfalls, auch die Brötchen, die ich mitgebracht hatte, der Kaffee allerdings leider auch. Nun, das war, da mein Herz sowieso schon in ziemlicher Aufruhr war, völlig in Ordnung. So, wie ich überhaupt geneigt war, an diesem Tag, in dieser Gesellschaft alles in Ordnung zu finden.

Maximilian küsste mir den Nacken, als er mir den Kaffee einschenkte, hauchte einen Kuss auf meine Hand, als ich zu einem Brötchen griff, und sah mich an, während er mir zuhörte, als wollte er die Luft küssen, die ich verbrauchte. Kein Zweifel, unser Flirt stieg in eine neue Dimension auf. Wir waren zum ersten Mal allein.

„Erzähl mir noch mal von deinen Gespräche mit Sabine Riedel und ihrer Mutter“, bat er und sah mich an, als erwartete er in Wirklichkeit Geständnisse von mir, die unseren Flirt in einem ganzen anderen Licht erscheinen lassen könnten.

Ich ließ meinen Blick nicht aus seinen Augen, während ich ihm haarklein alles berichtete, und das Interesse und die Aufmerksamkeit darin machten mich glücklich.

Als ich geendet hatte, war sein Blick nachdenklich geworden, gerade so, als dächte er darüber nach, welche Reaktionen von Ingo und Gerda Moorloch zu erwarten seien, wenn ich über Nacht bleiben würde. „Vielleicht solltest du mal mit Elisabeth Riedel sprechen“, meinte er. „Sie weiß womöglich mehr von den Geschäften ihres Mannes.“

„Du glaubst immer noch, das Riedel und Nadja Komplizen waren?“

Maximilian zuckte die Schultern. „Irgendeinen Grund muss es doch haben, dass Nadja die Hälfte seines Feriendorfes besaß. Und dass sie dafür gesorgt hat, dass niemand davon erfuhr.“ Er lächelte mich an und griff nach meiner Hand, als wollte er mir ein Geheimnis anvertrauen. Zum Beispiel, dass er schon dreimal verheiratet gewesen war oder bereits die linke Hälfte seines Kleiderschrankes leer geräumt hatte. Dann erhob er sich und ging zu einem Bücherregal. Ich hatte das Gefühl, dass mir in der nächsten Minute ein Blatt mit einem Liebesgedicht in die Hand gedrückt werden sollte.

Aber es waren Visitenkarten, die Maximilian mir neben den Teller legte. „Wenn du Elisabeth Riedel aufsuchst, könnten sie ihren ersten Einsatz haben.“

Ich betrachtete sie gerührt. Wie viel Mühe er sich damit gegeben hatte! Dunkelblaue Schrift auf einem blassrosa Grund, sehr weiblich, ohne verspielt zu sein, und ohne die Amtsmiene, die manche Visitenkarten tragen, aber dennoch mit dem nötigen Ernst. „Romy Schell – diskret und schnell! Münsters neue Privatdetektei! Danke, Maximilian!“

Er beugte sich zu mir herab, drückte sein Gesicht in mein Haar und ich dachte in einer kurzen Aufwallung daran, wie schön es doch wäre, blonde Locken wie Nora zu haben. Was konnte einen Mann an meinen raspelkurzen Haaren erotisieren?

Maximilian setzte sich wieder auf seinen Platz, aber der Duft seines

Aftershaves blieb zurück. Ich atmete es tief ein und hätte gern aufs Ausatmen verzichtet.

„Ich weiß ja gar nicht, wo Elisabeth Riedel wohnt", seufzte ich, als redeten wir darüber, wann Alexandra es endlich schaffen würde, sich an den neuen Mann an meiner Seite zu gewöhnen.

Ich liebte es, wenn er mich ansah, als würde er auch über meine Wimperntusche mit mir reden, wenn ich ein Problem mit ihr hätte. „Du sagst, sie ist eine bekannte Malerin?"

„Nora Biene sagt das", korrigierte ich.

„Dann müsste sie eigentlich eine Homepage haben", erklärte Maximilian. „Jeder Künstler, der auf sich hält, hat eine. Und wenn dort die Adresse ihres Ateliers angegeben wird, könnten wir heute noch hinfahren."

„Am Sonntag?"

„Ein Maler, der seine Bilder verkaufen will, hat sonntags sein Atelier geöffnet", behauptete Maximilian. „Ich habe einen Freund, der seit Jahren Münster-Motive produziert. Von montags bis freitags malt er und samstags und sonntags verkauft er." Er sprang auf und streckte mir seine Hand entgegen. „Komm."

„Wohin?"

Er antwortete nicht, sondern zog mich zur Eingangstür und dann die Treppe hinab. Erst vor der Bürotür sagte er: „Ich habe in der Wohnung keinen Computer."

Ich betrat hinter ihm die Kanzlei, die ohne den Erzengel, der die Himmelstür bewachte, aussah wie jedes andere Büro ohne Erzengel. Irgendwie enttäuschend! Maximilian war schon durch die Himmelstür in sein Büro verschwunden, als ich noch an Gerda Moorlochs Schreibtisch stand und die mustergütige Ordnung betrachtete. Links der Locher, daneben der Hefter. Rechts der Ablagekasten, der natürlich leer war. In der Mitte der Terminkalender, dahinter eine Federschale mit drei Schreibgeräten und einer Büroklammer, die sich dort eingeschmuggelt hatte, obwohl sie doch nun wirklich in das Kästchen gehörte, das daneben stand und viel bunte Exemplare enthielt, die durch einen Magneten aneinander hafteten.

„Was für eine Unordnung!" Ich fischte die Büroklammer aus der Federschale und fügte sie dem Kästchen bei, wo sie sich umgehend von den anderen Büroklammern anziehen ließ. Dann legte ich den Terminkalender in den Ablagekasten, deponierte den in der Mitte des Schreibtisches, schob Locher und Hefter auf die rechte Seite und die Federschale daneben. Außerdem versah ich die makellose lederne Schreibunterlage mit einem Abdruck meines rechten Daumens. Danach folgte ich Maximilian hochzufrieden in sein Büro.

Er hatte gerade den Zugang zum Internet gefunden und gab und das Suchwort ‚Elisabeth Riedel' ein. Eine ganze Liste von Dateien wurde uns angeboten, in denen der Name der Malerin erwähnt wurde. Die erste Datei der Liste war ihre Homepage.

Maximilian klickte sie an und es öffnete sich ein dunkles Labyrinth, in dem man von einem farbenprächtigen Gemälde zum nächsten irren konnte.

Ich war fasziniert. „Ich glaube, Chris hat Recht. Als Privatdetektivin brauche ich auch Zugang zum Internet."

„Auf jeden Fall!" Maximilian klickte den Link ‚Kontakt' an und der Bildschirm verriet uns nicht nur Elisabeth Riedels Telefon- und Faxnummer und ihre eMail-Adresse, sondern auch die Anschrift ihres Ateliers. Sogar eine Wegbeschreibung zu dem Haus in der Hohen Ward war angefügt.

Maximilian ließ sie ausdrucken, dann sah er mich an, als hätte er sich eine Belohnung verdient. „Sollen wir gleich losfahren?", fragte er erwartungsvoll.

Ich nickte, hob mich auf die Zehenspitzen und griff nach seinem Gesicht. „Danke für deine Hilfe."

Wir küssten uns lange, genossen die Stille um uns herum, die Ungestörtheit, dann blieben wir einfach stehen, hielten uns umfangen, spürten das Neue zwischen uns, das Unverbrauchte, Vitale, Knospende ... schließlich lösten wir uns voneinander und lächelten uns an. Es war gut zu wissen, dass Maximilian sich die Zeit lassen würde, die ich brauchte. Und ich sah ihm an, dass er wusste: Die Zeit des Wartens könnte sich lohnen.

„Wir sollten den Frühstückstisch abräumen, bevor wir starten."

Wie gut, dass ich einen Wagen mit einem Automatikgetriebe habe", lächelte Maximilian, während wir aus Amelsbüren hinausfuhren.

Wir überquerten den Dortmund-Ems-Kanal und bogen nach rechts in die Amelsbürener Straße ein, fuhren durch Hiltrup, überquerten den Kanal erneut und fuhren schließlich den Albersloher Weg entlang. Unsere Hände mussten sich nicht trennen, wenn Maximilian bremste oder beschleunigte. Sein Auto wechselte ohne jede Hilfe seiner rechten Hand den Gang. Sie blieb in meiner liegen, während wir die kurvige Strecke fuhren, und auch noch, als ich gezwungen war, die Wegbeschreibug zur

Hand zu nehmen. Erst, als wir zum dritten Mal an der Harre-Ranch vorbeifuhren, siegte der Zweifel über die Romantik und ich griff mit beiden Händen zu dem Plan, der uns die Auskunft schuldig blieb, warum der schmale Weg, der zu Elisabeth Riedels Haus führen sollte, in der Realität nicht vorhanden war.

Eine Gruppe Jugendlicher auf ihren Fahrrädern kam uns entgegen. Maximilian stoppte und fragte: „Wisst ihr, wo das Atelier der Malerin Elisabeth Riedel ist?"

Natürlich hatte niemand der Vierzehn- bis Sechzehnjährigen eine Ahnung. Sie waren auf dem Weg zu der Party-Scheune von Bauer Harre, der zu einem Begriff geworden war, seit er sich entschlossen hatte, sich nicht mehr um Ackerbau und Viehzucht, sondern um die Partys von Jugendlichen zu kümmern. Sie konnten auf dem einsam gelegenen Hof feiern, ohne lästige Nachbarn, die sich an dem Lärm störten. Dass er den Hof jetzt eine Ranch nannte, wäre den vorangegangenen Generationen vermutlich nicht recht gewesen. Aber die lagen zum Glück unter der Erde und hatten nur den vererbten Geschäftssinn zurück gelassen. Die gesamte Jugend der südlichen Stadtteile Münsters lernte auf der Harre-Ranch Rauchen, Saufen und Kotzen.

„War das nicht die Mutter von Alex?", hörte ich noch jemanden fragen, dann fuhren wir weiter und ich hütete mich, zurückzublicken, um diesem Jungen keine Gewissheit zu verschaffen.

„Das war die falsche Klientel", klärte ich Maximilian auf. „Die kannst du fragen, wo der nächste Kasten Bier steht, aber nicht, wo wir das Atelier einer Malerin finden."

Maximilian griff erneut nach meiner Hand, während wir von einem Kotten zum anderen irrten, ohne zu merken, dass wir uns im Kreis bewegten. Schließlich kam die Harre-Ranch ein drittes Mal in Sicht und ich sah drei erwachsene Menschen, zwei Frauen und einen Mann, mit dem Fahrrad ankommen, die so aussahen, als seien sie Lehrer auf dem Weg zu einer Stufenparty. Sie sahen alle drei so missmutig aus, wie man eben war, wenn man wusste, dass die nächsten Stunden mit ohrenbetäubendem Lärm vergehen würden, mit dem Kampf gegen den Zigarettenkonsum, der Kontrolle des Alkoholverbrauchs und dem Zählen der anwesenden Schüler und der Suche nach den anderen. Jeder der drei hatte schon mal von Elisabeth Riedel gehört. Und der männliche Lehrkörper konnte uns den Weg so detailliert und anschaulich beschreiben, dass er ein Geografie- und Deutschlehrer sein musste, der davon träumte, nach seiner Pensionierung Reiseschriftsteller zu werden.

Maximilian hatte Recht: Elisabeth Riedel fand es durchaus nicht ungewöhnlich, dass wir am Sonntag in ihrem Atelier erschienen, wo sie gerade an einem Bild arbeitete, das ein Klatschmohnfeld zeigte, in das eine Kalaschnikow gefallen war.

Sie war eine Frau von Mitte fünfzig, sehr groß, sehr schlank, mit straff nach hinten gekämmten dunklen Haaren, durch die sich graue Fäden zogen wie ein gut drapiertes Gespinst. Ihre Augen waren von einem verwaschenen Grau, auch ihre Haut trug diesen Grauschleier und der Oberlippenbart verstärkte die Wirkung der unklaren Gesichtszüge noch.

Sie legte den Pinsel nicht zur Seite, als wir eintraten. „Sie können sich umsehen, wenn Sie möchten. Sollten Sie Fragen haben – nur zu!"

Ich hatte mir mit Maximilians Hilfe genau zurechtgelegt, was ich sagen wollte. Aber zunächst zog ich die erste meiner neuen Visitenkarten hervor und hielt sie Elisabeth Riedel hin. „Romy Schell, Privatdetektivin."

Mit großer Genugtuung registrierte ich ihre Überraschung. Nun legte sie den Pinsel zur Seite und wischte sich die Hände an ihrem grauen Overall ab. „Privatdetektivin? So was gibt's wirklich?"

Sie versuchte ein Grinsen, aber es fiel ein bisschen schief aus. Ich hatte das unbestimmte Gefühl, dass Elisabeth Riedel kein reines Gewissen hatte.

In diesem Eindruck wurde ich bestärkt, denn sie atmete erleichtert auf, als ich ihr den Grund meines Besuches erklärte. „Es geht um Ihren geschiedenen Mann, Frau Riedel. Ich recherchiere im Auftrag einer Versicherung. Es besteht der Verdacht auf Steuerhinterziehung."

Elisabeth Riedel wies zu zwei alten Hockern, ließ sich selbst auf einem nieder, während ich mich höchst ungern auf den anderen setzte. Der Erdbeerfleck auf meiner Kehrseite würde Gesellschaft bekommen.

Maximilian schlenderte an den Kunstwerken Elisabeth Riedels vorbei, als hätte er mit der Angelegenheit nichts zu tun. Anscheinend wollte er mich meinen Auftrag allein erledigen lassen. Aber ich war froh, dass er in Hörweite blieb.

„Steuerhinterziehung? Das kann ich mir nicht vorstellen", sagte Elisabeth Riedel. „Mein Mann war immer ein sehr korrekter Mensch."

In ihren Augen blieb es ruhig, nichts deutete auf die Verletzungen hin, auf die betrogene Ehefrauen so gerne verweisen. Nur die Bitterkeit, die sich in ihre Mundwinkel hängte, ließ erkennen, dass sie einmal gelitten hatte.

Sie blickte um sich, um den großen Raum mit den Augen beschreiben zu können. „Johannes gehörte nie zu den raffgierigen Menschen. Er war finanziell immer sehr großzügig. Vor allem, als er sich Großzügigkeit leisten konnte. Er hat mir nach der Scheidung mehr überlassen, als er musste. Dieses Atelier, in dem ich jetzt arbeite, ist viel größer und schöner als das kleine Gartenhaus, mit dem ich mich früher begnügen musste. Die Wohnung nebenan ist zwar klein, aber ich brauche ja auch nicht viel Platz." Sie sah mich an, als argwöhnte sie, dass ich ihr nicht glaubte, und bekräftigte: „Ich fühle mich wohl in diesem alten Kotten. Und Sie müssen nicht meinen, dass er billig war. Er liegt zwar sehr abgelegen und hat eine primitive Ausstattung, aber es gibt genug Leute, die für so etwas eine Menge Geld ausgeben würden. Sie blickte sich noch einmal um, als sähe sie ihr eigenes Atelier zum ersten Mal, dann fuhr sie fort: „Er hätte mir von seinem Erbe nichts abzugeben brauchen, ich hatte keine Ansprüche darauf. Aber es war ihm wichtig, dass wir uns in Freundschaft trennten. Und mir war das auch wichtig. Ich wusste doch sofort, dass ich keine Chance hatte. Als er Sabine kennen lernte, war mir klar, dass er sie heiraten wird. Sie ist nun mal seine große Liebe." Sie lächelte und die Bitterkeit verschwand tatsächlich aus ihren Mundwinkeln. „Liebe auf den ersten Blick. Was kann man als Ehefrau gegen diese eine große Liebe ausrichten, die einem Menschen angeblich nur einmal im Leben begegnet? Nichts!"

„Er hat seinen Onkel beerbt?" Ich fragte nur, um den Faden wieder aufnehmen zu können. „Eine Villa und ein großes Grundstück, das stimmt doch?"

Elisabeth Riedel nickte. „Ja, nach der Wiedervereinigung hat er sein Erbe endlich antreten können. Das riesige Grundstück und die alte Villa hatten seinem Onkel gehört."

„Nach der Wiedervereinigung?", fragte ich verdutzt. „Das Grundstück liegt also in der ehemaligen DDR?"

Sie sah mich misstrauisch an, sprach aber trotzdem weiter, jetzt allerdings mit deutlichem Widerwillen. „Ja, in Mecklenburg-Vorpommern. In Kühlungsborn! Aber ich bin sicher, dass Johannes sein Erbe korrekt versteuert hat. Die Steuersatz war hoch genug, schließlich war er nur ein Verwandter zweiten Grades. Und die Ferienhäuser in Spanien? So lange wir verheiratet waren, hat er nie versucht, Mieteinnahmen am Fiskus vorbeizuschmuggeln."

Ich merkte plötzlich, dass Maximilian an meine Seite getreten war. „Kühlungsborn, sagten Sie?"

„Ja!" Elisabeth Riedels Stimme klang nun gereizt. „Stellen Sie mir aber keine Frage zu diesem Nest. Ich war nie dort."

„Aber Sie haben die Villa gemalt, die Ihr Mann geerbt hat", erinnerte ich sie.

Jetzt sah sie mich ärgerlich an. „Das Bild habe ich nicht verkauft. Es hängt, so viel ich weiß, immer noch im Hause meines geschiedenen Mannes. Also kommen Sie mir nicht mit Steuerhinterziehung! Ich habe auch keine Reise nach Kühlungsborn von der Steuer abgesetzt. Ich habe das Bild nach einem Foto gemalt und nie behauptet, dass ich nach Kühlungsborn fahren musste, um es dort zu skizzieren. Mein Mann hat das Haus fotografiert, als er in Kühlungsborn war. Aber auch er hat die Reisekosten nicht von der Steuer abgesetzt. Für ihn war das eine Privatreise. Schließlich wollte er sich wenigstens mal ansehen, was er geerbt hatte."

„Schon gut", murmelte ich und erhob mich. „Ich glaube, wir wissen jetzt alles, was wir brauchen. Und machen Sie sich keine Gedanken – um Sie geht es nicht bei den Nachforschungen."

„Das will ich hoffen", brummte Elisabeth Riedel und stellte sich wieder an die Staffelei. Wir mussten uns damit abfinden, ihr Haus zu verlassen, ohne einen Abschiedsgruß zu erhalten. Anscheinend hatte sie den Eindruck gehabt, dass ich mir Auskünfte erschleichen wollte. Und damit lag sie ja nicht einmal falsch ...

„Kühlungsborn", murmelte Maximilian vor sich hin, während wir zu seinem Wagen gingen. „Also konnten Johannes Riedel und Nadja Schramm sich von früher gekannt haben. Nadja stammte aus Kühlungsborn, ihre Eltern blieben dort, als Nadja in den Westen gegangen war."

„Aber du hast doch gehört, dass Johannes Riedel nur dort war, um sein Erbe zu fotografieren. Es ist unmöglich, dass sich die beiden gekannt haben! Johannes Riedel hat hier im Westen gelebt und Nadja dort drüben in der DDR."

„Aber es kann doch kein Zufall sein, dass Riedel ein Gelände in dem Ort erbt, in dem Nadja Schramm früher zu Hause war."

„Ja, da muss es wohl einen Zusammenhang geben. Aber welchen?"

Leo schrie nach Benzin, als ich heimfuhr. Der Alltag hatte mich wieder! Denn ich war sicher, dass Leos Forderung nur der Anfang war. Auch die Kinder würden schreien, weil ich viel länger ausgeblieben war, als ich angekündigt hatte, und weil ich nicht einmal zwischendurch angerufen hatte, obwohl das von ihnen ständig verlangt wurde. Zu dumm, dass nun auch noch Leo Ansprüche anmeldete! Aber da durfte ich nichts riskieren. Leo trat nicht erst in Streik, wenn der letzte Tropfen Benzin aufgebraucht war, sondern entschloss sich meist schon vorher zu einem Warnstreik, wenn ich auf das Blinken der Tankanzeige nicht umgehend reagierte.

An der Tankstelle am Albersloher Weg war viel los. Auch das noch! Zähneknirschend beobachtete ich einen blauen Golf, der sich mit aufreizender Langsamkeit an eine Tanksäule schob und noch ein paar Mal zentimeterweise vor- und zurücksetzte, bis der Fahrer endlich daran glauben mochte, dass der Benzinschlauch bis an den Stutzen seines Wagens heranreichen würde.

Eine Frau hangelte sich umständlich von ihrem Fahrersitz und strich sich erleichtert und sehr zeitraubend den Rock glatt, als sie es endlich geschafft hatte, sicher zwischen Tanksäule und Auto zu stehen. Es dauerte eine Weile, bis sie den Benzinschlauch in der Hand hielt, und noch einmal eine Weile, bis er in ihrem Golf steckte. Dann stand sie zufrieden da und beobachtete gewissenhaft den Lauf der Benzinuhr.

Ich vergaß meine Kinder, den Papagei und den Mann, mit dem ich den größten Teil des Sonntags verbracht hatte, und setzte Leo zurück bis vor die Türen der Waschanlage, die am Sonntag geschlossen war. Ich wusste nicht, was ich erwartete, aber eine Ahnung sagte mir, dass es sich lohnen könnte, Judith Kersten zu beobachten. Das Haus, in dem sie sich Yola nannte, war in der Nähe, es war Sonntag, Geschäfte, die eine Umkleidekabine besaßen, waren geschlossen. Und wahrscheinlich betrat sie das Haus am Albersloher Weg stets als Yola, nachdem die Judith irgendwo unter einer blonden Perücke verschwunden war.

Der Fahrer, der hinter ihrem Auto wartete, drehte ungeduldig die Seitenscheibe herauf und herunter, als der blaue Golf seine Benzinration geschluckt hatte. Man sah dem Mann an, dass er am liebsten ausgestiegen wäre und Judith Kersten den Benzinschlauch aus der Hand genommen und zurückgesteckt hätte, damit alles ein bisschen schneller ging. Aber irgendwann war es geschafft, sie hatte auch den Tankdeckel ordentlich verschraubt und trippelte nun in das Tankstellengebäude. Eine kreuzbrave, grundsolide allein erziehende Mutter im wadenlangen Rock und einem knappen Steppjäckchen, das auch eine Novizin bei der Flucht aus dem Kloster hätte tragen können. Das Zahlen ging relativ zügig, weil der Tankwart an der Kasse ihr vermutlich sein Tempo aufgenötigt hatte, dem sie sich nicht entziehen konnte.

Sie blickte sich nicht um, als sie wieder in ihren Wagen kletterte, wo sie erst mal nach ihrem Schlüssel suchen musste, den sie anscheinend direkt nach dem Aufschließen verlegt hatte. Dann konnte ich erkennen, dass sie sich anschnallte.

„Jetzt bekommst du dein Benzin, Leo", murmelte ich enttäuscht. „Wie es aussieht, ist sie doch nur auf dem Weg zu einem Kaffeekränzchen."

Aber Judith Kersten fuhr langsam, sehr langsam nicht von der Tankstelle herunter, sondern nur zehn Meter geradeaus, wo es Autostaubsauger für die besonders reinlichen Kfz-Besitzer gab. Gehörte Judith Kersten etwa zu ihnen? Zuzutrauen wäre es ihr.

Nach den zehn gefahrenen Metern schnallte Judith Kersten sich sorgfältig wieder ab und stieg aus. Diesmal hing wieder die große Einkaufstasche an ihrem Arm, als sie auf die Tür zuging, an der ‚OO' stand.

„Habe ich mich also doch nicht getäuscht! Leo, du wartest hier auf mich! Dein Benzin bekommst du später!"

Ich schlenderte auf die Tür zu, hinter der Judith Kersten soeben verschwunden war, und blieb eine Weile wartend stehen. Da ich ihr schwach ausgeprägtes Temperament inzwischen kannte, wollte ich sichergehen, dass ich sie nicht zu früh überraschte und ihr womöglich Gelegenheit gab, ihre Pläne zu ändern. Vor der Tür konnte ich hören, wie dahinter die Toilettentür verriegelt wurde. Ich wartete noch ein paar Augenblicke, dann trat ich ebenfalls ein. Von den zwei Kabinen war die linke besetzt, ich betrat also die rechte, verschloss die Tür und überlegte, wie ich nun die Zeit totschlagen sollte, die Judith Kersten benötigen würde. Ich lauschte eine Weile auf das Rascheln aus der Nachbarkabine, dann schien Judith auf die Stille aufmerksam zu werden und betätigte die Spülung, um diesen Ort mit den gewohnten Geräuschen zu füllen. Als ihre Spülung verstummte, betätigte ich meine und lauschte wieder. Immer noch wurde nebenan geraschelt. Ich raschelte eine Weile mit, um sie nicht misstrauisch zu machen, dann fiel mir absolut nichts mehr ein, womit ich mir auf diesen eineinhalb Quadratmetern die Zeit vertreiben konnte, spülte ein letztes Mal und verließ die Kabine. So umständlich, wie Judith Kersten es getan hätte, wusch ich mir die Hände, trocknete sie ab, bis nicht mehr Anflug von Feuchtigkeit an ihnen haftete, und wartete dann ab. Gelegentlich verursachte ich das eine oder andere Geräusch, damit Judith Kersten glauben konnte, dass ich mit der Vervollständigung meines Make-ups beschäftigt sei, aber in Wirklichkeit lehnte ich am Waschbecken und wartete darauf, dass ihre Tür sich öffnete.

Als es endlich geschah, stand tatsächlich Yola vor mir. Nichts erinnerte mehr an Judith Kersten. Die Verwandlung, in der sie wahrscheinlich Übung hatte, war wiederum perfekt gelungen. Natürlich würde sie niemanden täuschen können, der sie sehr gut kannte, aber anscheinend waren ihren sozialen Kontakte so überschaubar, dass die

Gefahr, unvermittelt in ein bekanntes Gesicht zu sehen, gering war.

Aber jetzt sah ich das Erkennen in ihren Augen aufblitzen und trat zur Seite, als sie sich ans Waschbecken drängte. Sie vermied es, den Kopf zu heben, betrachtete ausgiebig ihre Hände, die sich unter dem Wasserstrahl drehten, und sah so aus, als könnte das noch stundenlang so weitergehen. Anscheinend wartete sie darauf, dass ich endlich diesen Raum verließ, damit sie letzte Hand an Yolas aufreizende Schönheit legen konnte.

Als ich mich nicht rührte, sah sie schließlich auf. Ich lächelte sie an. „Nun weiß ich, warum Sie mir gleich so bekannt vorkamen. Frau Kersten! Sie haben sich aber verändert."

Sie starrte mich an wie vom Donner gerührt. Dann brachte sie schließlich heraus: „Sie müssen sich irren. Mein Name ist ..."

„Yola? Ja, das weiß ich. Aber das ist doch nur Ihr ... Ihr Künstlername, oder?"

Das Blut wich aus ihrem Gesicht, sie schloss sekundenlang die Augen, sodass ich schon fürchtete, sie würde mir ohnmächtig vor die Füße sinken. Aber ich hatte mich getäuscht. Als sie die Augen wieder öffnete, stand ich vor einer neuen Fassade Judith Kerstens. Sie blitzte mich wütend an. „Woher wissen Sie das?", fuhr sie mich an.

Ich zuckte erschrocken zurück. Wo war die verängstigte Judith Kersten geblieben, die verschüchterte, umständliche, besorgte? Die Frau, die selbst als Yola noch sanft und gleichmütig erschienen war? Jetzt hatte ich, das spürte ich instinktiv, die Frau vor mir, die ihr Leben verteidigte. Ihr eigenes und das ihres Sohnes. Und in dieser Rolle war sie gefährlich, auch das spürte ich. War Nadja ihr als Yola begegnet? Oder Hartwig? Vernichtete sie alles, was ihren Fassaden gefährlich werden konnte?

Zum Glück fiel mir rechtzeitig ein, dass sie mich für eine Polizeibeamtin hielt. Das gab mir Sicherheit. Judith Kersten würde doch eine Polizistin nicht angreifen?

Dies Frage hatte ich noch nicht befriedigend beantwortet, als sie mich anfuhr: „Mein Leben geht Sie gar nichts an! Ich tue nichts Ungesetzliches, also halten Sie sich da raus. Dass Sie Polizistin sind, gibt Ihnen nicht das Recht, mich zu bespitzeln."

Sie trat so dicht an mich heran, dass ich nichts als Yolas harte Augen sah, die Augen einer Frau, zu deren Beruf Eigennutz, Dreistigkeit, Schamlosigkeit und Abgestumpftheit gehörte.

Ich versuchte verzweifelt, meine Stimme gleichmütig klingen zu lassen. „Natürlich geht es mich nichts an, wie Sie Ihr Geld verdienen. Es sei denn, das hat etwas mit dem Mord an Nadja Schramm zu tun."

Ihr Atem fuhr mir ins Gesicht. Und obwohl er nach Zahnpasta roch, war er mir widerlich. „Ich lasse meinem Rupert nichts anhängen, verstanden? Was Sie behaupten und was auch Herr Schramm mir vorgehalten hat, das kann nicht sein! Rupert hat noch nie etwas Böses getan."

Ich dachte an Christopher und fühlte mich ihr schlagartig ebenbürtig. Jetzt waren wir nur noch zwei Mütter, die ihre Kinder verteidigten, eine nicht schwächer als die andere. „Sie machen sich doch etwas vor", fauchte ich zurück. „Anscheinend haben Sie Ihr ganzes Leben auf Lügen aufgebaut. Rupert lassen Sie glauben, dass Sie seine brave Mama sind. Und Rupert lässt Sie glauben, dass er Ihr braver Sohn ist. Merken Sie denn nicht, warum er sich auf das Spiel einlässt? Natürlich, weil er es durchschaut! Er weiß genau, dass seine Mutter ein Callgirl ist, aber er würde es niemals zugeben. Und Sie wissen auch genau, dass Ihr Sohn ein brutaler Schläger ist, aber Sie wollen es genauso wenig zugeben."

„Das stimmt nicht!", kreischte Judith Kersten und ich fragte mich, ob es draußen vor der Tür inzwischen Zeugen unserer Auseinandersetzung gab, die nur darauf warteten, dass die beiden Kontrahentinnen ineinander verkeilt, kratzend und beißend aus der Tür vor die Tanksäulen rollten. „Wenn ich das Haus verlasse, glaubt Rupert, dass ich zu einer alten Dame fahre, die ich pflege. Er ist stolz auf mich, weil ich das tu'. Und das soll so bleiben! Wagen Sie nicht, ihn aufzuklären! Ich warne Sie! Mein Junge soll sich sicher fühlen in seiner wohl geordneten Umgebung. Dafür werde ich alles tun. Und wenn jemand versuchen sollte, ihm diese Sicherheit zu nehmen, dann ..."

„... schlagen Sie ihm eine Flasche über den Schädel?" Wie konnte ich eigentlich jemals daran zweifeln, dass Judith Kersten fähig war, einen Mord zu begehen? In diesem Augenblick war ich sicher, dass sie zu jeder Gewalttat imstande war, wenn etwas das Leben bedrohte, das sie ihrem Sohn vorgaukelte.

Sie starrte mich an und antwortete mir nicht. So musste ich fortfahren, ohne zu wissen, ob ich ins Schwarze getroffen hatte. „Sie können nicht wirklich annehmen, dass Rupert sich noch von Ihnen täuschen lässt. Oder hat er mal darum gebeten, Sie zu der alten Dame begleiten zu dürfen, die Sie angeblich pflegen? Wollte er sie jemals kennen lernen? Will er Einzelheiten erfahren, wenn Sie zurückkehren?" Diesmal sah ich sofort, dass ich ins Schwarze getroffen hatte. „Ihr Sohn beweist doch täglich, dass er Ihre Lebenslügen durchschaut. Warum ich das glaube? Weil er es selber genauso macht! Sie sind daheim die solide Hausfrau, die am Albersloher Weg zum Callgirl wird. Rupert ist zu Hause der nette Junge, der in der Schule zum gefürchteten Gewalttäter wird. Einer, der Schwächere quält, der anderen feige auflauert, der Mädchen belästigt, der stiehlt, erpresst und lügt. Ich wette, genau das hat Ihnen auch Hartwig Schramm vorgehalten."

„Er wollte meinen Jungen anzeigen", keifte Judith Kersten. „Aber das lasse ich nicht zu. Meine Eltern haben immer gesagt, ich würde irgendwann auf der Polizeiwache landen. Und wenn, dann würden sie mich dort nicht abholen, dann könnte ich sehen, wie ich klarkäme. Und Rupert würde genauso enden wie sein Vater, das haben sie auch gesagt. Auch der wurde irgendwann angezeigt. Aber mit meinem Rupert macht das niemand! Das habe ich Herrn Schramm auch klipp und klar gesagt. Außerdem kann es nicht sein, dass Rupert seinen Lehrer angegriffen hat. Er würde das niemals tun. Möglich, dass er sich verteidigt hat. Möglich, dass das so ausgesehen hat wie ein Angriff. Aber das kann nur das Ergebnis von unglücklichen Umständen gewesen sein."

Jemand pochte an die Tür. „Alles klar da drinnen?", fragte eine männliche Stimme.

Ich riss die Tür auf. Vor mir stand der Tankwart, hinter ihm reckten zwei Männer und eine Frau die Hälse. „Ja, alles klar", sagte ich und war unendlich erleichtert, Yolas Nähe entkommen zu sein. Judith Kersten hatte mir keine Angst eingeflößt, aber Yola war zu allem fähig. Ja, vor ihr hatte ich Angst ...

Der Zorn meiner Kinder blieb mir erspart, aber mein langes Ausbleiben hatte eine viel schlimmere Konsequenz: Frederik saß mutterseelenallein vor Humphreys Käfig und sah nicht so aus, als hätte ihn die Unterhaltung mit dem Papagei von seinen Sorgen abgelenkt.

„Wo sind Alex und Chris?", fragte ich erschrocken. „Wie konnten sie dich allein lassen?"

Frederik berichtete zaudernd, dass Alexandra bei einer Freundin und Christopher zur Geburtstagsfeier eines Klassenkameraden gegangen war. Sein Zögern ließ vermuten, dass man ihm nahe gelegt hatte, diese Angelegenheit nicht zu problematisieren, damit mein Unwille nicht erregt wurde.

Aber natürlich kochte ich vor Wut. Dass mein eigener Part sich von dem meiner Kinder nicht wesentlich unterschied, wollte ich darüber unbedingt vergessen. Aber natürlich gelang es mir nicht. Die Schuldgefühle brachten mich fast um. Hektisch erzählte ich Frederik etwas von den

Pflichten meines neuen Berufes, von wichtigen Gesprächen, dringend notwendigen Ermittlungen und unaufschiebbaren Vernehmungen.

„Und warum findest du Mamas Mörder trotzdem nicht?", fragte Frederik ungehalten. „Wo Papa ist, hast du auch noch nicht herausgefunden. Oder meinst du, ich glaube immer noch, dass er weg ist, weil er was zu erledigen hat? Und was macht eigentlich die Polizei? Ingo hat mir versprochen, dass der Mörder bald gefunden wird. Und wann ist die Beerdigung? Oder ist Mama immer noch in der Pathologie?"

Ich musste mit aller Macht die Tränen zurückhalten. „Das müssen wir Ingo fragen", antwortete ich mühsam. „Alles andere ... Ja, es stimmt, dass dein Vater mit seinen Erledigungen längst fertig ist. Er versteckt sich irgendwo, weil er Angst hat, verhaftet zu werden. Du weißt ja, die Sache mit den Liebesträumen ..."

Frederik nickte. „Das war echt dämlich von ihm. Dabei wusste ich doch längst, dass er Mama betrügt."

Ich musste schlucken. „Du wusstest es? Woher?"

„Das merkt man eben", gab Frederik zurück. „Sobald Mama was vorhatte, musste er auch weg. Und vorher hat er immer so komische Telefongespräche geführt. Immer mit leiser Stimme, immer, ohne einen Namen zu nennen. Und ganz häufig wurde aufgelegt, wenn ich den Hörer abnahm. Wenn es dann zwei Minuten später noch mal klingelte, stürzte Papa ans Telefon, damit er auf jeden Fall eher dran war als ich. Glaubt er denn, ich bin blöde?"

Ich griff mir erschüttert in die Haare. „Weißt du, wie die Frau heißt, Fredi?"

Frederik schüttelte den Kopf. „Keine Ahnung. Aber dass er meine Mutter deshalb umgebracht hat ... so ein Schwachsinn! Oder glaubt Ingo das etwa?"

„Natürlich nicht", antwortete ich schnell. „Es wird sich schon alles aufklären, Fredi." Dann stieß ich ihm in die Seite. „Was ist? Hilfst du mir, die Stiefmütterchen zu pflanzen, die schon seit Tagen auf der Terrasse stehen? Es wird langsam Zeit."

Frederik nickte ohne jede Begeisterung, aber er folgte mir aus dem Wohnzimmer in das kleine Stück Garten, das zu unserer Parterrewohnung gehörte. Die Terracotta-Töpfe standen schon bereit, Frederik machte sich daran, auch das kleine Beet, das die Terrasse begrenzte, für die Stiefmütterchen vorzubereiten.

Ich stellte ihm ein halbes Dutzend hin. „Du machst das sehr geschickt, Fredi."

„Vielleicht werde ich später Gärtner“, meinte er. „Es macht Spaß, in der Erde zu arbeiten.“

Ich war froh, dass wir das Thema gewechselt hatten, und wollte alles tun, um noch so lange wie möglich mit Frederik über Blumenerde, Pflanzzeiten und Düngemittel reden zu können. „Hilfst du zu Hause auch häufig im Garten?“

Frederik schüttelte den Kopf. „Mama wollte das nie.“ Er überlegte kurz, ob es besser war, ein blaues Stiefmütterchen neben ein weißes zu setzen oder ob ein gelbes hübscher aussah. Dann entschied er sich für das blaue. „Der Gärtner war schon da und hat den Garten fertig gemacht fürs Frühjahr. Mama hat gesagt, das ist ein Fachmann, der weiß schon, was er tut, alles andere ist Stümperei. Man soll solche Arbeiten Spezialisten überlassen, dann werden sie perfekt ausgeführt.“

Ja, das war typisch Nadja! Perfekt musste es sein! Was nicht perfekt war, nannte sie Stümperei. Ich sah sie vor mir, wie ihre Augen flink über eine Einrichtung huschten, über die Gestaltung eines Gartens, die Dekoration eines Schaufensters, die Accessoires einer Garderobe. Immer wusste sie sofort, ob die Gesamtwirkung harmonisch war oder ob etwas nicht ins Bild passte. Und wenn es nicht passte, dann konnte sie stets mit großer Sicherheit sagen, was störte und wie es auszuwechseln war. Meiner These, dass auch Unvollkommenes seinen Charme hatte, pflichtete sie niemals bei.

„Aber mit Papa habe ich oft alles kreuz und quer gepflanzt. Das hat Spaß gemacht.“

Ich richtete mich auf. „Du hast mit deinem Vater im Garten gearbeitet?“

„Natürlich nicht in unserem. Mama wäre verrückt geworden. Nein, in dem Schrebergarten.“

„Schrebergarten?“ Ich starrte ihn verblüfft an.

Frederik grinste. „Ja, so ähnlich hat Mama auch immer geguckt, wenn von dem Schrebergarten die Rede war. Kein einziges Mal ist sie mitgegangen. Ein Schrebergarten ist das Spießigste, was man sich vorstellen kann, hat sie immer gesagt, noch spießiger als Hosenträger und eine umhäkelte Klorolle. Und man müsste sich schämen, wenn jemand erführe, dass Papa einen Schrebergarten hat.“

Nun lachte ich auch. „Ich wusste tatsächlich nichts davon.“ Und in Gedanken setzte ich hinzu: Aber ich wusste ja so vieles nicht von Nadja. „Ja, ich kann mir gut vorstellen, dass deine Mutter nichts von einem Schrebergarten wissen wollte. Andererseits ... euer Garten in Handorf ist riesig. Warum braucht dein Vater außerdem noch einen Schrebergarten?

„Er braucht ihn nicht. Aber er hatte ihn schon, ehe er Mama geheiratet hat. Als Student hat er ihn von seiner Zimmerwirtin übernommen und dort selber sein Gemüse gezogen. Damals hat er in der Schillerstraße eine Studentenbude gehabt. Und dort ist auch der Schrebergarten. Er hat ihn einfach behalten. Und manchmal, wenn er Stress mit Mama hatte, ist er dahin gefahren." Frederik erhob sich und klopfte sich die Blumenerde von den Hosenbeinen. Wohlgefällig betrachtete er sein Werk. „Wenn er dort war, konnte er jedenfalls immer sicher sein, dass Mama ihm nicht folgte. Sie hasste den Schrebergarten."

Alexandra kam nach Hause, warf mir einen scheuen Blick zu und schien sich zu wundern, dass kein Vorwurf über meine Lippen kam. Als Gegenleistung ersparte sie auch mir Vorhaltungen und zog sich stattdessen hastig in ihr Zimmer zurück. Auch Christoper ließ nicht lange auf sich warten. Er verkündete mit einer Fröhlichkeit, in der eine Menge Unsicherheit mitschwang, dass die Geburtstagsfeier ätzend gewesen und er deswegen eher nach Hause gekommen sei.

„Keine Party, sondern ein Kindergeburtstag! Kein Alkohol! Und Zigaretten waren auch nicht erlaubt. Es fehlte eigentlich nur noch das Topfschlagen!"

Dann forderte er Frederik mit erlesener Freundlichkeit zu einer Partie Monopoly auf. Ich nickte zu allem, was an meine Ohren drang, nahm es aber kaum wahr. Wie oft hatte ich mich schon gefragt, wo sich Hartwig mit seiner Geliebten getroffen haben mochte! Er hatte kurz nach Nadjas Tod von einem Weg im Boniburgwald gesprochen, in den sie gefahren waren, wenn nicht viel Zeit war. Und wenn mehr Zeit war? Sicherlich hatte er aus der Schrebergartenlaube ein kuscheliges Liebesnest gemacht. Einfach ideal! Er wusste, dass Nadja ihn dort niemals suchen würde, wahrscheinlich nicht mal dann, wenn sie ihn in seinem Schrebergarten vermutet hätte. Dort konnte er sich sicher fühlen. Und gewiss war ihm auch klar, dass außer Frederik niemand etwas von der Existenz dieses Schrebergartens wusste. Dass ich davon gehört hatte, hielt er vielleicht für möglich, aber ich war ja keine Gefahr für ihn.

Plötzlich fiel mir auch wieder der Schrebergärtner auf, der in der Polizeiwache erschienen war. Den Diebstahl von mehreren gut gefüllten Einmachgläser hatten er gemeldet. Über Nacht waren sie verschwunden, die eingeweckten Birnen und Pflaumen. Konnte Hartwig der Dieb gewesen sein?

„Ich muss noch mal weg", sagte ich zu Christopher, der gerade die Parkstraße kaufte und deswegen nur mit halbem Ohr zuhörte.

Alexandra hörte genau zu, nickte aber trotzdem freundlich. „Wieder Ermittlungen? Oder wieder Maximilian Schneider? Oder beides?"

„Ermittlungen", gab ich kurz und knapp zurück.

Alexandra nickte. „Kommt meine Miss-Sixty-Jeans, die du mir von deinem ersten Honorar versprochen hast, eigentlich allmählich in Sicht?"

Ich überlegte kurz, dann nickte ich. „Du kannst schon mal gucken, in welchem Laden es die beste gibt. Vorausgesetzt natürlich, Fredi bleibt in den nächsten Stunden nicht allein."

Die Stadt war ein offenes Tor, das niemanden aufhielt. Das schöne Wetter hatte zwar viel Münsteraner auf die Straße gelockt, aber die meisten waren mit Fahrrädern unterwegs, sodass Leo seinen Motor jubeln lassen konnte und nur selten eingestehen musste, dass das Geräusch seiner Bremsen zu Sorgen Anlass gab. Und ich erwischte mich sogar mehrmals bei der Unart vieler Cabrio-Fahrer: Ich ließ meine Umwelt wissen, dass ich ein Fan von Eros Ramazotti war, und sie an meiner Vorliebe ausgiebig teilhaben.

Die Schillerstraße war beinahe menschenleer. Die Bewohner der unfreundlich dreinblickenden Miethäuser hatten vermutlich ihre Decken an den Kanal gelegt, die anderen waren mit ihren Rädern unterwegs, und die, die unbedingt zu Hause bleiben wollten, bereiteten ein Grillfest auf ihrem Zwei-Quadratmeter-Balkon vor. Die ersten sonnigen Tage des Frühlings hatten es nun mal in sich. Später, wenn der Sommer Routine im Leben in der Natur erzeugt hatte, ließ die Freude über die Sonne bekanntlich nach und das Leben fand wieder hinter geschlossenen Türen statt, wo über die Hitze gestöhnt wurde.

Als ich die Kanalbrücke überfuhr, wurde ich bestätigt. Aus dem Dortmund-Ems-Kanal war ein Wasserlauf geworden, der aussah, als sollte er mit dem bunten Treiben an seinem Ufer endlich auch so romantisch werden wie ein natürlicher Fluss. Ganz war es zwar nicht gelungen, aber tatsächlich war aus dem öden grauen Band eine helle Linie geworden, die munteres Treiben durchschnitt. Sogar die Schiffer zogen fröhliche Mienen, die sonst ihre Kähne mit dem stoischen Gleichmut eines U-Bahn-Fahrers über den Kanal lenkten.

Direkt hinter der Kanalbrücke wurde aus der Schillerstraße der Lütkenbecker Weg und dort begannen die Schrebergartensiedlungen. Wie groß sie waren, wurde mir erst jetzt klar. Würde ich Hartwig hier überhaupt finden können? Ach, hätte ich doch Frederik nur nach der genauen Lage des Gartens gefragt! Ich fuhr weiter und stellte fest, dass es auch hinter der Brücke, die über die Umgehungsstraße führte, eine Schrebergartensiedlung gab. Wo würde ich Hartwigs Garten finden?

Ich kehrte vor der Brücke wieder um, sicher, dass eine der beiden großen Siedlungen zwischen Kanal und Umgehungsstraße die richtige war. Frederik hätte es sicherlich erwähnt, wenn Hartwigs Garten jenseits der Brücke lag. Langsam fuhr ich, sehr langsam. Was sollte ich tun? Auf eigene Faust suchen? Oder umkehren und Frederik um die genaue Lage des Gartens bitten? Ja, das würde wohl das Beste sein. Andererseits ... es ärgerte mich, unverrichteter Dinge wieder nach Hause zu fahren.

Ich bog in das Gelände der Firma Lignum ein, die Holz und Gartenmöbel anbot. Dort gab es einen Parkplatz, wo ich Leo anhalten konnte, um nachzudenken. Ich war nicht allein dort. Anscheinend waren die Parkplätze am Kanal rar geworden, so dass manche der Sonnenanbeter, Kanalschwimmer und Brückenspringer ihre Fahrzeuge hier abgestellt hatten.

Was würde mir helfen, Hartwigs Garten zu finden? Machte es Sinn, an den vielen Hecken und Zäunen vorbeizugehen und eine Laube nach der anderen zu betrachten? Nein, natürlich nicht. Hartwig würde sich verborgen halten, solange in den Nachbargärten noch gehackt, gepflanzt und gesät wurde. Und dass sein Garten etwas Typisches aufwies, an dem ich ihn unzweifelhaft erkennen konnte, durfte ich nicht erwarten. Wahrscheinlich würde es dort keine Gemüsereihen geben, keine Stachelbeerbüsche, keine sorgfältig gepflegten Erdbeerbeete. Aber ob diese Indizien ausreichten?

Und wenn ich nun einfach nach dem Garten Hartwig Schramms fragte? Nein, viel zu gefährlich! Hartwig wurde polizeilich gesucht. Das hatte sich womöglich auch in dieser Schrebergartensiedlung herumgesprochen.

Ich tätschelte Leo das Lenkrad und drehte die Rückenlehne ein wenig herunter. „Am besten, wir machen es uns gemütlich, Leo. Wir müssen warten, bis hier Ruhe herrscht."

Irgendwann musste Hartwig ja aus seiner Laube herauskommen. Tagsüber war er gezwungen, sich zu verstecken, spätestens nach Einbruch der Dunkelheit würde er sich frische Luft gönnen und sich mit Essbarem eindecken für den nächsten Tag. Vielleicht hatte ich dann eine Chance, ihn aufzuspüren. Möglich, dass ich ihn auf mich aufmerksam machen konnte, dass er mich sah, wenn ich suchend von Garten zu Garten ging, und sich bemerkbar machte. Zu dumm nur, dass mein neues Handy erst am nächsten Tag freigeschaltet wurde. Ich hätte mich bedeutend besser gefühlt, wenn es möglich gewesen wäre, die Kinder über meine verzögerte Rückkehr zu verständigen. Wie sollte ich demnächst darauf bestehen, dass die Regeln eingehalten wurden, wenn ich sie selber nicht befolgte?

Ich hatte etwa eine Stunde gewartet, als ein gelber Mini die Kanalbrükke überquerte, den Lütkenbecker Weg herunterkam und dann zielsicher auf den Parkplatz der Firma Lignum einbog. Ich machte mich so klein wie möglich, damit ich nicht gesehen wurde. Aber leider war Leo ein ziemlich auffälliges Auto, alt und gebrechlich, wie er war. Er würde mich verraten.

Aber ich hatte Glück. Die Frau, die ihren Mini ein paar Boxen weiter einparkte, nahm Leo nicht zur Kenntnis.

„Das ist Sabine Riedel", flüsterte ich Leo zu. „Ob die auch hier ist, um Hartwig zu suchen?"

Fieberhaft überlegte ich. Wenn Sabine Riedel wusste, dass Hartwig sich hier versteckte, dann konnte sie mich zu ihm hinführen. Ich beobachtete, wie sie zügig den Lütkenbecker Weg überquerte und in einen Weg einbog, der in die Schrebergartenanlage führte.

Hastig stieg ich aus, um ihr zu folgen. Leider konnte ich nicht dicht aufrücken, denn der Weg war nur sanft geschwungen und daher sehr übersichtlich. Sollte Sabine Riedel sich umblicken, würde sie mich sehen. Es half nichts, ich musste großen Abstand halten und konnte nur ahnen, wohin sie ging. Und dann ... dann war sie plötzlich verschwunden.

Nun vergaß ich alle Vorsicht und begann zu laufen. Sabine war wie vom Erdboden verschluckt. Aber dann sah ich eine Bewegung hinter einigen Büschen und wusste, wo sie geblieben war. Sekunden später stand ich vor einem niedrigen Zaun, der einmal doppelt so hoch gewesen war, aber im Lauf der Zeit, nachdem er hundert- und tausendmal überwunden worden war, die Hälfte seiner Höhe eingebüßt hatte. Ich sah Sabine, wie sie nun ein paar Meter den Hauptweg entlang lief und dann hinter einer Hecke verschwand. Ich folgte ihr über den Zaun und sprang in den herrenlosen Schrebergarten, der vermutlich niemals einen neuen Besitzer finden würde. Denn jeder Interessent musste auf den ersten Blick erkennen, dass die Gewohnheit, ihn du diesem Grenzverkehr zu missbrauchen, nicht mehr auszurotten war. Mit ein paar Sätzen hatte ich die verlassenen Beete durchquert, stand auf den letzten Metern des Hauptweges und sah mich um. Kein Schrebergärtner weit und breit. Anscheinend war dieser hintere Teil der Gartenanlage nicht besonders beliebt, die angrenzenden Gärten gehörten nicht zu denen, die von ihren Besitzern gehegt und gepflegt wurden.

Vorsichtig blickte ich um die Hecke herum, hinter der Sabine Riedel verschwunden war. Es öffnete sich mir der Blick auf zwei verschwiegene Gartentörchen. Eins von ihnen saß fest im Schloss, das andere war nur eilig zugeschoben worden und bewegte sich leise knarrend hin und her. Dahinter schlummerte ein Garten, dem niemand Bescheid gesagt hatte, dass der Winterschlaf vorüber war. Das Laub des vergangenen Herbstes lag noch auf den Beeten, verrottete Stängel stachen hindurch, niemand hatte den Frühlingsblühern, die den Winter überstanden hatten, geholfen, sich gegen das Unkraut durchzusetzen.

Obwohl alles still war, spürte ich das Leben in der einen Laube und die Verlassenheit in der anderen. Das Häuschen, in dem ich Sabine und Hartwig vermutete, war stabiler als das andere, in letzter Zeit war dort Hand angelegt worden, um es gegen Kälte und Regen besser zu schützen. Die Fenster waren frisch abgedichtet worden und die Tür hatte ein neues Schloss erhalten.

Ich zog mich wieder hinter die Hecke zurück, um zunächst einmal abzuwarten. Dass die beiden sich zu einem stundenlangen Schäferstündchen zurückgezogen hatten, konnte ich mir nicht vorstellen.

Ich ließ mich auf einen Stein sinken und spürte der Ruhe nach, die sich in mir breit machte. Nun wusste ich endlich mit Sicherheit, wer Hartwigs Geliebte war. Aber konnte ich deshalb auch sicher sein, dass er am Abend des Mordes die Wahrheit gesagt hatte? Die Unruhe flackerte wieder in mir hoch. Wie lange würde ich hier warten müssen?

Ich stellte mich auf eine harte Probe meiner Geduld ein und war froh, dass ich mir keine Sorgen machen musste, entdeckt zu werden. Mein einziges Problem würde sein, den Abend auf diesem Stein ohne eine Nierenbeckenentzündung zu überstehen. Der Frühling war noch jung, der Abend wurde bereits kühl. Feuchtigkeit stieg aus den Beeten, die Erde gab die Kälte wieder frei, die die Sonne tagsüber dort eingeschlossen hatte. Der Abend stieg auf. Von der Straße war das Schlagen der Autotüren zu hören, die Kanalwiesen leerten sich. Es herrschte der Lärm, der schon die Stille in sich trägt. Bald würde es auch am Kanal so aussehen wie in der Schrebergartensiedlung.

Ich erschrak heftig, als die Tür der Gartenlaube aufgestoßen wurde. Stürmisch, laut und unvorsichtig, wie das mit der Tür, hinter der sich ein polizeilich Gesuchter verbirgt, eigentlich nicht geschehen sollte. Mit einem Satz versteckte ich mich im Nachbargarten, wo Hartwig mich zwar sehen konnte, aber nicht Sabine, die blind an mir vorüberhastete. Sie hätte mich vielleicht auch nicht zur Kenntnis genommen, wenn sie über meine Füße gestolpert wäre. Ihr Gesicht war tränenverschmiert, sie biss sich auf die Lippen, um nicht laut zu weinen, und achtete nicht einmal darauf, dass ihre Strickjacke an einem Zweig hängen blieb. Sie lief einfach weiter, die Jacke riss sich los, was unmöglich ohne Schaden geblieben sein konnte. Vorsichtig lugte ich durch die Hecke und sah, wie Sabine, ohne nach rechts oder lins zu sehen, über den Zaun kletterte. So hektisch, dass sie beinahe gestürzt wäre. Wie unvorsichtig sie war! Dachte sie denn nicht daran, dass sie sich in der Nähe von Hartwigs Versteck unauffällig verhalten musste?

Was war in der Gartenlaube geschehen? Plötzlich kroch Angst in mir hoch. Was hatte Sabine Riedel derart erschüttert? Wie hatte sie Hartwig vorgefunden? War er etwa ...? Nein, diesen Gedanken wollte ich nicht zu Ende denken. Jetzt ließ ich ebenfalls jede Vorsicht außer Acht und lief durch das Gartentor auf die Laube zu, deren Tür nicht ganz geschlossen war. Vorsichtig schob ich sie auf, sie knarrte leise. Das helle Licht in meinem Rücken machte mich zunächst blind für das, was ich erst Augenblikke später in dem dunklen Raum sah: Hartwig saß auf einem Stuhl neben einem sorgfältig gemachten Bett, hatte sein Gesicht in die Hände gelegt und weinte. Erst, als ich einen Schritt in die Laube hinein machte, schreckte er auf. Ungläubig starrte er mich an. „Romy! Du?"

Ich drückte die Tür ins Schloss und machte einen Schritt auf ihn zu. Hartwig schüttelte den Kopf, als wollte er seine Tränen für ungültig erklären, dann wischte er hastig seine Augen frei. Als er mich danach immer noch nicht ansehen konnte, ging ich vor ihm in die Knie, stützte meine Ellbogen auf seine Oberschenkel und zwang ihn, mich anzusehen. „Was ist passiert, Hartwig?"

„Wie kommst du hierher?", fragte er zurück und konnte mich nun endlich ansehen, ohne an seinen Augen herumzuwischen. „Und wie hast du von diesem Schrebergarten erfahren? Von Fredi?"

Ich nickte. „Warum weiß die Polizei nichts davon? Hat keiner der anderen Schrebergärtner darauf hingewiesen, als dein Fahndungsfoto in der Zeitung erschien? Hat keiner von ihnen einen langen Blick in deinen Garten geworfen und dich gesehen?"

Hartwig schüttelte den Kopf. „Mich kennt hier ja keiner, nicht einmal mein Name ist aktenkundig. Offiziell gehört der Garten immer noch meiner früheren Zimmerwirtin, die ihn mir vor vielen Jahren überlassen hat. Wir haben damals vergessen, den Namen des Eigentümers zu ändern. Und ich komme ja immer über den Zaun, weil der Weg vom Eingang bis zu diesem Garten so weit ist. Der Nachbargarten gehört einer Familie, die nach Dortmund gezogen ist. Die sind nur noch selten hier. Mich kennt in dieser Kleingartenanlage niemand."

Ich sah mich um. Tatsächlich war es ein gemütlicher kleiner Raum, in den Hartwig sich geflüchtet hatte. Liebevoll hergerichtet mit Kerzenleuchtern, Blumen, ein wenig Geschirr, zwei hübschen Gläsern, romantischer Bettwäsche ... ein Liebesnest eben!

„Was wollte Sabine von dir? Besucht sie dich regelmäßig? Versorgt sie dich?"

Hartwig nickte erst, dann schüttelte er den Kopf. „Sie ist immer noch nicht bereit, die Wahrheit zu sagen. Ich dachte, sie liebt mich, aber sie will sich nicht von ihrem Mann trennen. Das bequeme Leben an seiner Seite ist ihr wichtiger. Er hat ihr ja mehr zu bieten als ich." Seine Stimme war voller Bitterkeit, seine Augen waren dunkel vor Enttäuschung. „Als sie heute kam, dachte ich, sie hätte es sich anders überlegt. Aber wie immer ging es nur um sie, um ihre Probleme. In den paar Minuten, in denen sie bei mir war, hat sie nur darüber geredet, dass irgendeine Polizeibeamtin – eine Kollegin von Ingo anscheinend – ihre leibliche Mutter kennt. Und dass sie darauf wartet, dass diese Frau den Namen ihrer Mutter herausbekommt. Dass ich mich hier verstecken muss, weil sie zu feige ist, die Wahrheit zu sagen, ist ihr anscheinend gleichgültig. Sie sagt, ich soll einfach abwarten. Es könnte ja nicht mehr lange dauern, bis der wahre Mörder gefunden wird. Warum soll sie ihrem Mann die Wahrheit gestehen? Dann wäre ja auch unsere Beziehung zu Ende, sagt sie! So aber könnte alles weitergehen wie vorher, sobald der Fall gelöst ist."

Ich bekam eine Gänsehaut. Wie konnte ein Mann wie Hartwig sich in eine Frau wie Sabine Riedel verlieben?

„Ich habe sie zum Teufel gejagt", stieß er hervor und es hörte sich ganz so an, als bereute er es bereits. „Ich will nichts mehr mit ihr zu tun haben." Dann sah er mich an, als suchte er in meinem Gesicht etwas, was für Sabine sprach. „Aber ihrem Rat werde ich dennoch folgen", fügte er an, als er in meinem Gesicht nichts fand. „Ich werde hier bleiben, bis der Mord an Nadja aufgeklärt ist. Oder ... oder bist du hier, weil du den Mörder bereits gefunden hast?"

Ich zog einen Stuhl heran und setzte mich Hartwig gegenüber, sodass sich unsere Knie berührten. „Ich habe eine Menge herausgefunden", begann ich. „Allerdings nichts, was mit Nadjas Tod zu tun hat." Ich griff nach Hartwigs Händen und hielt sie fest. „Warum hat Johannes Riedel behauptet, seine Frau sei zur Tatzeit bei ihm gewesen?"

„Weil er Sabine vertraut. Er hat ihr geglaubt, dass sie mit einer Freundin im Kino war. Er hat ihr gesagt, er wolle nicht, dass sie ins Gerede käme. Er wüsste doch, dass sie ihm treu sei, dass ich nur den Ruf der Schule und ihres Schulleiters zerstören wolle. Und um nicht durch unwürdige Nachforschungen der Polizei auch den Ruf seiner Frau in den Schmutz zu ziehen, hat er behauptet, er wäre den ganzen Abend mit ihr zusammen gewesen." Kopfschüttelnd saß er nun da. „Ich hätte nie gedacht, dass Riedel so ahnungslos ist. Eigentlich hatte es so ausgesehen, als sei er misstrauisch geworden. So, als ahnte er, dass seine Frau ihn betrügt." Er zuckt die Achseln. „Aber anscheinend hat er ihr voll und ganz vertraut."

Nun erzählte ich ihm, was ich herausgefunden hatte. Mit Judith Kersten begann ich und Hartwig nickte nachdenklich. „Ja, dass sie ein Doppelleben führt, ist mir nicht neu."

Dass Nadja sie für die Geliebte ihres Mannes gehalten hatte, erwähnte ich nur am Rande, und dass ich selbst an die Möglichkeit gedacht hatte, Hartwig könne Yolas Freier sein, ließ ich ganz unter den Tisch fallen. „Warum hast du Nadja nie von deinen Gesprächen mit Judith Kersten erzählt? Das war es, was sie misstrauisch gemacht hat! Sie wusste, dass du dich mit ihr triffst. Und sie registrierte, dass du nicht darüber sprachst."

Hartwig nickte. „Ich wollte sie nicht beunruhigen. Sie hatte Angst vor Rupert, seit er ihr die Autoreifen zerschnitten hatte. Ich habe ihr vorgemacht, der Fall Rupert Kersten sei ohne Bedeutung. Deswegen wollte ich nicht, dass sie wusste, wie sehr er mich in Wirklichkeit beschäftigte. Also habe ich ihr auch nie erzählt, dass ich versuchte, Frau Kersten über ihren Sohn aufzuklären."

Dann berichtete ich Hartwig von Nadjas Testament, mit dem sie ihr beträchtliches Vermögen ihrem Sohn hinterlassen wollte.

Hartwig starrte mich an. „Beträchtliches Vermögen?" Er sah aus, wollte er sich an die Stirn tippen.

„Ein Vermögen von ungefähr einer Million Euro", erklärte ich ihm. „So viel sind fünf komfortable Ferienhäuser in Spanien wert."

„Ferienhäuser? In Spanien? Doch nicht Nadja! Riedel besitzt so eine Ferienhausanlage, das weiß ich. Er hat geerbt und sein Geld in Spanien angelegt."

„Sein Erbe bestand aus einem riesigen Grundstück und einer Villa in Kühlungsborn, weißt du das auch? Ausgerechnet Kühlungsborn! Nadjas Geburtsort."

Hartwig sah mich mit offenem Munde an. „Wie hast du das herausbekommen?“ In seinen Augen stand unverhohlene Bewunderung und da ich sie dort stehen lassen wollte, beantwortete ich seine Frage einfach nicht. Mein Griff in Nadjas Geheimfach und der Einbruch in ihre Boutique waren nun wirklich kein Aushängeschild für eine seriöse Privatdetektei!

„Hältst du es für möglich, dass Riedel und Nadja sich von früher kannten?“

Hartwig schüttelte nachdenklich den Kopf, schwieg eine Weile, dachte ausgiebig nach, dann schien er sich sicher zu sein. „Völlig unmöglich! Das hätte sie mir doch gesagt. Und Riedel hätte auch darüber geredet. Warum sollten sie darüber schweigen? Nein, das ist ausgeschlossen. Außerdem ... Riedel hat doch immer im Westen gelebt, während Nadja erst in den Westen gekommen ist, als Ungarn die Grenzen öffnete.“

Nun saßen wir beide da und schwiegen. Hartwig hatte genug damit zu tun, das zu verarbeiten, was er soeben erfahren hatte. Ich überlegte, ob ich ihm auch noch offenbaren sollte, dass ich die Polizeibeamtin war, von der Sabine ihm erzählt hatte. Und dass seine Geliebte augenscheinlich die Nichte seiner Frau war. Und dass ich keine Ahnung hatte, warum Sabine nichts davon wusste und Nadja nicht darüber geredet hatte ... Aber ich brauchte nur in Hartwigs Gesicht zu sehen und wusste, dass ihm mehr nicht zuzumuten war. Eigentlich bereute ich sogar schon das, was ich ihm verraten hatte. Hartwig würde wenig später allein zurückbleiben mit dem neuen Wissen, mit seinen schweren Gedanken, seinen Fragen, seinen Zweifeln. Und er würde niemanden haben, mit dem er darüber reden konnte. Er musste einsehen, dass Sabine nicht die Frau war, für die er sie gehalten hatte. Er musste außerdem einsehen, dass auch Nadja nicht die gewesen war, die er zu kennen glaubte. Ich konnte ihn unmöglich mit der ganzen Wucht der Entwicklung in dieser Gartenlaube allein lassen. Weiterhelfen konnte er mir sowieso nicht, denn anscheinend wusste er nicht mehr als ich. Und dass das Familiengeheimnis, dem ich auf die Spur gekommen war, etwas mit Nadjas Tod zu tun hatte, war ja sowieso unwahrscheinlich.

„Am liebsten würde ich Riedel ausgiebig befragen“, sagte ich leise. „Aber ich traue mich nicht, Ingo derart ins Handwerk zu pfuschen. Außerdem fühle ich mich Riedel nicht gewachsen.“

Hartwig nickte. „Ja, er ist ein eiskalter Hund. Den wirst du nicht um den Finger wickeln können. Außerdem wird er sich von einer Privatdetektivin nicht ausfragen lassen. Und wenn er sich einem Verdacht ausgesetzt sieht, wird er um sich schlagen. Und es wird ihm egal sein, wen er trifft."

„Verdächtig ist er ja nicht", gab ich zu bedenken, ohne Hartwig zu verraten, dass die Riedels mich nicht für eine Privatdetektivin, sondern für Ingos Assistentin hielten. „Aber es kann natürlich sein, dass ein menschliches Versagen hinter dem Geheimnis steckt, das er niemals zugeben würde."

„Warum lässt du Ingo nicht mit ihm reden?", fragte Hartwig. „Er hat das Gesetz im Rücken. Ihm muss Riedel Rede und Antwort stehen."

Ich erhob mich, als wäre mir plötzlich eingefallen, dass ich es eilig hatte. Auf keinen Fall wollte ich Hartwig eingestehen, dass Ingo nichts von meinen Ermittlungsergebnissen wusste und dass er nicht erfahren durfte, wie ich zu diesen Ergebnissen gekommen war. „Ich muss zurück", sagte ich. „Fredi sollte nicht zu lange mit Chris und Alex allein bleiben."

„Wie geht es ihm?", fragte Hartwig leise.

Ich hob die Schultern. „Manchmal kann er schon wieder lachen." Ich sah noch eine Weile auf Hartwig hinab, auf dessen Schultern die Last der Verzweiflung so schwer lag, dass er es nicht schaffte, sich zu erheben. „Er wusste übrigens, dass du seine Mutter betrügst. Die Sache mit den Liebesträumen war überflüssig ..."

Nun gehörte ich auch dazu. Seit die meisten daran teilhaben wollten und vor allem die Kids ganz versessen darauf waren, hatte ich hundertmal am Tag darauf hingewiesen, dass kein Mensch so etwas wirklich nötig hatte. Aber nun kam ich mir vor wie der Mensch kurz nach der Erfindung des Rades. Ich stellte mich in den Garten, so weit weg wie möglich von der Terrassentür, was in meinem Fall leider noch ziemlich nah war, aber immerhin weit genug, um sagen zu können, dass ein schnurloses Telefon hier schon seine Grenzen entdeckt hätte. An der kleinen Hecke also, wo der Garten der Nachbarn aus dem ersten Stock begann, wählte ich Noras Telefonnummer in der festen Überzeugung, dass es großartig war, an der frischen Luft zu telefonieren, statt im Wohnzimmer, wo Humphrey ständig dazwischen redete. Stolz teilte ich Nora, die nicht ganz so beeindruckt war, wie ich erhofft hatte, meine Handynummer mit, damit sie mich demnächst auch dann telefonisch erreichen konnte, wenn ich in wichtigen Ermittlungen unterwegs war. Dass ich meinen Kindern bisher gepredigt hatte, kein Mensch müsse ständig telefonisch erreichbar sein, vergaß ich darüber. Als es mir wieder einfiel, hatte ich jedoch auf der Stelle einen guten Grund für die Änderung meiner Meinung zur Hand. Ich war jetzt eine berufstätige Frau! Und beruflich selbstständige Menschen kamen heutzutage ohne Handy nicht mehr aus! Schließlich benutzte auch niemand mehr für seine Buchführung ein Kontenblatt oder für die Korrespondenz eine mechanische Schreibmaschine.

Nachdem ich sicher sein konnte, dass Nora meine Handynummer gewissenhaft notiert hatte, teilte ich sie Ingo per SMS mit, um mir auch dieses Erfolgserlebnis zu gönnen. Anschließend rief ich in der Kanzlei Schneider in Amelsbüren an und informierte Frau Moorloch darüber, dass ich demnächst auch mobil zu erreichen sei.

„Vielleicht notieren Sie mal eben. Ich bin nämlich in diesen Tagen sehr viel unterwegs. Und Herr Schneider legt Wert darauf, dass ich ständig für ihn erreichbar bin."

Ich meinte, sie mit den Zähnen knirschen zu hören. Aber das konnte auch an der schlechten Verbindung liegen, denn das Netz in meinem Garten schien nicht das beste zu sein.

„Herr Schneider ist noch bei Gericht", näselte Gerda Moorloch. „Aber wenn Sie möchten, dass er Sie auf Ihrem neuen Handy anruft, werde ich ihm Bescheid sagen, wenn er zurück ist."

Das klang sehr gönnerhaft, so, wie man einem Kind verspricht, demnächst seinem Kaufladen einen Besuch abzustatten. Prompt fand ich mich auf dem Boden der Tatsachen wieder. Und dort wurde mir vorgehalten, dass eine gute Privatdetektivin nicht erfolgreich ist durch die Anschaffung eines Handys, sondern durch die Lösung eines Falles. Und nun fiel mir auch wieder ein, dass ich am Vormittag einen Besuch bei Sabine Riedel machen wollte, solange ihr Mann in der Schule war. Vielleicht erfuhr ich etwas über Johannes Riedel, was ich ihn selbst nicht fragen konnte.

Ich steckte also das Handy in die Jackentasche, schnappte mir Leos Schlüssel und machte auf dem Weg zur Haustür einen Abstecher an der Tiefkühltruhe vorbei. Es fand sich nur eine Packung Rahmspinat, den die Kinder nicht sonderlich schätzten. Aber die einzige Alternative war eine Kalbsbrust und die wartete dort auf den nächsten großen Feiertag und kam für diesen simplen Montag nicht in Frage.

Hatte Humphrey eigentlich schon sein Frühstück gehabt? Ich war nicht sicher, deswegen bekam er vorsichtshalber noch eine große Portion Sittichfutter, an das er sich zu gewöhnen schien. Trotzdem sah er mich an, als sollte er nicht mal eben für ein Stündchen allein sein, sondern mindestens für eine Woche bei Wasser und Brot sich selbst überlassen bleiben.

„Nun guck nicht so traurig“, versuchte ich ihn aufzuheitern. „Vielleicht bringe ich dir ein paar Krabben mit, wenn ich zurückkomme. Aber Fredi wollte heute nun mal mit seiner Klasse zum Fußballspiel. Gönn ihm die Abwechslung, Humphrey.“

„Zieh Leine, du Penner“, gab Humphrey beleidigt zurück.

Ich hatte Frederik schon gegen acht nach Handorf gefahren. Dass er bis zur Beerdigung seiner Mutter nicht in die Schule zu gehen brauchte, fand er völlig in Ordnung, aber am Fußballspiel seiner Klasse wollte er an diesem Morgen unbedingt teilnehmen. Ich war froh über alles, was den Jungen ablenkte, und natürlich auch froh darüber, dass ich an diesem Morgen das Haus verlassen konnte, ohne mir um Frederik Sorgen machen zu müssen. Es wurde wirklich Zeit, dass Hartwig aus seinem Versteck herauskam und sich selbst um seinen Sohn kümmerte. Frederik musste sich wieder an seinen Alltag gewöhnen. Es wurde Zeit, dass er lernte, ohne seine Mutter zu leben. An diesem schmerzlichen Prozess würde ja kein Weg vorbeigehen.

Leo wollte an diesem Tag nichts davon hören, dass er zur Spezies der Cabrios gehörte, und hielt sein Verdeck fest, als fürchtete er, ihm könnten während der Fahrt die Pferdestärken davonfliegen. Ich machte keinen Versuch, ihn zu überreden oder gar zu zwingen. Daran war ich schon einmal gescheitert und mit einem gequetschten Mittelfinger in der Notaufnahme des Evangelischen Krankenhauses gelandet. Leo ließ sich nun mal ungern zwingen.

Sabine Riedel sah aus, als hätte sie sich gerade für einen Elternsprechtag oder einen Konzertbesuch zurecht gemacht. Beides konnte nicht sein, denn erstens war sie kinderlos und zweitens begannen die Konzerte in Münster nicht um zehn Uhr vormittags. Aber in meinem Leben hatten diese beiden Ereignisse nun mal in etwa den gleichen Stellenwert und mich hätten sie dazu veranlasst, ebenso makellos aufzutreten wie Sabine Riedel. Doch sie gehörte wahrscheinlich zu den Frauen, die ich sonst nur aus dem Fernsehen kannte. Diese Heldinnen der soaps, die in ihren eigenen vier Wänden im Kostüm herumliefen und ihre Haushälterinnen anwiesen, das Mittagessen vorzubereiten, während sie selbst dafür sorgen wollten, dass die Schnittblumen frisches Wasser bekamen. Ich fragte mich bei dieser Gelegenheit, womit Sabine Riedel eigentlich ihren Alltag füllte, kam aber nicht dazu, diese Überlegungen zu Ende zu führen.

Sie zog mich begeistert ins Haus, als hätte sie seit langem auf mich gewartet. „Wie schön, dass Sie kommen! Gibt es was Neues? Haben Sie etwas herausfinden können?“

Sie schob mich ins Wohnzimmer und drängte mich in einen Sessel. Schon saß sie mir gegenüber und sah mich erwartungsvoll an. Die Kette fügte sich wundervoll in den Ausschnitt ihrer Bluse. Ob sie wohl beim Kauf ihrer Garderobe stets darauf achtete, dass die Kette ihrer Mutter gut zur Geltung kam?

Ich hatte damit gerechnet, dass sie meinen Besuch falsch interpretierte, und mir während der Fahrt genau überlegt, welche Antwort ich ihr auf die Frage geben sollte, die ich vorausgesehen hatte. Allerdings war ich zu keinem Entschluss gekommen, sondern hatte mir eingeredet, dass es am besten war, mich auf meine Intuition zu verlassen. Die allerdings ließ mich nun im Stich.

„Gut, dass Sie nie in Uniform kommen“, sagte Sabine Riedel gerade. „Das wäre nicht gut wegen der Nachbarn.“

Das brachte meine Intuition auf den Plan. „Heute bin ich dienstlich hier“, erklärte ich.

Sabine sah mich mit großen Augen an. „Haben Sie den Mörder denn immer noch nicht gefunden?“

Ich schüttelte den Kopf. „Aber mir ist eine merkwürdige Übereinstimmung aufgefallen. Vielleicht haben Sie eine Erklärung dafür.“ Ich wies mit dem Kopf zu dem Bild, das Elisabeth Riedel gemalt hatte. „Ich weiß jetzt, dass diese Villa in Kühlungsborn steht.“

Sabine nickte. „Ja, stimmt“, antwortete sie gleichmütig.

„Wussten Sie, dass Frau Schramm in Kühlungsborn geboren wurde und dort lebte, bis sie in den Westen kam?“

„Nein, das wusste ich nicht.“

„Ein merkwürdiger Zufall, finden Sie nicht auch?“

Sabine hob die Schultern und ließ sie wieder fallen. „Tja ...“ Das war das Einzige, was sie dazu sagte.

„Wissen Sie, ob Ihr Mann und Nadja Schramm sich von früher kannten?“

„Davon hat er nie etwas gesagt.“

„Er war, als er sein Erbe antreten konnte, in Kühlungsborn, um die Villa seines Onkels zu fotografieren. Zu diesem Zeitpunkt lebte Nadja Schramm allerdings schon in Münster. Sie müssten sich also bereits früher kennen gelernt haben.“

„Ausgeschlossen. Die beiden haben nie darüber geredet, dass sie sich von früher kannten.“

„Haben Sie Ihren Mann und Frau Schramm denn öfter im Gespräch erlebt?"

„Sicher. Es gab ja gelegentlich Festlichkeiten in der Schule, zu denen auch die Ehepartner eingeladen waren. Mein Mann legt Wert darauf, zu den Lehrern seiner Schule auch privaten Kontakt zu unterhalten. Wir haben die Schramms mal zum Essen eingeladen und wir waren bei ihnen in Handorf zu einem Barbecue. Außerdem haben sie meinen letzten Geburtstag mit mir gefeiert. Es gab eine ziemlich große Party. Die Schramms waren auch dabei."

„Aha, Ihr Geburtstag ..." An diesem Tag musste Nadja spätestens klar geworden sein, dass sie ihre Nichte vor sich hatte.

„Ich kann mich jedenfalls nicht erinnern, dass mein Mann mit Nadja Schramm über Kühlungsborn geredet hat", fuhr Sabine fort. „Vor der Wende war er ja auch nur zweimal in Kühlungsborn. Einmal, als sein Onkel schwer krank wurde, und dann zu seiner Beerdigung, nachdem er gestorben war. Jedes Mal hat er eine Einreiseerlaubnis bekommen."

„Nur zweimal war er in Kühlungsborn?", wiederholte ich mechanisch. Dann zuckte ich zusammen. „Er war vor der Wende schon mal in Kühlungsborn? Das wusste ich ja gar nicht."

Sabine nickte gleichmütig. „Ja, zweimal!"

„Nur zweimal war er in Kühlungsborn ..." Wo und wann hatte ich diesen Satz schon mal gehört?

Als es mir einfiel, kam die Erkenntnis von so weit her, dass ich zunächst nicht an ihre Kraft glauben konnte. Wie ein Unwetter, das in der Ferne aufzog, eine schwarze Wolkenwand, die vorüberziehen oder sich entladen und verheerende Schäden anrichten konnte. Die Hoffnung davonzukommen, ging oft erst in den Sturmböen unter, die schon die ersten Schäden anrichteten. Ich saß da, spürte Sabines erstaunten Blick und duckte mich unter der ersten Windhose.

„Ein Westdeutscher namens Hans!", heulte der Sturm.

„Johannes, Hans, Johannes, Hans!", ächzte der Orkan, der das Dach abdeckte.

„Nur zweimal war er in Kühlungsborn, das reichte aus ..."

Die Liebesträume sorgten für eine vorübergehende Windstille. Irgendwo klappte eine Tür, dann legte sich der Sturm in meinem Kopf. Die Liebesträume?

„Ihr Handy", sagte Sabine und wies auf meine Jackentasche. „Es klingelt."

Die Liebesträume wiederholten sich noch fünfmal, ehe ich es endlich geschafft hatte, mein neues Handy aus der Jackentasche zu fingern und den grünen Knopf zu drücken.

Alexandra wartete gar nicht ab, bis ich mich gemeldet hatte. „Mama! Komm schnell!"

„Was ist los?", fragte ich erschrocken.

„Chris und Rupert fetzen sich. Ich glaube, das geht nicht mehr lange gut."

„Was ist denn passiert?"

„Das ist jetzt erst mal egal. Komm! Da muss ein Erwachsener was machen."

„Und was ist mit den Lehrern?"

„Wir sind ja gar nicht in der Schule." Alexandras Stimme klang gehetzt und angstvoll. „Ich habe doch montags immer eine Freistunde. Und Chris heute auch, weil der Sportunterricht bei Hartwig ausfällt. Chris wollte zum Kiosk und sich Lakritzschnecken kaufen. Rupert ist ihm gefolgt. Ich stehe in einer Telefonzelle und kann die beiden beobachten. Rupert fuchtelt schon mit der Faust vor Chris' Nase herum. Und jetzt greift er in die Tasche. Mama! Was ist, wenn er ein Messer rausholt?"

Ich bekam eine Gänsehaut. „Nicht die Ruhe verlieren. Ich komme sofort!"

„Ein Einsatz?", fragte Sabine Riedel verständnisvoll.

Ich sprang auf. „Ja, ich muss sofort los."

Sie erhob sich ebenfalls. „Schade, ich dachte ... Aber Ihr Dienst geht natürlich vor."

Ich war schon an der Tür, als sie trotzdem fragte: „Sie haben also den Namen meiner Mutter noch nicht herausgefunden?"

Es war wohl der Sturm, der durch meinen Kopf raste, der meine Gedanken durcheinander wirbelte und alles, was ich wusste, in Unordnung brachte.

„Doch, sie hieß Jasmin Schäfer", rief ich zurück. „Den Rest erzähle ich Ihnen später."

Dann riss ich die Tür auf und lief die Stufen hinab. Leo stand nicht mehr allein vor der Haustür. Hinter ihm stand der dunkle Mercedes von Johannes Riedel. War er in der Zwischenzeit nach Hause gekommen? Nein, das konnte mir doch nicht entgangen sein. Die Wohnzimmertür war offen geblieben, ich hätte ihn sehen müssen, wenn er durch die Haustür gekommen wäre.

Während ich Leo startete, warf ich einen Blick zurück. Ein schmaler plattierter Pfad führte ums Haus herum. Wahrscheinlich gab es auf der

Rückseite einen weiteren Eingang. Und hatte ich nicht auch eine Tür klappen hören?

Ich wählte Ingos Handynummer, bevor ich in die Mondstraße einbog. „Telefonierst du im Auto etwa ohne Freisprechanlage?“, fragte er, ehe ich etwas sagen konnte.

Ich blieb ihm die Antwort schuldig. „Du musst sofort Johannes Riedel verhaften“, schrie ich ins Handy. „Er ist zu Hause! Sein Auto steht jedenfalls vor der Tür.“

„Warum sollte ich das tun?“, kam Ingos Stimme aufreizend gleichmütig zurück.

„Weil er Nadjas Mörder ist!“

Eine Weile war es still am anderen Ende, während ich verzweifelt versuchte, zu bremsen, herunterzuschalten, wieder heraufzuschalten und trotzdem das Handy am Ohr zu halten.

„Wie kommst du denn auf diese verrückte Idee?“, fragte Ingo dann. Und ich konnte sein Gesicht genau vor mir sehen. Der kurze Blick gen Himmel, die hochgezogenen Brauen, die nach außen gepressten Mundwinkel, dann das spöttische Lächeln, von einem Kopfschütteln begleitet.

„Ich weiß es, Ingo!“, schrie ich zurück. „Erklären kann ich es dir erst später. Dafür ist jetzt keine Zeit!“ Als ich nach überzeugenden Gründen für Ingos sofortiges Einschreiten suchte, fiel mir leider nur meine eigene Unvollkommenheit ein. „Kann sein, dass ich ihn gewarnt habe. Vielleicht hat er begriffen, dass ich ihn durchschaut habe. Ich habe zum Schluss eine Bemerkung gemacht. Ich wusste ja nicht, dass er im Hause ist ...“

„Hast du was getrunken, Romy?“

Diese Frage machte aus mir Dynamit. Wer sich jetzt mit mir anlegen wollte, würde durch ein Minenfeld gehen müssen. Trotz meiner Aufgebrachtheit konnte ich allerdings noch einigermaßen klar denken und zu der Erkenntnis kommen, dass Ingo mich, wenn es um seinen Sohn ging, vielleicht ernst nehmen würde. Mit einer Stimme, die voller Sprengstoff war, erzählte ich ihm von Alexandras Anruf. Und da so ein winziges Handy eigentlich nicht groß genug sein kann für das Aufnehmen und einwandfreie Übermitteln derart explosiver Nachrichten, brüllte ich, als hätte ich ein defektes Megaphon vor dem Mund. Die erstaunten Blicke aus den Autos, die neben mir vor einer Ampel warteten, ließen vermuten, dass ich für Unterhaltung in meiner gesamten Umgebung sorgte.

Tatsächlich klang Ingos Stimme jetzt beunruhigt. „Glaubst du wirklich, dass Rupert ein Messer hat?“

„Ich weiß nicht mehr, was ich glauben soll, aber möglich ist es bestimmt."

„Aber das kann doch gar nicht sein ..."

„Komm mir jetzt nicht wieder mit dem lieben, braven Sohn der reizenden, untadligen Mutter! Ich habe dir schon mal gesagt, Ingo, dass diese Frau nicht so ist, wie du glaubst. Ich habe nichts gegen Prostituierte, ich glaube auch nicht, dass sie schlechtere Menschen sind. Aber das Doppelleben, das Judith Kersten ihrem Sohn vorlebt, muss irgendwann zu einer Explosion führen."

„Romy, ich ...

„Du kennst doch den Kiosk, an dem sich die Kinder mit Süßigkeiten eindecken. Also komm dahin."

„Ich bin im Dienst", sagte Ingo und gab sich Mühe, seine Stimme gelangweilt klingen zu lassen. „Pfeiffer und ich sind gerade auf dem Weg nach ..."

„Und wenn Rupert gerade jetzt ein Messer zückt?"

„Also gut, Pfeiffer hat schon gewendet. Wir kommen."

Ich hatte gerade das Handy auf den Beifahrersitz geworfen, da erklangen die Liebesträume erneut. Ingo, der seine Meinung geändert hatte?

„Was ist noch?", schrie ich, nachdem ich den grünen Knopf gedrückt hatte. „Hast du es dir etwa anders überlegt?"

Die Stille am anderen Ende zeigte an, dass nicht Ingo meine Nummer gewählt hatte. Schwer atmend kam ich vor einer roten Ampel zum Stehen, die ich gerne noch überfahren hätte, was aber der gesetzestreue Verkehrsteilnehmer vor mir verhindert hatte.

„Hallo, Romy", sagte Maximilian vorsichtig, der anscheinend sofort die Sprengkraft in meiner Stimme erkannt hatte. „Frau Moorloch hat mir gesagt, dass ich dich auf deinem neuen Handy anrufen soll."

„Oh, Maximilian! Ich bin auf dem Weg zur Schule. Alex hat angerufen ..." Ich erzählte ihm so schnell wie möglich, was geschehen war. Und als der Kiosk schon in Sicht war, erfuhr er auch noch den Rest. „Johannes Riedel hat Nadja ermordet, ganz sicher."

„Aber warum?"

„Genau weiß ich's noch nicht. Aber er ist mit seiner eigenen Tochter verheiratet, stell dir das vor! Sabine Riedel ist die Tochter von Nadjas Schwester. Und Riedel war es anscheinend, der die Fünfzehnjährige verführt hat. Dr. Budde, der Psychiater, hat es gesagt: Nur zweimal war er in Kühlungsborn, das hat gereicht, um Jasmin unglücklich zu machen. Zweimal hat Johannes Riedel die Einreiseerlaubnis bekommen, um seinen Onkel zu besuchen. Darüber hat uns Elisabeth Riedel nichts erzählt. Entweder wusste sie es nicht oder sie hielt es nicht für wichtig. Jedenfalls muss es während einer dieser Besuche passiert sein."

„Du meinst, er hat Sabine geheiratet, ohne zu ahnen, dass sie seine Tochter ist?"

„Vermutlich! Aber Nadja muss es gewusst haben!"

„Ja, aber ..."

„Lass uns später weiterreden, Maximilian. Da an der Straßenecke ist tatsächlich was los ..."

Ich konnte weder Christopher noch Rupert erkennen. Aber die Menschenansammlung an der Straßenecke sagte genug. Ich hörte jugendliche Stimmen skandieren: „Schneller! Fester! Wo bleibt das Blut?"

Das allein brachte mich schon dermaßen auf, dass ich Leo einfach unter dem Schild stehen ließ, das dringend davor warnte, dort ein Fahrzeug abzustellen. Aber noch mehr erbosten mich die paar Erwachsenen, die am Rand der Zuschauerrunde standen und lange Hälse machen, damit sie sehen konnte, was im Kern des Kreises geschah.

„Ich hoffe, Sie haben Spaß an der Vorstellung", brüllte ich den Erstbesten an, dessen Gabardinemantel mir in die Finger kam.

Empört fuhr er herum. „Na, erlauben Sie mal!"

„Nein, ich erlaube nicht! Schämen sollten Sie sich, dass Sie hier nicht eingreifen!"

„Was geht denn Sie das an?"

„Eine ganze Menge!" Mir lag noch viel mehr auf der Zunge, aber meine vernünftige Tochter sorgte dafür, dass ich es wieder herunterschluckte. Sie griff nach meinem Ärmel und ich stellte erleichtert fest, dass der Zuschauerkreis aufbrach und Rupert von Chris abließ, der am Boden lag und sich längst nicht mehr wehrte. Er sorgte nur noch dafür, seine empfindlichsten Körperteile, so gut es ging, zu schützen. Und es sah ganz so aus, als läge er schon lange so da – wie ein Embryo, die Beine angezogen, die Arme schützend über den Kopf gelegt. Ein Messer schien aber zum Glück nicht mit im Spiel zu sein.

Aus den Augenwinkeln sah ich eine große dunkle Limousine hinter Leo Position beziehen. Das gab mir noch mehr Kraft, obwohl ich mich auch ohne polizeiliche Unterstützung so stark fühlte wie sämtliche Bodybuilder Münsters zusammen.

Ich riss Rupert an seiner Jacke zurück, der herumfuhr und prompt ins

Taumeln geriet. Dann griff ich nach seinen Armen und schob ihn, der völlig perplex war, gegen die Hauswand. Merkwürdigerweise wehrte er sich nicht – entweder vor Überraschung oder weil er merkte, dass es klüger war, hier mal wieder die Rolle des Schwächlings zu übernehmen.

„Du kleiner Mistkerl!", zischte ich ihm zu und hob das rechte Bein, so dass mein Knie direkt auf seinen Hosenschlitz zielte. „Wenn du nicht sofort aufhörst ..."

Prompt beugte Rupert sich vor und versuchte, seine Genitalien zu schützen. „Lassen Sie mich los", winselte er.

„Warum sollte ich das tun? Hast du losgelassen, als Chris dich darum gebeten hat?"

„Ich habe ihm doch gar nichts getan!"

„Nichts getan?" Ich sah zur Seite, wo mein Sohn neben seiner Schwester stand, die seine aufgeplatzte Lippe betupfte. „Wie kommst du überhaupt dazu ...?"

„Lass ihn los, Romy!" Das war Ingos Stimme. Und wenn ich auch ungern von Rupert abließ, so wusste ich doch genau, dass es sinnvoll war, auf Ingo zu hören. Ich war drauf und dran, etwas zu tun, was später gegen mich ausgelegt werden konnte. Und einen Rest von Vernunft gab es noch in mir, der mich davor warnte.

Ich wandte mich Christopher zu, der verzweifelt versuchte, so zu tun, als wäre ihm Rupert dermaßen egal, dass auch die Blessuren, die er davongetragen hatte, völlig ohne Bedeutung waren. Aber natürlich gelang es ihm nicht. Sein Mund zitterte, als er hervorstieß: „Dieses Schwein! Dabei habe ich gar nicht gesagt, dass seine Mutter eine Nutte ist. Das war Kim. Die weiß es von ihrem Onkel. Aber ich musste natürlich wieder dafür herhalten."

„Dafür, dass seine Mutter eine Nutte ist?", fragte ich verblüfft. „Aber darüber habe ich doch zu Hause nie gesprochen. Oder habe ich das mal erwähnt?"

Nun war Christophers Gesicht voller Verblüffung. „Wie? Das stimmt wirklich?"

Vielleicht war es ganz gut, dass ich nicht mehr zu einer Antwort kam. Denn die paar Sätze, die Rupert bedauerlicherweise zu Ohren gekommen waren, reichten aus, um ihn zur Raserei zu treiben. Ingo war es gerade gelungen, ihn zu vernünftigen Antworten zu bewegen, da ging er auf mich los.

Ingo war genauso überrascht von Ruperts Angriff wie ich selbst. Ohne Gegenwehr ging ich zu Boden und Rupert war schon über mir, als Ingo seinen Schreck überwand und Rupert zurückriss. Aber der Junge hatte Bärenkräfte. Erst als Pfeiffer zur Hilfe kam und auch Alexandra in Ruperts Jacke griff, spürte ich, wie seine Schläge nachließen. Ich lag so wie kurz zuvor Christopher am Boden, nur darum bemüht, mich zu schützen, unfähig, der Gewalt etwas entgegenzusetzen. Während meiner Polizeiausbildung hätte mir das eine verdammt schlechte Note eingebracht.

Mühsam rappelte ich mich hoch – und starrte als Erstes in das neugierige Gesicht des Mannes im Gabardinemantel. „Na, war das eine Aufführung in Ihrem Sinne?“, brüllte ich ihn an. „Haben Sie nun genug erlebt? Reicht das aus für den Gesprächsstoff der nächsten Tage?“

„Romy, bitte!“ Ingo wagte nicht, Rupert loszulassen, sonst hätte er mich bestimmt von dem Mann weggezerrt, der nun so aussah, als wäre er selber das Opfer von Gewalt geworden.

„Romy, bitte!“, wiederholte Ingo so nachdrücklich, dass ich wieder zur Besinnung kam.

Meine Hüfte schmerzte, meine Knie und die Ellbogen auch. Aber am meisten schmerzte mich die Machtlosigkeit, die ich für Augenblicke empfunden hatte. Ich hatte gar nicht gewusst, wie weh Gewalt tun konnte.

„Ich lasse mir das nicht bieten“, knurrte Rupert und bewegte die Schultern, um sich aus den Händen der Polizei zu befreien. „Ich lasse es nicht zu, dass jemand meine Mutter eine Nutte nennt.“

Ingo griff fester zu, drehte Rupert die Arme auf den Rücken und sagte zu André Pfeiffer: „Rufen Sie einen Streifenwagen! Aus dieser Geschichte lassen wir den Bengel nicht wieder raus.“

„Es ist erstunken und erlogen“, schrie Rupert mit überkippender Stimme.

Es tat gut, die Ruhe zu spüren, die plötzlich über mich kam. Ein Streifenwagen hielt neben uns, endlich würde geschehen, was schon lange fällig war. Rupert würde für das, was er getan hatte, geradestehen müssen. Auf den Schutz der Schulleitung konnte er hier, außerhalb der Schule, nicht zählen. Hartwig würde froh sein, wenn er das hörte.

Aus meiner Sorge und Angst, aus meinem Zorn und der Ruhe, die ich gerade noch verspürt hatte, wuchs nun Ungeduld. „Hör endlich auf damit, Rupert“, sagte ich energisch. „Du kannst doch nicht dein Leben lang jemand sein, der du eigentlich nicht sein willst. Sei endlich mal du selbst! Du bist doch kein Gewalttäter. Eigentlich bist du es nicht! Aber der liebe kleine Junge, für den deine Mutter dich halten will, bist du auch nicht. Willst du nicht endlich mal darüber nachdenken, wer du wirklich bist? Und wer du sein willst? Hör auf mit der Maskerade. Noch ist Zeit. Steh endlich zu dem, was du getan hast. Und nimm die Folgen jetzt auf dich. Klar, deine Mutter wird entsetzt sein, wenn sie hört, dass du nun doch mit einer Anzeige rechnen musst. Dabei hast du doch alles versucht, um deinen Lehrer davon abzuhalten, dich anzuzeigen! Aber jetzt wird es eben doch passieren. Und vielleicht bringt es dich endlich mal dazu, dir zu überlegen, wer du bist."

Die beiden Uniformierten griffen nach Rupert, redeten kurz mit Ingo, ließen sich erklären, was vorgefallen war, und nickten dann.

Und während Rupert zwischen den beiden zum Streifenwagen ging, fügte ich noch an: „Und du solltest dir auch überlegen, was für ein Mensch deine Mutter ist. Und dann dazu stehen."

Rupert fuhr herum, versuchte sich aus dem Griff der beiden Streifenpolizisten zu befreien, aber die hielten ihn sicher an beiden Armen. Der Hass, der aus Ruperts Augen sprühte, wurde in der nächsten Sekunde zur Angst. „Das war doch alles nur ein Joke!", kicherte er mit schwacher Stimme. „Nur ein Joke! Seid ihr blöde, dass ihr auf so was reinfallt! Seid ihr blöde! Seid ihr blöde ...!"

Er schrie noch, als er im Streifenwagen saß und die Türen sich geschlossen hatten.

Ingo griff nach meinem Arm. „Der Rest ist nicht mehr unsere Sache. Wir beide sind nur ... na, sagen wir, zufällig vorbeigekommen."

Sein Blick veränderte sich plötzlich, das Dienstliche, Strenge ging verloren und machte einem sehr privaten Ausdruck Platz. „Und Sie?", fragte er ungehalten an mir vorbei.

„Ich bin auch zufällig vorbeigekommen", entgegnete Maximilian, der zu uns getreten war, ohne dass ich es bemerkt hatte.

Ingo glaubte ihm natürlich kein Wort. „Komm, Romy, wir gehen", brummte er. „Meine Kollegen werden sich mit der Mutter und der Schulleitung in Verbindung setzen."

„Schulleitung!" Ich blieb wie angewurzelt stehen. „Wir müssen uns um die Riedels kümmern."

„Jetzt erzähl erst mal, warum du Riedel für einen Mörder hältst", forderte Maxmilian mich auf.

„Ach, Sie wissen auch schon davon?", fragte Ingo gereizt.

In Windeseile legte ich ihm dar, was ich wusste und was er nicht wusste. Mit jedem Satz verfärbte sich sein Gesicht dunkler vor Wut. „Du hast also hinter meinem Rücken recherchiert?", stieß er schließlich hervor. „Du hast mich im Unklaren gelassen. Woher weißt du das überhaupt alles? Wie bist du an die Beweise gekommen? An die Unterlagen über

die Ferienhäuser? An den Nachlass von Nadjas Schwester? An den ..."
„Lass mich das später erklären", bat ich ihn flehentlich. „Wenn Riedel zugehört hat, als ich den Namen von Sabines Mutter nannte, wird er sich denken können, dass er überführt ist. Wie mag er dann reagieren?"

Ingo schien einfach nicht glauben zu wollen, was er nicht selber herausgefunden hatte. „Selbst wenn das stimmt, was du sagst ... selbst wenn Riedel wirklich der Vater seiner Ehefrau ist ... Das ist doch kein Beweis dafür, dass er Nadja ermordet hat."

„Ja, stimmt irgendwie, aber ..." Ich wusste plötzlich nicht weiter. Mein Kopf war voller Emotionen und da, wo die Emotionen ihren Sitz hatten, war für meine Gedanken kein Platz.

„Es wäre doch möglich", half Maximilian aus, „dass Nadja Schramm dahintergekommen ist und Riedel erpresst hat."

Ingos Laune verschlechterte sich noch weiter. Dass sogar Maximilian mehr wusste als er, war die Höhe! „Trotzdem kann ich nicht glauben ..." begann er.

Aber ich sah genau, dass er nur nicht glauben wollte, weil er etwas glauben sollte, was Maximilian glaubte, der es überdies deshalb glaubte, weil ich es auch glaubte.

Ich versuchte es mit einem Deal. „Wenn du jetzt mit mir zu den Riedels fährst, sage ich dir, wo Hartwig steckt."

Ingo blieb stehen, wie vom Donner gerührt. „Das weißt du auch?"

Ich nickte schuldbewusst, obwohl ich mich gar nicht so fühlte. „Fredi hat mich auf die Idee gebracht ..."

Ich stockte, weil in meiner Jackentasche die Liebesträume intoniert wurden, was ich als Letzte erkannte, nachdem alle anderen schon enerviert die Augen verdrehten.

Aufgeregt holte ich mein Handy hervor. „Nora, du?"

Nora erstickte jedes freundliche Wort, das überflüssig war, im Keim. „Hör zu, Romy, ich habe nicht viel Zeit." Ihre Stimme flüsterte nicht, sie zischte, und ihr Klang war so dumpf, als steckte ihr Kopf in der Waschmaschine. „Ich weiß doch, dass du dem Riedel auf der Spur bist. Und du weißt, dass ich nach der letzten Reparatur seines Autos meine Visitenkarte an seiner Windschutzscheibe hinterlassen habe." Nun wurde ihre Stimme noch leiser und so eilig, als würde sie von Angst getrieben. Nora Biene und Angst? „Riedel hat mich angerufen, weil sein Wagen auf dem Schiffahrter Damm liegen geblieben ist. Wir haben ihn in die Einmündung zur Königsberger Straße geschoben, hier werde ich ihn wieder flott machen. Riedel ist nicht allein. Seine Frau sitzt hinten im Wagen. Und sie sieht nicht so aus, als säße sie freiwillig dort. Riedel hält sie regelrecht in Schach. Es würde mich nicht wundern, wenn er ihr eine Waffe in die Seite drückt."

„Wo steckst du?", fragte ich atemlos.

„Bis zu den Schultern in meinem Werkzeugkasten", kam es wispernd zurück. „Aber jetzt muss ich aufhören. Sorg dafür, dass die Polizei hier auftaucht. Eine Weile kann ich die Reparatur sicherlich noch hinauszögern ..."

Die Verbindung brach ab, die Angst stand mir ins Gesicht geschrieben. Das wurde mir klar, als ich Ingos und Maximilians besorgte Mienen sah. Selbst André Pfeiffer sah so aus, als sei er darauf eingestellt, demnächst die Dienstwaffe die zücken.

„Riedel ist auf der Flucht", stieß ich hervor. „Sein Wagen steht mit einer Panne auf dem Schiffahrter Damm, Ecke Königsberger Straße."

„Und woher weißt du das nun wieder?", fragte Ingo gereizt.

„Das erkläre ich dir unterwegs."

„Nein, das erzählst du mir jetzt", sagte Ingo derart bestimmt, dass ich mich nicht aufzulehnen wagte. „Und dann wirst du nach Hause fahren und die Polizeiarbeit mir überlassen, klar?"

Er warf Maximilian einen Blick zu, der nichts Gutes verhieß. „Und Sie haben doch sicherlich auch zu tun ..."

Schweren Herzen sah ich wenige Minuten später Ingos Auto hinterher. Wie gern wäre ich dabei gewesen, wenn Riedel festgenommen wurde! Ich sah mich um die Früchte meiner detektivischen Arbeit gebracht, weil mir ausgerechnet das Ende der Geschichte, das Happyend sozusagen, vorenthalten wurde.

Maximilian legte tröstend seine Hand auf meinen Unterarm. „Dein Mann hat Recht. Bei einem solchen Einsatz hast du wirklich nichts verloren."

Ich seufzte und trottete hinter ihm her. „Also gut."

„Glaubst du, dass Riedel die Tat nachzuweisen ist?", fragte Maximilian. „Warum flieht er überhaupt mit seiner Frau? Und warum bedroht er sie? Gibt das einen Sinn? Wenn er etwas zu verteidigen hat, dann doch wohl sein Leben mit ihr."

Ich war plötzlich nahe daran, mich an seine Brust zu werfen und zu heulen. Maximilian sah es und zog mich in seine Arme. „Das war heute alles ein bisschen viel für dich, Romy. Ruh dich erst mal aus, dann wird es dir schon besser gehen. Und dann wird dein Mann nach Hause kommen und dir vielleicht erzählen, dass alles genauso ist, wie du gesagt hast."

Ich nickte und spürte ein Gefühl in mir aufsteigen, das man Trotz nennen konnte. „Ich werde jetzt Hartwig aus seinem Versteck holen", erklärte ich. „Fredi wird sich freuen, wenn er seinen Vater wiedersieht. Und auf jeden Fall sollten wir uns heute Abend in meiner Küche treffen und so viel Bier trinken, wie nötig ist. Wenn der Fall geklärt ist, sehr viel. Und wenn er nicht geklärt ist, noch mehr."

Wir tranken sehr viel Bier, noch bevor Ingo kam. Ich trank vorsätzlich, Maximilian trank, weil er sich von mir so wenig wie möglich unterscheiden wollte, Nora trank, weil sie noch unter dem Eindruck stand, die Flucht eines Mörders vereitelt zu haben. Hartwig trank, weil er dann nicht reden musste. Nicht über Sabine, nicht über das unwürdige Leben in der Gartenlaube. Alexandra trank, weil das angeblich für eine Sechzehnjährige total normal war, Christopher mit der Begründung, dass seine vierzehnjährigen Kumpel auch alle regelmäßig Bier tranken, und Frederik trank heimlich, weil er annahm, dass es niemand merkte. Und wir alle tranken, weil wir daran glauben wollten, dass dieser Tag dann besser zu ertragen war.

Die Kinder waren gerade in ihre Zimmer gegangen, da kam auch Ingo endlich. Sein Gesicht war ganz grau vor Erschöpfung – und es hellte sich nicht auf, als er die Stimmen aus der Küche hörte. „Ich hatte gehofft, mit dir allein zu sein", flüsterte er mir in der Diele zu.

Aber dann zuckte er resigniert die Achseln und folgte mir in die Küche, wo augenblicklich Stille eintrat. Alle sahen Ingo erwartungsvoll an.

Hartwig war der Erste, der sprach. „Wo ist Sabine?", fragte er.

Er hatte eigentlich, nachdem ich ihn aus der Schrebergartensiedlung geholt hatte, sofort mit Frederik nach Handorf fahren wollen. Aber ich fand, dass er nach mehreren Tagen des Alleinseins nun die Gegenwart anderer Menschen brauchte, und hatte ihn überredet, in unserem Bad zu duschen und sich mit dem einzukleiden, was noch in Ingos Schrank hing.

Ingo warf ihm einen undefinierbaren Blick zu. „Sie ist nach Hause gebracht worden", gab er zurück. „Sie hat zwar einen Schock erlitten, aber ansonsten ist sie okay. Ein Arzt ist bei ihr."

„Und Riedel?", fragte ich aufgeregt.

Ingo zuckte die Achseln. „Riedel ist geständig", sagte er und schwieg eine Weile, als wäre er zu müde für weitere Erklärungen.

„Warum hat er es getan?", fragte ich.

„Und wie?", fragte Maximilian.

Ingo warf Hartwig einen Blick zu, als wollte er abwägen, ob ihm die Schilderung zuzumuten sei. Aber Hartwig nickte, noch ehe er gefragt werden konnte. „Mir ist in den letzten Tagen erheblich mehr zugemutet worden als das“, sagte er. „Mit der Wahrheit komme ich besser zurecht als mit den Verdächtigungen.“

Ingo sah schuldbewusst auf seine Schuhspitzen, dann begann er zu erzählen: „Als Nadja Johannes Riedel zum ersten Mal begegnete, muss sie ihn sofort erkannt haben. Riedel sprach davon, dass sie ihm vom ersten Augenblick an mit unverhohlener Abneigung begegnete. Er konnte gar nicht begreifen, warum das so war. Denn er erinnerte sich nicht an sie.“

Hartwig nickte. „Ja, ich erinnere mich. Ich konnte auch nicht verstehen, warum Nadja einen Mann ablehnte, mit dem sie noch gar nicht geredet hatte. Sie hasste meinen Chef von der ersten Sekunde an.“

„Ja, sie hasste ihn wirklich“, bestätigte Ingo. „Aber sie schwieg zunächst. Es war klar, dass Johannes sie nicht erkannt hatte, was ja nicht weiter verwunderlich ist, denn Nadja war damals siebzehn, ein junges Mädchen, mit dem Nadja als erwachsene Frau nicht mehr viel Ähnlichkeit hatte. Riedel jedoch war, als sie ihn in Kühlungsborn sah, schon ein Mann gewesen und sein Äußeres hatte sich in Nadjas Erinnerung eingebrannt. Wenn sie seinen vollen Namen gekannt hätte, wäre sie sicherlich längst auf die Idee gekommen, ihn hier im Westen zu suchen. Aber sie wusste nur, dass er Hans hieß, die Kurzform von Johannes. Wahrscheinlich hat sie sich schon nach der ersten Begegnung überlegt, wie sie sich an Johannes Riedel rächen könnte. Sie wollte ihn nicht nur verletzen, sie wollte ihn vernichten. Aber bevor sie einen Plan entwickelt hatte, gab es eine Party bei den Riedels, die junge Frau Riedel feierte Geburtstag. Für den Schulleiter eine Gelegenheit, auch einige Lehrer seiner Schule einzuladen.“

Hartwig nickte wieder. „Nadja wollte eigentlich nicht mitkommen. Ich musste lange auf sie einreden, bis sie bereit war.“

„Ja, dieser Tag war für Nadja kein Tag zum Feiern“, bestätigte Ingo. „Niemand von uns wusste, welche Bedeutung dieser Tag für sie hatte. Wahrscheinlich durchlitt sie an jedem 25. April noch einmal alles, was vor 23 Jahren geschehen war. Eine Party war das Letzte, was sie wollte. Und erst recht wollte sie nicht den Geburtstag einer jungen Frau feiern, die ausgerechnet an diesem Tag geboren war. Und sogar im selben Jahr, in dem ihre Schwester starb!“ Ingo trank sein Glas in einem Zuge aus, ehe er fortfuhr: „Sie muss durchgedreht sein, als sie Sabine Riedel vorgestellt wurde. Denn die junge Frau war nicht nur an dem Tag geboren worden, an dem ihre Schwester unter so tragischen Umständen ihr Baby bekam, nein, Sabine Riedel trug auch die Kette von Nadjas Schwester. Die Kette, die die Großmutter dem Kind mitgegeben hatte, als es ins Heim gegeben wurde."

Ingo sah Hartwig fragend an. „Wie um Himmel willen, hat Nadja reagiert? Sie muss doch wie vom Donner gerührt gewesen sein! Erst die Begegnung mit dem Mann, den sie hasste wie keinen zweiten! Und dann die Begegnung mit dem Kind der toten Schwester! Und überdies noch die Erkenntnis, dass ihre Nichte den eigenen Vater geheiratet hatte. Den Mann, den Nadja für den Tod ihrer Schwester verantwortlich machte!"

Hartwig sah nicht auf, als er antwortete: „Ihr kanntet doch Nadja. Sie war eine sehr starke und disziplinierte Frau. Sie konnte sich beherrschen, wenn es nötig war. Aber sie ist nicht lange auf der Party geblieben. Sie hat gesagt, sie fühle sich schlecht. Und sie sah wirklich sehr krank aus, als sie sich ein Taxi bestellte."

„Riedel war natürlich nicht minder entsetzt", fuhr Ingo fort, „als er hörte, dass Sabine seine Tochter sein sollte. Er wollte Nadja zunächst nicht glauben, aber die Beweise mussten ihn schließlich überzeugen. Riedel hat ausgesagt, er hätte noch nie so viel Hass in den Augen eines Menschen gesehen wie in Nadjas. Er hatte sich zunächst gar nicht an Jasmins Namen erinnern können, als Nadja ihn vor die Tatsachen stellte. Er musste sogar länger nachdenken, bis ihm das junge Mädchen und das kleine sexuelle Abenteuer wieder einfiel, das für ihn gar keine Bedeutung gehabt hatte. Diese Gleichgültigkeit muss Nadja den Rest gegeben haben. Sie hat ihn erpresst mit ihrem Wissen, hat darauf bestanden, dass er ihr die fünf Ferienhäuser in Spanien überließ, aber in Wirklichkeit wollte sie mehr. Sie wollte ihn vernichten. Riedel muss sehr schnell klar geworden sein, dass sie nicht nur sein Geld, sein Vermögen haben wollte, sondern dass sie sein Leben und sein Glück wollte. Er sollte genauso leiden wie Jasmin und dann genauso elend sterben wie sie. Riedel war irgendwann klar, dass sie für ihn dieses Schicksal ausgesucht hatte. Und deswegen sann er über einen Plan nach, wie er sich Nadjas ein für alle Mal entledigen konnte. Auf seine Frau zu verzichten, das kam für ihn nicht in Frage. Er liebte Sabine leidenschaftlich und wollte sich auf keinen Fall von ihr trennen. Deswegen durfte sie natürlich auch nicht erfahren, dass er ihr Vater war."

Ingo warf Hartwig immer wieder einen Blick zu, als wollte er sich stets aufs Neue vergewissern, dass Hartwig seine Schilderungen aushielt. Aber obwohl Ingo diese Frage nie stellte und Hartwig jeden Blickkontakt vermied, nickte er doch jedes Mal, wenn er Ingos Augen auf sich gerichtet fühlte. Ja, er wollte nun alles wissen.

„Aber nicht nur Nadjas geheimes Wissen bedrohte Riedels Ehe, sondern auch Sabines Verhältnis mit Hartwig. Riedel wusste längst davon. Er musste also zwei Menschen loswerden, um sein Glück zu retten. Und deswegen ersann er den Mord an Nadja, den er Hartwig in die Schuhe schieben wollte, um auch ihn ein für alle Mal loszuwerden."

„Wie hat er es geschafft, Nadja auf die Terrasse zu locken?", fragte ich.

„Er hatte Nadja am Tag ihres Todes über die Affäre zwischen seiner Frau und ihrem Mann aufgeklärt. Vielleicht wollte Nadja es nicht glauben ..."

„Doch, sie ahnte ja längst, dass Hartwig eine Geliebte hatte," warf ich ein.

„Aber sie wollte wohl Gewissheit haben", ergänzte Ingo. „Anscheinend wusste sie ja nicht, welche Frau es war, in die Hartwig sich verliebt hatte. Also schlich sie sich auf die Terrasse ihres Hauses, denn Johannes Riedel hatte ihr verraten, dass Sabine und Hartwig sich an diesem Abend treffen wollten. Er durchschaute ja Sabines Lügen längst. Und er muss Nadja davon überzeugt haben, dass die beiden sich bei Hartwig treffen würden, sobald Nadja aus dem Haus war. Nadja wartete also eine Weile, dann kam sie zurück, ging in den Garten, hörte die Liebesträume, glaubte wahrscheinlich, dass Hartwig sie für seine Geliebte spielte, schlich sich ans Wohnzimmerfenster und ..." Den Rest sprach Ingo nicht aus.

Diesmal setzte Maximilian seine Erklärung fort: „Er konnte sich denken, dass der Ehemann der Toten ein Alibi brauchen würde."

Ingo nickte, ohne ihn anzusehen. „Als er behauptete, Sabine sei den ganzen Abend mit ihm zusammen gewesen, hatte er selbst ein perfektes Alibi. Seine Frau war damit auch aus dem Schneider und Hartwig hatte den Schwarzen Peter gezogen. Er stand ohne Alibi da."

Stille trat ein. Aus einem der Kinderzimmer hörten wir Frederiks Lachen, Hartwigs Gesicht verzog sich zu einem Lächeln, das so schmerzerfüllt war, dass ich ihn gern in den Arm genommen hätte.

„Den Rest kennt ihr", sagte Ingo schließlich leise. „Riedel hörte heute, dass Romy den Namen von Sabines leiblicher Mutter nannte. Damit war ihm klar, dass man ihn auf der Spur war. Er geriet in Panik und wollte nur noch weg. Natürlich mit seiner Frau. Wohin, wusste er noch nicht, als er Sabine zwang, sich mit ihm ins Auto zu setzen. Erst, als er schon unterwegs war, begriff er, dass es für ihn nur einen einzigen Ort gab, an dem er sicher sein konnte."

In die erneute Stille, die eintrat, sagte Nora: „Der Tod."

Wieder warf Ingo Hartwig einen Blick zu und wieder wurde er mit einem Nicken bestätigt. „Ja", sagte er dann, „Riedel wollte Selbstmord begehen und Sabine mit sich nehmen. Aber zum Glück streikte ja sein Auto." Er grinste schief. „Und zum Glück gibt es die ‚Fleißigen Bienen'", bekräftigte er und hob sein Glas.

Wir tranken alle gemeinsam und von weitem sahen wir womöglich aus wie ein munterer Freundeskreis, der den ersten warmen Abend des Frühlings genoss.

Eine Stunde später war Hartwig mit Frederik im Taxi nach Handorf gefahren und Nora hatte eine ihrer Fleißigen Bienen angerufen, die sie bald darauf abholte, denn einen Fahrdienst hatte sie ihrem Dienstleistungsbetrieb inzwischen auch angegliedert.

„Tja", machte Ingo und sah mich intensiv an.

Aber ich wollte auf die Frage, die in seinen Augen stand, nicht reagieren. Obwohl ich genau wusste, wie meine Antwort lauten würde: „Nein, ich will nicht, dass du hier übernachtest."

„Dann werde ich mir wohl auch ein Taxi holen", beschloss Ingo resigniert. Und zu Maximilian sagte er: „Am besten, ich rufe für Sie auch gleich eins."

Maximilian sah mich genauso intensiv an wie kurz vorher noch Ingo. Aber ich reagierte auf seine Frage genauso wenig und er ahnte, dass er die gleiche Antwort erhielt wie Ingo. Wenn auch aus ganz anderen Gründen …

Ich lehnte mich zurück und sah den beiden Männern zu, wie sie ihre Biergläser leerten. Ingo, der Vater meiner Kinder, Maximilian, der neue Mann in meinem Leben. Beide auf unterschiedliche Weise fremd und beide auf ebenso unterschiedliche Weise sehr nah. Beide zu nah für eine Entscheidung und gleichzeitig zu fremd.

„Romy Schell", murmelte Maximilian mit schwerer Zunge.

Und Ingo ergänzte in tiefer Resignation: „Diskret und schnell."